JULI RAUTENBERG

Ich nehme alles zurück und behaupte das Gegenteil

Das Buch

Juli hat echt einiges durchstehen müssen, um an den Mann ihrer Träume ranzukommen: Zwölf Monate lang hat sie siebzehn Kerle gedatet – und dann das Happy End.

Moment. Happy – ja. Aber *End?* Es geht doch gerade erst los? Frei nach dem Motto »Irgendwas ist immer« durchleidet und -lebt sie die nächsten zwölf Monate – mit Konrad an ihrer Seite. Und erlebt den ganz normalen Wahnsinn einer frischen Beziehung: vom Weihnachtsgeschenkekrampf über die Exfreundin, Gewichtsschwankungen bis hin zum In-spe-Schwiegermutter-Test …

Die Autorin

Juli Rautenberg, geboren 1983 in Mannheim, hat lauter nutzloses Zeug studiert und arbeitet inzwischen als freie Lektorin. Sie war jahrelang Single – und zwar nicht freiwillig. Ihre Suche nach dem Mann ihrer Träume hat sie zwölf Monate lang in einem Blog dokumentiert. Es folgten zwölf Monate an der Seite des Mannes ihrer Träume – der selbiges immer noch ist, aber irgendwann die Faxen dicke hatte und Juli darum bat, das Bloggen doch bitte sein zu lassen und mehr Zeit mit ihm und Beziehungsschnittlauch Eberhard zu verbringen.

Juli Rautenberg

Ich nehme alles zurück und behaupte das Gegenteil

blanvalet

MIX
Papier aus verantwortungsvollen Quellen
FSC® C014496

Verlagsgruppe Random House FSC-DEU-0100
Das FSC®-zertifizierte Papier *München Super* für dieses Buch
liefert Arctic Paper Mochenwangen GmbH.

2. Auflage
Originalausgabe November 2012 bei Blanvalet Verlag, München,
einem Unternehmen der Verlagsgruppe Random House GmbH

lf · Herstellung: sam
Satz: Buch-Werkstatt GmbH, Bad Aibling
Druck und Einband: GGP Media GmbH, Pößneck
Printed in Germany
ISBN: 978-3-442-38022-0

www.blanvalet.de

Für D.

Glück ist eine große Last,
Sperrgut, sozusagen.
Wenn du nichts dagegen hast,
helfe ich dir tragen.

Frantz Wittkamp

November

Schmetterlinge im Bauch

Happy End

Samstag, 6. November, um 11:31 Uhr

»Liebling?«

Es ist Samstagmorgen. Und viel zu früh. Trübes Novemberlicht fällt durch den Vorhang. Draußen ist der Herbst angekommen, es ist windig, regnerisch und ekelerregend kalt. Hier drin, in unserer kleinen Höhle, ist es herzzerreißend gemütlich und warm.

Ich kuschele mich in die Bettdecke. Von der linken Matratzenhälfte geht noch Wärme aus. Konrad muss gerade erst vor ein paar Minuten aufgestanden sein. Konrad! Mein Herz vollführt in einer spontanen frühsportlichen Einlage einen Purzelbaum. Konrad! Ich probiere die Sätze noch einmal aus, die ich seit ein paar Wochen jeden Morgen vor dem Spiegel übe: Ich habe einen Freund. Ich habe *wirklich* einen Freund. Ich bin nicht mehr allein. Ich habe Konrad. Das klingt gut! Sogar noch besser als: Ich geh zum Sport. Vielleicht auch, weil die vierwöchige Probemitgliedschaft in einem Fitnessstudio mich weder zu einer potenziellen Iron-Man-Kandidatin noch erwähnenswert schlanker gemacht hat. Die Mitgliedschaft habe ich deswegen nach vier Wochen gekündigt. Also, die im Fitnessstudio. Diese hier nicht. Nicht die mit Konrad.

Es fällt mir schwer zu sagen, seit wann Konrad Teil meines Lebens ist. Irgendwie ist er das ja schon immer. Konrad und ich teilen uns die Erinnerung an neun schrecklich pubertierende Jahre auf dem Gymnasium, eine Fünf in Chemie, eine gemeinsame Abneigung gegen Frank Hochstetter, den damals coolsten Jungen der Stufe (mich hat er abserviert, als ich ihm auf Klassenfahrt in Rom meine Liebe gestand, und Konrad hat er verprügelt, als er einmal einen unflätigen Kommentar über Franks tiefergelegten BMW verlauten ließ), einige erfolglose Demonstrationen gegen die Abschaffung des Oberstufenkellers und drei gemeinsame Jahre Ethik-Unterricht, in denen ich Konrad weitestgehend aus- und er mich weitestgehend angelacht hat.

Konrad – das habe ich vor ein paar Tagen bei einem postkoitalen Gespräch unter der Bettdecke erfahren – war lange Zeit schlimm in mich verliebt. Genau genommen von Klassenstufe fünf bis dreizehn – mit einer kleinen Unterbrechung, als ich in der Zehnten mit Roland Fuchsinger »ging«. Da kühlte Konrads Leidenschaft für einige Wochen ab, erwachte aber wieder, als sein Deutsch-LK mit der Lektüre der *Leiden des jungen Werther* begann.

»Liebling?«

Als Konrad mir vor ein paar Tagen unter der Bettdecke seine pubertären Gefühle gestand, war mir das im ersten Moment wirklich peinlich. Nein, stimmt nicht. Im ersten Moment musste ich – vollkommen unangebracht – lachen. Das hat Konrad mir wiederum ein bisschen übel genommen. Ich riss mich also zusammen und erklärte japsend, keuchend und mir die Tränen aus den Augen reibend: »Das ist nur so unglaublich! Da fühlte ich mich meine ganze Jugend über hässlich, ungeliebt und scheiße, und jetzt sagst du mir knapp zehn Jahre später, dass du heimlich in mich verliebt warst!«

»Na ja«, wand Konrad ein. »Aus heutiger Sicht muss ich schon sagen: Ein bisschen komisch sahst du wirklich aus.«

Ich zog eine Augenbraue in die Höhe. »Wie bitte? Gerade noch wilde Sturm-und-Drang-Leidenschaft, und jetzt stürzt du deine Königin?«

»Entschuldigung«, unterbrach mich Konrad leicht entrüstet, »du hattest grüne Haare!«

»In der Siebten«, räumte ich ein. »Das war ein schlimmer Verstoß gegen die ästhetischen Menschenrechtskonventionen, das gebe ich gerne zu. Aber danach wurde es besser!«

»Danach hast du Plateauschuhe und eine Umhängetasche aus gelbem Synthetikfell getragen«, widersprach Konrad.

Ich hasse die Neunziger. Und ich hasse die Tatsache, dass ausgerechnet ich in diesem Jahrzehnt meine Ich-probier-mal-alle-Haarfarben-die-es-auf-dem-Markt-so-gibt-Phase hatte. Was würde ich heute dafür geben, auf Jugendfotos Schulterpolster und Haarspraymauer zu tragen oder Petticoats und Spitzbrust-BHs und nicht Glitzeroberteile und Plastiksonnenblumen im türkis-blond gestreiften Haar.

»Ist ja auch egal«, lenkte Konrad harmoniebedürftig ein. »Du hast mir damals gefallen, egal wie sehr du versucht hast, dich zu verunstalten.« Ich holte tief Luft, um Konrad ins Wort zu fallen. »Ich fand dich trotzdem toll«, fuhr er schnell fort und gab mir einen Kuss, bevor ich ihm erneut widersprechen konnte. »Und das finde ich heute auch. Mehr denn je.«

Hach! Konrad! Ich habe einen Freund. Diesen Satz kann man einfach nicht häufig genug sagen.

»Liiiiiiebling!«

Er nennt mich Liebling. Wir haben neulich festgestellt, dass wir noch nicht lange genug zusammen sind, um uns ganz eigene und persönliche Kosenamen zu geben. Also solche Kosenamen, die aus der Geschichte entstanden sind, die man gemeinsam erlebt hat, aus Situationen, aus gemeinsamen Momenten. Die müssen zwar nicht unbedingt schöner sein als die gängigen Modelle, haben aber immerhin einen gewissen Erinnerungswert und sind deswegen meistens erlaubt. Wir haben uns auf ein basisdemokratisches »Liebling« geeinigt, bis uns geeignete, personifizierte Kosenamen vor die Flinte laufen.

Konrad. Mein Liebling. Mein Liebster von allen. Das war lange nicht klar. Also *mir* war lange nicht klar, dass ich Konrad am liebsten haben sollte. Nicht nur während der neun Jahre Gymnasium, sondern auch danach nicht. Gut, das fiel nicht besonders schwer, immerhin haben wir uns nach dem Abi in unsere jeweiligen Leben gestürzt und einander zielstrebig aus den Augen verloren. Ich ging studieren, Konrad zum Bund. Da fing er auch zwangsläufig mit Sport an, nahm fünfzehn Kilo ab und hörte auf, sich ausschließlich in Nullen und Einsen auszudrücken. Er legte seine Nerdigkeit ab und ein paar neue Angewohnheiten zu, fing mit dem Wirtschaftsinformatikstudium an, trat in die Hockeymannschaft der Uni ein, lernte coole Leute kennen und begann irgendwann, sich auch wie sie zu kleiden. Das bekam ihm allem Anschein nach recht gut, denn plötzlich standen die Pferdeschwanzmädchen bei ihm Schlange. Für eine ebensolche entschied er sich am Ende auch: Nadine.

Nadine sieht aus wie ein Supermodel und hat den Charakter einer Schmeißfliege, soweit ich das beurteilen kann, aber vielleicht bin ich auch nur voreingenommen.

Sie umwarb Konrad so konsequent, säuselnd und – das verriet er mir im Vertrauen – fast schon furchteinflößend ergebnisorientiert, dass Konrad am Ende all seine Bedenken über Bord warf und sich dem Weibe hingab. Das Ganze hielt dann ein paar Jahre, bis Nadine ihn wegen eines anderen verließ. Und nach ein paar Monaten zurück in die gemeinsame Wohnung gekrochen kam. Konrad hatte in der Zwischenzeit allerdings jemand anderen kennengelernt. Jemanden, der ihn nicht nur wegen seines phänomenalen Äußeren und seines dicken Bankkontos liebte. Jemanden, der ihn schon sehr lange kannte und in der Unterstufe immer seinen Turnbeutel versteckt hat.

Mich.

»Juli!«

Ich wälze mich auf die andere Seite. Es ist ein schönes Gefühl, Teil einer Beziehung zu sein. Kurt Tucholsky, von dem ich eigentlich sehr viel halte, schrieb einmal: *Es wird nach einem Happy End im Film jewöhnlich abjeblendt.* Kann ich gar nicht verstehen. Da fängt die wirklich aufregende Zeit doch überhaupt erst an! Dann wird's romantisch, vertraut, intim und im besten Fall auch sexuell. Der erste Kuss (bei uns sehr romantisch: im Zoo vor dem Affengehege), der erste Sex (ein bisschen weniger romantisch: Währenddessen sprach meine Mutter fünfzehn Minuten lang auf den Anrufbeantworter), das erste gemeinsame Einschlafen miteinander (zugegeben, so gut wie gar nicht romantisch: Ich hatte eine Erkältung und habe schlimm geschnarcht).

Konrad und ich haben den Oktober weitestgehend im Bett verbracht. Das gehört sich auch so für ein frischgebackenes Paar. Im Bett harmonieren wir sehr gut miteinander, ganz gleich ob kopulierend, kuschelnd oder schlafend. Und sogar außerhalb des Bettes verstehen wir uns wirklich gut, auch wenn sich das bislang auf gemeinsames Einkaufen und die schnelle Nahrungszubereitung beschränkt. Weiter als bis zum REWE um die Ecke sind wir noch nicht gekommen. Wir waren ja ganz und gar damit beschäftigt, verliebt ineinander zu sein. Ich kann mich also nur wiederholen: Es hat wirklich überhaupt keinen Sinn, nach einem schönen und vielversprechenden Happy End abzublenden!

»Juuuli!«

Jetzt reicht's mir aber gleich. Wieso schreit er denn so? Kann er nicht einfach herkommen?

Ich setze mich im Bett auf. »Was ist denn los?«

»Na endlich! Kannst du mal bitte kommen? Klopapier ist alle!«

Ach so. *Deswegen* wird in der Regel nach dem Happy End abgeblendet.

Der Richtige

Mittwoch, 10. November, um 19:03 Uhr

Konrad und ich verbringen wirklich sehr viel Zeit miteinander, vorrangig in der Horizontalen. Ich weiß nicht genau, wie unsere Körper das schaffen, ohne zusammenzubrechen: Wir nehmen nur einen Bruchteil der üblichen Nahrungsmengen zu uns und verbrennen mindestens doppelt so viele Kalorien wie normalerweise, weil wir wirklich sehr, sehr viel Sex haben. Wenn wir gerade mal keinen Sex haben, küssen wir uns stundenlang, was, das haben Recherchen im Internet ergeben, ebenfalls jede Menge Kalorien verbrennt. Und das Immunsystem stärkt! Immerhin wechseln bei einem intensiven Kuss bis zu vierzigtausend Bakterien ihren Besitzer. Was ein bisschen eklig ist, wenn man es so schwarz auf weiß liest.

Trotzdem kein Wunder, dass ich mich topfit, strahlend schön und so rank und schlank wie niemals zuvor fühle. Wenn ich gewusst hätte, wie leicht es ist, drei Kilo in vier Wochen zu verlieren, hätte ich mich schon viel früher verliebt.

Unsinn. So ein Quatsch! Ich wollte mich ja nicht in *irgendwen* verlieben, sondern in den Einen, den Richtigen!

Wobei ... Nein, so ganz kann ich das wohl doch nicht stehen lassen. Ich würde ja zu gerne aus vollster Überzeugung und reinstem Herzen behaupten, dass ich auf jemanden wie Konrad nur gewartet hätte. Dass ich mir in meinen romantisierten Kleinmädchenträumen vorgestellt habe, dass ich ihm, dem ich in der Mittelstufe Furzkissen auf den Stuhl gelegt habe, auf einem grün bewachsenen Hügel im milden Junisonnenschein mit ausgestreckten Armen entgegenlaufe – in Zeitlupe UND mit Geigenmusik.

Dem ist aber nicht so. Konrad ist vielleicht nicht das komplette Gegenteil dessen, was ich mir immer gewünscht habe, aber auch nicht so, wie ich dachte, dass er sein sollte. Aber wie sollte er denn sein? Ich frage mich, was genau ich eigentlich wollte, als ich vor mehr als einem Jahr mit meinem kuriosen Experiment begann. Ich wollte *jemanden.* Und auch wenn das nach *irgendjemandem* klingt – nein, nein, so war das nicht. Nicht *irgendwen,* sondern: *jemanden.* Der zu mir passt. Der mich nicht verbiegt. Und der mein Leben noch schöner macht.

Noch schöner. Das impliziert, dass es schön war. War es aber nicht. Ich war ein mieser Single. Ein ganz mieser. Vielleicht sogar der mieseste Single überhaupt. Ich konnte dem Alleinesein wirklich gar nichts abgewinnen und malte mir in meinen Vorstellungen aus, wie schön und wie glücklich ich zu zweit wäre. Wenn ich ehrlich bin, war es am Anfang gar nicht so wichtig, wem ich mein Herz hinterherwarf. Ich war ja schon glücklich, wenn es überhaupt jemanden gab, an dessen Fersen ich mich heften konnte. Die meisten, die ich traf, waren dann leider auch ganz und gar nicht das, was ich mir so vorgestellt hatte.

Konrad, das gebe ich zu, gehörte auch nicht zur engeren Auswahl. Eine ganze Zeit lang nicht. Eigentlich sogar noch nie. Konrad war im hintersten Eckchen meiner Erinnerung abgespeichert, irgendwo zwischen meinem Englischlehrer, Herrn Eberle, der mit seiner feuchten Aussprache des »tieh äitsch« gerne die erste Reihe vollspeichelte, und meinem erniedrigenden Abgang beim Abiball, als ich erst in den Schirmständer im Foyer und dann einer fremden Frau auf die paillettenbesetzten Pumps kotzte. Der Abend endete früh für mich. Abitreffen habe ich seitdem gemieden.

Konrad stand also nun wirklich nicht ganz oben auf meiner Liste. Dafür trug er, zumindest in meiner Erinnerung, seinen Rucksack immer zu hoch im Nacken und verschanzte sich, und das bilde ich mir sicher nicht ein, gerne hinter seinen Informatikerheftchen. Die liest er heute noch. Darf er auch, immerhin kann er sie inzwischen von der Steuer absetzen.

Wieso bin ich heute trotzdem mit Konrad zusammen?

Nicht trotzdem, sondern gerade deswegen!

Konrad ist mir einerseits so vertraut, dass ich manchmal das Gefühl habe, wir sind nicht seit sechs Wochen, sondern seit sechs Jahren ein Paar. Und doch hat er so viele Seiten an sich, die ich nicht kannte, die mich überraschen, begeistern und sprachlos machen. Sein Talent auf dem Gebiet der Pfannkuchenherstellung ist beispielsweise überragend. Seine Fähigkeit, mich morgens aus dem Bett zu locken (wenn er nicht gerade auf dem Klo sitzt und nach Toilettenpapier brüllt, normalerweise macht er das geschickter), überwältigt mich genauso wie die Tatsache, dass sein Bauch und mein Rücken eine – ich schwöre! – anatomisch perfekt ausgezirkelte S-Kurve beschreiben und wie zwei menschliche Puzzlestücke optimal zueinanderpassen. Wirklich! Dieser Bauch hat auf meinen Rücken gewartet. Und umgekehrt.

Und ich auf Konrad. Mein Bild von diesem *jemand,* den ich gerne in mein Leben hineinlassen wollte, war unkonkret. Ich wusste, was ich nicht wollte. Damit kam ich aber nicht weit. Konrad hingegen schon, denn er füllte diese leere Fläche meiner Vorstellungen mit seiner ganzen Person einfach aus und gab mir wenig Zeit, über für, wider, aber und weil nachzudenken. Er war da. Einfach so. Und ist es immer noch. Und das ist auch gut so.

Trautes Heim

Sonntag, 14. November, um 13:11 Uhr

»Magst du noch ein Glas Orangensaft?«, fragt mich Konrad und schenkt mir sein schönstes verschlafenes Sonntagmorgenlächeln. Er gießt mir den Rest aus der Flasche ein, ich greife ein zweites Mal in den Brotkorb. Diese Croissants sind einfach der Wahnsinn! Glücklicherweise teilen Konrad und ich die gleiche Leidenschaft: Nutella MIT Butter. Also ziere ich mich nicht und schlage hemmungslos zu. Die Novembersonne scheint, Bill Withers singt uns ein bisschen was vor, Konrad wippt mit dem Fuß dazu und wirft mir verliebte Blicke zu. Ich werfe verliebt zurück.

Da zickt es von der anderen Seite des Tisches: »Ist ja nicht so, dass ich keinen Durst hätte, aber danke fürs Angebot!«

Konrad verdreht die Augen. »Dann nimm halt mein Glas«, stöhnt er entnervt und schiebt seiner Exfreundin, ohne sie dabei eines Blickes zu würdigen, seinen Orangensaft hin.

»Danke, Konni«, schleimbeutelt es aus ihrer Richtung zurück.

Konni. Nadine nennt Konrad, MEINEN Konrad, Konni. Aber es ist noch viel schlimmer. Nadine, Konrads raubkatzenartige Exfreundin, nimmt an unserem verliebten Romantikfrühstück teil! Vor ein paar Tagen habe ich Konrad vorsichtig gefragt, wann Nadine denn vorhabe, aus seiner Wohnung auszuziehen. Konrad zuckte nur mit den Schultern. »Ich weiß nicht. Sie sagt, sie hat schon einen Makler beauftragt, aber es ist schwer, eine vernünftige Wohnung zu finden.«

Pah! Von wegen Makler. Die Alte hat keinen Finger gerührt. Und von wegen »vernünftige Wohnung«: Nadine meint mit vernünftig wohl Drei-Zimmer-Küche-Spa inkl. Dachterrasse und Hausangestellten für fünfhundert Öcken warm. Ohne Courtage, versteht sich.

Ich äußerte meinen Verdacht, aber Konrad widersprach: »Wohnungen sind teuer, vor allem wenn man alleine einziehen will und vor allem in der Lage.«

Ja. Die Lage kenne ich nur zu gut. Nadine und Konrad sind schon seit bald einem Jahr nicht mehr zusammen. Nadine hat sich – und das ist wichtig für die Beweislage – von Konrad getrennt und will ihn jetzt zurückhaben. Deswegen hat sie es mit der Wohnungssuche auch nicht gerade wahnsinnig eilig. Die Hexe! Und Konrad verhält sich so dermaßen treudoof, dass mir so langsam, aber sicher erste Zweifel kommen.

»Weißt du, es wirkt schon ein bisschen … *komisch,* wenn ich das mal so sagen darf«, ging ich das heikle Thema vorsichtig an. »Wir können uns hier gar nicht richtig treffen, weil sie immer hier ist und die Luft verpestet.«

Konrad nickte. »Ja, ich weiß. Aber ich kann sie doch nicht einfach rausschmeißen.«

Wieso eigentlich nicht?, fragte ich mich und überlegte mir krampfhaft irgendwelche wirklich guten Argumente. Mir fielen aber keine ein. Außer eines: dass Nadine so angenehm wie Salpetersäure auf nüchternen Magen war.

Ich bohrte weiter. »Aber Konrad, ganz im Ernst, es ist kein besonders tolles Gefühl, dass du immer noch mit deiner Exfreundin zusammenwohnst. Woher weiß ich, dass sie sich nicht nachts in dein Zimmer schleicht und über dich hermacht?«

Konrad lachte. »Na ja, das sollte ich ja wohl noch mitbekommen, oder?« Und dann sah er mich ganz lieb an, und sein linkes Auge zuckte ein bisschen, und ich war besänftigt und voller Vertrauen, Liebe und Zuversicht.

»Juli«, katzbuckelt es da von den billigen Plätzen, »kannst du mir bitte mal das Wasser reichen?« Nadine lächelt mich zuckersüß zwischen den Zeilen an.

Nee. Denke ich. Kann ich nicht. Ich kann mit keinem 90-60-90-Model im Seidenpyjama mithalten. Ich trage Konrads Frotteebademantel, darunter eine karierte Flanellschlafanzughose und ein abgegrabbeltes T-Shirt von irgendeinem Junggesellenabschied. »Trauergemeinschaft Thorsten Kron«, steht hinten auf dem Rücken, und wenn das alles nicht so traurig wäre oder jemand anderem passierte, würde ich jetzt wahrscheinlich lachen.

»Konnilein«, süßholzraspelt Nadine weiter, »du solltest mehr auf deine Gesundheit achten. Nutella mit Butter hat mehr Kalorien, als du an einem Tag verbrennen kannst.« Sie lächelt ihn fies an. »Und wir beide wissen doch, dass du immer ein bisschen auf deine Figur aufpassen musst, nicht wahr?«

Konni knirscht mit den Zähnen, kann aber noch an sich halten. Nadine versteht das als stille Aufforderung, noch ein wenig weiterzusticheln. »Nicht dass ich dir oder deiner neuen Freundin zu nahe treten will ...«

Keine Sorge, Nadine. Noch näher geht nicht, es sei denn, du möchtest im Spalt zwischen unseren Matratzen schlafen?

»... aber es ist ja offensichtlich, dass IHR BEIDE ein bisschen auf eure Linie achten solltet.«

Mir bleibt spontan mein letzter Bissen im Hals stecken. Und auch Konnilein hat genug. Meiner Meinung nach immer noch viel zu freundlich, sagt er: »Mein Desinteresse an deiner Meinung ist geradezu unermesslich. Wenn du uns also bitte in Ruhe weiter frühstücken lassen würdest, wäre ich dir äußerst verbunden.«

Nadines Lächeln gefriert.

Bravo!, applaudiere ich innerlich. Ich fand Konrads Reaktion durchaus angemessen, wenn auch noch etwas blutleer. Das geht bestimmt mit noch mehr Nachdruck und muss auch, denn Nadine hat immer noch nicht genug.

»Konni, du weißt doch, deine Mutter und ich sind da ganz einer Meinung, wenn du nicht enden willst wie dein Vater ...«

Weiter kommt sie nicht, weil Konnikonrad ihr über den Mund fährt: »Nadine«, sagt er mit einem deutlichen Beben in der Stimme. »Übertreib es nicht!«

Nadine blickt mit zusammengekniffenem Mund auf die Tischplatte. Jetzt sieht sie aus wie eine Dreijährige. Und tut mir fast schon ein bisschen leid.

»Gut«, faucht sie, und ihr Tonfall wird bedrohlicher, »dann wünsche ich dir weiterhin viel Vergnügen mit DEINER DICKEN NEUEN FREUNDIN!«, steht auf und verlässt mit wehenden Fahnen die Küche.

Jetzt tut sie mir schon gar nicht mehr leid. Blöde Kuh!

»Du bist nicht dick«, stellt Konrad postwendend fest und legt eine Hand auf meinen fülligen Oberschenkel. Unter dem Flanell bäumt sich die Orangenhaut unter seiner Berührung freudig auf. »Du bist genau richtig!« Er lächelt lieb.

Ich lächle tapfer zurück und schwöre mir, in Zukunft nur noch Orangensaft zum Frühstück zu ordern. Und Abführtropfen.

... Glück allein

Donnerstag, 18. November, um 09:23 Uhr

Wir sind wieder in meiner Wohnung. Gott sei Dank! Hier stört uns keine Topmodel-Anwärterin beim entspannten Frühstück, hier muss mir Konrad beim Sex nicht den Mund zuhalten, hier kann ich in Unterhose durch die Wohnung laufen und muss mich nur vor mir, Konrad und meinem Spiegelbild rechtfertigen. Nicht aber vor dem Hungerhaken in Size zero.

Konrad bleibt immer öfter über Nacht. Das freut mich einerseits außerordentlich, weil er nicht mehr in seiner eigenen Wohnung schlafen muss und nachts von Nadine überfallen werden kann. Es nervt mich andererseits außerordentlich, weil Nadine, seitdem Konrad noch öfter als vorher bei mir ist, sich wohl in Sachen Telefonterror weitergebildet hat. Sie ruft ihn wegen jedem Dreck an: um sich sein Auto zu leihen, um ihm zu sagen, dass Post da ist, um ihm zu sagen, dass keine Post da ist, weil der Wasserhahn tropft oder Sydney, Nadines und Konrads gemeinsame Katze, angeblich aus Sehnsucht nach dem Herrchen die Nahrungsaufnahme verweigert und sich in absehbarer Zeit vom Fenstersims stürzen wird. Und dabei landen Katzen doch angeblich immer auf den Pfoten.

Sydney. Was für ein blöder Name! Eigentlich hab ich ja nichts gegen Katzen, aber solche, die Städtenamen tragen, finde ich schon per se richtig blöd. Besonders dann, wenn sie Nadine gehören. Sydney ist eine Rassekatze, »Russisch Blau«. Das musste ich erst mal googeln. Das sind diese von Kopf bis Fuß ganz und gar mausgrauen Kurzhaarkatzen, die – so behauptet zumindest Nadine – nur selbst gekochtes Futter zu sich nehmen und sehr an ihren Besitzern hängen. Nadine hat es mit dem selbst gekochten Futter wohl übertrieben, jedenfalls ist das Vieh wirklich atemberaubend fett. Passt gar nicht so richtig zu Nadine, wenn ich es mir genau überlege – wobei, vielleicht kompensiert sie bei der Katze ja ihre eigene Essstörung (die sie haben MUSS, von alleine sieht niemand so aus). Insofern ist es vielleicht gar nicht so schlecht, wenn Sydney, wenn auch aus Trauer, ein Weilchen weniger frisst, diese fette Hummel.

Wie auch immer: Sydney. Die Beziehungskatze. Oder, in Nadines Fall, die Essenskompensationskatze. Oder die Kinderersatzkatze, denn dass Nadine auf natürlichem Wege einmal Nachwuchs bekommt, halte ich für vollkommen ausgeschlossen. So wie bei diesen Hollywoodschauspielerinnen, die sich für ein paar Rhabarberschleifchen eine Leihmutter besorgen und die ihre Kinder fremdaustragen lassen. Und dann liest man diese Berichte über Leute wie Sarah Jessica Parker oder Jodie Foster, die ihre Karrieren, ihre Familien und vor allem ihre Traumfiguren immerzu und vollkommen im Griff haben. Kunststück! Wenn ich jemand anderen in meinem Namen fett werden lasse, kann ich auch vier Wochen nach der Entbindung wieder bei Victoria's Secret laufen. Gut, Heidi Klum widerlegt meine Argumentation, aber die ist ja ohnehin nicht ganz knusper. Wer will schon vier Wochen nach Niederkunft wieder eine Modenschau laufen? Hallo?

Nadine, die würde so was machen. Bei den Maßen …

Aber Beziehungskatze – dass ich nicht lache! Konrad und ich haben noch nicht einmal eine Beziehungs*pflanze*. Im Supermarkt um die Ecke habe ich neulich Schnittlauch im Angebot gesehen. Ich schreibe sofort auf den Einkaufszettel: Beziehungsschnittlauch kaufen. Dann brauchen wir nur noch einen hübschen Namen für unser Pflänzchen. Vielleicht Wanne-Eickel.

Erdbeerwoche

Dienstag, 23. November, um 18:05 Uhr

Wir haben ein Problem. Besser gesagt: Ich habe ein Problem. Nun ja, eigentlich ist es kein Problem, sondern ein – organisch betrachtet – sehr begrüßenswerter Umstand einer jungen, fortpflanzungsfähigen Frau. An sich ist es kein Weltuntergang, und grundsätzlich kann Konrad sich freuen, dass bei seiner Freundin die primärgeschlechtlichen Merkmale so hervorragend funktionieren. Für den Fall, dass wir irgendwann mal über Familienplanung nachdenken wollen sollten.

An Kinder müssen wir momentan allerdings noch nicht denken, ich habe nämlich etwas extraordinär Saublödes gemacht: Ich hab die Pille durchgenommen. Im ersten Monat fand ich das noch ziemlich klasse, weil ich meine Regel nicht bekam und Konrad und ich, wann immer uns danach war, weitere Vaginadialoge führen konnten. Doch jetzt rächt sich mein Körper an mir, ich habe außerplanmäßig und vollkommen unerwartet meine Tage bekommen – nein, das trifft es noch nicht einmal ansatzweise: Mein Unterleib revanchiert sich für den von mir zugeführten unregelmäßigen Zyklus mit einer Art Schlachtfest. Ich verliere so viel Blut, dass ich zwischenzeitlich ernsthaft darüber nachdenke, mir eine Transfusion verabreichen zu lassen, bevor ich anämisch werde.

Sex ist derzeit jedenfalls vollkommen unmöglich. Und ich übertreibe ausnahmsweise mal nicht.

Bleibt nur eine Frage: Wenn wir keinen Sex haben können, was machen wir stattdessen?

Gestern Abend, Tatort Badezimmer. Ich stehe am Waschbecken und putze mir die Zähne, und Konrad direkt hinter mir versucht, mir unters T-Shirt zu grabbeln.

»Hmmm«, schnurrt er selbstvergessen und knabbert an meinem Hals.

Ich putze stoisch weiter.

Konrad legt den zweiten Gang ein und lässt seine Hand über meinen Rücken wandern.

»Du bist so lecker«, seufzt er und dreht mich zu sich um. Ich kaue auf der Zahnbürste herum.

»Isch bin vo'allem scho unrein«, nuschele ich verlegen.

Konrad stutzt. »Unrein?!«

Ich nicke peinlich berührt. Nicht peinlich berührt, weil mir mein Umstand peinlich ist. Immerhin habe ich den zum gefühlten zweihunderteinundsiebzigsten Mal in meinem Leben. Sondern peinlich berührt, weil ich mich peinlich berührt fühle. Wie auch immer: saublöd.

»Ach so.« Konrad lächelt verständnisvoll. »Und da magst du jetzt lieber keinen Sex haben?«

Ich schüttle den Kopf. Die Zahnbürste schüttelt sich mit.

»Ist doch kein Problem. Wir müssen ja bei Gott«, Konrad lacht auf, »nicht jede Nacht durchmachen. Wir lassen uns einfach was anderes einfallen. Hm?«

Diese emanzipiert erzogenen Männer sind schon echt klasse. Sie sind empathisch und so verständnisvoll, als hätten sie selbst ihre Tage.

Konrad denkt laut nach. »Irgendwie auch mal ganz angenehm. So ohne Sex. Ich meine, versteh mich nicht falsch, aber irgendwie haben wir jetzt ja auch mehr ... Möglichkeiten.«

Stimmt. In den letzten Wochen haben wir immer mal wieder Versuche gestartet, etwas zu unternehmen. Ins Kino wollten wir, sind aber nicht hingegangen, weil wir uns beim Anziehen unserer Jacken gegenseitig so scharfgemacht hatten, dass wir uns direkt wieder auszogen. Wir haben Mona versetzt, Konzertkarten verfallen lassen, Treffen mit Konrads Jungs abgesagt, weil im letzten Moment einer von uns beiden immer am anderen rumschraubte. Von unserer sehr mangelhaften Ernährung mal ganz zu schweigen. Es liegt also auf der Hand: Wir können dringend eine Sex-Auszeit vertragen.

»Gut«, beschließt Konrad. »Dann hol ich mal die Fernsehzeitung.«

Aha. Da sind sie also, die Möglichkeiten. Ich fühl mich schon gleich viel freier.

Liebe geht durch den Magen

Mittwoch, 24. November, um 21:22 Uhr

Die Sache mit dem Fernsehen haben wir relativ schnell wieder aufgegeben. Unglaublich, was an einem Dienstagabend so alles im Fernsehen läuft! Zum Glück zahle ich keine GEZ-Gebühren, sonst würde ich mich gleich noch mehr aufregen.

Ein bisschen ratlos sitzen wir am zweiten Abend unserer unfreiwilligen Askese auf dem Sofa.

Konrad gibt sein Bestes. »Wir müssen ja auch nicht fernsehen.«

»Nein«, antworte ich einsilbig.

»Wir könnten uns ja auch unterhalten.«

Das klingt nach einem guten Vorschlag. Das Problem ist nur: Wenn man sich unterhalten *will,* klappt das meistens viel weniger gut, als wenn man sich ganz einfach unterhält, ohne darüber nachzudenken. Dementsprechend mühselig wirkt unser Versuch.

»Wie war denn deine Woche so?«, startet Konrad enthusiastisch.

»Gut!«, erwidere ich frohen Mutes. »Und bei dir so?«

»Auch gut. Danke der Nachfrage.«

Wir schweigen. Also, seien wir ehrlich: Die nonverbale Kommunikation klappt bei uns dann doch erheblich besser.

»Äh«, sagt Konrad.

»Hm, hm«, antworte ich. Unser Schlagabtausch geht in die nächste Runde. »Hast du Lust zu scrabbeln?« Was Blöderes fällt mir aber auch nicht ein.

Konrad sieht mich zweifelnd an. »Nee. Nicht so. Aber weißt du was? Ich hab eine Idee!« Hoffentlich ist sie besser als meine. »Mein Vater sagt immer, Essen ist der Sex des Alters. Was hältst du davon, wenn wir einkaufen gehen und uns dann was richtig Feines kochen? So mit allem Pipapo? Drei Gänge?« Er sieht begeistert aus.

Ich kann der Nahrungsaufnahme im Allgemeinen und im Speziellen auch eine Menge abgewinnen, daher machen wir uns über meine Kochbücher her und haben bald schon ein vielversprechendes und ungemein aufwendiges Menü zusammengestellt. (Ich glaube, Konrad sucht sich absichtlich die komplizierten Gerichte aus, damit wir länger beschäftigt sind.)

Konrad flitzt zum Supermarkt. Ich entstaube schon einmal die Nudelmaschine. Konrad will nämlich Agnolotti mit Blattspinat-Ricotta-Füllung machen. Ich wusste bis gerade eben noch nicht einmal, was Agnolotti sind. Umso mehr freue ich mich auf die selbst gemachten Antipasti vorab sowie die anschließende Zabaglione, die Konrad selbstverständlich ebenfalls eigenhändig zubereiten wird. Die Waldbeeren, die er dazu kredenzen möchte, sammelt er vermutlich gerade im Stadtpark. Und wahrscheinlich wird er sogar die Eier selbst legen, die er für die Zabaglione braucht. Freak.

Ein Mops kam in die Küche

Freitag, 26. November, um 16:54 Uhr

Ich kann nicht mehr. Nicht mehr essen, meine ich. Ich hätte niemals gedacht, dass dieser Zustand bei mir möglich ist. Seitdem Konrad und ich keinen Sex mehr haben, also seit ziemlich genau fünf Tagen, habe ich drei Kilo zugenommen. Drei Kilo! Ich habe vier Wochen gebraucht, um zwei Komma acht Kilo abzunehmen, und da habe ich mich wirklich nur von Luft und Liebe ernährt, das muss man sich mal vorstellen!

Ich fühle mich so unglaublich fett und unattraktiv wie Sydney, Konrads und Nadines Beziehungskatze. Sofern der Klops so etwas wie ein ästhetisches Selbstwertgefühl hat.

Ich jedenfalls ertrage mich kaum noch selbst. Immer, wenn Konrad oder ich Lust auf den anderen bekommen – das wird aber immer weniger, jedenfalls bei mir, weil ich mittlerweile so behäbig und aufgebläht bin, dass ich selbst den Gedanken an Sex schon als körperliche Anstrengung empfinde –, essen wir. Beide. Also: gemeinsam. Das bedeutet, dass wir richtig viel essen.

Zugegeben, wir essen hervorragend. Konrad schleppt jeden Abend Nahrungsmittel in die Wohnung und zaubert die herrlichsten Gerichte. Wir hatten in der letzten Woche Kohlrouladen, Apfelstrudel mit Vanilleeis, Hähnchenbrustfilets mit Feigen-Chutney, Lachs-Carpaccio mit Sahne-Dill-Soße und Rosmarinkartoffeln, Kartoffelpuffer mit Apfelkompott, Schwarzwälderkirsch und Wiener Schnitzel, und immer, wirklich immer, hat Konrad alles selbst zubereitet, hat geschnippelt, gedünstet, gegrillt und gewickelt, blanchiert, sautiert, pochiert und noch einige andere französische Dinge getan, von denen ich vorher nie gehört und deren Sinn ich bis heute nicht verstanden habe.

Doch. Den Sinn schon: Es sollte lecker werden. Und das wurde es auch. Nur bin ich jetzt so satt, ich mag kein Blatt. Mäh, mäh, mäh.

Als ich meine stark vergrößerte Leibesfülle Konrad gegenüber anspreche, nimmt der mich nur in den Arm: »Ach, so ein Quatsch! Das kommt dir nur so vor, weil bald Weihnachten ist. Da fühlt man sich doch immer so. Aber das gehört doch dazu, oder?«

Auch das Zunehmen? Konrads hinkende Argumente können meiner Laune auch nicht auf die Sprünge helfen. Erst als er vorschlägt, den Schnittlauch, den er vom Einkauf mitgebracht hat, vor dem Verzehr zu verschonen und ihn, meinem Wunsch entsprechend, Eberhard zu nennen, sehe ich ein Licht am Ende des Tunnels.

Alles raus, was keine Miete zahlt

Samstag, 27. November, um 17:37 Uhr

Ich weiß jetzt, warum ich so dick bin. Nein, nicht *generell,* sondern momentan. Also akut. Es ist nämlich so: Wir essen ja gerade umständehalber sehr viel. »Wir essen« klingt eigentlich harmlos, ähnlich wie »wir atmen« oder »wir leben«. Im Gegensatz zum Atmen und Leben hat Essen aber einen entscheidenden Nachteil: Was reinkommt, muss auch wieder raus. Und das ist, insbesondere bei verliebten Frauen, ein Problem.

In der Anfangszeit gibt man ja gerne mal vor, etwas zu sein, das man nicht ist. Nein, es ist kein Problem, wenn du deine Socken in der ganzen Wohnung verteilst oder zu handlichen Klumpen in meinen Wäschesack wirfst, ich bin bei so was total locker. Eifersüchtig? Quatsch, ich doch nicht, zieh ruhig mit deinen Jungs um die Häuser. Ich bin doch kein Kleingeist. Das sind doch total überholte Rollenmodelle, dass Frauen keine Getränkekisten hochschleppen können, lass mal, das pack ich locker!

Allesamt recht niedliche Versuche von Frauen, sich emanzipierter, entspannter und großzügiger darzustellen, als sie eigentlich sind. Denn niemand, zumindest niemand des weiblichen Geschlechts, findet es *wirklich* gut, beim Wäscheaufhängen feuchte Sockenklumpen zu entwirren, seinen Freund sternhagelvoll auf der Reeperbahn zu wissen oder seine Koffer selbst in den dritten Stock zu wuchten.

Frauen verkünden, und das gerade am Anfang, gerne mal Wahrheiten, die sie selbst glauben wollen und die vor allem ihre Männer glauben sollen. Frauen *wären* gerne flexibel, tolerant und freiheitsliebend und jubeln in den ersten Wochen ihren neuen Errungenschaften gerne genau diese Eigenschaften unter. Um sich besser darzustellen, als sie sind. Um sich ausnahmslos von ihrer Schokoladenseite zu zeigen. Um sich absolut sicher zu sein, dass er nicht nach drei Wochen Fahnenflucht begeht, wenn sie die echten Macken rausholen. Um zu vermeiden, dass ihr Mann die Wahrheit herausfindet: dass nämlich die neue Freundin gar keine Heilige ist, keine spezialgelagerte Sondermischung zwischen bester Freundin, Hure und Fußballkumpel, sondern eben auch nur die *Freundin* liest und George Clooney anhimmelt und die Butter und die Marmelade im Kühlschrank nach europäischen Kühl- und Aufbewahrungsstandards genau zweieinhalb Zentimeter nebeneinanderplatziert. Und: dass sie eine Verdauung hat.

Frauen haben ja eigentlich keine Verdauung. Zumindest könnte man den Eindruck gewinnen, wenn man Frauen so zuhört. Männer gehen nicht nur ganz ungeniert aufs Klo, sie zelebrieren ihre Sitzungen geradezu, lesen *Die Zeit* und Comicheftchen, lösen Kreuzworträtsel, telefonieren, erledigen Post und Büroablage und widerlegen die Relativitätstheorie, und das alles während eines einzigen Toilettengangs. Und am Ende reden sie auch noch darüber. Über ihre Erlebnisse davor, währenddessen und danach, über die Beschaffenheit des Klopapiers, über beheizbare Klobrillen, links- oder rechtsdrehende Wasserabläufe und nicht zuletzt die Qualität und Quantität des eigenen hochwohlgeborenen und königlichen Stuhlgangs.

Frauen gehen nicht nur nicht aufs Klo, wenn ihre Männer anwesend sind. Frauen verdauen erst gar nicht, und noch viel weniger reden sie darüber. Vielleicht ist das der Grund, warum Frauen immer nur einen kleinen gemischten Salat essen und nicht das Doppel-Whopper-Bacon-Cheese-Menü mit XXL Pommes Schranke und zwei Softeis zum Mitnehmen. Wer viel isst, muss viel verdauen, und am Ende des Prozesses muss der Körper abgeben, was er nicht verwerten kann. Und genau da fängt das Problem der meisten Frauen an. Sie *können* einfach nicht, wenn ihre Männer anwesend sind. Nicht nur im selben Badezimmer, in derselben Wohnung, im selben Stadtteil. Am liebsten würden Frauen zum Kacken den Kontinent verlassen.

Ich auch. Ich sitze nach fünf Tagen Schlemmermarathon aufgebläht wie ein Heißluftballon auf dem Sofa. Konrad fläzt neben mir, sehr entspannt, sehr glücklich, mit leerem Enddarm. Und ich bin mir sicher: In wenigen Minuten werde ich explodieren.

Ich war seit drei Tagen nicht mehr auf dem Klo. Denn Konrad war das ganze Wochenende bei mir. Und deswegen wiege ich auch drei Kilo mehr als noch am Freitag. Vor einer Woche, als ich aufgrund exzessiven Sexkonsums feste Nahrung komplett verweigert habe, war es nicht schlimm, dass Konrad so lange in meiner Wohnung war. Nicht nur nicht schlimm, es war sogar schön.

Aber gerade jetzt wünsche ich mir, dass Konrad geht. Und bitte erst in drei Tagen wiederkommt. So lange werde ich nämlich vermutlich brauchen, um meinen Körper zu entgiften.

Ich tagträume von Abführtabletten und Glaubersalz. Ich wünsche mir ein schalldichtes Badezimmer und eine Wagenladung Raumspray. Ich habe schon mehrere Versuche gestartet, bin aufgebläht vom Sofa aufgestanden, habe Konrad ein »Ich bin mal kurz im Bad!« zugejapst, mich schwerfällig dorthin geschleppt, das Radio auf volle Lautstärke aufgedreht, das Fenster aufgerissen und in einem letzten Kraftakt den Türschlitz mit Handtüchern abgedichtet, nur um nach fünf Minuten erfolglos und den Tränen nahe zu kapitulieren. Ich KANN einfach nicht, wenn Konrad da ist. Selbst wenn es mein Ende bedeuten sollte.

Schattendasein

Sonntag, 28. November, um 14:19 Uhr

»Auf dem Klo hat man immer die besten Ideen«, sagt mein Vater immer. Mein Vater ist ein Mann und hat deswegen genetisch bedingt weder Schwierigkeiten, auf Toilette zu gehen, noch Hemmungen, anschließend darüber zu reden. Ich fange an zu grübeln. Wieso fällt es mir schwer, in Konrads Beisein einem so natürlichen Grundbedürfnis nachzugehen? Was denkt Konrad mittlerweile? Es muss ihm längst spanisch vorkommen, dass ich in den letzten Stunden das Essen vollends eingestellt habe, um weiteres Aufblähen und anschließendes Platzen zu vermeiden. Vielleicht denkt er, ich hab Bulimie und kotze alles aus, bevor ich es verdaue. (Kennt er vielleicht von Nadine?) Oder er vermutet einen künstlichen Darmausgang. Nein, den hätte er längst gesehen. Vielleicht denkt er aber auch überhaupt nichts, weil Konrad sich über die Verdauung seiner Freundin genauso wenig Gedanken macht wie über die Eilmeldung, dass in den frühen Morgenstunden einem New Yorker Straßenverkäufer in der 3rd Avenue der koffeinfreie Kaffee ausging.

Aber woher kommen meine Hemmungen? Ich bin doch sonst nicht so. Jedenfalls nicht so unglaublich … mädchenhaft! Ich kann Platzwunden sehen und tote Tiere am Straßenrand, ich halte meinen Freundinnen beim Kotzen die Haare aus dem Gesicht und bespreche die gynäkologischen Details meines Sexuallebens gerne in der Öffentlichkeit. Ich kann beim Dschungelcamp hinsehen, selbst wenn sie Känguruhoden und Madenschleim essen müssen, und kann die ersten Takte von »Am Brunnen vor dem Tore« rülpsen. Wieso bin ich also dermaßen spießig, verklemmt und ganz und gar verdruckst, wenn es um den Toilettengang geht?

Wahrscheinlich liegt des Pudels Kern in meinen vergangenen Beziehungen. Die sind ohnehin an einer ganzen Menge schuld, an meinem Retterkomplex, meinen Bindungsängsten, meinen zumindest ab und an vorgespielten Orgasmen (nicht bei Konrad! Ich schwöre!) und der Angewohnheit, alle vier Wochen das Eisfach abzutauen.

Meine bisherigen Beziehungen sind im Nachhinein betrachtet nur bedingt glücklich gewesen. Meistens nur genau in dem Moment, in dem sie endeten. Die Zeit davor war geprägt von Ablehnung, fliegenden Tellern, verheulten Nächten und kopfschüttelnden Freundinnen. Wie gesagt, ich hatte nicht immer das beste Händchen, was die Auswahl meiner Herzbuben anging. Besonders bei meiner Alphabeziehung, also der bislang längsten und wichtigsten, bei Michael, habe ich die Grenzen des guten Geschmacks und des gesunden Menschenverstands gleich mehrmals übertreten. Ich habe diesen fürchterlichen Mann so fürchterlich geliebt, dass mir jedes Mittel recht war, mich ihm anzubiedern. Ich habe seine Seitensprünge verziehen (die, die er mir gestand) und ignoriert (die, die er mir nicht gestand), ihn nachts volltrunken von der Partymeile gepflückt und heimtransportiert, ihm ein Katerfrühstück zubereitet und seine Wohnung auf Vordermann gehalten, seine Hemden gebügelt, seine Knöllchen bezahlt, und ich habe sogar ein Wochenende mit ihm und seiner Mutter im Sauerland verbracht, was wohl das größte Opfer meines bisherigen Lebens war. Vor einem Mann, den ich nur mit viel Schmerz, Leid und Kummer und unter größter Anstrengung halbwegs an mich binden konnte, dem verheimlichte ich selbstverständlich auch meine Verdauung. So.

Da haben wir es. Michael ist schuld. Und ich ein bisschen. Denn bei den Männern, die danach kamen, habe ich es nicht besser gemacht. Entweder hielt die ganze Chose nicht lang genug, dass ich währenddessen überhaupt aufs Klo musste, oder ich fühlte mich so unsicher, dass ich mich nicht überwinden konnte, es darauf ankommen zu lassen. Und so führen meine Verdauung und ich ein geheimes Leben im Untergrund. Bis heute.

Die Büchse der Pandora

Mittwoch, 1. Dezember, um 22:31 Uhr

Ich schäme mich! Ich schäme mich so sehr, dass ich nur unter Aufbringung meiner allerletzten Kräfte diese Zeilen hier verfassen kann. Mein Leben ist ein einziger Trümmerhaufen. Mein Ruf ist ruiniert. Ich habe mich nicht nur bis auf die Knochen, ich habe mich bis in die letzte Zelle meines bemitleidenswerten und verdauungsgestörten Daseins blamiert!

Konrad und ich sitzen auf dem Sofa. Wir sehen fern. Ich bin aufgebläht und kugelrund. So weit also alles beim Alten.

Und dann kommt er. Der Moment, der mein Leben aus den Fugen hebelt. Ich lehne mich nach vorne, greife nach meinem Glas auf dem Couchtisch. In diesem Moment machen sich eine siebentägige Fressorgie und eine nachhaltig beeinträchtigte, alldieweil stillgelegte Verdauung Luft. Ich pupse.

Das stimmt genau genommen nicht so ganz. Ich pupse nicht einfach einen süßen, niedlichen Kleinmädchenpups. Ich schmettere vielmehr eine Fanfare in die Welt hinaus.

Im ersten Moment bin ich so geschockt, dass ich nach vorne gebeugt und nach dem Glas greifend einfach so verharre. Ich bewege mich keinen Millimeter. Ich möchte, dass sich ein mobiles Erdloch auftut, genau HIER und vor meinen Füßen. Darin möchte ich versinken, und Konrad soll mich vergessen. Er hat ja Eberhard, den Schnittlauch. Mit ihm kann er alt und glücklich werden. Mich, die furzende Fettel mit Dauermenstruation, soll er bitte sofort vergessen.

Ich sitze da und bin fassungslos.

Konrad wohl auch, denn er sagt kein Wort.

Ich stöhne verzweifelt: »O! Mein! Gott!«

Ich komm einfach nicht klar. Ich habe gepupst. Vor meinem neuen Freund. Z-E-U-G-E-N-S-C-H-U-T-Z-P-R-O-G-R-A-M-M, blinkt es in lustigen bunten Buchstaben vor meinem inneren Auge. Das ist die Apokalypse. Langsam, ganz langsam, drehe ich mich zu Konrad um. Meine Gesichtszüge sind verzerrt, mein Atem geht flach, ich japse. Blamiere sich, wer kann!

Konrad sitzt da. Tiefenentspannt. Ohne eine Miene zu verziehen, sagt er: »Sieh an. Ein Trompetenkäfer.«

Ich hatte mir eigentlich vorgenommen zu weinen, mich aus dem Land ausweisen zu lassen und mir eine neue Identität zuzulegen.

Stattdessen muss ich lachen. Vor lauter Überraschung, dass Konrad, *mein* Konrad, nicht nur sehr schlagfertig, sondern auch sehr lustig ist.

Das Lachen hat aber einen Nachteil. Es entspannt die Muskulatur. Weitere Furzsalven schießen aus meinem leidgeplagten Körper. Ich nehme mir ein Sofakissen und verberge darin mein Gesicht. Vielleicht sollte ich es mir lieber unter den Hintern klemmen.

»Das ist mir so peinlich!«, ächze ich und kann mich nicht entscheiden, ob ich lachen oder weinen soll. Ich wähle die goldene Mitte und mache ein paar seltsame Geräusche, die sich an der Klagemauer hören lassen könnten.

»Ich habe mich geirrt. Es war kein Trompetenkäfer«, meint Konrad mit knochentrockener Stimme, »es war eine Brüllfliege.« Und dann fängt er an zu lachen. Er lacht so laut, so ehrlich und so hemmungslos, dass er vom Sofa fällt. Er rollt sich auf dem Boden, schlägt mit der flachen Hand auf den Teppich, er wiehert lauthals, und weil ich die Situation so abgrundtief peinlich und Konrads Reaktion so unglaublich erleichternd finde, lache ich einfach mit.

Nach ein paar Minuten wischen wir uns die Tränen aus den Augen, Konrad lacht noch ein bisschen nach, und dann sagt er ganz lieb: »Ist doch nicht schlimm! Das passiert doch jedem mal ...«, er gluckst, »gut, vielleicht nicht so ...«, er lacht, »sondern irgendwie ... diskreter.« Und er wiehert wieder.

Jetzt, denke ich, hab ich sowieso nichts mehr zu verlieren. Also lüfte ich (wenn man es genau nimmt, schon zum zweiten Mal innerhalb weniger Minuten) mein kleines Geheimnis um meine gestörte Verdauung. Ich beichte Konrad, dass ich nicht auf Toilette gehen kann, wenn er da ist, dass ich mich deswegen aufgebläht, fürchterlich und fett fühle und in allernächster Zukunft ganz sicher platzen werde, wenn nicht bald was passiert.

Konrad sieht mich ganz ernst an und legt eine Hand auf meinen Arm.

»Liebling, ich weiß, was wir machen. Ich gehe jetzt nach Hause und hole meine Kopfhörer. Die sind superschalldicht, da kommt kein Geräusch durch. Versprochen! Und immer wenn du in Zukunft aufs Klo musst, wirst du mir einfach nur sagen: Kopfhörer! Und dann hast du deine Ruhe. Okay?«

In meinem Magen blubbern vor Freude die Gase. Und wie das okay ist!

Dezember

Spürsinn

Netzwerken

Sonntag, 5. Dezember, um 14:22 Uhr

Konrad ist bei Nadine. Sydney hat sich irgendwie an der Pfote verletzt. Angeblich. Ich traue Nadine ja locker zu, Sydneys kleines behaartes Beinchen absichtlich mit dem hohen Hacken zertrümmert zu haben. Die alte Kuh. Die greift doch noch zu ganz anderen Mitteln! Wahrscheinlich wird sie sich demnächst ihren Blinddarm entfernen lassen, nur damit Konnilein ihr Blumen ans Bett bringt. Und bei der Gelegenheit lässt sie sich auch gleich die Möpse machen. Wenn sie nicht längst gemachte Möpse hat. Zuzutrauen wär's ihr!

Mal überlegen. Heißt es nicht immer, man muss seinen Feind kennen, damit man ihn bekämpfen kann? Es muss doch irgendwas an Nadine geben, das nicht so glamourös und schillernd und verdammt attraktiv ist. Ich meine: Kein Mensch hat von Natur aus so lange Beine. Und so schlanke. Ich jedenfalls nicht. Um mich hat die Natur einen großen Bogen gemacht, als die Modelkörperteile verteilt wurden. Dafür habe ich dreimal »Hier!« geschrien, als dicke Hintern dran waren. Jedenfalls ist es – meiner bescheidenen Meinung nach – einfach vollkommen unglaublich und genetisch nicht möglich, dass ein Mensch von Natur aus so aussieht wie Nadine. Vielleicht hat sie sich die Beine ja brechen lassen. Und verlängern. Oder die Nase operieren. Oder die Lippen aufspritzen. Zumindest, und da bin ich mir ganz sicher, hat sie falsche Haare! Und gemachte Fingernägel! Dass Konrad mal auf so was stand. Pffh!

Ich rufe Facebook auf. Facebook ist mein guter und verlässlicher Freund, wenn ich einige dringende Auskünfte über meine Mitmenschen benötige. Auf Facebook erfahre ich in der Regel alles, unabhängig davon, ob ich es wissen will oder nicht. »Gehe jetzt schlafen« gehört meiner Meinung nach zu den spektakulärsten Statusmeldungen, die ein erwachsener, sozial kompetenter und mit ausreichend Intelligenz ausgestatteter Mensch so von sich geben kann. Ein Quell ewig sprudelnder Erheiterung sind natürlich auch Meldungen wie »langweilt sich, bis die Teewurst schimmelt« (das Kompliment kann ich nur zurückgeben), »Wieder eine schlaflose Nacht, wieder nur an dich gedacht, wieder die ganze Nacht geweint, wieder ein Morgen, an dem alles hoffnungslos scheint« (ist das von Matthias Reim?), oder der Klassiker der guten Unterhaltung: »Freut sich morgen auf die Überraschungsparty für Anne«. Ha! Solche Freunde muss man erst mal finden.

Die Startseite öffnet sich. Ich habe eine neue Freundschaftseinladung. *Konrad Paulsen möchte gerne mit dir befreundet sein.* Trifft sich gut, ich möchte nämlich auch gerne mit Konrad Paulsen befreundet sein. Obwohl ...

Jetzt, wo ich so darüber nachdenke, kommen mir Zweifel. Ich habe vor ein paar Tagen in der Zeitung gelesen, dass in Amerika bei jeder fünften Scheidung Facebook als Hauptgrund genannt wird. Nicht dass ich vorhabe, mich scheiden zu lassen, geschweige denn zu heiraten. Aber irgendwie stimmt mich Konrads Freundschaftseinladung nachdenklich.

Ich durchforste meine Freundesliste. Im Großen und Ganzen lassen sich die anwesenden Pärchen in drei unterschiedliche Gruppen aufteilen:

▷ die Brangelinas: Diese Pärchen sind nicht nur bei Facebook miteinander befreundet und stehen laut Profilmeldung in einer Beziehung zueinander, nein: Diese Pärchen teilen sich sogar ein Profil oder zumindest in abgemilderter Form die Zugangsdaten. Manchmal schreibe ich zum Beispiel Svenja, einer ehemaligen Kommilitonin, eine Nachricht, und ihr Freund

Uwe antwortet. Meistens in der ersten Person Plural. Konkret geht das so:

ICH: Hi Svenja, wie geht's, wollen wir uns am Wochenende mal wieder treffen?

UWE: Ja, wir würden gerne mal wieder was mit dir unternehmen. Wie wär's mit Kino? LG, Uwe.

Das ist mir dann immer ein bisschen unangenehm. Nicht dass ich Uwe nicht mag, aber wenn ich Svenja eine Nachricht schreibe, finde ich es nur recht und billig, wenn mir auch Svenja antwortet und nicht Uwe, der zu allem Überfluss auch noch über einen eigenen Facebook-Account verfügt und eigentlich nicht Svenjas benutzen muss.

▷ die Effenbergs: Wenn bei Malte und seinem Freund Piet der Haussegen schief hängt, dann ist der geneigte Leser immer ganz nah dran am Geschehen. Ähnlich wie bei einem Fußballspiel sitzt die versammelte Facebook-Gemeinde gespannt auf den besten Plätzen ganz vorne an der Bande und schaut den Spielern bis in die Nasenlöcher. Von Malte und Piet erfahre ich ALLES, ob ich nun will oder nicht. Während die Brangelinas doch relativ diskret mit ihren sexuellen Vorlieben, dem internen Betriebsklima oder öffentlichen Liebesbekenntnissen umgehen, sind die Effenbergs nicht ganz so zurückhaltend. Reden ist Silber, Schreiben ist Gold. Malte hat letzte Woche dreimal seinen Beziehungsstatus gewechselt.

Aus *Malte ist in einer Beziehung mit Piet* wurde *Malte ist Single*. Daraufhin drückte Piet *gefällt mir*. Malte schrieb dann Piet auf die Pinnwand: »Blöder Sack, ich hasse dich!« Piet rüpelte ungeniert zurück, und ein paar Anwesende teebeutelten sich mit gut gemeinten Ratschlägen in das Geschehen ein: »hey, redet doch mal miteinander« / »da gibt es doch sicher eine lösung« / »gefällt mir nicht«.

Wenige Stunden später hatte Malte einen neuen Status: *Malte ist in einer Beziehung mit Piet*. Die verbliebenen Schaulustigen drückten unisono *gefällt mir,* Piet stellte ein Video mit einem selbst komponierten Liebeslied für Malte online, dieser drückte sein Gefallen mit mehreren ♥♥♥ aus. So schön kann Liebe sein.

▷ die Merkels: Cora und ihr Freund gehören zu der sehr seltenen Spezies von Pärchen, denen es nicht reicht, bei Facebook nicht bekannt zu geben, dass sie eine Beziehung miteinander führen. Sie sind nicht nur nicht miteinander befreundet, sie teilen sich nicht einmal dasselbe Netzwerk. Und in den krassesten Fällen weiß man als Außenstehender noch nicht mal, wie der Lebensabschnittsgefährte überhaupt heißt, was er macht, welche Freunde er hat oder ob er meine Hilfe bei der Schur seiner Farmville-Schäfchen braucht. Die Merkels lassen sich im Real Life zusammen auf Feiern sehen – medial trennen sie Beruf, Arbeit und Freundeskreis aufs Strengste. Wie bei Cora und ihrem Freund: Während sie Facebook für sich gepachtet hat, ist ihr Freund auf StudiVZ unterwegs. Es gibt keine statistische Untersuchung, ob die Merkels glücklichere Beziehungen führen als die Brangelinas oder die Effenbergs. Zumindest belästigen sie ihre Umwelt nicht mit süßholzgeraspelten Liebesbotschaften und veröffentlichen auch keine Homevideos, die dem geneigten Voyeuristen die Schamesröte ins Gesicht treiben.

Nun bin ich also dran und muss mich entscheiden. Das fällt mir schwer. Ich habe ein mulmiges Gefühl, weil ich mir nicht sicher bin, was mich erwartet, wenn ich Konrads Freundschaftseinladung annehme. Was werde ich auf seinem Profil entdecken? Welche Abgründe werden sich auftun? Werde ich Konrad danach noch so mögen wie bisher? Oder vielleicht noch mehr? Ich bin bereit. Und klicke auf *Annehmen.*

Status quo

Montag, 6. Dezember, um 09:01 Uhr

Meine angenommene Freundschaftseinladung hat mir eine interessante Erkenntnis beschert. Nadine, die ich natürlich gleich in Konrads Freundesliste ausfindig gemacht habe, ist laut Status *in einer Beziehung*. Soso. Fragt sich nur, mit wem. Vielleicht mit sich selbst? Ich habe vor ein paar Jahren in einem dieser RTL-Magazine mal eine Frau gesehen, die sich selbst geheiratet hat. In Amerika. Aber da darf man bekannterweise ja eine ganze Menge, sogar seine Kinder nach Joghurtsorten und Trickfilmhelden benennen, wenn einem der Sinn danach steht. Man stelle sich vor, was in Deutschland los wäre, wenn das hier erlaubt wäre! Heerscharen von Kindergärtnerinnen würden im Park rumlaufen und versuchen, die durch die Namensgebung schwer beeinträchtigen kleinen Seelchen zusammenzutrommeln: »Monte! Wick Vaporub! Kommt ihr mal bitte her? Und Spongebob, hör sofort auf, an Andromedas Haaren zu ziehen!«

Mit Konrad kann Nadine allerdings nicht *in einer Beziehung* sein. Bei dem steht nämlich gut sichtbar im Profil: *Single*. Schön, dass ich das jetzt auch weiß.

Status-Update

Donnerstag, 9. Dezember, um 18:39 Uhr

Ich habe Konrad noch nicht auf meine Entdeckung aufmerksam gemacht. Ich gehe davon aus, dass er irgendwann von selbst drauf kommt. Spätestens dann, wenn er merkt, dass wir – auch wenn ich nicht mehr unrein bin – keinen Sex mehr haben. Ich habe nämlich keinen Sex mit ungebundenen und frei lebenden Singles. Wenn ich mit jemandem schlafe, dann nur mit meinem Freund, aber laut Facebook habe ich ja wohl keinen. Pfff!

I'm Stalking on Sunshine

Samstag, 11. Dezember, um 14:52 Uhr

Konrad merkt nichts. Wie auch. Ich rede ja kaum noch mit ihm. Auf seine lapidare und ganz und gar nicht ernst gemeinte Frage, ob »irgendwas los« sei, habe ich nur mit einem verächtlichen Schulterzucken reagiert. Das war, ich seh's heute ein, nicht besonders clever, und damit gewinne ich auch keinen Preis in sozial vorbildlichem Verhalten zum Thema Konfliktlösung. Aber ein bisschen angefressen darf ich doch wohl sein. Da soll sich der Herr Paulsen mal ein paar Gedanken machen!

Weil mir langweilig ist und ich außerdem noch ein paar weitere Beweise für Konrads schlechtes Benehmen suche, treibe ich mich wieder auf Facebook rum. Diesmal lese ich nicht nur die Statusmeldungen der letzten Woche. Diesmal lese ich ALLES und schaue mir zu allem Überfluss sämtliche Bilder, Kommentare und Videos an.

In den Fotoalben finde ich mehr, als ich in meinen düstersten Albträumen befürchtet hatte. Nadine und Konrad auf Amrum (36 Bilder). Nadine und Konrad beim 60. Geburtstag von Nadines Vater (12 Bilder). Nadine und Konrad beim Public Viewing auf dem Heiligengeistfeld in Hamburg (5 Bilder). Nadine und Konrad am Baggersee (28 Bilder). Da klicke ich jetzt mal rein. Und bereue meine Entscheidung sofort.

Achtundzwanzig Bilder, alle von Nadine. Die meisten davon sehr nackt. Was sie trägt, soll wohl ein Bikini sein. Ich persönlich würde es eher als den vulgären Versuch beschreiben, mit daumennagelgroßen Stoffresten ihre Blöße zu bedecken. Copacabana am Walldorfsee. Na gut, wer *so was* nötig hat ...

Nadine hat einen sehr ebenmäßig gebräunten und – zumindest was die sichtbaren Stellen betrifft, und das sind neunundneunzig Komma sieben Prozent – enthaarten Körper. Kein Härchen weit und breit, nirgends, außer auf dem Kopf, da aber übermäßig viele und übermäßig schöne. Und ich sag noch: Das MUSS eine Haarverlängerung sein.

Frag nicht nach Sonnenschein, frag nach einem Anorak. Ich möchte mich eingraben.

Ein Foto lässt mir dann so richtig den Hut hochgehen: Nadine auf der Badematte in ihrem Minibikini, und Konrad liegt aufgestützt neben ihr und schaut zu ihr hoch. In seinem Blick lese ich Anbetung, Stolz und Liebe. Es ist ein warmer, weicher Blick, der mein Herz dazu auffordert, sich augenblicklich in eine vertrocknete Rosine zu verwandeln. Doch nicht Konrads Blick ist es, der bei mir das Fass überlaufen lässt, sondern vielmehr die Tatsache, dass Nadine, von vorne fotografiert, dasitzt und sich an ihrem Bauch kein einziges Fettröllchen bildet, wie das bei jeder – ich wiederhole: bei *jeder*! – normalen Frau der Fall ist. Nein, Nadine, die alte Kuh, *die* hat keine Fettröllchen, nicht mal, wenn sie sitzt, nicht mal im Bikini! Bei Nadine »stapelt sich die Haut«, was ein wirklich jämmerlicher Versuch ist, das Ausmaß meiner Katastrophe zu beschreiben. Bei mir »stapelt« sich nichts, weder im Bikini noch im Sitzen. Bei mir ist viel zu viel da, um sich zu stapeln! Bei mir rollt's. Mit der Pelle meiner Bauchwurst, ach, was sag ich, meiner Bauch*würste*, könnte ich ein Tipi bespannen!

Ich klicke schnellstens weiter. Bilder von Nadines und Konrads gemeinsamer Wohnung. Das Loft mit der Dachterrasse und dem beheizten Fußboden. Die Wohnung kenn ich schon, die Bilder muss ich mir nicht auch noch reinziehen.

Aber Moment, was ist das? Die Bildunterschrift! Beim Schlafzimmerbild!

Mir stockt der Atem. Mir wird schwarz vor Augen. Denn da hat Konrad, der selbst erklärte Single, hingeschrieben: *The place where the magic happens.*

So. Und jetzt reicht's.

Sunday, Bloody Sunday

Sonntag, 12. Dezember, um 13:38 Uhr

Heute ist er fällig. Heute werde ich Konrad bei den Eiern packen und daran quer durch die Stadt schleifen. Dem werd ich zeigen, wo der Frosch die Locken hat! Ich glaub, mein Schwein pfeift! So was muss ich mir nicht bieten lassen, nicht von dem, aber ganz sicher nicht!

Beim Frühstück mache ich noch gute Miene zum bösen Spiel. Konrad stopft gut gelaunt ein Lachsbrötchen in sich hinein und fragt mit vollem Mund, ob ich noch mehr Kaffee möchte. Ich nicke stillschweigend und divaesk, lasse mir ansonsten aber nichts anmerken. (Anmerkung: Wenn man als Mann SO WAS nicht merkt, ist einem echt nicht zu helfen!)

Dann kommt er, mein großer Moment. Egal was passiert: Gleich wird Blut fließen. Ich kann mich nur schwer zurückhalten, nicht direkt nach der Frühstücksgarnitur zu greifen und sie ohne Vorwarnung an Konrads Kopf vorbei an die Wand zu schmettern.

Denn Konrad sagt: »Ich muss nachher noch mal kurz in die Wohnung, ich brauch mehr Klamotten.«

Ich ziehe eine Augenbraue hoch und antworte deutlich verschnupft: »Oh. Verstehe. *The place where the magic happens.*«

Konrad sieht mich verständnislos an. »Hm?«

Als ich nicht direkt reagiere, zuckt er mit den Schultern und beißt erneut in sein Brötchen.

Also, das ist ja wohl die Höhe. Jetzt ignoriert der Penner mich auch noch!

»The place where the magic happens«, wiederhole ich daher und mit leicht gereiztem Unterton, in etwa so, wie wenn man einem geistig minderbemittelten Cockerspaniel in einer ständigen Litanei vorsagt: »Hol das Stöckchen!«

Konrad sieht mich wieder an. »Was ist das? Ein Lied?«

Sag mal, spinn ich jetzt oder was? Verarscht der mich? Der scheint mich ja für ausnahmslos blöd zu halten, der gute Herr Paulsen, oh, Verzeihung, der gute *Single* Paulsen!

»Du brauchst dich gar nicht dumm zu stellen!«, fauche ich und klatsche einen Esslöffel Erdbeermarmelade auf mein Brötchen. »Du weißt genau, wovon ich rede!«

Konrad sieht mich an. Mit einem Blick, den man wohl als kuhäugig bezeichnen könnte. »Juli ... Wovon zur Hölle sprichst du?«

Die Vorwürfe sprudeln aus mir heraus: »Na, von deinem Status! Und der Bildunterschrift! Und von Nadines Haut, die sich stapelt!«

Tränen schießen mir in die Augen. Irgendwie hatte ich mir das anders vorgestellt, irgendwie ... beherrschter und nicht so jämmerlich heulend und unterwürfig und durcheinander.

Konrad legt sein Lachsbrötchen zur Seite und zieht mich auf seinen Schoß. »Da kann ich nicht sitzen«, jammere ich, »wegen der Bauchwurst!«

Von Bauchwürsten will mein Freund – und er versichert mir

im darauffolgenden Gespräch mehrfach, dass es sich bei seinem derzeitigen Status nur um ein schlimmes Missverständnis handeln könne, weil er sehr schwer in mich verliebt sei – nichts wissen. Er streichelt mir das Köpfchen, küsst mich, umarmt mich, er hält mich lange, lange im Arm und entschuldigt sich tausendfach.

»Das mit dem Kommentar … das tut mir total leid, Juli.«

Er sieht vor schlechtem Gewissen ganz zerknittert aus. Der Blick gefällt mir, den muss ich mir merken.

»Das wollte ich nicht. Ich hab das einfach total vergessen, dass da diese Bilder noch online sind, noch dazu mit dieser blöden Bildunterschrift – ehrlich, Liebling. Tut mir echt leid.«

Ich schniefe und heuchele noch ein paar Minuten Verletztheit, um bei Konrad auf dem Schoß sitzen bleiben zu dürfen. Dann besteht Konrad aber darauf, den Laptop zu holen, und er löscht vor meinen Augen jedes einzelne seiner Fotoalben, in dem Nadine im Bikini, im Minirock, im Abendkleidchen oder irgendeinem anders gearteten Kleidungsstück zu sehen ist. Sogar die Wohnungsbilder. Das macht mich sehr, sehr glücklich.

»Ich kann die Freundschaft zu Nadine auch gleich ganz beenden, wenn du magst«, bietet er an.

Ja!, will ich brüllen. Doch das Gegenteil hat auch Vorteile.

»Muss doch nicht sein«, sage ich also und tue dabei überaus großzügig. Und großzügig berechnend füge ich im Stillen hinzu: Man weiß nie, wofür es noch mal gut ist.

Kurz darauf bekomme ich von Facebook eine Mail. *Konrad Paulsen hat angegeben, mit dir in einer Beziehung zu sein. Bitte bestätige diese Angabe.* Ich bestätige, Brangelina hin oder her.

So, Nadine. Der Punkt ging an mich.

Kleine Geschenke

Donnerstag, 16. Dezember, um 13:56 Uhr

Ich habe etwas ganz, ganz Schlimmes getan! Etwas Unverzeihliches, Grauenhaftes, Hinterhältiges! Aber noch viel schlimmer als meine wirklich unentschuldbare Tat war das, was ich zu sehen bekam. Merke: Es kommt immer anders. Und immer schlimmer, als man denkt.

Konrad ist, wie bereits erwähnt, mehr oder weniger bei mir eingezogen. Das finde ich grundsätzlich nicht verkehrt, immerhin können wir so eine Menge Zeit miteinander verbringen, und er muss nicht jeden Morgen den Seidenpyjama von Nadine ertragen. Und ihre langen Beine, ihre perfekt sitzenden Haare, ihren makellosen Teint. Ich schweife ab, pardon. Wie auch immer. Im Großen und Ganzen begrüße ich die Tatsache, dass Konrad die meiste Zeit bei mir verbringt. Wenn er nur nicht seine Sachen überall herumliegen lassen würde! Ich dachte ja immer, dass ich chaotisch wäre, aber Konrad ist so etwas wie der ungekrönte Kaiser des Herumliegenlassens. Wo immer ich auch gehe und stehe, überall erinnert mich eine fallen gelassene Unterhose, eine zerknitterte Tankquittung oder ein halb leer getrunkenes Glas Bier an meinen Liebsten. Ich führe keinen Haushalt, in dem man vom Boden essen sollte, wenn man Angst vor ansteckenden Krankheiten hat. Einen Haushalt kann man meiner Meinung nach auch nur dann vorbildlich führen, wenn man wirklich keine anderen Hobbys hat. Aber Konrad … also, der spielt echt in einer anderen Liga.

Heute Morgen, als ich wieder einmal stöhnend und (liebevoll) fluchend den Klamottenberg im Schlafzimmer zur Seite räume, purzelt mir ein kleines Päckchen, das zwischen den Kleidern gelegen hat, vor die Füße. Heureka! Ich hebe es auf und betrachte es genauer. Das Päckchen ist rechteckig, ungefähr dreißig Zentimeter lang und zehn Zentimeter breit, in ästhetisch problematisches silberfarbenes Glitzerpapier eingepackt und mit einer sehr großen und sehr hässlichen pinkfarbenen Schleife umbunden. Ich schüttele es (keine charakteristischen Geräusche), rieche daran (keine charakteristischen Gerüche, demnach nichts Essbares) und begutachte die Verpackungsmethode auf der Suche nach einer Möglichkeit, das Glitzerpapier unauffällig zu entfernen und das Geschenk zu öffnen. Denn eines ist klar: Ich halte Konrads Weihnachtsgeschenk für mich in den Händen, und natürlich muss ich es postwendend öffnen. Nicht unbedingt, um zu erfahren, was Konrad mir zu Weihnachten schenkt, sondern vor allem, um mein Geschenk finanzpolitisch auf seines abzustimmen. Nichts ist peinlicher als ein – zwar mit Liebe und Sorgfalt ausgesuchtes, aber dennoch popliges – Taschenbuch für 8,99, wenn der andere dir eine Reise auf die Fidschi-Inseln schenkt.

Eine Fernreise werde ich von Konrad wohl noch nicht bekommen. Na ja, vielleicht nächstes Jahr. Konrad verdient gut, genau genommen sehr gut (alles, was mehr ist, als das, was ich verdiene, ist fantastisch!), dahingehend muss ich mir also keine Sorgen machen. Zum Glück gibt es gleich zwei Gelegenheiten im Jahr, an denen man schicke Dinge geschenkt bekommen kann. Drei, wenn man den Jahrestag dazunimmt, und wenn ich es genau bedenke, sollten wir ab jetzt auch den Valentinstag feiern. Natürlich mit Sachpreisen. Da brechen ja goldene Zeiten für mich an!

Vorfreudig wende ich mich dem Gegenstand in meiner Hand zu. Das Format des Päckchens kommt mir irgendwie bekannt vor. Ich untersuche die pinkfarbene Schleife und mich befällt kurz, aber nur ganz kurz der Verdacht, dass Konrad mir eine Barbiepuppe schenken will.

Als ich die Schleife anhebe und einen kleinen Aufkleber entdecke, bin ich erleichtert. *Juwelier Schumacher* steht da. Doch keine Barbie …

Moment mal.

Ich trage keinen Schmuck. Nie. Keine Ohrringe, keine Halsketten, keine Ringe. Ich weiß nicht, warum das so ist, und ich habe bereits zahlreiche Versuche unternommen, mein Desinteresse gegenüber allerlei Gehänge zu überwinden, aber bisher war einfach nie das Richtige dabei.

Vielleicht ja jetzt! Die Vorfreude kehrt zurück. Konrad kennt mich seit Jahren. Natürlich weiß er, dass ich mir aus Gold, Juwelen und Edelsteinen nichts mache (es sei denn, man kann sie später auf eBay verticken), aber womöglich hat er dieses wunderbare Brillantcollier im Schaufenster des teuersten Juweliers der Stadt gesehen und sich gedacht: Das gehört an den schwanengleichen Hals meiner Juli!

Ich beginne vorsichtig, den Tesafilm vom Glitzerpapier zu pfriemeln. Bloß keine Spuren hinterlassen!

Nach gefühlten anderthalb Stunden habe ich es geschafft und wickele ein samtenes Schmuckkästchen aus dem silbernen Inferno. Noch einmal kurz schütteln – hach, klingt gut! Klingt teuer!

Ich drücke den kleinen Verschlussmechanismus, das Schmuckkästchen macht ein zufriedenes *Plopp*, und ich werde ganz kribbelig. Howard Carter kann bei der Graböffnung des Tutenchamun nicht aufgeregter gewesen sein!

Langsam öffne ich den Deckel des Schmuckkästchens.

Und erstarre.

Für einen ganz kurzen Moment setzt mein Herzschlag aus. Dann fängt er in unregelmäßigen Bahnen das wilde Gehoppel an. Frau Nachbarin, Euer Fläschchen! Wo ist das Riechsalz, wenn man mal welches braucht?

Glücklicherweise ist die Bettkante ganz in der Nähe, sodass ich mich voller Entsetzen langsam darauf niederlassen kann.

In meinen Händen halte ich, eingebettet in einen Albtraum aus pinkfarbenem Satin, die hässlichste, nein, die ALLERhässlichste Kette, die ich in meinem ganzen Leben gesehen habe.

Jetzt hätte ich doch lieber die Barbie.

Ich trau mich gar nicht, dieses Schmuckstück des Grauens anzufassen.

Die Kette ist so … so … abgrundtief, weltenverachtend unsagbar grauenhaft hässlich!

Ich hole tief Luft, dann überwinde ich meinen Ekel und klaube mit spitzen Fingern die Kette von ihrem Satinbett. Sie besteht vorwiegend aus großen rosafarbenen Zuchtperlen. Das allein grenzt an eine existenzielle Beleidigung. Es kommt aber noch besser: In regelmäßigen Abständen sind zwischen den Perlen kleine güldene Herzen aufgereiht. Und ganz unten, da wo die Kette wohl auf dem hochgedrückten Busen zu liegen kommen soll, hängt ein großes, noch güldeneres, noch hässlicheres Herz, das mit Diamanten besetzt ist. Diamanten! Hallo?

Mir stockt der Atem. Meine goldene Zukunft habe ich mir eindeutig weniger plastisch vorgestellt. Ich trag doch gar kein Gold! Wer trägt denn bitte Gold? Alte Schachteln, die nach Tosca stinken.

Ich kann es einfach nicht fassen. Das muss ein Missverständnis sein. Wahrscheinlich ist das gar nicht für mich. JA GENAU! Das IST gar nicht mein Weihnachtsgeschenk, sondern das für jemand anderen! Konrad würde mir so was nie schenken. Ich meine: Das ist SO geschmacklos, das darf ja eigentlich noch nicht einmal verkauft werden!

Ich drehe den Anhänger um.

Da. Eine Gravur.

Für Juli von Konrad. Ach du heilige Scheiße.

… erhalten die Feindschaft

Freitag, 17. Dezember, um 08:20 Uhr

Ich habe letzte Nacht nicht geschlafen. Ich war viel zu sehr damit beschäftigt, mir den Kopf darüber zu zerbrechen, wie Konrad, *mein* Konrad, auf die Idee kommen konnte, dass mir dieses Prachtexemplar der Gattung Modischer Fehlgriff gefallen könnte. Er selbst hat einen vorzüglichen Geschmack, er zieht sich gut an, benutzt ein appetitanregendes Rasierwasser und hat nicht zuletzt Stilempfinden bewiesen, als er mit mir zusammengekommen ist. Aber was hat ihn *dabei* geritten? Verzweiflung? Wut? Wurde er beim Juwelier von Blindheit geschlagen? Was war da los? Wo kommt so was her? Und geht das auch wieder weg? Kann man daran sterben? Himmelarsch, wie komm ich aus der Nummer wieder raus …

Eine düstere Ahnung beschleicht mich.

Ich kontaktiere meinen besten Freund, den Verteidiger der Wahrheit, den Retter der Unwissenden und Hilfesuchenden, den Rächer der Enterbten, Anwalt der Entrechteten und Verteidiger der schlecht Beschenkten: Facebook. Ich kann es aber auch nicht lassen. Und komme mir mit der Aufforderung, Konrad möge seine Alben löschen, nicht mehr ganz so großzügig, sondern ausgesprochen dämlich vor!

Ich wühle mich also statt durch Konrads durch Nadines Profil. Glücklicherweise ist die Gute so von sich selbst eingenommen, dass sie keinerlei Sicherheitsvorkehrungen getroffen hat. Und während ich mich lustig durch ihre Fotos klicke, springt mir die Wahrheit plötzlich mit dem nackten Arsch ins Gesicht. Dass ich das nicht schon früher gesehen habe …

Auf dem Familienfoto, das beim Sechzigsten von Nadines Vater entstanden ist, trägt Staatsfeindin Nummer eins eine

Kette, die meiner zum Verwechseln ähnlich sieht. Mein Unterkiefer klappt auf die Tischkante. Das ist ja wirklich die Höhe! Nicht einmal die Tatsache, dass Nadines Kette keinen goldenen Zusatzanhänger in Herzform und demnach auch keine persönliche Gravur hat, kann mich trösten.

Konrad schenkt mir eine Kette, die er auch schon mal Nadine geschenkt hat?! Na warte.

Der Zaunpfahl

Montag, 20. Dezember, um 10:21 Uhr

Das ganze Wochenende über habe ich versucht, das Thema Weihnachtsgeschenk unauffällig anzuschneiden und Konrad dezent darauf aufmerksam zu machen, dass ich a) keinen Schmuck und b) erst recht keinen hässlichen mag. Subtilität ist, so stelle ich resigniert fest, nicht gerade Konrads Stärke.

Am Samstag winkte ich ihm freundlich mit dem Zaunpfahl: »Ich weiß gar nicht, was ich dir zu Weihnachten schenken soll.« Natürlich weiß ich es – ich hab es sogar schon seit November. Und es ist schön, es ist cool, und es kann sich sehen lassen.

Na ja, genau genommen kann man nichts sehen, aber das ist ja der Witz. Ein Besuch in einem Dunkelrestaurant.

Zugegeben, das ist jetzt nicht die Krone der Präsentschöpfung, kann aber dem Vergleich mit einer oberhässlichen, kitschigen und noch dazu in keinster Weise meinen Geschmack treffenden pinkfarbenen Halskette zehnmal standhalten.

»Ich hab schon was für dich!«, freut sich Konrad.

Ich heuchle Überraschung. »Wirklich? Was denn?«

Konrad macht einen auf bescheiden. »Ach, nichts Besonderes.«

DOCH! Etwas ganz außergewöhnlich BESONDERS Hässliches!

»Ich bin nicht so der Schenker.«

Ja, den Eindruck habe ich auch.

»Aber ich glaube, es wird dir gefallen.«

Ach so? Das glaubst du? Aha.

Hm. Und wie mach ich jetzt weiter? Ich probier es noch ein bisschen direkter. »In welche Richtung geht's denn?«

»Du Neugieriges, du!«, ruft Konrad und schlingt seine Arme um mich. Dann küsst er meinen Hals. Soll das etwa ein versteckter Hinweis sein?! »Das verrate ich dir doch nicht!«

Über den weiteren Verlauf des Gesprächs, der hauptsächlich im Bett stattfindet, muss aus Gründen des Jugendschutzes an dieser Stelle geschwiegen werden. Aber eines ist klar: Ich muss zu drastischeren Mitteln greifen.

Schöner schenken

Mittwoch, 22. Dezember, um 23:14 Uhr

Noch zwei Tage bis Weihnachten. Und Konrad hat noch immer kein anderes Geschenk in die Wohnung geschleppt.

Warum diese Kette? Ausgerechnet DIESE? Die in ähnlicher Form schon um Nadines Hals baumelt? Konrad, Junge, mach doch mal die Augen auf! Selbst eine Frau wie Nadine entstellt diese wahr gewordene Geschmacklosigkeit! Was glaubst du wohl, wie das bei mir aussieht?

Und was soll das überhaupt: mir schenken, was du schon Nadine geschenkt hast? Willst du mich zu ihrem Wiedergänger machen oder was? (Haha. Wäre ein wirklich hoffnungsloses Unterfangen.)

So direkt kann ich ihm die Frage ja nicht stellen, aber abends, vor dem Fernseher, rücke ich ihm wieder mit meiner vorgetäuschten Neugier auf die Pelle. »Willst du mir nicht wenigstens einen klitzekleinen Hinweis geben, was du mir schenkst?«

Konrad verdreht die Augen. »Juli! So macht das doch keinen Spaß. Es soll doch eine Überraschung sein.«

Eine böse?, frage ich mich still, schlage dann aber noch eine andere Richtung ein. Wenn der Zaunpfahl schon nicht half, muss ich heute eben mit dem gesamten Gatter winken. »Weißt du, ich bin da ein bisschen empfindlich. Meine Exfreunde haben ja nicht unbedingt Geschmack bewiesen, wenn sie mir etwas schenken wollten.« Und die Tradition scheint sich fortzuführen. »Irgendwie ... scheint es nicht so leicht, das Richtige für mich zu finden.«

Konrad merkt auf. »Was haben sie dir denn so geschenkt, was dir nicht gefallen hat?«

Okay, Augen zu und durch: »Schmuck.«

Und immer lächeln!

Konrad dreht seinen Kopf zu mir herum. In seinen Augen flackert es kurz. »Ach so?«

Ich nicke. Und schaue ein bisschen gequält, was mir nicht schwerfällt. Trotzdem, für meine Darbietung sollte ich mindestens einen Oscar erhalten. »Ja. Ich weiß nicht, ob du es schon bemerkt hast, aber ich trage keinen Schmuck. Nie.«

»Stimmt. Jetzt wo du es sagst ...« Konrad verstummt. Ich kann es in seinem Hirn rattern hören.

Ich hingegen kann mich für heute Abend entspannt zurücklehnen. Teil eins der Mission »Schöner schenken« darf als erledigt betrachtet werden.

Der geschenkte Gaul

Samstag, 25. Dezember, um 13:11 Uhr

Konrad und ich haben den Heiligabend bei unseren jeweiligen Familien verbracht. Heute Morgen haben wir uns gleichermaßen besinnlich und vollgefressen zum Frühstück in meiner Wohnung verabredet, ich aber ein klitzekleines bisschen aufgeregter als Konrad, was die Gretchenfrage angeht: Was schenkt er mir? Hat er meinen Wink, ach was, meine wild rudernden Armbewegungen verstanden und mir etwas anderes besorgt?

Wir frühstücken. Konrad besteht darauf, dass wir uns erst nach dem Frühstück bescheren, ich bin aber ganz hibbelig und will am liebsten sofort das Geschenk aufreißen. Es liegt schon auf dem Tisch, da vor mir, und es ist NICHT das längliche, in Silberglitzer eingewickelte Päckchen des Grauens! Ha! Es hat geklappt! Konrad, du Teufelskerl, du Mann, der die Frauen versteht!

Ich freu mich, ich freu mich!

Es ist ein Kuvert. Ein ganz normales rotes Briefkuvert. Hui, da kann eine Menge drinstecken!

Geld? Schenkt Konrad mir Geld? Na ja, das würde ich notfalls durchgehen lassen.

Vielleicht ist es auch ein Gutschein. Das wiederum wäre sehr schlimm, denn Gutscheinschenker sind die Beckenrandschwimmer, die Apfelschäler, die Im-Bus-vorne-Sitzer und Brötchen-über-der-Spüle-Aufschneider des Weihnachtsfests. Bloß kein Gutschein! Dann lieber die …

Nein, nicht die Kette.

Endlich geht es los, Konrad öffnet sein Geschenk. Ich habe ihm eigenhändig eine Schlafbrille genäht, stellvertretend für den Besuch des Dunkelrestaurants, und das will was heißen, denn ich kann gar nicht nähen. Gar nicht. Kein bisschen.

»Du schenkst mir eine *Schlafbrille?*«, fragt Konrad, und ich höre eine leichte Irritation in seiner Stimme.

»Nein, das ist nur ein Hinweis! Zu einem wirklich echt supercoolen Event!«, juchze ich begeistert. Klasse, Konrad steht voll auf dem Schlauch.

»Äh … du schenkst mir einmal Ausschlafen?«

Konrad ist echt uninspiriert.

»Quatsch! Weiterraten!«, quieke ich und lasse mir mein Vergnügen nicht nehmen.

»Rollläden?«

Ich gebe auf! Und bringe sprichwörtliches Licht ins Dunkel.

Konrad freut sich wie Bolle, ich mich dementsprechend auch.

Jetzt aber! Ich bin dran!

Ich öffne vorsichtig den Briefumschlag. Das Innere ist mit feinem Seidenpapier ausgekleidet, und da sag noch mal einer, dass Konrad keinen Geschmack hat!

Im Briefumschlag befinden sich zwei Karten, an Format und Papierart erkenne ich sofort, dass es Eintrittskarten sein müssen. Aufregend! Was wird es sein? Wohin lädt er mich ein? Zu einem Live-Gig von Coldplay im privaten Rahmen in einem kleinen Clubkeller in London? Zum nächsten WM-Endspiel in Rio de Janeiro? Oder sind es am Ende gar Flugtickets? Fliegen wir in den Urlaub? WOHIN?! Doch nicht nach … Fidschi?

»Apassionata?« Meine Welt klirrt und scheppert. Konrad schenkt mir Karten für eine PFERDESHOW?

Mein Gesichtsausdruck muss mir derart entgleiten, dass Konrad die Lunte riecht.

»Gefällt es dir nicht?«, fragt er, und in seiner Stimme schwingt leise Verzweiflung mit.

Ich bin aber auch ein kompliziertes Mädchen! Herrschaftszeiten, jetzt tut er mir fast schon wieder leid. Nein, noch nicht. Jedenfalls noch nicht genug, um nicht weiterhin mit offenem Mund auf die Karten zu starren. Und dann kann ich mich nicht mehr am Riemen reißen. Ich KANN einfach nicht mehr schweigen oder so tun, als würde ich mich über sein Geschenk freuen. Und ich will vor allem auch, komme was wolle, nicht zu dieser bescheuerten Pferdeshow!

»Wie …«, stammle ich, aber irgendwie finde ich nicht die richtigen Worte, »wieso gerade Pferde?« Ich fühle mich sehr undankbar.

Konrads Schultern sacken nach unten. »Es war so fürchterlich schwer, etwas für dich zu finden!«

Na ja. Ein iPod wäre gegangen, ein schickes Abendessen bei Kerzenschein, ein Kurztrip nach Kopenhagen, Loriots gesammelte Werke – ist ja nicht so, als könnte man mir *gar nichts* schenken. Selbst über die Gesamtausgabe der Bille-und-Zottel-Reihe hätte ich mich irgendwie bestimmt freuen können, selbst wenn darin auch Pferde vorkommen, aber doch nicht über einen Abend mit Hunderten von stinkenden, sabbernden, wiehernden und durch Reifen springenden echten Kleppern!

»Wie kommst du denn aber auf Pferde?«

Konrad gibt kleinlaut zu: »Na ja, neulich hast du doch gesagt, dass du Pferde magst.«

»Ich? Wann?« Ich kann Pferde nicht leiden, seit mich der blöde Reitschulwallach Cäsar direkt auf einen Misthaufen befördert hat. Da war ich zehn.

»Neulich! Beim Fernsehen!« Konrad wird wieder lebendiger. Der dachte wirklich, dass er mit den Apassionata-Karten aufs richtige Pferd gesetzt hat. Ich schäme mich ein bisschen.

»Beim Fernsehen? Was haben wir denn da gesehen? Ich kann mich an nichts mit Reiten erinnern!«

»Das war auch nichts mit Reiten. Aber wir haben doch diese Sendung da gesehen, die mit dem sprechenden Pferd …«

Und da fällt es mir wie Schuppen aus den Haaren. »Mister Ed?«

Okay. Jetzt muss ich lachen.

»Du meinst Mister Ed?«

Konrad nickt.

Und ich kann einfach nicht mehr. Ich breche schallend unterm Küchentisch zusammen. »Du hast gedacht, dass ich Pferde mag, weil ich über Mister Ed gelacht habe?«

Konrad nickt. Seine Unterlippe hat sich leicht nach vorne verschoben, er sieht wirklich ein bisschen beleidigt aus. Glücklicherweise lässt er sich von meinem hemmungslosen Lachen relativ schnell anstecken.

»Mann, ich hasse das!«, flucht Konrad und rauft sich die Haare. »Ich hasse Schenken! Ich kann das einfach nicht.«

»Nicht so schlimm«, japse ich und reibe mir die Tränen aus den Augen, »immerhin war es nicht die Kette.«

Ups.

Konrads Gesicht versteinert sich. »Du weißt von der Kette?«

Jetzt macht er mich platt. Ich höre sofort auf zu lachen und mache ein sehr, sehr betroffenes Gesicht.

»Ja. Und ich möchte nicht darüber reden.«

»Ich auch nicht.« Konrad nickt. Dann seufzt er. »Aber ich kann nicht glauben, dass du das Geschenk aufgemacht hast!« Jetzt schaue ich, der Situation angemessen, bedröppelt zu Boden.

»Tut mir leid«, presse ich zwischen den Zähnen hervor, »aber ich war so neugierig.«

»Na ja«, zuckt Konrad mit den Schultern. »Immerhin haben wir so eine Katastrophe verhindert.« Er lächelt. Nein, er grinst. Und zwar fies. »Zur Strafe bekommst du nicht auch noch dein anderes Geschenk.«

Ein anderes Geschenk? Vielleicht ein besseres? Ja? JA? Her damit!

Ich hüpfe aufgeregt auf meinem Stuhl herum, flehe, bettle, gurre, liebkose und überrede Konrad mit den süßesten Worten, die ich imstande bin, aus mir herauszuquetschen, und nach einer gefühlten Ewigkeit habe ich ihn endlich weichgekocht. Er steht auf, geht zu seinem Rucksack und kommt mit einem kleinen Päckchen im DVD-Format zurück.

»Das ist mein Back-up-Geschenk. Falls alle Stricke reißen.«

Ein Film. Na gut, da kann ja nicht viel schiefgehen.

Ich reiße gierig das Papier auf.

»Ich dachte«, erklärt Konrad, während ich mit dem Tesafilm kämpfe, »im allerschlimmsten Notfall schenke ich dir wenigstens etwas, was du wirklich brauchen kannst.«

Das Papier ist weg.

Und in meinen Händen liegt eine Buchhaltungssoftware.

Januar

Altlasten

Paare in der Badewanne

Sonntag, 2. Januar, um 14:53 Uhr

Da ist es also, mein neues Jahr. Mein neues Jahr mit Freund. Mit Konrad. Es fing recht unspektakulär an, Konrad und ich haben den Abend mit Mona und ein paar Freunden von Konrad verbracht. Wir haben uns nicht betrunken, sondern lagen um halb eins im Bett. Also, Konrad und ich. Mona zog mit den Jungs noch weiter und feierte bis in die frühen Morgenstunden.

Ja, es ändert sich also wirklich etwas, wenn man in einer Beziehung ist. Es ist ja nicht so, dass ich gar keine Lust mehr hätte, um die Häuser zu ziehen. Aber es ist auch nicht so, dass ich verrückt würde, wenn ich es nicht tue. Komisch. Früher war ich doch weniger müde. Früher konnte ich länger feiern. Liegt das am Alter? Am vergangenen, wirklich sehr anstrengenden Jahr? Oder an meinem neuen Beziehungsstatus?

Wie auch immer, der erste Tag im neuen Jahr wurde ausgiebig dazu genutzt, mit Altem abzuschließen und mit Neuem zu beginnen.

»Wie bist du denn überhaupt auf die Idee gekommen, dass mir diese Kette gefallen könnte?« Wir lagen in der Badewanne. Konrad lag weniger, ich dafür mehr, aber das fand ich nach dem Weihnachtsgeschenkdesaster nur angemessen.

»Ich weiß, dass es blöd ist. Ich hatte einfach keine gute Idee!«, gestand Konrad und ließ noch ein bisschen warmes Wasser nachlaufen. »Und den anderen hat die Kette ja auch gefallen.«

»Den anderen?« Ich konnte nur schwer an mich halten, Konrad nicht mit dem nassen Schwamm zu bewerfen.

»Na ja, sieh mal«, begann Konrad, »ich war noch nie so … einfallsreich, was Geschenke angeht. Meiner ersten Freundin, also der vor Nadine, hat so eine ähnliche Kette gefallen.«

Nein, dachte ich, das hat sie nur geheuchelt.

»Also habe ich später Nadine eine ähnliche gekauft. Der gefiel sie auch.«

Zu Nadine, der Exfreundin aus der Hölle, passt diese unterirdische Kette ja auch!

»Und dann dachte ich … na ja. Aller guten Dinge sind drei.«

Zumindest in der bestechenden Logik eines Mannes ist das sicher nachvollziehbar. Einmal einen vermeintlichen Glückstreffer gelandet – da mach ich doch einfach so weiter. Wer weiß, wann ich wieder eine so tolle und ästhetisch ansprechende Geschenkidee habe!

»Und über die Pferdeshow«, fuhr Konrad fort, und ich musste mir schon wieder das Lachen verkneifen, »über die will ich kein Wort mehr verlieren. Das war … das war …«

»Ein Akt der Verzweiflung«, vervollständigte ich seinen Satz und bewarf ihn nun doch mit dem Schwamm.

»Kannst du denn wenigstens mit dem Buchhaltungsprogramm was anfangen?«

Ich musste lächeln. Nachdem ich im ersten Moment nämlich tatsächlich am Verstand meines Herzallerliebsten gezweifelt hatte und auch im Nachhinein gestehen muss, dass ich eine Buchhaltungssoftware als Weihnachtsgeschenk immer noch ausgesprochen problematisch finde, konnte ich nach ersten Zögerlichkeiten einen gewissen Nutzwert für mich entdecken. Das Buchhaltungsprogramm bringt tatsächlich ein wenig Struktur in mein doch recht chaotisch ablaufendes Abrechnungswesen und bescherte mir prompt, nachdem ich mühsam eine Menge Daten eingegeben hatte, eine Einnahme-Überschuss-Rechnung mit voraussichtlich zu zahlender Einkommenssteuer. Und beglückte mich mit der Erkenntnis, dass mir das Finanzamt Unsummen zu viel gezahlter Umsatzsteuer zurückerstatten wird. Ha! Ich werde den Blutsaugern natürlich nicht mitteilen, dass die falsche Berechnung an meiner höchsteigenen mangelnden Taschenrechnerbedienfähigkeit lag. Und ebenso wenig werde ich Konrad gegenüber zugeben, oder höchstens unter Folter, dass das Buchhaltungsprogramm mich im Nachhinein dann doch glatt ein bisschen begeistert.

Ich lächelte Konrad an. »Ja. Kann ich. Das war ein gutes Geschenk!«

Konrad strahlte. Und ich belohnte ihn damit, dass er mir den Rücken einseifen musste.

Mein Freund, seine Eltern und ich

Donnerstag, 6. Januar, um 10:20 Uhr

Ich bin echt ein bisschen aufgeregt! Konrad möchte, dass ich seine Eltern kennenlerne. Das ist ein gutes Zeichen, ein sehr gutes! Elternkennenlernen ist gleichzusetzen mit: Das ist die Frau, die ihr für den Rest eurer Tage an meiner Seite sehen werdet. Und das ist ja der langfristige Plan.

Ein wenig beunruhigt mich, dass Konrad irgendetwas davon faselt, dass es ja ein »Wiedersehen« und weniger ein »Kennenlernen« sei – was er wohl damit meint?

Du sollst doch nicht um deinen Jungen weinen

Sonntag, 9. Januar, um 17:32 Uhr

Dies sind die ersten vier allgemeinen Gesetzmäßigkeiten nach Murphys Gesetz:

1. Wenn etwas schiefgehen kann, dann geht es schief.
2. Wenn etwas auf verschiedene Arten schiefgehen kann, dann geht es immer auf die Art schief, die den größten Schaden verursacht.
3. Hat man alle Möglichkeiten ausgeschlossen, bei denen etwas schiefgehen kann, eröffnet sich sofort eine neue Möglichkeit.
4. Die Wahrscheinlichkeit, dass ein bestimmtes Ereignis eintritt, ist umgekehrt proportional zu seiner Erwünschtheit.

Ich und Konrad also bei seinen Eltern. Irgendwie war klar, dass das nicht gutgehen konnte.

Konrad gibt mir auf der Fahrt in den Taunus einige mehr oder weniger wertvolle Tipps, die ich beim Aufeinandertreffen mit seiner Mutter beachten soll.

»Sprich nicht über Krankheiten. Oder über Politik. Lass am besten auch das Thema Ernährung weg. Meine Mutter ist strenge Vegetarierin und versteht da wenig Spaß. Und bitte iss den Kuchen, egal wie er schmeckt. Ach ja, und zieh die Schuhe aus, wenn du reinkommst.«

Keine Krankheiten, keine Politik, keine Ernährung. Kuchen essen. Schuhe ausziehen. Aha, zumindest die letzte Information hätte ich gerne früher erhalten, ich habe heute Morgen ein Loch in der Socke entdeckt. Ich dachte mir, für heute wird's wohl reichen, danach schmeiß ich sie weg. Na ja.

»Und dein Vater?«

Konrad winkt ab. »Der ist harmlos. Mach dir um den keine Sorgen.«

Ich weiß nicht, was ich von Konrads Briefing halten soll. Schwamm drüber, ich mach einfach das Beste daraus. Und Improvisieren ist eh mein Ding.

Konrad hält vor einem spießigen Reihenmittelhaus, wie es wahrscheinlich Tausende in jeder piefigen Kleinstadt gibt. Wir steigen gerade aus dem Auto, da wird die Haustür von einer sehr großen, sehr hageren und sehr, sehr unsympathisch aussehenden ältlichen Dame geöffnet. »Dame« ist das einzige Wort, das mir an dieser Stelle einfällt. Die Person im Türrahmen trägt nämlich ein Kostüm.

»Ist das deine Mutter?«, frage ich skeptisch.

Konrad nickt mit zusammengekniffenem Mund.

»Und wieso hat sie diesen Fummel an?«

»Kein Wort mehr!«, zischt Konrad und öffnet das kleine Gatter, das uns über einen akkurat angelegten Steinfliesenweg durch den penibel geharkten Vorgarten führt.

»Hallo, Mama«, sagt Konrad, und ich bewundere ihn für seine Charaktergröße. Mütterliche Gefühle für diese ausgemergelte Vogelscheuche zu entwickeln, das ist wirklich ganz großes Blockbuster-Kino.

»Konrad«, säuselt sie und haucht ihm zwei Küsschen auf die Wangen. Ich hoffe, sie will mich nicht auch küssen! Sie riecht nach Nelken. Und alt. Die walze ich doch über den Haufen, wenn ich nicht aufpasse! Wahrscheinlich breche ich ihr gleich die Hand, die sie mir mit abgespreiztem kleinem Finger hinhält.

»Sie müssen Frau Rautenberg sein.«

Tolle Startersätze, Teil 1 bis 5. Heute: Überflüssige Feststellungen.

Ich setze mein schönstes Schwiegermutterlächeln auf. »Ja, aber nennen Sie mich doch Juli.«

Konrads Mutter lächelt nicht. »Ich bleibe lieber bei Frau Rautenberg.«

Oha. Das verschlägt mir für einen kurzen Moment die Sprache. Konrad schiebt mich in den Hausflur und fleht mich stumm an, mich umgehend meines Schuhwerks zu entledigen. Ich komme seinem Wunsch nach und präsentiere ihm und seiner mich misstrauisch beäugenden Mutter ein Sockenloch mit den Ausmaßen des Kaspischen Meeres.

Irgendwie schaffen wir es ohne weitere Vorkommnisse, aber auch ohne ein weiteres Wort zu wechseln, ins Wohnzimmer. Dort treffe ich auf den wahr gewordenen Traum jedes Innenarchitekten, der in den Siebzigern sein Handwerk gelernt und seitdem keine nennenswerten Weiterbildungen besucht hat. Denn vor mir steht eine gigantomanisch große, atemberaubend scheußliche Schrankwand Marke Eiche rustikal. Der Boden ist in sattem Ockerbraun gefliest (mit hübschem Verlauf an den Seiten), vor den Fenstern hängen halbe Häkelgardinen. Ich rechne jeden Moment damit, einem röhrenden Hirschen gegenüberzutreten. Hier bin ich Mensch, hier darf ich sein.

Ich weiß jetzt, warum das mit der Kette passiert ist. Wenn ein junger Mensch über Jahre, ach, was sag ich, *Jahrzehnte* mit einer derartigen Geschmacklosigkeit infiltriert wird, bleibt ihm gar nichts anderes übrig, als selbst den letzten Rest Geschmack loszuwerden.

Das einzig Freundliche im gesamten Raum ist Konrads Vater, der in einer abgeschrabbelten Cordhose und einem nicht mehr ganz sauberen Wollpullover mit Flickeneinsätzen auf den Ellenbogen in einem Sessel sitzt und mich nett anlächelt.

»Hallo«, sage ich und gehe auf ihn zu. »Ich bin Juli.«

»Hallo, Juli«, sagt Konrads Vater und reicht mir die Hand. »Ich bin der Vater. Also der Vater des Sohns, also Konrads Vater, und der Mann der Mutter.«

Ah. Konrads Vater wirkt ein bisschen verwirrt und schüttelt

erst konfus den Kopf, dann meine Hand. »Ich würde ja gerne aufstehen, um Sie richtig zu begrüßen, aber ich bin nicht mehr so mobil.« Er klopft auf sein Bein und flüstert: »Vierzig Jahre Roth-Händle, filterlos.« Und grinst.

Ich grinse auch. Bis Konrads Mutter wieder hereinkommt, einen Kuchen in den Händen, der jeder Beschreibung trotzt.

»Konnilein?«, flötet sie.

Aha. Da hat Nadine das her.

»Bringst du bitte noch die Kaffeesahne?«

Kaffeesahne. Ich dachte, die wäre mit der DDR abgeschafft worden.

»Und Bertholt: Spiel nicht den eingebildeten Kranken, und komm zu Tisch!«

Wir setzen uns an den Tisch. Nein: ZU Tisch. Es dauert ein paar Minuten, weil Konrads Vater wirklich ein bisschen eingeschränkt ist und sein (totes?) Bein hinter sich herzieht. Als das Unmögliche geschafft ist, lässt er sich mit einem tiefen Seufzer am Kopfende des Tisches nieder. Konrad und ich sitzen auf der Eckbank (die mit einem Stoff bezogen ist, der mir augenblicklich eine Gänsehaut über den Rücken jagt). Die Vogelscheuche nimmt uns gegenüber Platz. Sie schneidet den Kuchen, oder was immer das sein soll, an und hebt mir ein wirklich überdimensional großes Stück auf den Teller.

»Danke, ich möchte lieber ein kleineres Stück«, versuche ich zu retten, was zu retten ist, aber Konrad kneift mir unterm Tisch in den Oberschenkel, und Konrads Mutter lächelt fies: »Zu spät.«

»Wenn das Kuchenstück umfällt, gibt das 'ne böse Schwiegermutter!«, witzelt Konrads Vater.

Keiner lacht. Alle schauen auf meinen Teller, der immer noch von den Klauen der Vogelscheuche gehalten wird. Und in diesem Moment lässt Konrads Mutter das Kuchenstück mit einem satten Klatschen auf die Breitseite fallen. Nein, da gibt's nix zu rütteln. Das liegt da fundamental fest. Wäre das also auch geklärt.

Bei allen anderen bleiben die Kuchenstücke wie vorgesehen auf der schmalen Unterseite stehen. Konrad wird also mehr Glück mit seinen Schwiegereltern haben, und das kann ich nur bestätigen: Sie sind zwar manchmal etwas seltsam, im Großen und Ganzen aber ganz okay. Ich muss echt keine zweiwöchigen Urlaube mit ihnen verbringen, aber zu schämen brauche ich mich auch nicht für sie.

Konrad scheint dieses Gefühl nicht zu kennen. Er sitzt total verschüchtert und wie ein Primaner, der sich gerade in die Hosen gepitschert hat, am Tisch, ich korrigiere: ZU Tisch, und starrt auf sein Stück Kuchen. Er, der Kuchen, muss wirklich sehr, sehr gesund sein, denn er erweckt den Anschein, als wäre er aus Kieseln gebacken. Was soll das sein? Natursteinkuchen?

»Dinkel-Streusel«, errät Konrads Mutter meine Gedanken. Fein. Dann auf in die Schlacht.

Ich wage mich an den ersten Bissen. Noch in meinem Mund zerfällt der Dinkel-Streusel zu Staub und legt sich schwer auf meine Atemwege. Nur mit Mühe kann ich ein Husten unterdrücken. Ich räuspere mich vernehmlich, und Konrad kneift mir ein zweites Mal in den Oberschenkel. Ja, ist ja gut! Verzweifelt japse ich nach Luft. Die Kuchenkrümel bewegen sich keinen Millimeter. Na prima, elendig verreckt zu Tisch bei Familie Paulsen!

Konrads Mutter sieht mich an. Ihren Blick kann ich nur als bohrend bezeichnen. »Konrad wollte ja nicht so richtig damit herausrücken, was Sie denn jetzt *genau* beruflich machen.«

»Ich bin Lektorin«, antworte ich schnell und bin froh, schon in frühster Kindheit gelernt zu haben, mit vollem Mund zu sprechen, und zwar so, dass man mich trotzdem noch versteht. Außerdem drücke ich mich so für einen Moment um den nächsten Bissen. »Und Autorin.«

Mist, das war doof! Jetzt fragt sie gleich, über was ich so schreibe, und dann muss ich sagen: über das Liebesleben Ihres Sohnes. Das kommt bestimmt super an.

Nein, es kommt besser. Konrads Mutter geht nämlich gar nicht auf meine Schreiberei ein, sondern begleitet mit einem bitterbösen Augenbrauenhochziehen ihren nächsten Satz. »Ach so. Und ich hatte die Hoffnung, Sie würden etwas Vernünftiges machen.«

Joah. Wo nur Rasenmäher wohnen, haben's Blumen ganz schön schwer. Könnte schwierig werden, darauf zu antworten, ohne die Contenance zu verlieren.

Ich lächle einfach nur und schlucke alles runter, was mir gerade auf der Zunge liegt. Und gleich das nächste Stück staubtrockenen Wüstenkuchen hinterher!

Konrad reagiert an meiner statt. »Mama!«, zischt er böse.

Mama reagiert nicht, sondern stiert mich weiter scharf an. Dann sagt sie, und sie tut es mit einer so hinterhältigen Beiläufigkeit in der Stimme, dass ich den Sachverhalt nicht gleich erfasse: »Übergeben Sie sich eigentlich immer noch auf die Schuhe anderer Leute? Oder haben Sie Ihr Alkoholproblem mittlerweile im Griff?«

»Scheiße!«, flucht Konrad und steht auf. Und zerrt mich an der Hand gleich mit. »Mama, ich hab dir gesagt, du sollst dich zusammenreißen!«

Hat er?

»Ich hab dir gesagt, dass du sie nicht drauf ansprechen sollst!«

Hast du?

»Ich kann es nicht fassen!«

Ich auch nicht!

Konrad rennt hinaus in den Flur, mich schleift er an der Hand hinterher.

Seine Mutter bleibt mit bleierner Miene am Kaffeetisch sitzen.

Konrads Vater fragt laut: »Was ist denn passiert? Geht Juli schon wieder?«

»Ja, und dafür kannst du dich bei Mama bedanken!«, ruft Konrad ins Wohnzimmer.

Und Mama ruft zurück: »Ich will dich doch nur beschützen!«

Beschützen? Wovor? Vor mir? Die Axt im Haus erspart ja bekanntermaßen den Zimmermann. Mir fehlen die Worte. Schnell schlüpfe ich in meine Schuhe, die mir Konrad ungeduldig hinhält, werfe mir meine Jacke über und stolpere aus der Haustür. Und gerade als Konrad mich die spießigen Steinstufen des spießigen Reihenmittelhauses in den spießigen Vorgarten hinunterschubst, macht Konrads Mutter mir noch ein besonders liebevolles Abschiedsgeschenk.

»Sie ist nicht N-A-D-I-N-E!!!«

Ja. Das habe ich leider auch schon bemerkt.

Das Schwiegermonster

Mittwoch, 12. Januar, um 09:03 Uhr

Seit unserem panischen Verlassen des Kaffeetisches haben Konrad und ich kein Wort über den Vorfall verloren. Ich merke, ohne dass Konrad es mir sagen muss, dass er nicht darüber reden will. Ich lasse ihn. Auch wenn ich mir mittlerweile wirklich schlimme Gedanken mache.

Es liegt vollkommen auf der Hand, dass ich nicht Nadine bin. Ich war zwischenzeitlich sogar ein bisschen traurig deswegen. Wie fühlt es sich wohl an, auf diesen endlosen Beinen seinen wohlgeformten Körper durch die neidisch aufblickende Welt zu tragen? Wie fühlt es sich an, von Konrads Mutter gemocht zu werden?

Auf keine der Fragen finde ich eine Antwort. Ich bin in meine Gedanken versunken. Und verletzt. Ich erwarte nicht, dass sämtliche Schwiegermütter dieser Welt vor mir auf die Knie fallen und sich meinen Namen in ihr verwesendes Fleisch ritzen. Ich möchte nicht von jedem geliebt werden, noch nicht einmal gemocht. Everybody's darling ist everybody's Depp, das weiß doch jeder. Aber trotzdem: So ein bisschen, so ein ganz klitzekleines bisschen fände ich es schon schön, zumindest eine Chance zu bekommen.

Gut, die Chance hatte ich wahrscheinlich. Mit neunzehn. Auf dem Abiball. Ist aber auch ein saublöder Zufall, dass ich ausgerechnet Frau Paulsen vor die Füße kotzte. Sie kam mir am Sonntag aber auch so gar nicht bekannt vor – ich muss an diesem Abend wirklich sehr viel getrunken haben. Blöd, so was. Ein blöder Start. Insbesondere in Anbetracht der Tatsache, dass ich bislang den Plan hatte, mir mit Konrad noch ein Weilchen länger die Zeit zu vertreiben.

Time to say goodbye

Montag, 17. Januar, um 20:49 Uhr

Nadine. Sie ist überall. Wüsste ich es nicht besser, würde ich meinen, ich wäre in sie verliebt. Sie geistert durch meine Gedanken, meine Träume, meine Wahnvorstellungen. Mittlerweile bin ich nämlich zu der Überzeugung gelangt, dass ich unbedingt und sehr dringend zu Nadine werden muss. Oder zumindest zu jemandem, der ihr sehr ähnlich sieht.

Stellt sich die Frage, ob die Kasse das bezahlt.

Warum nimmt diese Frau so viel Raum ein? Ich habe das Gefühl, dass Nadine nicht nur zwischen mir und meinem

Selbstwertgefühl steht. Nein, sie steht auch zwischen mir und meiner Schwiegermutter und, wenn das so weitergeht, auch bald zwischen mir und Konrad. Falsch. Nicht bald – sie steht schon zwischen uns.

Nadine klebt mir wie ein Stück Scheiße an der Schuhsohle. Und schuld daran ist das Schwiegermonster! So lange hatte ich Ruhe vor ihr, dem Schreckgespenst, so lange schon haben Konrad und ich Nadines Namen nicht mehr in den Mund genommen und uns anschließend selbigen nicht auswaschen müssen! Und was macht Frau Paulsen? »Sie ist nicht Nadine!« Mit einem Wisch ist alles weg. Oder vielmehr: Mit einem Satz ist alles wieder da.

Von den äußeren Faktoren mal abgesehen (das hab ich aufgegeben – es war zwecklos), vergleiche ich mich den ganzen lieben langen Tag mit meiner Vorgängerin. Wenn ich Konrad zum Lachen bringe, frage ich mich, ob Nadine ihn noch besser zum Lachen gebracht hat. Wenn Konrad mich umarmt, frage ich mich, ob er lieber Nadine umarmen wollen würde. War das Deutsch? Egal. Und wenn Konrad mit mir schläft – nein, lassen wir das besser, das wird zu demütigend.

Es kann nicht schön gewesen sein mit ihr. Es DARF nicht schön gewesen sein. Natürlich MUSS es irgendwann einmal schön gewesen sein, andernfalls gäbe es keinen vernünftigen Grund, warum Konrad und sie über drei Jahre ein Paar waren. Und selbst wenn ich Nadine wirklich mit jeder Faser meines Körpers zu hassen versuche, kann ich ihr, so gerne ich auch wollte, nicht jedes bisschen Freundlichkeit absprechen.

Ihre Facebook-Fotos zeigen sie lachend, umringt von Freunden (nein, nicht nur Männer, auch Frauen … aber vor allem Männer), in Unterhaltungen, auf der Tanzfläche, im Wald beim Spaziergang. Sie kann gar nicht das Ungeheuer sein, das ich so gerne in ihr sehen würde.

Ich denke weiter, bis ich auf eine sehr bittere Pille stoße.

Es muss gute Gründe für Konrads Beziehung mit Nadine gegeben haben. (Wobei mir die Gründe für die Beziehung danach – und ich wähle absichtlich den Singular – wesentlich wichtiger sind!) Und für die Beziehung davor. Die Beziehungen. Mit anderen.

Es ist unerträglich, aber so muss es sein: Auch mit anderen hat es schöne Zeiten gegeben.

Diese Erkenntnis zwickt.

Natürlich würde ich gerne an etwas anderes glauben. Daran, dass es mit Nadine und den anderen nur doof war. Dass ich die Einzige, die Beste …

So viel Selbstverarsche beherrsche noch nicht mal ich.

Was wäre denn die Alternative? Dass Konrad gar keine Vergangenheit aufzuweisen hätte? Das wäre ja noch schlimmer! So ungern ich es auch zugebe: Es wäre schrecklich, wenn Konrad nicht früher schon Freundinnen gehabt hätte. Ich würde ja schreiend davonrennen, wenn Konrad mit Ende zwanzig immer noch an Muttis Rockzipfel hängen und alle anderen Frauen in einer Mischung aus Ehrfurcht und Forscherdrang aus der Ferne observieren würde. Das wäre ja der Super-GAU!

Andererseits: Nadine ist auch einer. Also, kein Rockzipfel.

Und wiederum andererseits: Ich bin ja bei Gott nicht die Erste, der dieses Dilema auffällt. Jede will einen Mann haben, der erfahren, souverän und entspannt durchs Leben geht. Aber er darf bitte keine andere Frau vorher gehabt haben. Und trotzdem will keine einen Mann haben, der noch bis Mitte dreißig zu Hause bei Mama wohnt und Sex nur von schmierigen Online-Plattformen, maximal vom Thailandurlaub kennt. Bäh! Ich suche, wieder einmal, die eierlegende Wollmilchsau. Und die gibt es nicht. Und deswegen muss ich endlich lernen, Nadine zu akzeptieren und mich nicht ständig mit ihr zu vergleichen oder mich von meinen Gedanken an sie fertigmachen zu lassen. Auch wenn ich weiß, dass Konrads Mutter mich lieber heute als morgen in den Geschichtsbüchern wüsste und stattdessen Nadine wiederaufleben lassen würde.

Mein neue Vorsatz muss also lauten: Vergiss Nadine! Denn in den Fußspuren einer anderen kann man einfach nicht überholen.

Es werde Licht

Dienstag, 18. Januar, um 19:05 Uhr

Nachdem ich auf eine derart glorreiche Erkenntnis gekommen bin, kann ich es gar nicht abwarten, sie mit Konrad zu teilen. Aber der hüllt sich in Schweigen. Und einfach so auf meine gerade überwundene Feindschaft zu Nadine und mein zugegebenermaßen nicht ganz unproblematisches Verhältnis zu seiner Mutter zu sprechen kommen, traue ich mich auch nicht. Na ja, meine Erleuchtungen halten ja noch ein bisschen, die werden so schnell nicht schlecht. Ich heb sie mal auf, bis Konrad mich anspricht.

In memoriam

Samstag, 22. Januar, um 10:54 Uhr

Kein Mucks von Konrad. Nichts über die Vogelscheuche, nichts über Nadine. Keine Erklärung, keine Entschuldigung. Nichts, nada.

Die spannendste Entwicklung der letzten Woche ist der

plötzliche und sehr unerwartete Tod von Eberhard, dem Schnittlauch.

Unkenrufe

Sonntag, 23. Januar, um 20:09 Uhr

Mein Gott, das fällt mir jetzt erst auf! Eberhard ist tot! Unsere Beziehungspflanze ist tot, weg, dahingesiecht, hinfortgerafft – ein für alle Mal erledigt. Ist das ein Wink des Schicksals? Ein Vorbote für nahendes Unheil? Ein Symbol für unsere sterbende Beziehung? Wenn unsere Beziehungspflanze schon nach so kurzer Zeit das Handtuch wirft … Kein gutes Zeichen. Konrad! Ich muss mit Konrad reden!

Geständnisse

Dienstag, 25. Januar, um 10:14

Mein Gespräch mit Konrad begann eher unspektakulär. Ich saß deprimiert auf dem Sofa, im Arm Eberhard, der der Situation angemessen die Stängel hängen ließ. Oder das, was davon noch übrig war. Konrad kam von der Arbeit nach Hause, pfefferte wie gewöhnlich Jacke, Tasche, Schuhe und Mütze auf einen handlichen Haufen auf dem Boden und kam ins Wohnzimmer, um mir einen Begrüßungskuss zu geben.

»Hallo, Liebling, wie war dein Tag? Mann, hab ich Kohldampf! Gibt's was zu essen? Und warum sitzt du mit dem Schnittlauch auf dem Sofa?«

»Das ist kein gewöhnlicher Schnittlauch«, flüsterte ich, und mir stiegen die Tränen in die Augen, »das ist Eberhard. Und vielleicht ist es dir nicht aufgefallen, aber Eberhard ist tot!«

»Sollen wir einen neuen kaufen?«, fragte Konrad und streichelte ein einzelnes verdorrtes Exemplar von Eberhards ehemaliger Stängelpracht.

»Das geht doch nicht!«, entrüstete ich mich. »Das war unsere Beziehungspflanze. Die kann man nicht einfach neu kaufen!«

Konrad sah mich entgeistert an. »Juli. Das ist ein Schnittlauch.«

Dass Männer aber auch so furchtbar begriffsstutzig sein müssen!

»Nein, Konrad, das ist viel mehr als ein Schnittlauch! Und du könntest ruhig ein bisschen mehr Gefühle zeigen, immerhin ist Eberhard auch ein Stück von dir!«

Konrad schwieg. Und schien ernsthaft an meinem Verstand zu zweifeln.

Ich legte noch eine Schippe drauf. »Bei deiner fetten Katze ist es dir schließlich auch nicht egal, ob sie stirbt, oder?«

Wieder kam keine Reaktion. Aber ich sah Konrads Backenknochen gefährlich lange mahlen. Er atmete tief aus. Dann lehnte er sich zurück und begann zu reden. »Ich glaube, es wird Zeit, dass ich hier mal was klarstelle.«

Ich schmollte noch ein bisschen weiter, konnte eine gewisse Vorfreude aber nicht verbergen.

»Zunächst einmal: Meine Mutter war vom ersten Moment an total vernarrt in Nadine. Sie hat sie geliebt, wie sie wohl ihre eigene Tochter lieben würde, wenn sie nicht stattdessen einen missratenen Sohn bekommen hätte.«

»Du hast einen Bruder?«, merkte ich auf.

»Nein. Natürlich nicht. Ich meine mich.«

»Aber du bist doch nicht missraten!«, ereiferte ich mich. Wie konnte denn irgendjemand so was denken? Von Konrad?

Mister Ich-mache-alles-richtig-(außer-Geschenke)-und-führe-ein-perfektes-Leben?

»Findet meine Mutter eben doch«, sagte Konrad und seufzte tief. »Meine Mutter findet, dass ich, nun ja … wie sage ich das jetzt … meinem Vater sehr ähnlich bin.«

Was? Dem verwirrten alten Mann in der Cordhose? Mir war gar keine Ähnlichkeit aufgefallen, außer dass ich Konrads Vater ausgesprochen nett fand. Zugegeben, ich habe ihn auch nur knapp drei Minuten gesehen. Und da hat er einen komischen Witz über böse Schwiegermütter gemacht. Aber ansonsten – was sollte denn an Konrads Vater problematisch sein? Außer dass er Konrads Mutter geheiratet hat?

»Jedenfalls hat sich meine Mutter immer eine Tochter gewünscht. Nach zwei Fehlgeburten klappte es zwar mit einer Entbindung, aber heraus kam nicht ein blondgelocktes kleines Mädchen, sondern ein übergewichtiger Junge, der sich zu allem Überfluss in der Schule zu einem gewissen … Soziophobiker entwickelte.«

Gut. Von dieser Warte aus betrachtet, war das schon ein guter Grund, auf seinen Sohn schlecht zu sprechen zu sein.

»Nachdem ich das mit dem Studium einigermaßen hingekriegt und auch endlich mal ein paar normale Freunde gefunden hatte, brachte ich irgendwann Nadine mit nach Hause, und meine Mutter ist fast ausgeflippt vor Freude.« Er machte eine kurze Pause. »Na ja. Du kannst dir ja denken, was los war, als ich ihr dann letztes Jahr gesagt hab, dass ich mit Nadine Schluss gemacht habe.« Konrad seufzte. »Seitdem ist alles wieder viel schlimmer geworden. Sie hat mir damals schon gesagt, dass sie nie eine andere Freundin dulden wird, und, na ja, also, als ich ihr dann vor ein paar Wochen erzählt habe, dass ich jetzt mit dir zusammen bin … Also, sie hat ein wirklich sehr gutes Gedächtnis, meine Mutter.«

Toll. Vielleicht sollte sie Gedächtnistrainerin werden, dann hätte sie auch was zu tun und müsste sich nicht in das Leben ihres Sohnes einmischen.

»Es ist natürlich auch nicht besonders hilfreich für die Situation, dass meine Mutter und Nadine sich noch regelmäßig sehen.«

»Ach du Scheiße«, entfuhr es mir. »Und was machen die dann? Tauschen sie scheußliche Kuchenrezepte aus, oder was?«

Konrad lachte leise. »Ja, so in der Art. Und der Kuchen war echt fies.«

Ich zuckte mit den Schultern. »Ist ja, wenn wir ehrlich sind, letztendlich auch egal. Immerhin bin ich mit dir zusammen und nicht mit deiner Mutter.« Gott bewahre! »Fühlt sich halt nur … komisch an.«

»Was meinst du?«

»Nadine, die ist so … so … perfekt! Und ich bin so ein unperfekter und schwabbeliger Haufen Chaos!«

Konrad lachte. »Na gut«, röchelte er, »dann wird es wohl mal Zeit, so richtig die Hosen runterzulassen, damit es endlich ein Ende hat mit dieser ständigen Vergleicherei mit Nadine.«

Woher wusste er das nun wieder? Hm. Vielleicht war er doch ein besserer Frauenversteher, als ich bislang vermutet hatte.

»Jetzt pass mal auf. Ich erzähl dir jetzt mal was. Aber«, Konrad hob den Zeigefinger und sah sehr ernst aus, »du musst mir versprechen, dass du das niemandem erzählst. Niemals, niemandem. Nie! Kapiert?«

Ich nickte und überkreuzte die Finger der rechten Hand, die Konrad nicht sehen konnte, weil ich damit Eberhard hielt. Ein Geheimnis! Wie aufregend! Selbst den Schnittlauch durchzuckte es mit neuer Energie, und er spitzte ein paar seiner Stängelchen.

»Nadine ist nicht ohne Grund so …«, Konrad unterbrach sich.

Ich half aus: »Schön?«

»Nein. Das wollte ich nicht sagen«, fuhr Konrad fort. »Ich wollte eigentlich sagen: eitel.«

Ich zog überrascht die Augenbrauen hoch. Nadine? Eitel? Erzähl mir nix!

»Nadine war … Mann, wie sag ich das jetzt, ohne dass es blöd klingt? Also Nadine war …«

»Mal ein Mann?«, fiel ich ihm hastig ins Wort.

»Quatsch«, Konrad winkte ab. »Nein, Unsinn. Nadine war nur nicht besonders … schön, in ihrer Jugend.« Pause. »Na gut, das war untertrieben. Also, Nadine war mal so richtig sauhässlich.«

Stille.

Also, das nenne ich ja mal eine Sensation.

»Definiere hässlich.«

Konrad seufzte. »Meine Güte, ich komm dafür in die Hölle, dass ich dir das erzähle! Also.« Konrad schloss kurz die Augen, dann legte er die Karten auf den Tisch. »Nadine hatte bis zu ihrem zwanzigsten Lebensjahr ganz, ganz schlimme Segelohren. Und ich meine jetzt nicht so ein bisschen abstehend oder so, sondern so RICHTIG schlimm, also so, dass man denkt, die klappen von alleine nach vorn.«

»Is nich wahr!«, jauchzte ich sensationslüstern.

»Ja«, nickte Konrad, »und die Ohren hat sie sich dann anlegen lassen.«

Ich wusste es! Die Frau ist operiert! Dieser Tag wird rot im Kalender markiert!

»Na ja, jedenfalls lag sie dann vor der OP im Krankenhaus, und ein Arzt kam rein, und noch bevor er auf die Krankenakte sah, gab er ihr die Hand und sagte: ›Keine Sorge, die Nase kriegen wir hin.‹«

Wow. Das war fies. Selbst Nadine gegenüber.

»Du kannst es dir schon denken. Sie hat sich dann nicht nur die Ohren anlegen lassen. Als das mit der Nase und den Ohren dann durch war, hat sie ziemlich krass abgenommen. Deswegen ist sie heute so aufs Äußere fixiert: Sie war einfach echt lange nicht besonders schön, das hinterlässt Spuren.«

Kenn ich. Also, das Problem mit dem Nicht-so-schön-Sein.

Konrad rückte ein bisschen näher. »Deswegen sage ich dir noch mal ganz, ganz ehrlich: Hör auf, dir ständig einen Kopf darüber zu machen, dass du nicht aussiehst wie Nadine. Ich sehe das selbst, ich bin ja nicht blind.«

Äh – Entschuldigung?!

»Aber ich finde das nicht schlimm. Und bevor du mir jetzt widersprichst: Ich finde das nicht nur nicht schlimm, ich finde das ganz, ganz toll an dir. Du bist so schön«, er streichelte mir ein Haar aus dem Gesicht, »du bist so natürlich und so ... lustig. Ich hab noch nie so viel Spaß mit einer Frau gehabt wie mit dir.«

Chhhhrrrraaaaaarrrhhhhhhhmmmmm ... Ich begann leise zu schnurren.

»Also bitte, bleib so. Und verändere dich nicht. Ich möchte mit niemandem mehr zusammen sein, der sich geschminkt ins Bett legt. Okay?«

Ich blickte beschämt zu Boden. Eberhard machte mit und ließ die Stängel wieder hängen. Das war das Entzückendste, was seit langer Zeit jemand zu mir gesagt hatte. Ich nickte.

»Und mir macht es nichts aus, wenn du so wirst wie dein Vater«, sagte ich leise. Und Konrad nahm mich in den Arm und drückte mich sehr, sehr lange und feste, und dann streichelte er Eberhard, dann wieder mich, und wir schauten zusammen »Verbotene Liebe« und gingen früh ins Bett, legten uns nebeneinander, sahen uns in die Augen und lauschten dem Atem des anderen. Schön.

Februar

Allein zu zweit

Sehschwäche

Donnerstag, 3. Februar, um 08:19 Uhr

Es geht mir wirklich sehr viel besser, seit ich Nadines kleines Geheimnis kenne. Ja, das ist fies, und dafür müsste ich Buße tun, wenn ich nicht aus der Kirche ausgetreten wäre. Ich habe aufgehört, ständig über Nadine nachzudenken und mir den Kopf zu zerbrechen, warum Konrads Mutter so verrückt nach ihr ist. Stattdessen stehe ich nun sehr lange vor dem Spiegel und frage mich, wie gut mir ein paar Schönheits-OPs stünden.

Blöderweise wäre es bei mir mit »Einmal Ohren anlegen, bitte!« nicht getan. Mein Körper ist eine Großbaustelle, jedem Schönheitschirurgen würden Schweißperlen auf die Stirn treten, wenn er mich, meine Reiterhosen, meinen Schwabbelbauch, meine Wink-Fett-Arme, meinen Hängebusen und meine Krähenfüße sähe. Ich bin die Frau, die nach einem vollen Jahr Intensivteilnahme bei »Extrem schön«, fünfunddreißig Liter abgesaugtem Fett, siebzehn Schönheits-OPs (nicht eingerechnet: die Magenverkleinerung) und unter Zuhilfenahme mehrerer topausgebildeter Spezialisten irgendwann als lebendes Gesamtkunstwerk der applaudierenden Menge vorgeführt würde. »Meine Damen und Herren, hochverehrtes Publikum, sehen Sie selbst: DAS ist mit plastischer Chirurgie möglich! Staunen Sie, klatschen Sie, wer hat noch nicht, wer will noch mal …«

Manchmal, wenn ich dann so vor dem Spiegel stehe und mir mit Kajal die Schnittmuster ins Gesicht male, kommt Konrad ins Badezimmer. »Was machst du denn da?«, fragte er mich beim letzten Mal sehr untypisch männlich interessiert.

Ich stotterte verlegen rum. »Na ja, ist doch bald Fasching …« Eine SUUUUUPER Ausrede.

Konrad war erwartungsgemäß skeptisch. »Und als was willst du gehen? Als Indianerin mit Kriegsbemalung? Komm her, Brunftiges Rehlein!«

Zugegeben. Ich sah wirklich ein bisschen aus wie eine Eingeborene mit Gesichtstätowierung. Natürlich ohne die schönen Haare. (Dass ich aber auch immer was zu meckern haben muss!)

Konrad umarmte die Großbaustelle von hinten. »Ist ja auch egal, als was du gehst. Du wirst so oder so toll aussehen.«

Allem Anschein nach brauche ich nur eine OP: und zwar an den Augen. Wenn ich mich nur ein einziges Mal mit Konrads Augen sehen könnte, wären all meine Selbstzweifel dahin. Ganz bestimmt. Ich muss ihn mal fragen, ob er mir zu Fasching seine rosarote Brille leiht.

Verhandlungssache

Sonntag, 6. Februar, um 14:59 Uhr

»Wir müssen reden.«

So fangen keine guten Gespräche an. Nie. Ich schlucke schwer. Konrad und ich sitzen im Schlafanzug am Frühstückstisch, ich löse das Kreuzworträtsel der Sonntagszeitung, Konrad war bis gerade in den Sportteil vertieft. Worüber müssen wir also reden? Über den nicht gehaltenen Elfmeter von Frankfurts Torwart? Wohl kaum. Über meinen Schlafanzug? Die Tatsache, dass wir seit über einer Woche nicht mehr miteinander geschlafen haben? Hat er gerade gemerkt, dass ich in Wahrheit nicht so aussehe, wie er immer gedacht hat? O Gott!

Das ist das Ende. Jetzt macht Konrad Schluss, und ich habe einen Schlafanzug an.

»Ich würd gern bei dir einziehen«, sagt Konrad entspannt und nippt an seinem Kaffee.

Ich sage vorsichtshalber nichts, weil ich seinen Satz für ein perfides Ablenkungsmanöver halte.

»Weißt du«, fährt Konrad fort, »ich bin doch eh jeden Tag hier. In meiner Wohnung bin ich nur noch, um Sachen zu holen.«

Ach so. Pragmatische Gründe. Taktisch cleverer wäre gewesen, mir zu sagen, dass er am liebsten den ganzen Tag mit mir verbringen will. Trottel.

»Und wir verstehen uns doch super. Und ich fänd es viel schöner, wenn ich jeden Abend mit dir in unserer gemeinsamen Wohnung verbringen könnte.«

Schon besser. Ich nicke bedächtig und lasse mir erst einmal nicht in die Karten schauen. Die Argumentation ist zwar in Ansätzen gut, aber da ist noch Luft nach oben. Wenn Herr Paulsen bei mir einziehen will, was er, wenn wir ehrlich sind, längst getan hat, dann soll Herr Paulsen das aus emotionalen, romantischen und amourösen Gründen tun und nicht, weil er es leid ist, zweimal die Woche im Loft die Post abzuholen.

»Juli, sagst du mal was dazu?«

Nö. Ich bin erst mal beleidigt. Also, natürlich nicht richtig beleidigt, aber schon ein bisschen, weil Konrad anscheinend nicht mal ansatzweise das kleine Einmaleins der weiblichen Psyche beherrscht. Und dabei ist das doch eigentlich ganz einfach. Wenn du was willst, sag nicht den *wahren* Grund, sondern den *schmeichelnden*. Wenn du mich um was bittest, verpack es als Kompliment. Wenn du mich kritisierst, schmier ordentlich Honig drauf. Ich mach das doch auch so. Ich sage nicht: »Hey, Typ, mach mal was zu essen, ich hab Hunger.« Ich sage stattdessen: »Konrad, mein Liebling, wollen wir noch mal diesen leckeren Auflauf von letzter Woche machen? Der war so sensationell, und den kannst nur du sooo gut!« Ich starte jede meiner Bitten und Anfragen grundsätzlich mit einem »Hast du Lust« und integriere häppchenweise Hilflosigkeit in Form eines »mir das abnehmen«, eines »mir unter die Arme greifen« oder eines »mir dabei behilflich sein«. Das klappt super! Konrad ist mittlerweile – ohne dass er es weiß, natürlich – für das Badputzen und den wöchentlichen Einkauf verantwortlich. Ich übernehme dafür Verantwortung, Ordnung, Staubsaugen, und manchmal wasche ich ein Hemd für ihn mit. Ich finde, das ist eine gerechte Arbeitsteilung, denn ich muss ja auch noch jeden Tag gut aussehen, und das erfordert eine Menge Zeit.

Wenn ich Konrad einen Putzplan vor die Nase halten und ihm sagen würde: »Und du bist ab jetzt fürs Bad zuständig«, würde hier sauberkeitstechnisch gar nichts mehr laufen. In dem Moment, in dem ich ihn um seine Hilfe bitte, appelliere ich an den Steinzeitmann in seinem Unterbewusstsein. Du Tarzan, ich Jane. Ich hilflos. Du retten. Läuft wie geschmiert.

Warum aber funktioniert es nicht umgekehrt? Warum kann Konrad nicht ein bisschen verliebt mit den Wimpern klimpern, mir ein paar Komplimente machen und dann sagen: »Und das Allerallerallerschönste wäre, wenn ich nicht mehr zu der blöden Giftspritze Nadine in die Wohnung müsste, sondern für immer hier bei dir bleiben dürfte!« Und wenn er ein Profi wäre, würde er nicht nur »blöde«, sondern »blöde, hässliche, nasen- und ohrenoperierte, nervtötende Giftspritze« sagen.

Männer!

»Juli?« Konrad guckt ein bisschen verunsichert. »Also, mit ein bisschen mehr Begeisterung hätte ich ja schon gerechnet.«

Okay. Alles klar, das wird nicht mehr romantischer. Ich schminke mir die Idee des Antrags auf den Knien ab, lächle

Konrad freundlich an, sage »Gute Idee!« und mache mir eine interne Notiz: Konrad in taktischer weiblicher Gesprächsführung schulen.

Unter der Gürtellinie

Donnerstag, 10. Februar, um 13:05 Uhr

Konrad wohnt jetzt also ganz bei mir. So weit, so unspektakulär.

Gestern haben wir damit zugebracht, seine restlichen Sachen in meine Wohnung zu schaffen. Genau genommen zwei Reisetaschen. Bemerkenswert, mit wie wenig Männer so auskommen. Ich bin ein wenig schockiert, als wir im Loft stehen und Konrad mir die zwei Taschen präsentiert. »Die sollten reichen«, sagt er und schleift die Taschen hinter sich her ins Schlafzimmer.

»Für deine Klamotten?«, frage ich skeptisch nach und überlege, ob er damit nur die Sommerkollektion meint.

»Ich hab ja nicht viel«, meint Konrad und bleibt vor einem Kleiderschrank in der Größe eines Einfamilienhauses stehen. Er geht ganz links zu dem schmalen Seitenteil und öffnet die Tür. Fünfzehn Hemden (alle hellblau), drei Anzüge, zwei Packen T-Shirts, fünf Jeans und ein paar Pullover. Die erste Reisetasche ist voll. Das Umziehen hat bislang genau drei Minuten gedauert. Ich stehe weiterhin fassungslos vor dem Ungetüm von einem Kleiderschrank.

»Was ist denn da drin?«, frage ich. »Eine weitere Wohnung?«

»Nadines Sachen«, stöhnt Konrad, als er sich gerade die erste Reisetasche auf die Schulter wuchtet.

Ich kann es nicht glauben. Der Schrank ist ungefähr sechs Meter lang, zwei Meter hoch und zwei Meter tief, das macht … äh, keine Ahnung, das kann ich nicht ausrechnen, aber mindestens achtzehn Kubikmeter Platz für Klamotten! Mein erstes Studentenzimmer war kleiner. Vorsichtig schiebe ich eine der spiegelbeschichteten Schranktüren zur Seite. Und stehe mitten im KaDeWe.

Nadine hat ihre Kleidungsstücke farblich sortiert. Ganz ordentlich liegen da zweihunderteinundachtzig schwarze Shirts auf einem Haufen, daneben dreihundertneunzehn weiße, dann die braunen, die hellbraunen, die mittelbraunen, die graubraunen usw. Einmal die ganze Farbpalette durch. Es gibt insgesamt sechs je zwei Meter lange und einen halben Meter tiefe Regelböden, auf denen nur die Oberteile liegen. Ich brech ab! Ich hab noch nie so viele Klamotten auf einem Haufen gesehen! Nicht mal bei H&M.

Ich öffne eine andere Schranktür. Schuhe. Mindestens hundert Paar, auf Hochglanz poliert und fein säuberlich nebeneinander aufgereiht, warten einträchtig auf die schönen Füße ihrer Besitzerin.

Wahnsinn. Ich werde spontan grün vor Neid. Mein Kleiderschrank sieht im Inneren aus wie ein Wäschekorb. Vor der Wäsche. Ich entscheide mich kleidertechnisch gerne mal auf den letzten Metern um, deswegen steht Ordnung bei mir nicht ganz so ganz hoch im Kurs. Um es mal vorsichtig auszudrücken.

Umso weiter steht mein Mund offen, als ich diesem ordnungstechnischen Weltwunder gegenüberstehe. Der Schrank erinnert mich ein bisschen an den aus »Clueless«, diesem schrecklichen Film aus den Neunzigern. Da gab es so einen automatischen Kleiderschrank, der an ein Computerprogramm gekoppelt war. Jeden Morgen stand die verzogene Tochter aus gutem Hause vor dem Rechner und ließ sich vom Programm verschiedene Outfits zusammen- und vorstellen. Mit einem Knopfdruck entschied sie sich für das stylischste und coolste Outfit, auf das sie sicher NIE selbst gekommen wäre, wenn sie nicht diesen blöden Computer gehabt hätte, und vollautomatisch wurden die Einzelteile des Outfits aus dem Kleiderschrank herausgefahren. Auf Schienen!

Kein Wunder, dass Nadine immer so gut angezogen ist. Bestimmt hat sie genau so einen Großrechner in der Zwischenwand.

Vielleicht kann der Rechner ja noch mehr.

Schönheitsoperationen zum Beispiel. Haha. Oder Fragen beantworten. »Bin ich die Schönste im ganzen Land?«, dürfte wohl zum Standardrepertoire gehören. Oder: »Was ziehe ich zu meiner Traumhochzeit mit Konrad an?«, und da macht der Rechner *MÖÖP!*, weil es keine Traumhochzeit mehr gibt, du klapprige Kaltmamsell!

»Was macht die an meinem Kleiderschrank?!«, faucht es plötzlich in meinem Rücken.

Das wäre jetzt keine Frage gewesen, die ich einem supergenialen Großrechner gestellt hätte.

»Hallo, Nadine«, sage ich und schiebe schnell die Spiegeltür wieder zu.

»Konrad!«, kreischt Nadine. »Deine dicke Freundin will meine Kleider klauen!«

Vorsicht, Nadine! Wer mit Dreck wirft, verliert an Boden. Zwei Beleidigungen in einem Satz – das ist auf eine perfide Art irgendwie bewundernswert.

»Gott, Nadine«, seufzt Konrad und schließt die Tür von seinem Teilchen des Schrankes. Mehr sagt er nicht. Könnte er aber ruhig, meiner bescheidenen Meinung nach.

»Obwohl, wenn ich es mir so überlege«, setzt Nadine ekelerregend heuchlerisch fort, »nimm dir ruhig was mit, Juli. Vielleicht färbt ein bisschen Stil ja ab.«

So, wir bleiben jetzt ganz ruhig, atmen regelmäßig ein und aus, lassen uns nicht anmerken, dass wir gleich explodieren, immer ein und aus, und ein und aus …

»Aber was erzähl ich denn da?«

Ein und aus, ein und aus, ein und aus …

»Wie sollen dir meine Kleider überhaupt passen?«

UND EIN UND AUS UND EIN UND AUS …

»Du wiegst ja sicherlich das Doppelte von mir …«

»Nadine!« Konrads Stimme hat einen unfreundlichen Unterton angenommen. Mir reichen unfreundliche Untertöne aber wirklich nicht mehr aus, und von Konrad ist hier ja auch nicht mehr zu erwarten, diesem Risikovermeider, diesem Badekappenträger, dieser Sissi! Alles muss man selber machen, Herrschaftszeiten! Wofür habe ich denn einen Mann, wenn er in den entscheidenden Momenten des Lebens den Schwanz einzieht und die Eier wegklemmt? Zum Badezimmerputzen ja wohl nicht!

»Nadine«, sage ich und drücke die Schultern ein paar Zentimeter nach hinten, »jetzt spitz mal die Ohren.« Das Wort »Ohren« betone ich ein bisschen mehr als nötig. »Ich habe die Nase wirklich voll von deinen Mätzchen.« Ich sage das sehr ruhig. Sehr präzise. Und sehr gemein. »Steck deinen Riecher nicht in Dinge rein, die dich nichts angehen.« Das klingt gut. Ich komme in Fahrt. Und mir fallen noch viel mehr lustige Begriffe zu Nasen und Ohren ein.

Konrad guckt mich ungläubig an. Sein Blick sagt so viel wie »Sei jetzt still!«, und zwar ohne Unterton.

Das hält mich allerdings nicht davon ab, noch mehr Salz in die Wunde zu streuen.

»Ich lasse mir von dir nicht länger auf der Nase herumtanzen.«

Nadine fasst sich unwillkürlich und sehr erschrocken an die Nase. Hab ich dich.

»Schreib dir das ein für alle Mal hinter die Ohren!«

Ein panischer Blick, Nadines linke Hand wandert vorsichtig an ihr Ohr, wohl um zu überprüfen, ob es noch anliegt.

»Konrad und ich sind bis über beide Ohren ineinander verliebt. Verstehst du?« Ich zucke verächtlich mit den Schultern. »In meinen Ohren klingen deine permanenten Sticheleien ohnehin nur wie ein jämmerlicher Versuch, von deinem eigenen beschissenen Leben abzulenken.«

Konrad schlägt die Hände vors Gesicht. Nadine starrt mich einfach nur ungläubig an. Dann Konrad.

Und ich hole aus zum ultimativen Vernichtungsschlag: »Also fass dich mal an die eigene Nase …«, *STRIKE!*, »… und lass uns bitte endlich in Ruhe.«

Stille.

Eine sengende Hitze legt sich auf uns. Nadine und ich stehen uns gegenüber, Nadine die Hand am Colt, meinen habe ich schon gezogen, aus seinem Lauf steigt ein feiner Rauchfaden in die Höhe. Ich hab getroffen. Irgendwo in der Wildnis heult ein Kojote. Ansonsten alles totenstill. Wir starren einander an. Im Hintergrund wird ein ausgedorrter Busch vom Wind über den Boden gerollt, tiefe Risse graben sich in den trockenen Untergrund. Der Wind bläst ein wenig stärker, irgendwo wiehert ein Pferd. Die Turmuhr schlägt zwölf, da wird quietschend die Saloontür geöffnet, und der Sheriff tritt zu uns heraus.

»Entschuldige. Sie hat das nicht so gemeint«, schleimt Konrad. Blöderweise bei der Falschen.

Nadine sagt nichts. Sieht mich nur lange, sehr lange und sehr traurig an. In ihren schönen grünen Augen glitzert es verräterisch. Sie wendet den Blick von mir ab und sagt leise zu Konrad: »Ich kann nicht glauben, dass du es ihr erzählt hast.«

Konrad sieht mich an. Und sagt zu Nadine: »Und ich kann nicht glauben, dass sie es dir erzählt.«

So. Ich darf mir selbst gratulieren, in Zukunft wird unter

»Psychologischer Kriegsführung« mein Bild im Lexikon erscheinen. Und bei »Unlautere Mittel« auch.

Strafe muss sein

Freitag, 11. Februar, um 23:01 Uhr

Konrad und ich hatten unseren ersten handfesten Streit. Traf sich gut, ich war ohnehin noch ordentlich auf Krawall gebürstet. Er warf mir vor, dass ich »private Informationen« gegen Nadine verwendet habe, ich warf ihm vor, dass er bei Nadine immer so schrecklich weichgespült und luschenhaft sei. Ja, luschenhaft. Ich habe genau dieses Wort verwendet. Noch schlimmer: Ich habe ihn als rückgratlos und als Luftpumpe bezeichnet.

Wir schrien uns eine Weile leidenschaftlich an, dann drehten wir uns noch ein paar Momente im Kreis, bis ich schließlich vorschlug, den Abend alleine zu verbringen. Immerhin sitzen wir seit Wochen aufeinander, da kann schon mal der Lagerkoller ausbrechen.

Konrad stimmte mit einem Achselzucken zu und sagte: »Ja, einen Abend allein kann ich mir auch mal wieder gut vorstellen!«

Blöd, wenn man gerade zusammengezogen ist. Ist nämlich gar nicht so einfach, den Abend alleine zu verbringen, wenn der andere im selben Raum sitzt.

Ich liege also auf der Couch und sehe mir demonstrativ blödes Zeug im Fernsehen an. Ich bin so sauer! Ich fühle mich so wahnsinnig ungerecht behandelt. Nadine, das alte Schrapnell, darf die allerallerschlimmsten Sachen zu mir sagen, aber ich darf nicht mal ein bisschen rumsticheln?

Na gut: Was ich zu ihr gesagt habe war ... fies. Aber bestimmt nicht fieser als das, was sie gesagt hat! Sie hat behauptet, ich wollte Klamotten aus ihrem Schrank klauen. Sie hat mir ins Gesicht gesagt, dass ich fett bin! Ich fasse es einfach nicht, dass Konrad sich da nicht eingeschaltet hat, also wirklich eingeschaltet, und nicht so ein Walldorf-Kindergarten-Einwand: »Nadine.« Also bitte! Das kann ja mein kleiner Cousin besser, und der ist fünf.

Ich will ja gar keinen Kampf gegen Nadine führen. Ich habe aufgehört, mich mit ihr zu vergleichen, festgestellt, dass ich vielleicht nicht The Body, aber immerhin witzig, charismatisch und liebenswert bin, ich habe akzeptiert, dass Konrads Mutter mich nicht mag, weil ihr Herz schon voll mit Nadine ist, aber es gibt eine Sache, die werde ich NICHT hinnehmen, niemals, nie, jamais, never: dass Konrad sich auf ihre Seite schlägt. Das ist Hochverrat. Und wird eigentlich mit der Todesstrafe bedacht.

Insofern finde ich es nur recht und billig, wenn ich morgen Abend alleine mit den Mädels losziehe und den lieben Gott einen guten Mann sein lasse. Konrad hat es nicht anders verdient. Dem werde ich zeigen, wo der Hammer hängt! Und vielleicht merkt er dann auch mal, wie es ist, wenn ich nicht mehr da bin. Pah.

Bumerang

Sonntag, 13. Februar, um 14:03 Uhr

Wir hatten Waffenstillstand vereinbart. Konrad zog gestern Abend nach Monaten mal wieder mit seinen Jungs los, ich verabredete mich mit Mona, Cora und Tine und nahm mir vor, sehr viel Spaß bei sehr viel Alkohol zu haben.

Das klappt natürlich immer dann am allerwenigsten, wenn man es sich am meisten vornimmt.

Wir starteten in einer Cocktail-Bar. Nach der zweiten Margarita machte Cora die Biege. »Wir gehen morgen früh laufen«, erklärte sie unseren fragenden Gesichtern. »Wir trainieren doch gerade für den Halbmarathon, da darf ich jetzt nicht schlappmachen!«

Wir? Laufen? Halbmarathon? Klang ich auch so schlimm, wenn ich über Konrad und mich redete?

»Ich hasse Pärchen«, zischte ich gut hörbar, als Cora gegangen war.

Mona lachte. »Nur weil es bei dir und Konrad grad nicht so gut läuft.«

Und die Opportunistin Tine fiel mit ein: »Du bist echt unfair, Juli.«

Ja. Unfair. *Na und?* Ich wurde auch unfair behandelt, da durfte ich mich doch wohl auch mal wehren!

Ich erzählte den verbliebenen Hühnern ausführlich von meinem Streit mit Konrad und dem Aufeinandertreffen mit Nadine und holte mir das Einverständnis ein, dass Konrad »wohl wirklich keinen Arsch in der Hose« habe, »voll das Weichei« sei und Nadine »auch nicht mehr alle Latten am Zaun« habe. Bravo. Hier herrschte noch Zucht und Ordnung.

Gut. Ich unterschlug das volle Ausmaß meiner Verbalattacke auf Nadine. Aber Mona und Tine kugelten sich anstandsgemäß weg, als ich zwei HNO-Beispiele zum Besten gab, und ich klopfte mir stolz auf die Schulter. Von wegen, ich bin nicht schlagfertig. Ich kann! Und wie! Und zur lückenhaften Berichterstattung kann ich nur sagen: Ich weiß selbst, dass meine Ansage an Nadine in der unteren Toleranzzone war. Ich weiß selbst, dass ich mich weit über die Grenzen des guten Geschmacks und des Anstands hinausgewagt habe. Das muss mir niemand sagen.

Die anderen beiden hatten ohnehin bald schon nicht mehr viel zu sagen, denn Mona war nach der fünften Margarita voll wie eine Haubitze und schlief an Tine gelehnt im Sitzen ein. Tine schlug vor, die Alkoholleiche nach Hause zu bringen. Ich half ihr, Mona zu schultern, und gemeinsam schleppten wir sie aus der Bar. Als wir Mona irgendwann friedlich sabbernd und schnarchend auf dem Beifahrersitz von Tines Clio festgeschnallt hatten, lud Tine mich noch zu einer Gute-Nacht-Zigarette ein.

»Hör mal«, fing sie an, und ich ahnte schon, was mir bevorstand.

Tine ist immer fair. Immer, immer, immer. Sie hat selbst in den absolut einwandfreisten Schuldfragen immer Verständnis für den anderen und scheut sich nicht, ihren Gerechtigkeitsfanatismus auch an ihren Freundinnen auszulassen. Auch nicht in so glasklaren Situationen wie der meinen.

»Ich kann dich verstehen. Konrad hätte wirklich mehr Rückgrat beweisen müssen, als Nadine dich so angegangen hat.« Genau! »Aber die beiden waren eine ganze Weile zusammen.« Leider. »Und Loyalitäten wechselt man nicht wie Unterhosen. Für ihn muss es schwer sein, alles unter einen Hut zu bringen. Meinst du nicht auch?«

Doch. Meinte ich. Wollte ich aber nicht meinen! Es reichte, wenn ich unter seinem Hut war. Für Nadine war da kein Platz mehr. In dieser Beziehung war *ganz generell* kein Platz mehr für Nadine, und ich fragte mich, wann Konrad das endlich auch begriff.

Ich grummelte noch ein bisschen vor mich hin, musste Tine aber recht geben. Zumindest bei einigen Aspekten ihrer »Wir-haben-uns-alle-lieb«-Überlegung und natürlich auch nur im Stillen. Ich hatte nämlich überhaupt kein Interesse daran, den Friedensnobelpreis zu gewinnen oder das Bundesverdienstkreuz am Bande überreicht zu bekommen.

Trotzdem ließ mich die schwache Vorahnung, dass mir irgendwann noch einmal leidtun könnte, diesen großen Eimer Scheiße über Nadine ausgeleert zu haben, nicht los, bis ich um halb zwölf die Treppen zu meiner Wohnung hochstieg.

Falsch. Zu unserer Wohnung. Konrad war allem Anschein nach noch nicht da. An seiner statt begrüßte mich im Flur einer seiner Unordnungshaufen. Ich stieg über den Kleider-, Papier- und Kleinkramberg und beschloss, im Wohnzimmer vor dem Fernseher auf Konrad zu warten. Vielleicht sollten wir einfach noch mal ganz in Ruhe über alles reden. Irgendwie war ich zwar immer noch angekekst, weil ich fand, dass Konrad sich viel zu wischiwaschi verhielt, aber Tines Einwände hatten sich wie miese kleine Gedankenbäume in meinem Kopf festgesetzt und gruben von dort aus ihre Wurzeln in den Untergrund.

Um halb eins sah ich zum ersten Mal auf die Uhr. Herr Paulsen schien mit seinen Jungs ja einen lustigen Abend zu haben. Schade, dass meiner so wenig lustig gewesen war. Na ja. Man muss ja auch mal gönnen können.

Um eins beschloss ich, mich abzuschminken. Irgendwie war es ja albern, hier in voller Montur auf dem Sofa zu hocken und darauf zu warten, dass der Liebste nach Hause kam.

Um zwei sah ich die Wiederholung des Films, dessen Ende ich um zwölf schon gesehen hatte.

Um Viertel vor drei begann ich mir Sorgen zu machen. War Konrad etwas passiert? War er vielleicht verunglückt? Ich hatte gerade erst vor ein paar Tagen gelesen, dass eine Straßenbahn einen aus Versehen auf den Gleisen schlafenden Penner überrollt hatte. Aber zum einen war Konrad kein Penner – und wenn doch, dann nur im übertragenen Sinn –, und zum anderen fuhren um diese Uhrzeit keine Bahnen mehr. Ich hörte also auf, mir Sorgen um Konrad zu machen, und begann, mich zu ärgern. Damit verbrachte ich eine gute halbe Stunde.

Was fiel dem Typen eigentlich ein? Wir verabredeten einen Abend mit Freunden, »mal wieder was alleine machen«, und er trieb sich bis in die frühen Morgenstunden in der Stadt herum? Wahrscheinlich machte er diese »Männersachen«: einen halben Kasten Bier in der WG von seinem Kumpel Mattis zischen, Kneipe, Billard, Disko und danach noch Table-Dance-Bar.

Mein Freund geht in ein Striplokal!

Mit weißglühender Wut im Bauch zückte ich mein Handy, um Konrad anzurufen. Ich suchte ihn in der Kurzwahlliste und drückte auf den grünen Hörer. Wenige Sekunden später klingelte Konrads Handy bei uns im Schlafzimmer. Mist.

Ich wählte Tines Nummer. Nach gefühlten achtzehn Minuten nahm Tine verschlafen ab: »Alter, Juli! Hackt's bei dir? Weißt du, wie spät es ist?«

»Konrad ist in einem Striplokal!«, schrie ich. »Weißt du, was das heißt? Er betrügt mich!«

Ich konnte geradezu vor mir sehen, wie Tine den Kopf schüttelte. »Striplokal? Sag mal, spinnst du? Wie kommst du denn auf so einen Mist?«

»Es ist halb vier, und er ist immer noch nicht daheim!«, schniefte ich. Denn war es nicht doch viel wahrscheinlicher, dass Konrad einen schlimmen Unfall gehabt hatte? Niemals hätte er mich so lange warten lassen, wenn er früher hätte kommen können!

Tine lachte. »Du hast so einen an der Waffel, Fräulein! Der macht sich einfach einen schönen Abend mit seinen Jungs, und das war's.«

»Pah!«

»Du weißt doch, wie Männer sind. Und du weißt auch, wie Frauen sind, also werd mal wieder vernünftig. Wenn Konrad nach Hause kommt und sieht, wie du abgehst, ist die Hölle los.«

Da war was dran. Ich bedankte mich artig bei Tine, raste ins Bad und fing hastig an, mich zu schminken und meine Haare zu kämmen. Wenn Konrad nach Hause kam, durfte er mich auf gar keinen Fall so zu Gesicht bekommen: gerötete, verheulte Augen, die Haare vom Kopf abstehend, in Jogginghose und mit dem Nutellaglas in der Hand. O nein! Du hattest einen schönen Abend? Ich auch. Ich hatte nicht nur einen schönen, ich hatte DEN BESTEN Abend meines ganzen Lebens!

Auch wenn ich der Wahrheit etwas auf die Sprünge helfen musste: Ich würde *nach* Konrad nach Hause kommen, und wenn es das Letzte war, was ich tat.

Gegen vier war ich endlich anständig zurechtgezimmert, zog mir den Mantel an und schlich aus der Wohnung in den Hausflur. Ein Stockwerk höher machte ich es mir auf dem Treppenabsatz bequem. Ich durfte ja nicht in der Wohnung warten, sondern musste glaubwürdig erst nach Konrad erscheinen. Also wartete ich.

Und wartete.

Und wartete.

Es wurde halb fünf.

Und ich wartete.

Es wurde Viertel vor fünf.

Und ich wartete.

Um fünf war ich so müde, dass ich sogar meine Wut auf Konrad vergaß. Um kurz nach fünf wurde ich von einem ziemlich miesen Sekundenschlaf heimgesucht. Mein eigenes Schnarchen weckte mich glücklicherweise aber wieder auf. Ich kniff mir in die Wangen und hetzte zweimal lautlos die Treppen hoch und runter, um wieder wach zu werden.

Um halb sechs war ich topfit und wieder so sauer, dass ich hoffte, Konrad würde nie wieder nach Hause kommen. Ich konnte für nichts mehr garantieren.

Um Viertel vor sechs hörte ich endlich, wie sich jemand an der Haustür unten zu schaffen machte. Das Licht im Flur ging an, und jemand – eindeutig männlich und eindeutig angetrunken – schlurfte die Treppen hoch. Ich linste durch das Flurgeländer und erspähte einen Zipfel von Konrads schönem schwarzem Mantel. Ja, eindeutig, der Herr Paulsen hatte zu Ende gefeiert und ließ sich nun endlich dazu herab, nach Hause zu kommen. Wurde aber auch Zeit. Meine Füße waren schon eingeschlafen, und mein Hintern war eiskalt vom Sitzen auf den Steinstufen. Konrad schloss die Wohnungstür auf und verschwand.

Ich wartete ein paar Anstandssekunden ab, dann huschte ich bis ins Erdgeschoss hinunter. Einmal tief durchatmen. Uhrenvergleich? Dreizehn vor sechs. Genau die richtige Uhrzeit, um als emanzipierte, selbstständige Frau in einer Beziehung von einer rauschenden Partynacht zurückzukehren.

Als ich leicht außer Atem auf meinem Stockwerk ankam, öffnete mir Konrad schon die Tür. Er sah mich verwundert an. »Wo kommst du denn her?«

»Äh …« Auf eine solche Frage hatte ich mich nicht vorbereitet. Nicht einmal während meiner zweistündigen Wartezeit im Treppenhaus. Ich pfiff auf eine schlagfertige Antwort und lächelte Konrad an. »Aus der Stadt. Puh, jetzt bin ich aber müde«, fügte ich überflüssigerweise hinzu, »war bis eben mit den Mädels unterwegs.«

Mann, war ich gut. Ich fing fast schon an, mir selbst zu glauben.

Konrad hingegen sah mich skeptisch an. »Ach echt? Und wie bist du ins Haus reingekommen?«

Äh – hä? »Na, durch die Tür, Sherlock!« Der stellte heute aber auch blöde Fragen. Sollte er doch lieber mal fragen, was ich so alles gemacht, wen ich so alles getroffen, wem ich so alles meine Telefonnummer zugesteckt hatte …

»Komisch«, sagte Konrad und legte die Stirn in Falten. »Ich stand gerade fast eine halbe Stunde mit Mattis vor der Haustür und hab geredet. Du bist keine Minute nach mir hier angekommen. Ich hätte dich doch auf der Straße sehen müssen!«

Mist. Mist. Verdammter. »Taxi?«, lächelte ich, und eine leichte Verzweiflung legte sich auf meine Schultern.

»Ich hab doch eben noch Mattis ein Taxi gerufen, da hab ich aus dem Fenster geguckt und ihn einsteigen sehen … war das dein Taxi? Wieso hab ich dich nicht aussteigen sehen?«

Maaaaaaannn! Das wurde ja immer schlimmer! Konnte mein Freund zu dieser nachtschlafenden Zeit und in dieser außergewöhnlichen Sondersituation mal ein bisschen weniger analytisch sein und mir den Stuss einfach glauben, den ich ihm zu verzapfen versuchte?

»Und wieso läuft eigentlich noch der Fernseher?«, fragte Konrad.

Ich gab auf. Schleuderte Jacke und Tasche von mir und stapfte wütend ins Wohnzimmer. Wütend auf mich selbst. Und auf das Leben. Und Nadine. Und Konrad! In mir war so viel Wut, dass jedwedes südamerikanische Land einen Monat davon hätte leben können.

Konrad latschte ungläubig hinter mir her. Und starrte ungläubig, als ich ihm von meinem verkorksten Abend erzählte. Und lachte ungläubig auf, als ich ihm von meinem waghalsigen Plan, *nach* ihm nach Hause zu kommen, berichtete. Genau genommen kriegte er sich im Laufe meines Berichts überhaupt nicht mehr ein vor Lachen.

»Juli«, japste er zwischen zwei massiven Lachsalven, »Juli, du hast so einen Hau! Wie kommt man nur auf so unbeschreiblich bescheuerte Ideen?«

Das entrüstete mich ein bisschen. »Wieso bescheuert? Ich fand das äußerst raffiniert.«

Konrad schüttelte den Kopf, Lachtränen liefen ihm übers

Gesicht. »Aber Liebling, du musst doch zugeben, dass das zum Scheitern verurteilt war! Und außerdem«, er wurde plötzlich sehr ernst, »ja, richtig, und außerdem: Es war doch DEINE Idee, dass wir mal wieder was alleine machen!«

Spiel, Satz und Sieg. Schade, dass ich immer nur bis zum nächsten Aufschlag denke.

Ich knirschte mit den Zähnen. »Woher soll ich denn bitte wissen, dass du aus einem Abend mit Freunden gleich eine wilde Partynacht machst, hm?« Ich wiederhole es gerne: In mir war sehr, sehr viel Wut, die sich über Stunden wie eine Tetriswand aufgebaut hatte und nun auf die tödliche Verpuffung wartete. Game over. »Weißt du eigentlich, wie scheiße das ist, wenn der eigene Abend so mies läuft und der Freund sich irgendwo in Striplokalen rumtreibt?«

Konrad blinzelte mich an. »Juli! Jetzt bleib aber mal auf dem Teppich. Striplokale? Du spinnst ja total!« Komisch. Wieso kann er mich anranzen, aber bei Nadine gibt's nur das Feinwaschprogramm? »Ich war mit den Jungs was trinken und dann noch in so einem Club.« Ich riss die Augen auf: AHA! »Aber alle waren angezogen, Himmelherrschaft! Ich hatte einen netten Abend. Mehr nicht.«

Beleidigt zeigte ich Konrad die kalte Schulter und schwieg demonstrativ. Ich hatte meinen netten Abend mit Dieter Bohlen und der siebenundachtzigsten Wiederholung von »Hudson Hawk – Der Meisterdieb« verbracht.

»Und falls du mir die Bemerkung gestattest …« Ich hob eine Augenbraue. Ich gestattete hier gar nichts, insbesondere keine netten Abende mit den Jungs! »… der Abend war nett, aber mit dir wäre er netter gewesen.« Gut, vielleicht war ich eben etwas kleinlich. Nette Abende mit den Jungs UND in meiner Gesellschaft waren ja durchaus erlaubt. »Und ich fände es schön, wenn du beim nächsten Mal mitkämst. Die anderen haben nach dir gefragt.«

Wirklich? Hatten sie? Ich war gerührt. Und schämte mich gleichzeitig ganz fürchterlich. Denn während mein Freund mich an seinem freien Abend vermisst hatte, hatte ich die Zeit damit verbracht, mir im Treppenhaus eine Blasenentzündung zu holen.

Konrad Bonaparte

Mittwoch, 16. Februar, um 19:02 Uhr

Die letzten Tage verliefen ruhig. Das ist auch gut so, denn nach den Achterbahnfahrten der letzten Wochen kann ich dringend eine kleine Verschnaufpause brauchen. In einer Beziehung sein ist ja so anstrengend! Mein Gott, hätte ich das gewusst, dann hätte ich … ja, was? Mich gar nicht darauf eingelassen? Unsinn. Ich wollte einen Freund, und ich wollte ihn dringend. Aber wenn ich gewusst hätte, wie wahnsinnig unentspannt ich mich auch nach vier Monaten noch verhalten kann, hätte ich vor dem Single-Experiment wohl erst einmal einen Termin beim Psychiater vereinbart.

Konrad hat übrigens das Gespräch mit mir wegen Nadine gesucht. Er hat zugegeben, dass er ihr gegenüber, und insbesondere in meiner Gegenwart, wohl etwas zu nachsichtig gewesen sei. Nachsichtig, ja, genau das Wort hat er verwendet. Ich habe ihn nicht korrigiert, im Kopf aber »nachsichtig« immer durch »memmenhaft« ersetzt. Darf ich. Ist ja mein Kopf. Da läuft das Programm, das ich einstelle. Und grundsätzlich fände ich ein bisschen mehr Rückendeckung schon nicht verkehrt.

Na ja. Mein beschränkter Untertanenverstand muss ja nicht alles an Konrad gut finden.

Würde ich aber gerne. Zumindest das Grundlegende. Und momentan fällt mir grundlegend neben einer bereits diagnostizierten, schwer heilbaren Rückgratlosigkeit nur auf, dass Konrad meine Wohnung schneller überrannt hat als Sauron Mittelerde. Konrads feindliche Übernahme bringt mich in den fragwürdigen Genuss sich stapelnder Klamottenberge, unausgeleerter Mülleimer und halb aufgegessener Joghurts im Kühlschrank. Konrad ist keine Besatzungsmacht, Konrad ist ein Terrorregime! Ich muss das bei Gelegenheit mal ändern. Aber nicht mehr heute.

Lady Müllfort

Samstag, 19. Februar, um 10:31 Uhr

Konrad ist schon ein Scherzkeks. Ich habe mal vorsichtig nachgefragt, ob er noch die Telefonnummer der Putzfrau hat, die bei ihm und Nadine im Loft tätig war. Da hat er nur gegrinst und gesagt: »Du willst Nadines Nummer?«

Die alte Kuh. Ein bisschen mehr Emanzipation hätte ich von ihr ja schon erwartet. Auf meine Frage hin, ob er in der Wohnung denn auch mal Hand angelegt habe, antwortete Konrad nur glucksend: »Dazu kam es nie, Nadine war leider immer schneller.«

Aha. So funktioniert das bei den Männern also. Clever, muss man ihnen lassen. Um mich dann wirklich auf die Palme zu bringen, hat er mir aus einem Hotel eines dieser Türschilder mitgebracht. Auf der einen Seite steht »Bitte nicht stören«, auf der anderen »Bitte aufräumen«. Konrad hat das Türschild mit der »Bitte aufräumen«-Seite an unsere Wohnungstür gehängt. Ich lach dann mal später, wenn ich in den Keller gehe.

Die Ruhe vor dem Sturm

Freitag, 25. Februar, um 13:02 Uhr

Seit unserem ersten und bislang auch letzten Knatsch läuft es bei mir und Konrad eigentlich ganz gut. Es ist nicht mehr ganz so turbulent wie am Anfang, aber ich genieße die Ruhe. Mein Leben steigert seinen Absurditätsgrad ja beinahe täglich, daher gehe ich davon aus, dass ich mich schon sehr bald neuen Herausforderungen stellen muss.

Um nicht vollkommen unvorbereitet auf die Katastrophen zu sein, die über mich hereinbrechen werden, mache ich mir im Kopf eine kleine Liste aller potenziellen Problempunkte:

- Haushaltsführung: mache ich momentan alleine. Konrad erledigt Kleinaufträge aller Art, muss aber enorm motiviert werden, um regelmäßig und selbstständig seine Unordnungshaufen aus dem Wohnraum zu entfernen.
- Eltern: Es wird sich wohl – trotz schweren Wunsches – nicht vermeiden lassen, dass ich Konrads Mutter wiedersehe. Stelle mich vorsorglich auf das Schlimmste ein.
- Nadine: An der komme ich wohl auch nicht vorbei. Jedenfalls nicht für immer. Ich freue mich ja, dass sie aufgehört hat, Konrad wegen Schwachsinnigkeiten bezüglich der adipösen Katze zu belästigen. Überhaupt hat sich Nadine schon lange nicht mehr gemeldet – jedenfalls nicht so, dass ich es mitbekommen hätte. Ob da was passiert ist? Notiz: Konrad fragen.
- Konrad: Ja, richtig, da ist mir noch was aufgefallen. Am Anfang fand ich es eigentlich ganz süß, aber in den letzten paar Tagen fing es an, mir auf die Nerven zu gehen. Konrad schreibt mir ständig Nachrichten und SMS oder ruft mich an. »Ich geh noch schnell in den Supermarkt« ist da-

bei noch eine der sinnvollen Nachrichten, denn da kann ich ihm immerhin noch den Einkaufszettel aufs Auge drücken. Aber die restlichen Mitteilungen? »Komme 5 Min später heim.« Joah, ist nicht so, dass ich ausflippe, wenn du mir das nicht sagst. »Wünsche dir einen schönen Tag« finde ich grundsätzlich total lieb, aber irgendwie überflüssig, wenn er gerade erst vor drei Minuten das Haus verlassen hat. Gestern rief er mich in der Mittagspause an, um mich zu fragen, wie denn mein Tag bislang so sei. Wirklich, echt: Ich finde das total niedlich, aber irgendwie auch ein wenig einengend, vor allem wenn es so inflationär vorkommt. Außerdem geht uns abends der Gesprächsstoff aus, wenn ich tagsüber schon Bericht darüber erstatten soll, wann ich aufs Klo gegangen bin.

Hm. Ich muss das noch mal durchdenken. Bin ich einfach zu lange Single gewesen, oder gibt sich Konrad gerade absichtlich viel Mühe, weil es in der letzten Zeit so gerappelt hat? Oder – und das wäre echt schlimm: Ist Konrad immer so?

Frequenzstörung

Montag, 28. Februar, um 16:49 Uhr

Da. Schon wieder! »Bin noch kurz mit Mattis im Baumarkt, komme eine halbe Stunde später.«

Fehlt nur noch: Gib den Kindern einen Kuss von mir, und schieb schon mal die Familienpizza in den Ofen.

Was soll denn dieser verheiratete Ton? Ich bin ein selbstständiges, freiheitsliebendes Individuum, ich werde schon nicht durchdrehen, wenn Konrad mal 'ne halbe Stunde später kommt und es mir vorher nicht via SMS, Telefonanruf,

Fax und Telegramm ankündigt. Eine halbe Stunde, wohlbemerkt – und nicht sechs Stunden, vor allem nicht an einem Samstagabend, der für mich total bescheiden lief. Das ist ein sehr wichtiger Unterschied, aber den werden wieder nur die weiblichen Leser verstehen. Ich fühle mich jedenfalls mittlerweile, als würde ich den Polizeifunk mithören, so oft bekomme ich mitgeteilt, wo Konrad sich gerade aufhält, mit wem Konrad sich gerade unterhalten hat oder was Konrad gerade denkt. Und gerade Letzteres will ich eigentlich nur wissen, wenn es sich dabei um mich handelt.

Soll ich Konrad darauf ansprechen? Nein. Lieber nicht. Stattdessen schalte ich einfach mal das Telefon aus.

März

Mein Freund, seine Ex und ich

Selbst ist die Frau

Donnerstag, 3. März, um 18:21 Uhr

»Warum hast du dein Handy ausgemacht?« Konrad hat auf dem Festnetz angerufen. Mit unterdrückter Nummer. Der Fuchs. In den letzten Tagen habe ich immer öfter die Telefone ausgeschaltet, unter Kissen gestopft oder im Kühlschrank »vergessen«, um mal ein paar Stunden Ruhe zu haben. Ich mag Konrad, ich mag ihn wirklich, aber ich fühle mich mittlerweile wie ein Callcenter. Oder ein Sekretariat. Wie *sein* Sekretariat, um genau zu sein. Wenn er mich anruft und mich darum bittet, dass ich ihm eine Nummer von seiner TAN-Liste durchgebe, ist das noch das kleinste Übel.

»Guckst du mal bitte in deinem Mietvertrag, ob Tiere erlaubt sind?«

»Jetzt?« Ich stöhne. »Hat das nicht Zeit bis heute Abend?«

Konrad seufzt. »Ja, doch, klar. Hat es.«

»Und wieso eigentlich Tiere? In meiner Wohnung?«

»In unserer«, stellt Konrad leicht verschnupft fest. Ach ja. Richtig. Terrorregime Paulsen.

»Lass uns heute Abend darüber reden«, sage ich mit fester Stimme. »Ich muss jetzt nämlich auch arbeiten.«

Komisch. Wenn man von zu Hause aus arbeitet, denken andere Leute – selbst der eigene Freund – anscheinend, dass man entweder gar nicht arbeitet oder nur Kugelschreiber zusammendreht. Meine Nachbarn haben unserem Postboten allem Anschein nach schon vor Längerem gesagt, dass er Pakete für sie direkt bei mir abgeben soll, ich sei ja immer daheim. In meinem Flur stapeln sich deshalb die Päckchen. Ich könnte ohne Schwierigkeiten innerhalb kürzester Zeit einen eigenen eBay-Shop einrichten, wenn ich wollte. Gerade zu Beginn meiner Selbstständigkeit gab es immer mal wieder nette Kommentare von meinen Eltern: »Du bist ja jetzt selbstständig. Also arbeitslos.« Haha.

Wäre ich irgendwo ganz regulär angestellt, mit normalen Arbeitszeiten von neun bis fünf, achtundzwanzig Urlaubstagen und Weihnachtsgeld, würde Konrad dann auch so oft bei mir anrufen? Oder E-Mails schreiben? Ich bin ja froh, dass ich kein Fax habe! Am Ende würde er das auch noch blockieren.

Ich denke nach. Warum geht mir die ständige Melderei von Konrad so auf die Nerven, wenn ich gleichzeitig total durchdrehe, weil er mal einen Abend mit seinen Jungs verbringt? Zugegeben, einen sehr langen und unanständig lustigen Abend.

Warum fühle ich mich einerseits eingeengt, während ich andererseits die Wände hochgehe, wenn Konrad alleine loszieht? Was gönne ich ihm, und was verlange ich gleichzeitig dafür? Passen »Gönnerschaft« und »Erwartungen« überhaupt zu Liebe?

Bin ich noch normal? War ich es jemals?

Worum geht es hier eigentlich?

Was auch immer es ist: Der Teppich, unter den ich meine Unzufriedenheit seit Wochen zu kehren versuche, passt nicht mehr über den Haufen. Ich befürchte, dass ich mal wieder ein Gespräch mit Konrad führen muss. Ein leises, das nehme ich mir felsenfest vor. Eines, bei dem ich nicht schon von Beginn an auf hundertachtzig bin, sondern ein erwachsenes, ruhiges und reflektiertes Gespräch, wie es Menschen tun, die nicht nur Ende zwanzig, sondern im Großen und Ganzen auch ganz glücklich in einer Beziehung sind. Klingt gut.

Nur leider nicht nach mir.

Adoptionsgesuch

Samstag, 5. März, um 21:35 Uhr

Das erwachsene Gespräch muss noch ein bisschen auf sich warten lassen. Ich habe herausgefunden, warum Konrad meinen Mietvertrag so aufmerksam studiert. Als ich heute Nachmittag in die Küche kam, telefonierte er gerade mit gesenkter Stimme.

»Nein, ich denke nicht, dass das geht«, zischte er in sein Handy und warf mir einen leicht panischen Blick zu. Ich stutzte. Was soll nicht gehen? Etwas, das mit mir zu tun hat? Ich wurde neugierig.

»Das kann ich sie *nicht* fragen, das hab ich dir schon mal gesagt«, fuhr Konrad fort und lächelte mich schief an. Okay, es ging um mich. Ich wurde noch neugieriger.

Konrad versuchte unbemerkt aus der Küche zu kommen. Ich heftete mich an seine Fersen. Von dem ließ ich mich doch nicht für blöd verkaufen!

Konrad bemerkte zunächst nicht, dass ich ihn beschattete.

»Ich WILL sie auch gar nicht fragen, kapierst du das denn nicht?« Sein Ton wurde schärfer, jetzt wo er mich nicht mehr in seiner Nähe glaubte. Mit wem zum Teufel sprach mein Freund da?

»Nadine!«

Na toll. All die Aufregung umsonst. Nur die blöde Exfreundin.

»Nein – nein, das halte ich für keine gute Idee.«

Was denn? Was war keine gute Idee? Welche Gründe konnte es für Nadines Anruf geben? Was konnte Nadine überhaupt von mir wollen, außer vielleicht ihren Exfreund zurück?

Ich überschlug im Kopf die Möglichkeiten: Nadine wollte

Konrad freikaufen. Abgelehnt. Nadine wollte mich weiter beleidigen. Abgelehnt. Nadine wollte mir Tipps zum Abnehmen geben. Mit Einschränkung: Abgelehnt! Nadine wollte meine Absolution, sich auf eine einsame Insel zurückzuziehen und bis ans Ende ihrer Tage Kokosnüsse auszuschlürfen: Großartige Idee!

Ich nahm Konrad kurzerhand das Telefon aus der Hand.

»Was gibt's denn?«, fragte ich mit der großzügigsten Attitüde, die ich aufzubringen vermochte, in den Hörer und kam mir überaus gönnerhaft vor. Ich hatte es nicht nötig, mich vor Nadine zu verstecken. Ich verhielt mich erwachsen und gut erzogen, war stets freundlich und nachsichtig, quasi der Inbegriff des guten Benehmens und der Lehrmeister der buddhistischen Weltanschauung. Nadine konnte mir gar nix!

»Hallo ... äh ...«, stotterte es schlecht geschauspielert aus der Leitung. »Juli, ach ja, richtig.«

Ich beschwor das Bild eines in Orange gekleideten Mönchs herauf, der in stoischer Gelassenheit ein güldenes Pendel vor meinem Auge hin- und herschwang.

»Ich möchte«, begann Nadine, und ich fragte mich sofort, ob eine Bitte, die sie ja allem Anschein nach zu stellen gedachte, wirklich mit »Ich möchte« anfangen sollte. »Ich möchte, dass ihr Sydney zu euch nehmt.«

Sydney?

»Die fette Katze?!«

Nur mit Mühe konnte ich meine Verwunderung verbergen. Die Katze? Nadine wollte die Katze an uns abdrücken?! Vergiss es!

»Vergiss es«, beendete ich kurzerhand den Dialog und reichte Konrad das Telefon zurück. Dann gestikulierte ich noch ein paar Scheibenwischer vor meinem Gesicht und verdrehte hingebungsvoll die Augen. Konrad sah mich flehentlich an. Ich zeigte ihm einen Vogel. Daraufhin klemmte Konrad sich das

Handy wieder unters Ohr und verließ fluchtartig und leise ins Telefon zischelnd den Raum, wohl aus Angst, ich könnte ihn für Nadines absurden Plan zur Rechenschaft ziehen.

Ich soll Sydney, die Frucht von Konrads und Nadines gemeinsamer Liebe, bei mir aufnehmen? Nur über meine Leiche!

Neben dir

Montag, 7. März, um 11:59 Uhr

Seit dem Telefonat mit Nadine ist Konrad komisch. Er redet nicht mehr viel, jedenfalls nicht mit mir, ist nachdenklich, in sich gekehrt und steht irgendwie neben sich. Heute Vormittag rief er mich – Überraschung! – mal wieder an und bat mich, seinen Geldbeutel zu suchen. Den habe er wohl irgendwo vergessen. Der letzte bekannte Aufenthaltsort des Geldbeutels sei die Küche.

Ich durchsuchte also gut fünfzehn Minuten lang wie eine Besessene mit einem zunehmend panisch werdenden Konrad am Ohr die gesamte Küche. Im Brotkasten wurde ich schließlich fündig.

Konrad fiel hörbar ein Stein vom Herzen, eine Erklärung für den Fundort konnte er mir allerdings nicht liefern.

Nun sitze ich hier, am Küchentisch, neben mir liegt friedlich der Geldbeutel, und ich frage mich, was mit Konrad los ist. Vielleicht wird er ja dement? Oder kriegt Alzheimer? Vielleicht sind das die Gene? Sein Vater scheint ja ordentlich neben seinem eigenen Leben herzuleben. Oder aber irgendwas ist passiert, wovon ich noch nichts weiß, was Konrad aber anständig zu schaffen macht? Kann tatsächlich die Katze für seinen massiven Stimmungsabfall verantwortlich sein? Oder bin ich es, weil ich mich weigere, die Tierrettung zu spielen? Es bleibt mir nichts anderes übrig: Ich muss recherchieren.

Geheimniskrämerei

Dienstag, 8. März, um 22:42 Uhr

Es ist gar nicht so einfach, etwas aus seinem Freund herauszubekommen, wenn er sich felsenfest vorgenommen hat, nichts zu sagen. Heute Abend habe ich all mein detektivisches Geschick eingesetzt, um Konrad die Wahrheit zu entlocken. Konrad weigerte sich zunächst, mir und meinen neugierigen Fragen auf den Leim zu gehen.

»Ist alles okay bei dir?«, fragte ich beim Abendbrot. Leichte Einsteigerfrage. Niveau 1.

Konrad hörte an mir vorbei, stocherte lustlos in seinem Essen rum.

»Konrad?«

Konrad sah auf. »Ja? Was? Ja! Alles okay.« Und dann guckte er wieder ganz bedröppelt. Ich fing an, mir Sorgen zu machen.

»Bist du krank?«

Konrad blickte wieder hoch. »Ich? Krank? Nein.«

»Ist auf der Arbeit irgendwas passiert?«

Ich kriege das noch aus dir raus. Verlass dich drauf.

»Nö.«

Gut. Äh – was konnte ich noch fragen?

»Wie geht's denn deinen Eltern?« Vielleicht war da ja irgendwas passiert. Wäre schade – um den Vater.

»Gut.«

Aha. So, mal sehen, also, Konrad selbst ist nicht krank, Arbeit alles prima, Eltern gesund, bleibt eigentlich nur noch – ah. Ja. Nadine. Oder die Katze.

»Bist du traurig, weil ich Sydney nicht hierhaben will?«

Zum ersten Mal blickte Konrad mir direkt in die Augen. Dann, langsam, mit einem deutlichen Zögern, schüttelte er den Kopf.

Is klar, Freundchen. Und ich bin der Kaiser von China. Lächerlich.

»Was ist denn dann bitte das Problem? Seit Tagen stehst du total neben dir.«

Konrad schluckte schwer. Dann legte er sehr vorsichtig die unbenutzte Gabel neben seinem Teller ab und faltete die Hände. War er etwa traurig, weil ich das Tischgebet vergessen hatte?

Er seufzte tief.

»Nadine ...«, fing er an, und ich atmete gut hörbar und genervt aus. »Nadine hat nicht grundlos gefragt, ob wir Sydney aufnehmen können.« Konrad blickte mich verschüchtert an. »Ich finde es selbst so furchtbar, dass es mir so zu schaffen macht. Ich dachte, ich hätte das alles längst hinter mir gelassen, aber jetzt – ich weiß auch nicht, aber ... es verletzt mich.« Er schüttelte mit leichter Verzweiflung den Kopf. »Und das soll es doch nicht.«

Stimmt. Immerhin ging es um eine übergewichtige Katze. Ich verstand die Welt nicht mehr, blieb aber ruhig. Ich hatte mit etwas viel Schlimmerem gerechnet. Mit einer Kündigung seines Jobs oder unserer Beziehung. Mit einer schlimmen Krankheit. Mit einem weiteren Besuch bei seinen Eltern. Und dabei ging es nur um Sydney!

»Konrad«, fing ich an und versuchte, mir mein Unverständnis nicht anmerken zu lassen, »wenn ich gewusst hätte, dass dir das so zu schaffen macht, dann wäre ich doch nicht so unfreundlich gewesen.«

Konrad sah mich verwundert an. »Du bist nicht böse?«

Wegen einer Katze? Äh: Nein?

»Quatsch, wieso sollte ich denn böse sein? Das ist doch nur menschlich.«

Konrad schüttelte wieder den Kopf. »Ja, aber du musst dich doch total blöd fühlen!«

Ich? Ich fand Konrads Mäuseaufstand langsam, aber sicher wirklich lächerlich. Ja, stimmt, auf meiner Wunschliste steht an erster Stelle nicht gerade: Beziehungskatze von Konrad und Nadine aufnehmen. Aber ich bin ja auch kein Unmensch, und wenn es meinem Freund so furchtbare Qualen bereitet, das Vieh nicht bei sich zu haben, Herrgott, dann nehmen wir es eben bei uns auf. Platz ist ja bekanntlich in der kleinsten Hütte.

»Wieso soll ich mich denn blöd fühlen?«, fragte ich Konrad und nahm seine Hand. »Ich meine, komm schon, es geht um eine *Katze*!«

Konrad sah mich verständnislos an. »Wieso Katze?«

Ich blickte verständnislos zurück und ließ vorsichtshalber auch wieder seine Hand los. »Was meinst du mit ›Wieso Katze?‹?«

»Ich rede doch von Nadine!« Konrads Gesicht bekam einen fassungslosen und leider auch sehr dämlichen Ausdruck.

»Wie – Nadine will bei uns einziehen?«

»Nein!«, kreischte Konrad nun beinahe panisch. »Natürlich nicht!«

»Puh, gut«, ich wischte mir imaginäre Schweißperlen von der Stirn. »Was ist denn dann das Problem, wenn weder die fette Katze noch die doofe Nadine zu uns ziehen wollen?«

Konrad sah mich an. Lange. Dann senkte er den Blick und sagte mit brüchiger und zerknitterter Stimme zu mir: »Nadine will die Katze loswerden, weil jemand zu ihr gezogen ist. Jemand mit Katzenhaarallergie. Und dieser Jemand ist ihr neuer Freund.«

YES!!! Ich führte einen inneren Freudentanz auf. Nadine hatte endlich einen neuen Freund. Das bedeutete, dass sie MEINEN endlich in Ruhe lassen würde! Ich konnte mir ein triumphales Lächeln nicht verkneifen und ließ innerlich drei La-Ola-Wellen durchs Stadion laufen.

»Wo kommt der denn auf einmal her?«

Konrad winkte ab. »Das ist der alte. Der, für den sie mich schon mal verlassen hat. Aber das ist ja gar nicht das Problem.«

»Was ist es dann?«

Erst als ich mir Konrad noch einmal genauer ansah, begriff ich, wovon er die ganze Zeit geredet hatte. Er hob verzweifelt die Arme: »Genau das ist das Problem.« Konrad schaffte es nicht, mir in die Augen zu sehen. »Es stört mich.«

Aua.

Nachwehen

Freitag, 11. März, um 06:31 Uhr

Ich schlafe schlecht. Seit Tagen. Genau genommen seit dem Dienstag, als Konrad mir sagte, dass er Nadine noch liebt.

Nein, ich weiß, das hat er so nicht gesagt. Aber so gemeint. Das weiß ich mit absoluter Sicherheit. Ich bin eine Frau, ich kenne den Unterschied zwischen dem, was man sagt, und dem, was man meint. Ich würde Konrad niemals sagen: Ich habe meinen Exfreund gesehen und gedacht, meine Güte, sieht er toll aus, warum hat das damals nicht mit uns geklappt? Ich würde Konrad immer sagen: Ich hab das Arschloch gesehen. Er war noch fetter als früher. Und er sah arbeitslos aus.

Ich würde das nicht sagen, weil ich Konrad anlügen wollen würde. Sondern weil ich ihn schützen will. Weil Exfreunde in beinahe jeder Beziehung das Kapitel sind, das niemand wieder aufschlagen will. Wenn man das privat macht, alleine und im Verborgenen, dann ist das zumindest mit Einschränkung in Ordnung. Mit meinem Partner teilen muss ich das aber nicht.

Ja, ja, ich kann die Vorwürfe schon hören: Du hast ja darauf bestanden. Du wolltest es ja unbedingt wissen. Stimmt. Weil ich damit gerechnet habe, dass Konrad mir irgendwas Harmloses sagt. Dass er seinen Job verloren hat. Oder sein Handy. Dass er einen Unfall hatte oder die Steuererklärung frisiert hat, also irgendetwas echt HARMLOSES, aber nicht DAS. Nicht, dass es ihn stört, dass seine Exfreundin, mit der er seit über einem Jahr nicht mehr zusammen ist, einen neuen Freund hat.

Der stille Weg

Dienstag, 15. März, um 09:26 Uhr

Es ist sehr still geworden in den letzten Tagen. Wir reden nicht mehr viel, Konrad und ich. Ich weiß auch nicht mehr, worüber wir noch reden sollen.

Das Wochenende haben wir noch mit sehr viel Reden verbracht. Konrad hat mir versichert, ja, hoch und heilig geschworen, dass er nicht mehr in Nadine verliebt ist. Dass er sie nicht liebt, nicht mehr zurückwill und der Zeit mit ihr keine Träne nachweint.

»Ich versteh das einfach nicht«, fluchte er leise und traurig, »ich vermisse sie nicht, ich denke nicht an sie, ich will sie nicht zurück, selbst wenn man sie mir auf den Bauch bindet.«

Alles prima so weit. »Aber es zwickt ganz fürchterlich, wenn ich an sie und ihren neuen Freund denke.«

Kann ich verstehen, irgendwie. Nicht nur, weil mir das selbst schon mal passiert ist, sondern vor allem, weil mich das selber zwickt. Nein, nicht nur zwickt: Es verpasst mir jedes Mal eine schallende Ohrfeige. Ich halte tapfer stand, die andere Wange hin und bewege mich keinen Zentimeter. Irgendwie hoffe ich, dass der Sturm an mir vorüberzieht, wenn ich einfach nur so tue, als gäbe es mich nicht. Augen zukneifen, Ohren und Nase zuhalten. Keiner rührt sich vom Fleck. Stillgestanden.

Das könnte das Motto der letzten Tage sein. Konrad und ich bewegen uns nicht. Nicht aufeinander zu, nicht voneinander weg. Wir sitzen einfach rat- und sprachlos nebeneinander auf dem Sofa und verstehen die Welt nicht mehr.

Ich bin so gelähmt, dass ich noch nicht einmal über mögliche Reaktionen nachdenken kann. Wenn ich anfange, darüber nachzudenken, ob der Zustand für mich tragbar ist, ob ein Freund für mich tragbar ist, der allem Anschein nach noch an seiner Exfreundin hängt, dann legt sich sofort eine bleierne Schwere auf meine Gedanken. Und nicht nur dahin. Im Bett herrscht Flaute. Zwischen mir und Konrad: Sendepause. Anscheinend hat keiner von uns ein probates Mittel zur Hand, um das Schweigen zu brechen.

Ich komme nicht vor, nicht zurück, ich kann nicht mehr um die Ecke oder auch nur drei Meter weit denken. Das ist nicht gut. Gar nicht gut.

Bleibt alles anders

Mittwoch, 16. März, um 08:51 Uhr

Einem scheint der Stillstand aber doch gut zu tun. Eberhard, der Beziehungsschnittlauch, wurde von Konrad umgetopft, gedüngt und an einen sonnigen Platz in der Küche versetzt. Die verdorrten Stängel hat er abgeschnitten, übrig blieb ein sehr magerer Rupf, der sich unter Aufbringung der letzten Kräfte gegen den nahenden Tod wehrte.

Heute Morgen sah ich zwei kleine Triebe. Eberhard hat ein bemerkenswertes Timing. Will der Schnittlauch mir etwas mitteilen? Beziehungsweise: Bin ich bereit, Nachrichten von einer Pflanze zu empfangen?

Ich beschließe: Ja. Manchmal muss man zu unorthodoxen Mitteln greifen. Oder einfach aushalten. Gras wächst bekanntlich nicht schneller, nur weil man daran zieht. Sagt zumindest Eberhard.

Exkremente

Sonntag, 20. März, um 18:31 Uhr

Konrad war gestern bei seinen Eltern. Allein. Ich musste noch nicht einmal Migräne vortäuschen, um nicht gefragt zu werden. Ich habe die Zeit genutzt und ein bisschen über unser monumentales Problem weitergegrübelt.

Niemand hört gerne, dass sein Partner noch an der alten Beziehung hängt. Oder dass es ihn stört, wenn der oder die Ex neu verbandelt ist. Niemand. Ich kann nicht behaupten, dass ich mir ein Loch in den Bauch freuen würde, wenn ich einen meiner Exfreunde mit neuer Flamme in der Stadt begegnen würde. Aber immerhin sind meine Beziehungen schon so lange her oder waren so nichtig, dass es mir wahrscheinlich nicht annähernd so sehr die Laune verhageln würde, wie es bei Konrad gerade der Fall ist.

Es liegt nicht an Nadine. Dessen bin ich mir sicher.

Das ist neu. Vor ein paar Wochen hätte ich noch genügend Gründe gefunden, warum Nadine die Bessere, Schönere und Begehrenswertere von uns beiden ist.

An der Beziehung, die Konrad und ich führen, liegt es auch nicht. Dessen bin ich mir zwar nicht mehr ganz so sicher, aber immerhin sicher genug, um mich mit den Zweifeln nicht fertigzumachen.

Wir sind ein gutes Team. Wir funktionieren gut nebeneinander, es sei denn, einer von uns (meistens ich) hat einen Aussetzer. Wir nerven uns nicht an, wir zicken nicht rum, manchmal gehen wir uns aus dem Weg, wenn wir uns zu viel werden, aber im Großen und Ganzen scheint eigentlich immer die Sonne. Vereinzelt gibt's mal ein paar Wolken, Temperatur aber konstant.

Es muss an Konrad liegen. Irgendwas in ihm drin blockiert ihn wie eine fette Ampel, die seit knapp zwei Wochen auf Rot steht. Vor ein paar Tagen hat er sich bei mir entschuldigt. Er war ganz klein und geknickt und hat mir gesagt, es tue ihm so leid, dass er mir gerade so wehtut. Und ich weiß nicht, warum, aber irgendwie habe ich eine Menge Mut und Tapferkeit aufbringen können, denn ich habe das Kunststück vollbracht, ihn fest in den Arm zu nehmen und an mich zu drücken und für mindestens zwei Stunden nicht mehr loszulassen. Gesagt habe ich nichts, ich bin ja seit Neuestem eher von der schweigsamen Sorte.

Und verwundert über mich. Wenn ich an meine vergangenen Beziehungen denke, wird mir ein bisschen mulmig im Bauch. Wenn ich mir vorstelle, dass auch nur einer von denen irgendwann einmal zu mir gesagt hätte: Meine Ex hat einen Neuen, und mir macht's was aus – ich hätte die Tapete von den Wänden gerissen.

Warum bin ich dieses Mal so ruhig? So anders? Nicht weniger traurig, aber weniger melodramatisch? Nicht weniger ratlos, aber weniger hoffnungslos? Warum ist es bei Konrad anders?

Eberhard sagt, weil das hier etwas Besonderes ist. Und dass ich das weiß, irgendwo tief in mir drin, und deswegen nicht alles kurz und klein schlage, weil hier gerade die Lichter ausgehen. Oder zumindest flackern.

Als Konrad vom Besuch seiner Eltern zurückkam, ließ er sich aufs Sofa plumpsen.

»Ich hab dir was mitgebracht«, sagte er und reichte mir eine grüne Tupperdose aus den Siebzigern.

»Essen?« Ich konnte es kaum glauben. Konrad nickte, ich öffnete vorsichtig den Deckel. In der Dose lagen einträchtig und friedlich nebeneinander zwei Pferdeäpfel. Mir fielen Apassionata und Mister Ed ein. Diese Familie hatte eindeutig ein Pferdeproblem. Ratlos sah ich zu Konrad.

»Von meiner Mutter.«

»Deine Mutter schenkt mir Pferdeäpfel?«

Aha. Die Situation hatte sich also auf wundersame und unerklärliche Weise nicht geändert, Konrads Mutter war immer noch … nennen wir es: schlecht auf mich zu sprechen. Dass sie mir deswegen Tierexkremente schenkte, hielt ich persönlich zwar für etwas übertrieben, aber Geschmäcker sind ja bekanntlich verschieden.

Konrad gluckste. »Unsinn. Das sind Grünkernbratlinge. Die gab's heute zu Mittag, und ich sollte sie dir mitbringen.«

Mein Gesicht verwandelte sich in ein Fragezeichen. »Deine

Mutter schickt mir Essen?« Ich war angemessen fassungslos. Vor ein paar Wochen noch hatte sie mir einen riesigen Eimer verbalen Schlick über den Kopf geleert, und jetzt spielte sie Essen auf Rädern? Sah ich so unterernährt aus? Das wäre immerhin *eine* gute Sache …

Ich schnupperte kritisch an den Pferdeäpfeln.

»Hast du ihr das von Nadine erzählt?«, wandte ich mich erneut an Konrad.

Der nickte nur zerknirscht.

»Und?«, hakte ich nach, »wie hat sie reagiert?«

Konrad seufzte. »Sie hat geweint.«

Na toll. Wahrscheinlich, weil ihre Lieblingsschwiegertochter jetzt anderweitig vergeben war. Weil sie jetzt unabänderlich mich an der Backe hatte und nicht mehr auf das große Happy End zwischen Konrad und Nadine hoffen konnte.

»Aber ich soll dich grüßen.«

»Mich grüßen?«

Das kam mir spanisch vor. Ich aber, märchentechnisch ziemlich gut bewandert, roch den Braten: Die Grünkernäpfel waren hundert Pro vergiftet. Als Konrad wenige Minuten später im Badezimmer war, zerbröselte ich die beiden braunen Ökobuletten schnell auf einer Zeitung und warf das Ganze in den Kompost.

Grünkernbratlinge als Mitbringsel.

Die Frau war doch echt nicht mehr ganz bei Trost.

Wo die Liebe hinfällt

Dienstag, 22. März, um 23:27 Uhr

»Deine Geduld ist unglaublich!« Mona nimmt einen tiefen Schluck aus der Pulle. Dann schüttelt sie den Kopf, zum vierten Mal innerhalb der letzten fünf Minuten. »Hast du denn keine Angst?«

»Angst wovor?« Ich frage das nicht, weil ich beschränkt bin, sondern weil ich wirklich nicht weiß, wovor ich mich fürchten sollte.

»Na, dass es nicht aufhören wird, ihn zu stören!«, empört sich Mona.

Ich zucke mit den Schultern. »Nö. Ich kann ja doch nichts daran ändern.« Mona sieht mich an, als hätte ich mich in einen Elefanten im rosa Tütü verwandelt. »Wenn ich jetzt auch noch durchdrehe, dann können wir die ganze Sache gleich ad acta legen.«

Tine grinst. Das verunsichert mich. Trotzdem rede ich weiter. »Natürlich finde ich es scheiße, dass es Konrad allem Anschein nach immer noch stört, dass die Schnalle einen Neuen hat. Aber was soll ich denn machen? Es aus ihm rausprügeln?«

»Wär 'ne Maßnahme«, stellt Mona fest.

Tine grinst noch immer. Ist sie bekifft?

»Ja, klar. Es macht mich traurig. Aber irgendwie ... irgendwie ...«

Tine beendet das Grinsen und meinen gestammelten Satz: »... irgendwie hast du so ein Gefühl im Bauch, dass du jetzt nicht durchdrehen, sondern es aushalten solltest. Richtig?«

Ich nicke. »Ja. Richtig.«

»So ein Gefühl von: Das ist jetzt zwar wirklich nicht schön, und ich würde es mir in meiner Wunschvorstellung wohl auch anders ausmalen, aber ich kann es nicht ändern, und deswegen akzeptiere ich es, wie es ist, und vertraue darauf, dass sich alles zum Guten wendet.«

»Ich würde es weniger schwulstig ausdrücken, aber im Großen und Ganzen«, ich nicke erneut, »richtig. Ich meine«, ich zucke resigniert mit den Schultern, »natürlich will ich mit Konrad zusammen sein und nach Möglichkeit auch bleiben. Aber ich kann ihn ja nicht zwingen, mit mir glücklich zu werden. Und wenn es nicht weggeht, dieses Gefühl von ihm, dann ... ja, dann ist das zwar ganz großer Müll, aber dann muss ich wohl einfach darauf spekulieren, dass wir uns daran gewöhnen, damit zu leben.«

Jetzt grinst Tine wieder. Und Mona auch.

»Was ist denn los mit euch?«, fahre ich sie an. »Habt ihr Drogen genommen? Was ist denn nur in euch gefahren?«

Da legt Tine den Arm um meine Schultern und drückt mir einen Kuss auf die Wange. »Liebe, Juli! Das ist die Liebe!«

Und ich verschlucke mich an einem sehr großen Schluck Bier.

... wächst kein Gras mehr

Donnerstag, 24. März, um 16:03 Uhr

Seit meinem Treffen mit den Mädels kreisen meine Gedanken um Tines Feststellung. Ist das, was ich gerade empfinde, was mein Handeln treibt oder besser: nicht treibt, das, was mich ausharren und hoffen und glauben lässt, dass Konrad zur Besinnung kommt und damit zurück zu mir, ist DAS Liebe?

Moment mal!

Ich kenne Liebe anders. GANZ anders. Liebe – klebt. Liebe ist ständig bei dir. Verfolgt dich. Hält dich nachts vom Einschlafen ab und weckt dich am Morgen. Verhindert Hunger und Sättigung, Durst, Kälte und Hitze. Liebe macht blind, blöd und bekloppt. Liebe macht krank. Bauch-, Kopf- und Herzschmerzen. Liebe erinnert dich immer daran, dass sie da ist, und selbst wenn sie weg ist, verursacht sie Schmerzen. Phantomschmerzen. Liebe ist eine Dauerwerbesendung, die dir ständig vorhält, was du haben könntest, wenn du dir nur noch mehr Mühe gibst. Liebe ist Stress.

Oder nicht?

Wenn es nach Tine geht, ist Liebe nicht zwangsläufig mit Kummer, Leid, Elend und Angst verbunden. Tine ist der Meinung, dass das vielleicht auch Liebe ist, aber die etwas ungesündere Variante, die böse Schwester, die sich selbst die Ferse abhackt, um mit zum Ball zu dürfen. Diese Liebe zerstört – sich selbst und alle Beteiligten.

Die andere Liebe, die gute, weiße, reine Schwester von der mit den blutigen Hacken, die tut nicht weh. Die lässt nicht frieren, sondern wärmt. Die lässt nicht hungern, sondern nährt. Diese Liebe klopft angeblich nicht ungeduldig auf die Tischplatte, sondern lehnt sich zurück und ist sich ihrer selbst sicher.

Ich bin irritiert. DAS ist Liebe?

Fühlt sich … komisch an. Ungewohnt. Ich kann nicht glauben, dass es wirklich Liebe sein soll. Ich kenne diese Liebe nicht. Ich kenne nur die Version in Knallfarben und die mit der lauten Musik, die, bei der die Nachbarn sich ständig wegen der Lautstärke beschweren.

Ich bin verwirrt.

Tu mal lieber die Möhrchen

Sonntag, 27. März, um 13:31 Uhr

Ich muss es jetzt einfach mal sagen: Ich bin schon eine verdammt coole Sau.

So. Jetzt ist es raus, und jetzt hat die Selbstbeweihräucherung auch schon wieder ein Ende. Konrad – Status: Freund, Zustand: nach wie vor unverändert – fährt heute Nachmittag zu seinen Eltern. Anscheinend geht es seiner Mutter wegen der Sache mit Nadine wirklich nicht gut. Na ja. Nobody's perfect.

Ich stelle meinen guten Willen unter Beweis, den Wecker auf neun und mich selbst den ganzen Morgen in die Küche. Ich backe einen Kuchen. Nein, das stimmt nicht ganz: Ich backe einen sehr ekligen, sehr gesunden Kuchen, den Konrad seiner Mutter zum Dank für die Pferdeäpfel und als Werbegeschenk mitbringen soll. Ich backe eine Rüblitorte.

Ich finde es ziemlich seltsam, dass es da draußen wohl tatsächlich mal jemanden gab, der die Idee gut fand, Karotten in einen Kuchen zu raspeln. Karotten! Die haben aber so was von rein gar nichts in Kuchen, Torten, Sahne und Plätzchen zu suchen – aber gut, der Zweck heiligt die Mittel, und dieser Kuchen hat eine Mission. Er soll die Ureinwohner (Mutter Paulsen) milde stimmen, wenn der Konquistador (ich) den Fuß auf fremdes Land setzt, um die Bevölkerung (Konrad) zu versklaven. So in der Art, nur etwas weniger martialisch.

Ich backe also einen missionarischen Kuchen. Weil Konrads Mutter unappetitliche Dinge mag, lasse ich den Zucker weg und ersetze ihn durch Ahornsirup. Statt Weizen- nehme ich Dinkelmehl, die Eier kommen von frei laufenden und glücklichen Hühnern, und ich hoffe sehr, Konrads Mutter schmeckt das. Selbst die Möhren sind glücklich.

Das rede ich zumindest ihnen und mir ein.

Als Konrad gegen halb elf verschlafen in die Küche kommt, strömt bereits der Geruch von Frischgebackenem durch die Küche.

»Was machst du denn da?«, fragt er mich und reibt sich den Schlaf aus den Augen.

»Ich besteche deine Mutter mit Rüblitorte«, sage ich im Brustton der Überzeugung.

Konrad strahlt und beginnt mit Begeisterung, die kleinen Marzipanmöhrchen aus der Plastikverpackung zu pfriemeln.

»Das ist echt supernett von dir. Da wird sie sich aber freuen!«

Mein Gott! Ist es tatsächlich so einfach, Familie Paulsen glücklich zu machen? Mit Karotten im Kuchen?

Anschlusstreffer

Sonntag, 27. März, um 19:47 Uhr

Update: Ich bin eine Entwicklungsstufe emporgestiegen! Genau genommen bin ich aus der Ursuppe gekrochen, in die mich Konrads Mutter geschubst hatte, und mache nun erste Schritte an Land. Ich bin keine gesellschaftlich inakzeptable Amöbe mehr, sondern trage erste Merkmale der sozial bessergestellten Mehrzeller. Kurzum: Konrads Mutter hat sich über meinen Ekelkuchen angeblich sehr gefreut und gefragt, ob ich nicht mal wieder Lust hätte vorbeizukommen. Daraufhin hat sich Konrads Vater vor Freude und Überraschung anscheinend so an einer Marzipanmöhre verschluckt, dass Konrad ihm beim anschließenden Schlagen auf den Rücken fast die Wirbelsäule gebrochen hätte, aber das ist jetzt nebensächlich. Ich bin wieder im Spiel!

Ti amo

Freitag, 1. April, um 01:19 Uhr

Ich kann nicht schlafen. An sich ist das nichts Neues, aber es gibt endlich mal einen erfreulichen Grund dafür.

Tatort Schlafzimmer. Konrad und ich liegen nebeneinander, gerade habe ich das Licht ausgemacht und mir einen Gutenachtkuss abgeholt. Ich rolle mich auf die Seite, zerknautsche das Kissen unter meinem Kopf. Da plötzlich sagt Konrad in die Dunkelheit: »Du? Juli?«

»Hm?«

»Weißt du, was komisch ist?«

Ja. 'ne Menge. Rüblitorte. Deine Mutter. Lady Gaga. GEZ. Einkommenssteuer zahlen.

Ich muss kurz über meine Assoziationskette schmunzeln, reiße mich aber prompt wieder am Riemen. Denn Konrad klingt ernst.

»Was ist komisch?«

»Ich denke die ganze Zeit schon darüber nach. Also die letzten Wochen.«

Ach so, ja: Nadine ist auch komisch. Und dass du dich an Nadines neuem Freund störst, ist auch komisch. Aber ich kann drüber wegsehen. Ich bin Profi. Ich lass mich doch nicht von so 'nem Amateur aus der Kreisklasse verunsichern.

»Weißt du, es ist nämlich so …«

Konrad will es aber wirklich spannend machen. Was eiert der denn so rum?

»… also, es ist nämlich so, dass ich – also, das klingt jetzt vielleicht komisch, und ich will wirklich nicht, dass du denkst, ich sage das nur so oder weil wir in der letzten Zeit so … äh … Probleme hatten …«

Konnikonrad. Auch meine Geduld kennt Grenzen. Komm zum Punkt.

»… aber ich bin mir wirklich sicher und überleg mir das schon wirklich lange, und ich bin mir *wirklich* sicher, weil ich weiß, dass du mich das jetzt gleich fragen wirst: Ja, wirklich. Ich bin mir sicher.«

Hä? Konrad ist sich sicher? Schön, freut mich.

»Was?«

»Ach so. Hab ich das noch nicht gesagt?«

Leider nein. Ich stöhne: »Hast du *was* noch nicht gesagt?«

»Dass ich dich liebe.«

Ich bleibe liegen. Ganz still. Ich traue mich nicht einmal zu atmen. Ich liege einfach so da und hoffe, mich nicht verhört zu haben.

»War das …« Ja, was war das? War das eine Liebeserklärung? Ich … äh … ich meine, ich habe keine roten Rosen erwartet, auch kein Auf-die-Knie-Fallen, aber – war sie das? Ja? »Kannst du das noch mal sagen?«

»Welchen Teil?«

»KONRAD!«

Konrad schmust sich von hinten an mich. Legt seinen Mund an meinen Nacken. Und flüstert drei Worte ganz leise in mein Haar: »Ich. Liebe. Dich.« Und plötzlich, ganz plötzlich, ist alles ganz einfach.

April

Verdammt, ich lieb dich

Rosarot

Sonntag, 3. April, um 14:49 Uhr

Ich habe gute Laune. Ausgezeichnete, phänomenale, supergigantomanisch gute Laune. Konrad Paulsen liebt mich. Jawohl! Das trifft sich gut, ich liebe ihn praktischerweise nämlich auch. Gut, das habe ich ihm noch nicht gesagt. Aber das kommt noch. Es fällt mir momentan noch ein bisschen schwer, sein wirklich entzückendes Geständnis in puncto Spannung, Spiel und Schokolade noch zu toppen.

Dass Konrad mich liebt, habe ich in den letzten Tagen nicht oft genug hören können. Ich hab ihn mehrmals darum gebeten, diese drei kleinen Worte für mich zu wiederholen, was er jedes Mal mit einem breiten Grinsen im Gesicht tat. Gestern Vormittag war Konrad in der Stadt, da hab ich ihn sogar angerufen, weil ich den Satz noch mal hören wollte. Und drei Minuten später klingelte erneut mein Telefon und Konrad sagte: »Nur, damit du bis nachher durchhältst, bis ich wiederkomme: Ich liebe dich.«

Hach. So einen tollen Mann muss man erst mal finden. Ist schon schön, im Frühling verliebt zu sein. Doch, hat was.

Frühjahrsputz

Mittwoch, 6. April, um 10:05 Uhr

Alles muss raus! Das war das Motto des Gesprächs, das Konrad und ich gestern führten, während wir die studentische Regalkonstruktion in meinem Wohnzimmer (Ziegelsteine mit Holzbrettern) deinstallierten und drei neue Billyregale aufbauten.

Es fing ganz beschaulich an. »Gibst du mir mal den Schraubenzieher?«, fragte Konrad.

»Gibst du mir einen Kuss?«, fragte ich, und Konrad musste grinsen.

»Gleich«, antwortete er und riss mit so viel Schwung das Plastiksäckchen mit den Schrauben, Dübeln und Nägeln auf, dass alles in hohem Bogen durchs Zimmer flog.

Konrad seufzte und fing an, auf Knien über den Boden zu kriechen und die Einzelteile wieder einzusammeln.

»Sag mal, seit wann weißt du eigentlich, dass du mich liebst?«

Ich sah nur Konrads Hinterteil, hörte ihm aber an, dass er lächelte. »Och. Schon ein bisschen länger. Spätestens aber seit der Sache mit Nadine.«

Ich musste mich nicht blöder stellen, als ich war, ich schnallte den Zusammenhang nämlich wirklich nicht.

»Na ja«, fuhr Konrad fort, als er mein vielsagendes Schweigen vernahm. »Ich hab mir die ganze Zeit darüber Gedanken gemacht, warum mich das so stört, dass Nadine einen neuen Freund hat. Ich meine«, Konrad richtete sich auf und sah mich an, »ist doch komisch. Da bin ich seit hundert Jahren von ihr getrennt. Sie hat mich ja für einen anderen verlassen. Danach kam sie wieder bei mir angekrochen, ich hatte also wirklich jede Gelegenheit, es mit ihr noch einmal zu versuchen. Aber ich wollte nicht.« Good boy! »Trotzdem fuchste es mich. Dass sie mich irgendwann nicht mehr wollte.« Ich schluckte. Konrad guckte mich an. »Vielleicht hat mich ja einfach nur gestört, dass ich sie plötzlich nicht mehr haben *konnte.*« Ich schluckte noch einmal. Diesmal versuchte ich, einen dicken Kloß im Hals runterzukriegen. »Nein, nein«, beeilte Konrad sich zu sagen, als er meinen geknickten Blick bemerkte. »Ich *wollte* sie doch gar nicht mehr haben. Aber ich hätte sie haben *können,* die ganze Zeit über. Und plötzlich ... na ja, ging das halt nicht mehr.«

Ach, Konni. Ich seufzte. Wie gut ich dich verstehen kann. Was man nicht bekommt, das will man haben. Der Soundtrack meines Lebens.

Konrad guckte mich an. »Voll doof, oder? Und total unnötig. Und verletzend, ich weiß ...«

Ich nickte. Ja, stimmt. Weiß ich. Aus eigener Erfahrung.

Konrad widmete sich wieder dem Bausatz vor seinen Füßen. »Und als ich dann gesehen habe, wie sehr dir das an die Nieren geht und wie ruhig du trotzdem geblieben bist. Ich meine: Du hast mich sogar getröstet!« Konrad nahm sich den Schraubenzieher und fing an, eine Schraube in das Seitenteil zu drehen. »Da ist mir bewusst geworden, was ich für dich empfinde.«

Ich wurde rot. Und fand Konrads Aussage auch fast ein bisschen beschämend – Ruhe und Geduld gehörten ja nun wirklich nicht zu meinen Königsdisziplinen.

»Die restliche Zeit habe ich dann darüber nachgedacht, wie ich es dir sage.«

»Was?«, entfuhr es mir. »Wie lange?«

»Pff.« Konrad überlegte. »So ... circa eine Woche?«

Unglaublich! Männer sind schon was ganz Besonderes. Während ich mich damit rumquälte, dass Konrad Nadines neue Beziehung querlag, zerbrach er sich schon wegen etwas ganz anderem den Kopf. Hätte er ja auch mal sagen können.

Dito!

Donnerstag, 7. April, um 12:54 Uhr

So, jetzt bin ich also an der Reihe. Ich möchte Konrad sagen, dass ich ihn liebe. Zunächst einmal stelle ich mir die Frage, wie ich das machen soll. Denn eines ist klar: Spektakulär muss es sein! Da müssen die Funken sprühen, da sollen sich die Balken biegen, da geht ein Ruck durch Deutschland, wenn Juli Rautenberg ihrem Konrad Paulsen sagt, was er ihr bedeutet!

Ich denke nach. Spektakulär. Was ist spektakulär? Ein Lied! Ein Lied ist spektakulär. Aber nicht so eine gruselige Interpretation eines bekannten Schlagers wie bei Kai Pflaume. Ich möchte nicht in glitzerndem Fummel auf einer schummrig beleuchteten Fernsehbühne stehen und auf die Melodie von »Every breath you take« ein atonales »Wohin du auch gehst« bügeln. Nein, das muss auch weniger kitschig gehen.

»Your song« von Elton John ist sehr schön. Stelle ich mir hübsch vor, ich und meine Gitarre unplugged, auf einem Barhocker in einem kleinen Clubkeller, alles dunkel, nur ein Spot auf mir, Rauchschwaden von Zigaretten steigen in die Luft. Schöner Gedanke. Leider spiele ich a) nicht Gitarre und kenne b) keinen Club mehr, in dem man noch rauchen dürfte. Mein Beitrag zum Thema Nichtraucherschutz: Wo bleibt denn da die Romantik?

Na ja, ich muss ehrlich sein. Ich bin auch nicht gerade die größte Sängerin. Also, ich könnte, wenn ich wollte! Unter der Dusche und alleine im Auto schmettere ich Arien Netrebko'schen Ausmaßes in die Atmosphäre und stelle mir vor, wie es wohl wäre, wenn ich mal bei *Popstars* mitmachen würde. Beim ersten Casting, so jedenfalls in meiner blühenden Fantasie, stehen Detlef D!, irgendein abgehalfterter Musikproduzent und eine runtergewirtschaftete, B-prominente Musikerin mit Tränen in den Augen auf, so gerührt von meinem Vortrag, dass sie noch nicht einmal mehr klatschen können, halten sich aneinander fest, wankend, mit zitternden Beinen, und D! ruft mit brüchiger Stimme: »Du bist in der Band!« Und während die anderen auf Mallorca das knüppelharte Work-out machen, sonne ich meinen bis dahin längst durchtrainierten Körper schon auf einer der Poolliegen. Ich brauch auch kein totales Make-over mehr, ich bin ja schon ein Star! Eben noch im Minilädchen, jetzt schon auf der Showbühne. Marijke Amado rückt sich ein Schulterpolster zurecht und tupft sich ein Tränchen aus dem Augenwinkel.

So weit zu meiner Vorstellung. Ich wäre mit an Sicherheit grenzender Wahrscheinlichkeit eine großartige Sängerin, wenn ich mich nur mal mit schnödem Gesangsunterricht, Atemübungen und Bühnenperformance beschäftigte. Oder wenn ich schlank wäre. Oder irgendwie anderweitig talentiert.

Bin ich aber nicht. Trotzdem kein Grund, eine Schmonzette von Police zu singen. Oder überhaupt ans Singen zu denken.

Also nichts mit Musik. Vielleicht ein Gedicht?

Ich fange mal an. Die Reimmaschine im Internet spuckt mir drei Wörter aus, die sich auf »Konrad« reimen: Fahrrad, Dampfbad, Schwimmbad.

Das ist doch scheiße. So kann ich nicht arbeiten.

Du allein, mein Konrad,
ich liebe dich wie Fahrrad.

Nee, das geht nicht. Aber vielleicht könnte ich eine versteckte Kritik in meine Liebeserklärung einbauen?

Ich liebe dich, mein Konrad,
putz du doch mal das Duschbad.

Irgendwie haut mich das alles noch nicht so vom Hocker. Aber es muss sich ja auch gar nicht reimen! Viel postmoderner sind doch ohnehin unreimige Gedichte. Ich google mich durch die Lyrik des 20. Jahrhunderts. Der einzige Dichter, den ich da überhaupt kenne, ist Paul Celan. Ich lande bei der *Todesfuge.* Ist jetzt auch nicht gerade ein erheiternder Text. Erich Fried läuft mir bei der Recherche auch noch über den Weg, aber der ist mittlerweile so abgenudelt, das kann ich Konrad nicht antun. Außerdem verbinde ich jedes zweite Gedicht mit einem meiner Exfreunde, weil schon mal verwendet. Nee, geht gar nicht. Ich kann vielleicht Erich Fried kopieren, aber nicht mich selbst.

Aus dem gleichen Grund fallen auch die großen prosaischen Liebeserklärungen der Geschichte raus. *Der kleine Prinz* ist die Diddlmaus der Weltliteratur. Janosch ist was für die Leute, denen nach *Weißt du eigentlich, wie lieb ich dich hab* nichts Besseres mehr einfällt. Romeo und Julia, Humphrey Bogart und Ingrid Bergman, Sonny und Cher – von jedem hab ich schon mal was geklaut. Sprich zitiert. Ist ja seit Guttenberg das Gleiche.

Gut. Gibt's noch andere Möglichkeiten? Ich sollte wohl Plagiate besser vermeiden und auf Singen, Reimen und Tanzen auf jeden Fall verzichten.

Ich könnte was malen. Aber nur was Abstraktes. Fraglich, ob Konrad auf einer vollgekleckten Leinwand meine Liebeserklärung erkennt.

Herrschaft, ist das kompliziert! Das kann doch nicht so schwer sein! Andere haben das doch auch schon vor mir gemacht … Gute Idee! Ich frag mal die anderen.

You say it best

Samstag, 9. April, um 14:03 Uhr

Ratschläge sind auch Schläge, so heißt es doch, oder? Toll, ey! Ich frag die Hühner um Rat und komme mit einer Wagenladung voll Zweifel zurück. Das nenne ich mal ein richtig mieses Geschäft.

Habe Mona, Cora und Tine gestern zum Brainstorming ins Café einbestellt. Sie haben sich sehr für mich und die Liebeserklärung, die ich von Konrad erhalten habe, gefreut, ich durfte auch alles noch mal ganz in Ruhe und in allen Details berichten. Wenn man das so jemand anderem erzählt, kommt es einem auch gleich noch toller vor (was aber auch daran liegen kann, dass der Moment selbst nur dreißig Sekunden, meine Erzählung aber mehr als zwanzig Minuten dauerte). Jedenfalls war ich hochgradig euphorisiert und bat nun um Hilfe.

Tine sah mich irritiert an. »Muss doch gar nicht spektakulär sein.«

Mona war solidarischer. »Doch klar! Wer nicht wagt, der nicht gewinnt!«

Und dann mischte sich auch noch Cora ein. »Am besten ist, wenn du dir erst mal über den Inhalt Gedanken machst.«

Inhalt? Inhalt ist klar! »Ich liebe dich«, stellte ich dementsprechend bündig fest, »das ist der Inhalt.«

Cora lachte. »Quatsch. Hast du schon mal von einer Liebeserklärung gehört, die nur drei Wörter lang ist?«

Ich schüttelte den Kopf. Das konnte ja heiter werden.

»Und was sag ich da so?«, fragte ich vorfreudig.

»Na ja«, ereiferte sich Tine, ihres Zeichens seit mehreren Jahren Teil eines bestens funktionierenden Paarsystems und daher meine erste Wahl in Beziehungsfragen aller Art, »man erklärt natürlich nicht nur, dass man jemanden liebt, sondern auch, warum.«

Warum? »Warum sollte ich das denn tun?«, entgegnete ich nun ehrlich entsetzt. Das drohte ja regelrecht in Arbeit auszuarten, das hatte ich mir eindeutig anders vorgestellt.

»Warum denn nicht?«, lachte Cora mich an. Oder aus.

»Weil Konrad es auch nicht gemacht hat«, stellte ich fest und zuckte mit den Achseln.

Tine und Cora winkten ab und dem Kellner zu, er möge die Rechnung bringen. Als sie von dannen rauschten, heim zu ihren GLÜCKLICHEN Beziehungen mit den KAUSALEN Liebeserklärungen, hob Mona resigniert die Schultern. »Auch wenn ich ihnen gern widersprechen würde: Wo sie recht haben, haben sie recht.«

Judas! Nimm deine Silberlinge und verschwinde!

»Überleg halt mal, was du an Konrad liebst, das kann ja nicht so schwer sein.«

Von wegen.

… when you say nothing at all

Montag, 11. April, um 20:27 Uhr

»Das kann ja nicht so schwer sein.« Vielen Dank auch, Mona. Du hast es ja leicht. Du hast ja keine Beziehung. Du musst nicht darüber nachdenken, was du an deinem Freund liebst.

Seit meinem Treffen mit den Mädels kreisen meine Gedanken ununterbrochen um Konrad. Nein, das stimmt so nicht ganz. Nicht um Konrad, sondern um die Frage, was ich an ihm liebe. Zur Erklärung sei vorab gesagt: Ich bin ein Trotzkind. Wenn man mir sagt: »Halt die Füße still«, dann zuckt es mich augenblicklich umso heftiger in den Waden, und ich will Polka tanzen. Wenn man mir sagt: »Vergiss es einfach«, werde ich garantiert an nichts anderes mehr denken. Und wenn man mich dazu auffordert, über meine liebsten Eigenschaften an Konrad nachzudenken, fallen mir garantiert nur die Dinge ein, die ich an ihm total ätzend finde.

Also. Konrad ist unordentlich. Das beschreibt allerdings nur ansatzweise das Ausmaß der Katastrophe. Konrad ist genau genommen nicht einfach nur unordentlich. Ich bin unordentlich. Ich lasse gerne mal was rumliegen, putze nur alle vierzehn Tage und schmeiße Essen erst weg, wenn es den Weg zum Mülleimer auf Nachfrage eigentlich alleine finden könnte. Ich öffne Briefe, und besonders die offiziellen, gerne erst nach ein paar Wochen und kann auch nicht unbedingt behaupten, dass mir der Angstschweiß ausbricht, wenn ich eine Rechnung nicht sofort begleiche. Um es kurz zu machen: Mein zweiter Vorname ist Prokrastination. Ich schiebe alles auf, was geht, und warte dann zur Sicherheit noch mal drei Tage. Vor allem bei Dingen, die den Haushalt betreffen.

Aber Konrad? Gegen den bin ich ein ordnungstüchtiger Zwangsneurotiker. Neulich habe ich mal meiner Unzufriedenheit Ausdruck verliehen und mich geweigert, Konrads Klamotten zu waschen. Nicht weil ich Wäschewaschen nicht mag, sondern weil ich es satthatte, die unzähligen Kleiderberge, die wie Maulwurfshügel aus dem Boden unserer Wohnung sprießen, nach schmutziger Wäsche zu durchsuchen. Und wie reagierte Konrad auf mein Embargo? Er drehte die alten Socken auf links und zog sie ein zweites Mal an.

Konrad ist nicht nur putzautistisch und ordnungsresistent. Konrad ist eigentlich ein Weichei. Obwohl er zugegeben hat, dass er sich bei Nadine memmenhaft verhalten hat (gut, er formulierte es anders, er sagte ... ähm, was war das doch gleich? Ach ja: nachsichtig), bringt mich das ja rein praktisch nicht wirklich weiter. In dem Katzentelefonat mit Nadine hat er ja auch nicht einfach gesagt: »Alte, lass mich mit deinen Problemen in Ruhe, mir doch egal, wenn dein Typ – den ich im Übrigen schwerstens bemitleide – eine Katzenhaarallergie hat«, sondern er hat ihr kleinlichst aufgedröselt, warum es nicht gehe, die Katze an uns abzuschieben. Hallo? Konrad! Ein Stock im Arsch ersetzt kein Rückgrat! Und wie er erst bei seiner Mutter war. Meine Güte! Da hat er gezittert wie Espenlaub. Nun frage ich mich also mal ganz ehrlich: Hat mein Freund überhaupt Eier in der Hose, abzüglich derer, die ich bei meinen anatomischen Erkundungstouren gefunden habe?

Mein Telefon klingelt. Konrad reißt mich aus den Gedanken und meiner schriftstellerischen Hochkonzentration. Auch noch was, das ich an Konrad nicht leiden kann, dieses ständige Melden, Anrufen, SMS-Schreiben. Boah! Ich werd verrückt, ich schwör's, wenn der mich noch mal anruft und mir sagt, dass er die Bahn verpasst hat und erst in vier Minuten heimkommt ... Das gibt's doch gar nicht, kann der nichts alleine machen? Woher kommt dieses entsetzliche Kontakt(fehl-)verhalten? Das ist ja schlimmer als bei Twitter! Mann! Der braucht heut Abend gar nicht mehr nach Hause kommen! Ich hab so 'nen Hals, ehrlich wahr!

Ich soll Konrad sagen, was ich an ihm liebe? Pah, das könnte ein kurzes Intermezzo werden. Besser ist, wenn ich ihm erst mal sage, was mich an ihm in den Wahnsinn treibt! Das ist sowieso viel besser, dann kann ich danach nämlich sagen: »Und ich liebe dich TROTZDEM!«

Genau. Wenn man jemanden MIT diesen ganzen kranken Macken liebt, ja, dann ist es doch erst recht echte Liebe. Dann MUSS es echte Liebe sein! Solche Sachen KANN man nämlich gar nicht lieben, da gehört schon ganz schön was dazu, wenn sich jemand so komisch verhält!

Ich sag ja nicht, dass ich »normal« bin. Also, nein, normal bin ich nicht, auch nicht ohne Anführungszeichen. Ich sehe ein, ich bin Geschmackssache, an mir muss man auch ein paar Eigenschaften in Kauf nehmen. Aber das sind garantiert nicht so viele wie bei Konrad! Und selbst wenn es so viele wären, dann sind sie eh viel weniger schlimm.

Toll. Ich wollte herausfinden, was genau ich an Konrad liebe. Herausgekommen ist eine Liste all der Dinge, die ich am allerwenigsten an ihm mag. Mist. Das kann ich nicht für die Liebeserklärung verwenden. Das geht irgendwie nicht.

Bevor ich bei meiner Liebeserklärung irgendwas Dummes sage, halte ich mich heute Abend besser strikt an den großen irischen Philosophen Ronan Keating: *You say it best when you say nothing at all.* Zu Deutsch: Einfach mal die Schnauze halten.

Die Frage mit dem Blubb

Mittwoch, 13. April, um 09:02 Uhr

Wie kann es eigentlich sein, dass mir ad hoc eine ganze Liste an Dingen einfällt, die ich an meinem Freund ausgesprochen bescheuert finde, und keine einzige Eigenschaft, die mein Herz erwärmt? Was liebe ich eigentlich an Konrad? Ich weiß bzw. ich ahne, dass ich ihn liebe, aber was bitte schön genau? Seine Maulwurfshügel wohl eher nicht, den Belagerungszustand, den er mithilfe mobiler Massenmedien auslöst, sicher auch nicht. Und am wenigsten mag ich sein, sagen wir mal: flexibles Rückgrat. Was also LIEBE ich denn an Konrad?

Dass er mich zum Lachen bringt? Nein. Dann schon eher, dass er über meine Witze lacht.

Dass wir so gute Gespräche führen? Meistens führe ich das Gespräch, und Konrad hört zu.

Dass er so attraktiv, erfolgreich und toll ist?

Vor allem liebe ich daran, dass er mich trotzdem wollte. Das ist ein Upgrade in die Bundesliga, bisher kickte ich nur in der Kreisklasse.

Scheiße. Ein Gedanke geistert schon seit Sonntag durch meinen Schädel, und ich drücke ihn immer mit ganz viel Gewalt zurück in die Dunkelheit, damit ich mich nicht mit ihm beschäftigen muss. Ich sag ja, ich schieb gern auf. Aber jetzt kann ich es nicht mehr wegdrücken, jetzt blubbern die Fragen aus allen Gehirngängen gleichzeitig: Liebe ich an Konrad nur Dinge, die etwas mit mir zu tun haben? Liebe ich Konrad nur um meiner selbst willen? Weil ich mich durch ihn schöner, spannender und geistreicher fühle? Liebe ich Konrad wirklich? Oder nur das Gefühl, das er mir gibt?

Liebe ich Konrad denn überhaupt?

Mein Herz sagt Ja, mein Verstand sagt Nein, und mein Bauch singt Fettes Brot. Mist, verdammter. Hätte Konrad doch nur die Klappe gehalten.

Cool down

Samstag, 16. April, um 09:38 Uhr

Da sind mir wohl neulich ein paar Sicherungen durchgebrannt. Wird ja nicht alles ganz so heiß gegessen, wie es gekocht wird, nicht wahr?

Während Konrad noch selig im Land der Träume weilt und wie ein junger Hund im Schlaf vor sich hin brabbelt, denke ich noch einmal mit kühlem und ausgeschlafenem Kopf über mein akutes Problem nach. Denken klappt bei mir am besten, wenn ich einer möglichst eintönigen und wenig intellektuellen Tätigkeit nachgehe. Also ziehe ich mir ein paar gelbe Haushaltshandschuhe an, bewaffne mich mit einem sehr großen Küchenmesser in der linken und dem Tortenheber in der rechten Hand und beginne umgehend mit dem Enteisen des Gefrierfachs. Das beruhigt mich. Das befriedigt mich. Enteisen ist gut.

Dass dem Menschen eine gewisse, nun ja, Neigung zum Schlechten naheliegt, ist ja keine Neuigkeit. Schlechte Dinge merkt man sich immer leichter als gute. Ich kann neun Komplimente hören und eine Kritik, und ich werde am Ende des Abends garantiert an der Kritik rumfrickeln.

Und in der Liebe? Wenn ich manchmal meinen Mädels von Konrad erzähle, könnte bei ihnen schon der Eindruck entstehen, dass die Beziehung zum Scheitern verurteilt ist. Genau genommen bin ich immer nur am Meckern. Obwohl es mir eigentlich wirklich gutgeht. Also, mit Konrad. Und trotzdem erzähle ich immer nur von den nervigen Sachen. Ist das normal? Sind die anderen auch so? Sind ihre Freunde weniger nervig, oder sind meine Mädels einfach nur echt tiefenentspannt? Erzählen die auch so viel Schlechtes wie ich?

Wenn ich mir meine Freundinnen so angucke, dann muss ich echt sagen: Hut ab, was die so alles mitmachen! Ich wollte nicht mit denen tauschen. Bei Tine beispielsweise könnte ich mich ewig und drei Tage über die Eigenschaft ihres Freundes aufregen, sich nie zu entscheiden. Da werden selbst einfachste Fragen zum Problem, etwa: »Was kochen wir heute Abend?« Achselzucken. Mir doch egal. Koch, was du willst. »Wollen wir in der Küche oder im Wohnzimmer essen?« Achselzucken. Entscheide du. Mir wurscht. Ich bin ja mal gespannt, was passiert, wenn Tine ihren Stefan irgendwann mal fragt, ob er eine Heirat in Betracht zieht. Achselzucken. Is mir gleich. Und

Tine? Die trägt's mit Fassung: »Wenigstens kommen wir uns so bei Entscheidungen nur selten in die Quere.«

Oder Cora. Ihr Freund ist an seiner Spielkonsole festgewachsen. Der ist den ganzen Tag am Daddeln, der hört nicht mal auf zu spielen, wenn Cora bei ihm vorbeikommt, wenn Cora ein mehrgängiges Gourmetmenü kocht oder wenn Cora in Strapsen durchs Bild läuft. Der hört erst auf, wenn er sein Level erreicht hat oder ihm jemand den Strom abdreht. Cora findet Marios Zockerei zwar nicht so ansteckend, dass sie im Lara-Croft-Outfit durch die Wohnung flitzt, hat sich aber als Zeichen der Liebe von ihm eine Wii schenken lassen und stattdessen ihre Mitgliedschaft im Fitnessstudio gekündigt. Seitdem spielt sie Tennis vor einem Monitor. Liebe, ich hab es doch gerade vor ein paar Wochen erst festgestellt, macht eben doch blind, blöd und bekloppt.

Oder nicht?

Sitze ich hier gerade einem gewaltigen Irrtum auf? Bedeutet Liebe, dass man die Macken des anderen vielleicht nicht vergöttert, zumindest aber lächelnd hinnimmt? Soll ich aufhören, mich über Konrads Terror zu beschweren, stattdessen die Maulwurfshügel mit der Fußspitze beiseiteschieben und tiefenentspannt nur noch jeden dritten Anruf entgegennehmen, anstatt mich über jeden zweiten aufzuregen?

Mal umgekehrt betrachtet: Auch Konrad wird mich doch nur schwerlich *gerade wegen* meiner Macken lieben. Die finde ich ja selbst total befremdlich. Den Gefrierschrank zu enteisen, beispielsweise, macht mich persönlich zwar glücklich, wird auf Außenstehende aber möglicherweise etwas eigenartig wirken. Da steht eine erwachsene Frau im Schlafanzug am Samstagmorgen in der Küche und hackt wie eine Besessene mit dem Küchenmesser auf das Eis im Kühlfach ein. Wenn sich ein Stück lockert, hebelt sie so lange mit dem Tortenheber, bis das Stück herausbricht. Die erwachsene Frau zieht mit einem triumphierenden Lächeln die Eisscholle aus dem Fach und hebt sie prüfend ins Licht. Eine Gänsehaut läuft ihr über den Rücken. Die erwachsene Frau findet das fast noch schöner, als Pickel auszudrücken. Sie wirft die Eisscholle in die Spüle und fokussiert dann mit starrem, hoch konzentriertem Blick die nächste Stelle, auf die sie einhacken wird, als eine Stimme aus dem Off sie sanft in die Küche zurückzerrt.

»Juli«, fragt die freundliche Stimme, »magst du mir bitte erklären, was du da tust?«

Ich drehe mich langsam um. Da steht Konrad, mein unperfekt perfekter Freund, mit zerstrubbelten Haaren und Schlaf in den Augen. Er legt den Kopf schief. Dann kommt er auf mich zu, gibt mir einen Kuss auf die Stirn und sagt: »Ach, ist auch egal. Machst du Kaffee, wenn du mit deiner … *Arbeit* … fertig bist?«

Es ist also wahr. Man liebt alles am anderen. Auch das Bekloppte.

Bäumchen wechsel dich

Sonntag, 17. April, um 23:17 Uhr

Nach meiner glorreichen Erkenntnis knabbere ich das halbe Wochenende an den Folgefragen herum, die meine Entdeckung aufwirft: Wie liebt man die Marotten des anderen? Gibt's einen Trick? Ich möchte ihn kennen! Denn egal wie sehr ich mich bemühe, dieses Wochenende nicht bei jedem liegen gelassenen Joghurtdeckel rumzumeckern – es nervt mich trotzdem. Ich schlucke sämtliche Kommentare runter und lächle debil, aber wenn das so weitergeht, hab ich heute Abend ein Magengeschwür. Man wird ja bekanntlich krank, wenn man zu viel runterschluckt und das viele dann im Magen landet und dort weiterätzt. Oder man rastet vorher aus. Dann kriegt man einen Herzinfarkt. Magengeschwür oder Herzinfarkt, na toll. Pest und Cholera. Wie auch immer ich es drehe und wende: Bis heute Abend werde ich wohl so oder so gestorben sein. Dann muss ich mir auch nicht mehr die Frage stellen, warum Konrad es so spielend leicht schafft, meine unschönen Seiten zu lieben, während ich in der gleichen Disziplin jämmerlich versage.

Na gut, einschränkend sei gesagt: Er war mit Nadine zusammen, und die ist jetzt mal nicht unbedingt ein Ausbund an Heiterkeit und gutem Benehmen. Wer Nadine liebt, und zwar ganz aufrichtig, dem kann es bei mir ja nicht so schwerfallen. Wenn man die Optik mal vernachlässigt. Oder doch?

Hm. Ich blättere mein Sündenregister durch. Und finde beschämend viele Einträge. Zuletzt fiel ich besonders durch meine penible Rabattmarkenheftführung auf. So nennt Mona meine Taktik, erst mal die Klappe zu halten und alle Vorwürfe zu sammeln, jedes unangenehme Ereignis brav ins Rabattmarkenheftchen einzukleben, und es dann, wenn es voll ist, Konrad vorzulegen und mit hundertachtzig Sachen in einen gigantischen Beziehungsstreit reinzubrettern.

Ich bin ein Elefant. Also im Kopf. Ich vergesse gar nichts. Ich erinnere mich an jede Kleinigkeit und hole jeden falschen Gesichtsausdruck, jeden genervten Tonfall, jede kleinste Mickrigkeit im günstigsten Augenblick wieder hervor, um sie Konrad aufs Brot zu schmieren. Ich bin der Chef der Beweisführung, der Oberstaatsanwalt des Alltags, ich schnüffle jedem Indiz hinterher und habe für jeden Vorwurf mindestens drei stichfeste Beweise, selbst wenn sie genau genommen meistens schon verjährt, zumindest aber von Konrad schon vergessen sind.

Ihh! Das ist aber nicht schön. Wenn ich das so aufschreibe,

kommen mir doch ernste Selbstzweifel. Mal überlegen, was mich liebenswert macht.

Ich bin spontan! Und impulsiv! Also, meistens impulsiver als spontan. Impulsiv mit einem Hang zur Melodramatik und zur Cholerik. Äh … Aber lustig bin ich! Genau, lustig! Und manchmal ironisch. Also immer dann ironisch, wenn ich mich ungerecht behandelt fühle. Was häufiger vorkommt, als man jetzt vielleicht glauben mag. Dann bin ich ironisch. Besser gesagt: bissig. Und ein bisschen gemein. Und …

Stopp! Das geht ja gar nicht. Meine Güte, gibt es überhaupt irgendwas Nettes an mir? Wenn ich so darüber nachdenke, bekomme ich ein ganz klammes Gefühl in der Magengegend. Ich frage mich schon das ganze Wochenende über, was ich an Konrad liebenswert finde, und stelle plötzlich fest, dass ich vor allem an Konrad lieben sollte, dass er MICH liebt, und zwar ohne zu versuchen, irgendeine meiner mehr als gut ausgeprägten Macken, Marotten, Unarten und schlechten Angewohnheiten zu verändern. Konrad hat noch nie versucht, mich zu verändern.

Das könnte unsere erste richtige Gemeinsamkeit sein.

Quarterback

Dienstag, 19. April, um 19:51 Uhr

Konrad hat gefragt, ob ich am Wochenende wieder mit zu seinen Eltern will. Von Wollen kann hier zwar nicht die Rede sein, aber ich habe beschlossen, mich zu bessern, und deswegen versuche ich, so begeistert zu nicken, dass ich mir fast den Halswirbel ausrenke. Konrad freut's. Mich eine Kleinigkeit weniger, aber sein Vorschlag bringt mich auf eine neue Idee.

Diejenigen, die mich am längsten kennen und trotzdem lieben – die müssten doch wissen, was an mir liebenswert ist?

Meine Mutter ist ziemlich überrascht, als ich sie anrufe und mich selbst einlade. Skeptisch sitzt sie mir eine halbe Stunde später am Tisch gegenüber und durchbohrt mich mit ihrem mütterlich-vorwurfsvollen Blick.

»Brauchst du Geld?«, fragt sie schließlich mit ernster Miene.

Sie scheint sich wirklich Sorgen zu machen. Ich fahre normalerweise immer nur dann zu meinen Eltern, wenn ich entweder ganz schlimm krank bin oder wenn ich Liebeskummer oder die Nebenkostenabrechnung bekommen habe oder ein schreckliches Familienfest ansteht.

Ich schüttle den Kopf.

»Hast du Ärger im Job?«, bohrt sie weiter.

»Mama, ich bin selbstständig«, stelle ich genervt fest.

»Ja eben!«, ruft meine Mutter. Um es mal vorsichtig auszudrücken: Meine Eltern hofften bis zum letzten Tag meines Studiums, dass ich mich doch für was Richtiges entscheide – oder ihnen zumindest einen wohlhabenden, hochwohlgeborenen Schwiegersohn vorstelle. Wohlhabend ist mein Freund zwar, aber hochwohlgeboren ... also eigentlich nur, wenn man das Gelsenkirchener Barock seiner Eltern für Antiquitäten hält. Vorgestellt habe ich ihn also noch nicht.

Meine Mutter setzt sich aufrecht hin und drückt die Schultern nach hinten. Das Signal kenne ich, es heißt so viel wie: Jetzt mal Butter bei die Fische!

Ich seufze. Dann packe ich aus. Ich klage ihr mein Leid, erzähle ihr, dass ich nicht weiß, warum Konrad mich liebt, weil ich eine egozentrische, anstrengende und neurotische Person bin, die ihre schlechten Angewohnheiten auf Hochglanz poliert und auf der Beziehungsebene allem Anschein nach und in Serie vollständig versagt.

Meine Mutter hört sich meinen Sermon stillschweigend an. Ich fühle mich wie eine Siebtklässlerin, die dem Direktor sagen muss, dass sie heimlich auf der Schultoilette geraucht hat. Ich schäme mich. Da haben meine Eltern versucht, alles richtig zu machen, mich zur musikalischen Früherziehung, zum Reiten, zum Ballettunterricht und zu den Pfadfindern geschickt, haben versucht, aus dem unförmigen Lehmklumpen einen selbstbewussten und gesellschaftlich akzeptablen, »gemochten« Menschen zu formen, und ich trete ihre Bemühungen mit Füßen und entwickle mich zu einer charakterlichen Geisterbahnfigur. Ich bin so furchtbar!

»Jetzt hör aber mal auf!«, sagt meine Mutter mit ordentlich Rumms in der Stimme. »Das ist doch Blödsinn, was du da erzählst!«

Aha. Blödsinn? Jetzt erzähl ich auch noch Blödsinn? Weil mir nix Besseres mehr einfällt, fang ich an ein bisschen zu heulen.

»Kind!« Meine Mutter steht auf und setzt sich neben mich. Dann nimmt sie mich in den Arm. Ganz lange. Ganz fest. So wie das halt nur Mütter machen.

»Hör mir mal zu. Das sind keine Macken. Das sind ...«, sie zögert, »Special Effects! Ich werde dir jetzt nicht sagen, warum du so ein toller und liebenswerter Mensch bist. Das weißt du nämlich eigentlich selber.«

Bäh! Trotzkind! Ich will's aber hören! Ich schniefe und versuche, mit meinem mitleidigsten Blick ihre Muttergefühle zu aktivieren.

»Juli! Reiß dich am Riemen!«, schimpft meine Mutter.

Blöde Kuh, nicht mal auf die ist noch Verlass!

»Warum kann Konrad mich lieben? Mit all den schrecklichen Dingen, die ich mache und sage?« Ich drücke noch einmal mit Schmackes auf die Tränendrüse.

Meine Mutter seufzt. »Erst mal war Konrad sehr, sehr lange

in einer Beziehung. Das verschafft ihm einen Vorteil, immerhin warst du jahrelang Single. Er nicht. Er weiß, dass man denjenigen, mit dem man zusammen ist, besser so akzeptiert, wie er ist, oder man lässt es lieber gleich bleiben.« Ach, die Platte! Die kenn ich schon, die mag ich nicht mehr hören. »Außerdem«, sagt sie dann und setzt ihren Mutterblick auf. Ich weiß, was jetzt kommt: meine bisherigen Beziehungen. »Außerdem waren deine bisherigen Beziehungen ja auch nicht gerade das Gelbe vom Ei.« Das hat sie schön gesagt. Sehr diplomatisch. »Du warst ja nur mit Vollidioten zusammen.« Ich streiche den letzten von mir gedachten Satz und ersetze ihn in Gedanken durch ein motziges Aufstampfen meines linken Fußes und ein schmolliges Vorschieben meiner Unterlippe. »Woher sollst du also Konrads Erkenntnis haben? Die Typen, in die du verliebt warst, die KONNTE man ja gar nicht so lieben, wie sie waren. Die waren doch alle total Banane!« Danke, Mama! Ich bin hierhergekommen, um mich von dir aufbauen, und nicht, um mich fertigmachen zu lassen. Und fang jetzt bloß nicht mit Michael an. »Und dieser Michael!« Palimpalim! »Den konnte ich ja von Anfang an nicht leiden, und ich habe dir auch immer gesagt …«

Jetzt reicht's.

»Ja, ja!«, stöhne ich genervt. »Ich weiß, du hast mir immer gesagt, was das für ein Depp ist.«

Meine Mutter lächelt. »Genau. Und weil du meine Juli bist, hast du immer genau das Gegenteil von dem getan, was man dir gesagt hat.« Sie grinst. Spitzbübisch. »Daher sollte ich dir heute wohl folgenden Rat geben: Trenn dich von Konrad. Der tut dir nicht gut. So kann ich wenigstens mit hundertprozentiger Sicherheit davon ausgehen, dass du bei ihm bleibst.«

Jetzt bin ich aber auch nicht schlauer als vorher. Mütter!

Meine kommt gerade richtig in Fahrt. »Ich weiß gar nicht, warum du uns deinen Konrad noch nicht vorgestellt hast.« Ich schicke ein Stoßgebet in den Himmel, dass ich mir jetzt nicht auch noch DIE Leier anhören muss. »Du wirst deine Gründe dafür haben. Aber obwohl ich deinen Freund nicht kenne, weiß ich, dass er dir guttut.«

Zum ersten Mal horche ich auf. Das interessiert mich jetzt aber doch.

Meine Mutter bemerkt, dass ich angebissen habe: »Weißt du, man merkt einfach, dass du dich verändert hast. Du bist ruhiger als früher. Irgendwie … ausgeglichener. Besonnener.«

»Besonnener?!« Ich kreische fast. »Mama, ich saß mitten in der Nacht zwei Stunden im Treppenhaus, weil ich unbedingt nach ihm heimkommen wollte! Ich sag nicht, wenn mir was nicht passt, sondern bin voll die Oberzicke! Und wenn ich dann was sage, dann bin ich so gemein und fies, dass ich mich wundere, dass Konrad überhaupt noch da ist!«

Meine Mutter lächelt dieses milde, wissende Mütterlächeln, das keine Tochter gerne sieht. »Na klar! Das ist halt in dir drin. Du bist immer schon die Meisterin der Selbstverteidigung gewesen, Juli, immer mit gezückten Waffen. Wenn du gedacht hast, dass einer dich anpiksen will, hast du gleich deinen Panzer übergezogen und angefangen, dich zu wehren. Und du hattest ja auch irgendwie recht damit, zumindest bei diesem *Michael.*« Seinen Namen spricht sie aus wie eine tödlich verlaufende Krankheit. »Das musst du abschütteln. Du darfst nicht immer versuchen, unverletzlich zu sein. Du musst Schwächen zugeben. Erst dann kannst du dich richtig auf Konrad einlassen.« Okay, Schwächen zugeben ist kein Problem. Ich bin ja eine einzige, große Schwäche. »Und die ersten Schritte in die richtige Richtung hast du ja schon gemacht.« Ach ja? Das wüsste ich aber. »Als dein Konrad plötzlich bemerkte, dass ihn das mit seiner Exfreundin störte – normalerweise hättest du in so einem Moment sofort deine Sachen gepackt und wärst abgehauen, Juli.« Hm. Hätte ich? Wäre ich?

»Natürlich nicht, ohne ihm vorher noch mal so richtig eins reinzuwürgen.« Autsch. Das tut ja schon beim Hinhören weh! »Und was hast du gemacht? Das Gegenteil. Du hast dich verletzbar gemacht, weil du bei ihm geblieben bist, keine Szene gemacht und stattdessen gehofft hast, dass er sich wieder einkriegt. Das ist ein guter Anfang.«

Meine Mutter steht auf. Der Moment ist ein bisschen pathetisch, fast wie in diesen amerikanischen Sport-Streifen, in denen ein Footballteam aus dem Getto den Super Bowl gewinnt. Meine Mutter klopft mir einmal beherzt auf die Schulter: »Weiter so!«

Dann geht sie und lässt mich mit einer Wagenladung voller Fragezeichen sitzen.

Nichtraucherschutz

Donnerstag, 21. April, um 16:17 Uhr

Am Ostersonntag ist es so weit. Wir besuchen Konrads Eltern. Konrad erzählte mir, dass sich sein Vater ein Loch in den Bauch freut, weil ich mal wieder vorbeikomme. Und auch Konrads Mutter hat es wohl hinbekommen, glaubhafte Vorfreude zu heucheln. Schön. Dann also auf in die Höhle des Löwen.

Vorher impft mich Konrad noch mal. »Wenn es nicht allzu schlimm für dich ist, Liebling, würde es dir dann etwas ausmachen, wenn du meiner Mutter nicht sagst, dass du rauchst? Sie hat sich gerade wieder ein bisschen beruhigt, und ... na ja, also, was das Rauchen angeht, da ist meine Mutter etwas ... rigoros.« Militant also. Na prima.

Ich nicke aber. »Na klar. Kein Problem.« Und weil ich mir

vorgenommen habe, ein bisschen netter zu sein, werfe ich ein übereifriges »Liebling« hinterher.

Konrad guckt mich ein bisschen irritiert, aber nicht unglücklich an. Das war's dann aber auch schon. Also, ein bisschen mehr Begeisterung für meinen neuen, freundlichen Kurs hätte ich ja schon erwartet.

Wer wird Millionär

Sonntag, 24. April, um 20:19 Uhr

Das wäre also geschafft. Ich war mit Konrad bei seinen Eltern, und ich wurde nicht mit Schimpf und Schande aus dem Haus getrieben oder mit faulen Eiern beschmissen wie zahlreiche Bundeskanzler vor mir. Ich würde das als bescheidenen Erfolg verbuchen.

Es startete etwas klemmig. Nun ja, das letzte Aufeinandertreffen war ja auch nicht … ideal verlaufen. Konrads Vater schüttelte meine Hand, als wären wir von Fotografen umringte Staatsmänner, und grinste dämlich. Konrads Mutter schüttelte deutlich kürzer, wischte sich aber immerhin danach nicht die Hand am grau-braunen Hahnentrittkostüm ab. Dann lotste sie mich und Konrad auf die Terrasse, wo der liebevoll gedeckte runde Kaffeetisch schon auf uns wartete. Wachstischdecke, Motiv: Ananas und Sonnenschirmchen. Mann, die Frau wollte es echt wissen.

Wir setzten uns. Bis alle eine Tasse Kaffee und ein Stück vom Dinkelosterlamm vor sich hatten, vergingen ein paar Minuten, denn wir waren alle ganz fürchterlich höflich und strengstens darauf bedacht, niemandem auf etwaig herumliegende Schlipse zu treten. Links von mir saß Herr Paulsen, rechts Konrad.

Konrads Mutter nahm mir gegenüber Platz und mich direkt ins Visier. Ich war nervös. Und brauchte wahnsinnig dringend eine Zigarette. Egal, schnell an was anderes denken.

»Juli«, Konrads Mutter richtete ihren Blick auf mich. Der Blick war höflich. Nicht überschwänglich, aber auch nicht vernichtend. Gut. Das war gut. »Nun möchte ich aber doch gerne ein bisschen was von Ihnen erfahren.« Herrjemine! Sie siezte mich! Aber sie nannte mich immerhin nicht mehr Frau Rautenberg. »Was machen Ihre Eltern doch gleich beruflich?«

Äh … oh. Okay, ich dachte, sie wollte etwas über mich wissen. Also, direkt über mich. Mich-mich und nicht Eltern-mich. Egal. Ich antwortete brav, dass meine Mutter Grundschullehrerin sei.

Konrads Mutter nickte. »Ach ja, richtig, daran erinnere ich mich noch.«

Ich schien die Hunderteurofrage richtig beantwortet zu haben und war erleichtert. Und wollte sehr gern eine rauchen.

»Und Ihr Vater?«, fragte Frau Paulsen weiter.

Na gut, damit konnte ich punkten: Mein Vater ist Anwalt, das kommt immer ganz gut an. Ich antwortete, und Konrads Mutter zog erstaunt und – ich wage es kaum zu sagen – ein wenig angetan die Augenbrauen in luftige Höhen. »Ach, sieh mal an, das wusste ich ja gar nicht! Welches Gebiet?«

Langsam fing ich an, mich wie bei Günther Jauch zu fühlen. Wobei das eigentlich nicht gut war, denn bei *Wer wird Millionär* wurden die Fragen gegen Ende bekanntlich schwerer.

»Familienrecht«, gab ich zur Antwort.

Frau Günther-Jauch-Paulsen war angetan. »Kann man immer brauchen, einen Anwalt«, stellte sie überflüssigerweise fest.

Ich nickte wieder. Ich zum Beispiel, jetzt gerade, könnte einen brauchen. Der Mandant will von seinem Aussageverweigerungsrecht Gebrauch machen.

Ich sah zu Konrad, aber der aß mit sehr großem Engagement sein Osterlamm, das wieder mal so trocken war, dass es in der Kehle kitzelte.

Ich sehnte mich nach einem großen Radler, um das Stück runterzukriegen, das vorwurfsvoll auf meinem Teller lag. Und nach einem Schnaps, um die Angst hinterherzuspülen. Und, ich weiß, ich wiederhole mich: nach einer Zigarette.

»Und Sie wollten kein Jura studieren?«, hakte Günther Jauch nach.

Ich prustete. Konrad warf mir einen vielsagenden Seitenblick zu, der mich schnell wieder auf den Boden der Tatsache zurückholte. Ich machte ein ernstes, ja geradezu betroffenes Gesicht: »Nein. Jura – das ist nichts für mich.«

Günther lächelte schief. Dann sagte sie etwas bissig: »Ihre Eltern hat das nicht gestört?«

Ich war leicht irritiert ob ihrer Direktheit, entschloss mich aber, die Fünfhunderteurofrage zu beantworten. Wenigstens mal die erste Gewinnstufe erreichen.

»Begeistert waren sie nicht«, antwortete ich in sehr diplomatischem Ton auf ihre Frage, »aber gut, welche Eltern sind das schon?«

Konrad trat mir unter dem Tisch gegens Schienbein. Er versuchte es zumindest, traf aber leider nur den Tisch. Die Ananasse und die Sonnenschirmchen auf der Wachstischdecke wackelten bedenklich. Konrads Vater gluckste und verschlabberte Kaffee auf dem Tisch, was Günther mit einem eindeutig angepissten Gesichtsausdruck zur Kenntnis nahm, jedoch nicht weiter kommentierte.

»Wünschen Sie sich Kinder?«, fragte sie stattdessen.

Huch? Äh – jetzt wurde es selbst für meinen Geschmack doch etwas zu privat. Panisch sah ich zu Konrad, der seine Lider einmal kurz schloss und wieder öffnete. Das hieß so viel wie: Ja! Antworte mit Ja!

»Ja!«, beeilte ich mich zu sagen.

»Wie viele?«

Ich sah mit wirrem Blick zu Konrad. Der blinzelte derart oft mit den Lidern, dass ich mich schon bei zwei verzettelte. Wollte er mir Zeichen geben, oder hatte er einen epileptischen Anfall? Mir wurde heiß und kalt.

Günther lehnte sich ein Stück nach vorne. Jetzt brach mir der Schweiß aus. Ich brauchte Hilfe! Und Bedenkzeit. Und Zigaretten. Einen Joker! Wenn ich jetzt das Falsche sagte, hätte ich es bei Günther verbockt. Für alle Zeiten. O Gott.

Da plötzlich legte sich unterm Tisch von links eine Hand auf mein Bein. Die Hand von Konrads Vater. Ganz vorsichtig pochte er dreimal mit seinem Zeigefinger auf meinen Oberschenkel: eins, zwei, drei.

War das mein Joker? Musste ich Nachrichten aus einem unbekannten Universum empfangen? Blieb mir eine andere Wahl? »Drei?«, sagte ich und konnte nicht verhindern, dass sich meine Stimme am Satzende in luftige Höhen schwang.

Günther strahlte. »Drei! Wollte ich auch immer haben!«

Konrads Vater tätschelte kurz meinen Oberschenkel, dann verschwand die Hand wieder.

Ich wollte jetzt wirklich nur noch sehr, sehr dringend eine Zigarette rauchen. Jetzt fing auch schon mein Schwiegervater in spe an, mich zu betatschen! Mein Blick musste apathisch geworden sein, vielleicht quoll auch schon feiner Rauch aus meinen Ohren, denn Günther riss mich aus meinen nikotinhaltigen Tagträumen, in denen mich der Marlboro Man hinter sich in den Sattel zog und mir eine brennende Kippe zwischen die Lippen steckte.

»Wollen Sie eine Geschichte aus Konrads Kindheit hören?«

An dieser Stelle hätte ich unbedingt aussteigen sollen. Niemand will Geschichten aus der Kindheit des Freundes hören. Ausnahmslos niemand, und ich schließe mich da gerne ein.

Ich hätte die gewonnenen tausend Euro nehmen, mich von Günther verabschieden und aussteigen sollen. Auch wenn ich noch zwei Joker übrig hatte. Was sollte ich denn machen? Jemanden anrufen? Vielleicht meine Mutter: »Hey, Mama, hältst du es für sinnvoll, dass Frau Paulsen mir Geschichten aus Konrads Kindheit erzählt?« Kindergeschichten des Freundes, das konnte doch nur in die Hose gehen!

Ich ignorierte den Fifty-fifty-Joker und Konrads panischen Blick und nickte: »Ja. Würde ich sehr gerne hören.«

Konrad stöhnte gut hörbar.

Aber Günther freute sich. »Konni war kein gewöhnlicher Junge.«

Konni mischte sich ein. »Mama! Bitte!«

Günther schmetterte ihn professionell ab: »Nein, nein, Konni, lass mich das erzählen!« Dann wandte sie sich wieder mir zu. »Also, ich hatte ja eigentlich auch drei Kinder. Meine zwei ersten Kinder sind ja leider noch im Mutterleib verstorben.«

Komisch, dachte ich mir, wie sie dieses »Mutterleib« betont, so als würde es nicht zu ihr gehören. Und warum sagt man eigentlich *ver-* und nicht *ge-*storben?

»Aber ich hatte mich so auf meine Töchter gefreut und schon das ganze Kinderzimmer eingerichtet! Ich hatte Puppen gekauft, ganz teure, wissen Sie, die mit den schönen Gesichtern und dem echten Menschenhaar.« Huaaah, mich schüttelte es! »Aber dann starben meine kleinen Mädchen ja leider. Jeanette und Josefine, so sollten sie heißen, so hießen nämlich auch meine Großmütter.« Too much information, dachte ich. »Aber wissen Sie, was das Tolle ist?« Ich warf Günther einen geheuchelten Spann-mich-nicht-auf-die-Folter-Blick zu. »Konni spielte auch gern mit Puppen!«

Genau DAS ist der Grund, warum man sich keine Geschichten aus der Kindheit anhören sollte. Augenblicklich erschien Konni vor meinem inneren Auge, in einem hübsch geblümten

Kleidchen, güldenen Löckchen und einer Seidenschleife im Haar, in einem von oben bis unten rosa eingerichteten Zimmer, umringt von Hunderten toter Puppengesichter. Konni hielt ein kleines Bürstchen in der Hand, kämmte damit das echte Menschenhaar der Puppe und sang schräg ein Kinderlied. Irritierenderweise sah ich nicht den *jungen* Konrad vor mir, sondern den erwachsenen. Wenn das nicht Stoff für einen echten Gruselschocker war, dann wusste ich auch nicht. *Eins, zwei, Konni kommt vorbei, drei, vier, steht schon vor der Tür …*

Ich versuchte, die ekelhaften Bilder abzuschütteln. Günther verlor sich währenddessen in ihrer rosaroten Erinnerung. Konrad starrte mit Resignation und Schuld im Blick auf Sonnenschirmchen und Ananasse. Und Herr Paulsen kommentierte alles mit einem leisen Bäuerchen.

»Nun, lassen wir die alten Zeiten ruhen«, sagte Günther schließlich. »Liebling, sei so nett, und hilf mir beim Abräumen.«

»Wer? Ich?« Herr Paulsen blickte sichtlich irritiert von den Ananassen auf.

»Nein, natürlich nicht du«, zischte Günther, »du bist viel zu ungeschickt!«

Also half Konrad seiner Mutter beim Abräumen des Tisches – mich konnte sie mit »Liebling« ja eindeutig nicht gemeint haben. Ich startete zwar mehrere Versuche zu helfen, wurde aber rigoros in die Schranken verwiesen. Ich war GAST (**G**rößter **A**nzunehmender **ST**örfaktor), ich durfte hier gar nichts. Außer mit Konrads Vater einen kleinen Spaziergang durch den Garten unternehmen.

Der Garten war genau genommen kein Garten, sondern ein kleiner Park, der sich über mehrere hundert Hektar akkurat geschnippelten Rasens und fein säuberlich angelegter Blumenbeete erstreckte.

Ich half Herrn Paulsen beim Aufstehen, dann zog ich ihn am Arm hinter mir her durch die Paulsen'sche Bundesgartenschau.

»Da, lass uns mal zum Zaun gehen.« Konrads Vater duzte mich. Ich mochte Konrads Vater.

Wir wackelten gemeinsam durch den Garten bis zum hinteren Ende. Hinter dem Gartenzaun erstreckte sich unbebautes Gebiet. Der Wald steht schwarz und schweiget. Vielleicht war mein Geist vom Spießertum in Konrads Elternhaus schon eingelullt? Vielleicht war es die Ruhe, die mich nach der anstrengenden Konversation überkam? Vielleicht das tiefe und zufriedene Luftholen von Herrn Paulsen an meinem Arm? Aber genau in diesem Moment, als wir da einträchtig nebeneinander am Gartenzaun standen und auf den Taunus blickten, da fühlte ich mich vollständig und ausgeglichen und komplett. Und aus den Wiesen steiget der weiße Nebel wunderbar.

»Ist sie noch da?«, fragte Paulsen senior unvermittelt. Ich drehte mich um und sah zurück zum Haus. Die Terrasse war zu weit entfernt, um Einzelheiten zu erkennen, aber immerhin sah ich, dass niemand da war. Zumindest nicht Konrads Mutter.

»Glaube schon«, sagte ich ein bisschen irritiert.

Da zog Konrads Vater zwei zerknitterte, selbst gedrehte und filterlose Zigaretten aus der Hosentasche und hielt mir eine hin.

»Hier«, sagte er. Dann zwinkerte er mir zu. »Aber psst!«

Ich lächelte. Gemeinsam standen wir im Sonnenuntergang, schauten auf die waldbedeckten Hügel und gaben Paulsen seniors Raucherbein geschwisterlich den Rest.

Wenn der Postmann zweimal klingelt

Dienstag, 26. April, um 14:19 Uhr

Der Vormittag verlief ganz ruhig und wie immer. Ich langweilte mich ein bisschen und schob in Ermangelung eines spektakulären Großauftrags ein paar Dateien über den Rechner, spitzte Bleistifte, sortierte Heftklammern nach Farbe, Größe und Gewicht, säuberte die Computertastatur, las ein paar Absätze in der *Duden Rechtschreibhilfe für Dummies*, legte einige Kaffee- und Zigarettenpausen ein und plauderte mit anderen Selbstständigen über den Facebook-Chat, als es an meiner Tür klingelte.

Bestimmt nur der Briefträger. Potenzielle Kunden klingeln nie an meiner Tür. Immer nur Leute, die direkt Geld von mir wollen (Lieferung per Nachnahme) oder Briefe bringen. Von Leuten, die Geld von mir wollen.

Ich ging an die Gegensprechanlage und lauschte. »Hallo?«, rief ich auf die Straße. Niemand antwortete. Vielleicht war der Briefträger ja schon hochgegangen?

Frau Kügler aus dem Vierten lässt gerne mal die Tür offen stehen, obwohl die Hausordnung (ja, so was haben wir hier) ein derartiges Benehmen aufs Schärfste verurteilt. Da wir aber nicht im Ländle leben, interessiert die Nichteinhaltung der Hausordnung niemanden, nicht mal den, der die Hausordnung geschrieben hat. Wir haben hier auch keine Kehrwoche. Und kein laminiertes Putzschildchen, das Woche für Woche von Briefkasten zu Briefkasten wandert und der Hausgemeinschaft offenbart, wer im Treppenhaus gerade seinen Putzdienst schwänzt und die göttliche Ordnung sabotiert.

Ich riss die Wohnungstür auf. Da war niemand. Ich lauschte ins Treppenhaus. Kein Briefträger. Dann wohl doch nur ein Klingelstreich. Ich wollte gerade wieder in die Wohnung zurückgehen, als meine Fußmatte ein seltsames Geräusch von sich gab.

»Miahaaa.«

Ich stutzte. Und sah nach unten. Auf meiner Fußmatte stand ein großer Plastikbehälter in Rosa. An den Seiten hatte der Plastikbehälter Schlitze. Ein seltsamer Geruch ging von dem Behälter aus.

Ich bückte mich vorsichtig und näherte mich schnuppernd dem Kasten. Zwei dunkle Augen funkelten mich aus der Tiefe an. Dann kam das Geräusch wieder. »Miiiahhahhaha!«

Ach du Scheiße! Ich raste in die Wohnung zurück und schlug die Tür hinter mir zu. Sicherheitshalber hängte ich auch die Kette ein. Und atmete tief durch.

Sydney! Da draußen vor der Tür saß Nadines und Konrads fette Beziehungskatze in einer rosafarbenen Plastikkiste. Ich öffnete die Tür einen Spalt weit. Die Sicherheitskette ließ ich vorsichtshalber vorgelegt. Eine grau behaarte Pfote drückte sich durch einen der Lüftungsschlitze. Sydney wollte raus. Die Bestie wollte ins Freie!

Ich knallte die Tür wieder zu, rannte zum Telefon und drückte die Kurzwahltaste für Konrads Nummer.

Es tutete.

Und tutete.

Dann ging die Mailbox ran.

Ich fluchte laut und legte auf. Da wollte man den Herrn Paulsen *ein Mal* selbst erreichen, und er ging nicht ran. Heiliger Bimbam!

Ich pfefferte das Telefon in die Ecke und schlich zur Tür zurück. Sydneys Pfote ragte immer noch durch den Lüftungsschlitz ins Freie. Im Behälter rumpelte es. Ich hörte ein Maunzen. Dann sah ich, dass die fette Katze sich mit aller Macht gegen die Wand des Tragekorbs stemmte, aus der er seine Pfote streckte. Verdammt. Die Pfote saß fest.

Diese blöde, fette Katze! Und diese schreckliche, schreckliche Nadine! Die konnte doch dieses Katzenmistvieh nicht einfach so bei uns abladen! Ich kochte vor Wut.

Ein erneuter Blick durch den Türschlitz gab mir dann den Rest: Sydney saß schreiend und miauend in dem Tragebehältnis und versuchte verzweifelt, die feststeckende, wohlgenährte Pfote aus dem Lüftungsschlitz wieder herauszuziehen.

Mein Mutterherz begann sich zu regen. Ich entsicherte die Tür und öffnete sie. Sydney jammerte mich an. Ich fingerte nach dem Tragegriff auf der Oberseite des Plastikbehälters und hob den Kasten an. Besser gesagt versuchte ich es. Ich konnte unter Aufbringung aller vorhandenen Kräfte den Kasten gerade mal ein paar Zentimeter vom Boden anheben, da knarzte es einmal bedenklich, und dann brach das Plastikgelenk des Griffes. Der Kasten knallte unsanft auf die Fußmatte zurück. Syndey kreischte. Ich stöhnte. Das Pfötchen ragte zitternd aus dem Lüftungsschlitz.

Wenige Minuten und Schweißausbrüche später hatte ich den Plastikbehälter in die Wohnung geschoben. Mit einem beherzten Griff bog ich die Plastikstäbe auseinander, Sydney zog schnell die eingeklemmte Pfote aus dem Lüftungsschlitz und fing wie besessen an, das Beinchen abzulecken. Ich nutzte den Moment der Unachtsamkeit und kam dem Kasten noch etwas näher. Es roch verdächtig nach Katzenpipi. Ich verdrehte die Augen. Na prima! Ich beschloss, die Katze aus ihrem Gefängnis zu befreien, bis Konrad heute Abend nach Hause kam und sie ins Tierheim brachte. Oder woanders hin. Jedenfalls woanders als hier! Ich wollte keine Katze! Wenn das jemals anders gewesen wäre, hätte ich mir zu gegebener Zeit eine zugelegt!

Fairerweise muss ich an dieser Stelle zugeben, dass ich Haustieren an sich nicht abgeneigt bin, solange sie mich nicht dreimal am Tag dazu zwingen, vor die Tür zu gehen, keinen Stall haben, den man einmal die Woche saubermachen muss, und nicht nur doof im Wasser hin- und herschwimmen und sich nicht streicheln lassen. Aber die abgelegte Katze von Nadine in meiner Wohnung? Da konnte ich mir echt Schöneres vorstellen!

Trotz meiner grundsätzlichen Ablehnung nahm ich mir ein Herz und öffnete die Tür des Kastens. Sydney verkroch sich an den hintersten Rand der Plastikzelle und glotzte mich aus großen Katzenaugen an. Ich kniete mich vor den Plastikbehälter. »Putt, putt, putt!«, machte ich.

Sydney glotzte.

Ich versuchte es mit einem Gurren: »Katzi, Katzi, Katzi!«

Katzi rührte sich nicht.

Nach fünf Minuten beendete ich das Spektakel und verzog mich beleidigt an den Schreibtisch. Dann halt nicht. Blödes Vieh.

Findelkind

Dienstag, 26. April, um 17:39 Uhr

Nach einer halben Stunde kehre ich von meinem beleidigten Trotzsurfen im Internet zurück. Ich habe mich ein bisschen über Moses informiert, seines Zeichens ja ebenfalls ein Findelkind. Moses wurde in einem Weidenkorb an einem ägyptischen Fluss ausgesetzt. Leider scheint Nadine die Geschichte nicht zu kennen. Jedenfalls hat sie auf korrekte Kulisse und Requisiten wenig Wert gelegt.

Ich hocke mich erneut vor den Kasten. Sydney hat sich in der hintersten Ecke verkrochen. Ich versuche, die Katze noch einmal mit liebevollem Gegurre aus dem Käfig herauszulocken. Dann schwenke ich um und sage einmal nachdrucksvoll und mit viel Wumms in der Stimme: »Sydney! Raus da!«

Sydney interessiert das nicht die Bohne. Ich seufze. So wird das nichts, also ziehe ich mir die Schuhe an und flitze in den Supermarkt um die Ecke.

Mich macht Essen gefügig. Was bei mir also recht ist, soll bei der Katze nur billig sein.

Billig wird's dann aber leider nicht, denn ich gerate in einen Kaufrausch. Ich kaufe das teuerste Katzenfutter in sieben verschiedenen Geschmacksrichtungen, Katzenmilch, Katzengras, und Katzenschokolade. Außerdem eine aufziehbare Maus, einen Kratzbaum, einen klingelnden Gummiball, ein Halsband, ein Körbchen, ein weiteres Körbchen und eine Bürste für Sydneys empfindliches Haar.

Im Einkaufswagen schiebe ich meine erstandenen Güter nach Hause. Dort beginne ich sofort mit dem Aufbau des Kratzbaums, dann arrangiere ich ein Schälchen des Katzenfutters (Forelle blau an blanchiertem Brokkoli) auf einem Tellerchen. Hm. Dafür, dass die Verpackung ein Schlemmermenü von Johann Lafer verspricht, sieht das hier aber verdächtig nach ganz gewöhnlichem Katzenfutter aus.

Ich richte die Fleischbrocken in »leckerem Jelly« (so steht's auf der Packung, ich würde es ja stinknormalen Glibber nennen) soweit möglich adrett an und garniere das Ganze mit ein paar Schnittlauchästlein des wiederbelebten Eberhard. Sieht doch gar nicht so schlecht aus!

Mit meinem Tellerchen laufe ich zurück ins Wohnzimmer und knie mich vor Sydneys Zelle. Ich schiebe das Futter in den Kasten. Die Katze versucht, mich zu ignorieren, aber das Näschen verrät sie. Sie schnuppert. Ha. Ick freu mir. Hab ich es doch gewusst, mit Speck fängt man Mäuse. Ich fühle mich Sydney spontan verbunden.

Die Katze beginnt, am Teller zu schnuppern. Ich ziehe ihn langsam ins Freie. Sydney hinterher.

Als die Katze ihre gewaltigen Körper endlich vollständig aus dem Körbchen gezwängt hat, schließe ich schnell die Tür, damit sie sich nicht wieder verstecken kann. Dann lasse ich Sydney in Ruhe fressen.

Im Anschluss begleite ich sie bei ihrer Wohnungsbesichtigung. Sie inspiziert jedes noch so kleinste Fleckchen in meiner Wohnung, schnüffelt an Konrads Maulwurfshügeln und trinkt Katzenmilch, die ich ihr in einem Schälchen in der Küche kredenze. Nachdem Sydney die Umgebung gecheckt und für zwar nicht ganz so erstklassig wie vorher, aber doch für annehmbar befunden hat, tippelt sie lautlos ins Wohnzimmer und rollt sich auf einem von Konrads Kleiderbergen zusammen. Dann maunzt sie kurz und beginnt leise zu schnurren.

Ich bin zufrieden. Ich bin eine gute Katzenmama! Sydney ist satt, zufrieden und legt eine kleine Siesta in der Nachmittagssonne ein. Ich tue es ihr gleich und lege mich aufs Sofa. Ein bisschen Müßiggang hat ja noch niemandem geschadet.

Böses Erwachen

Mittwoch, 27. April, um 08:21 Uhr

»WAS SOLL DENN DER SCHEISS?!«

Kaum hatte ich mich gestern für gefühlte zwei Minuten intensiven Powernappings niedergelegt, als ich unsanft von einer mir sehr bekannten Stimme geweckt wurde. Ich schrak vom Sofa hoch. Konrad stand im Wohnzimmer, inmitten von Maulwurfshügeln und verstreut herumliegendem Katzenspielzeug. Er war stinksauer. Aus dem Augenwinkel sah ich gerade noch Sydney, die wie ein geölter Blitz durchs Zimmer und direkt unters Sofa flitzte. Auf dem ich mit meiner schönsten Unschuldsmiene saß.

»Das blöde Vieh hat mir die ganze Wäsche vollgepisst!«, motzte Konrad, in der Hand ein hellblaues Hemd, auf dem ein verräterischer Fleck prangte.

Ich ging im Geiste meine Einkäufe vom Nachmittag durch. Da fiel es mir siedend heiß ein. Katzenklo hatte ich keines gekauft. Ups.

Pandabärchen

Samstag, 30. April, um 09:22 Uhr

»Der Kater muss weg!«

Konrad und ich führen seit drei Tagen dieselbe Diskussion. Zunächst einmal hat er mich belehrt, dass Sydney ein Kater und keine Katze ist. Oh, Verzeihung! In einem Haushalt, in dem Political Correctness ganz oben steht, kann man sich so etwas natürlich nicht leisten. Aber wenn wir schon kleinlich sind: Sydney ist gar kein richtiger Kater, sondern genau genommen ein Wallach-Kater. Schnippschnapp, Spätzle ab. Wahrscheinlich hatten die frischgebackenen Katereltern ausufernde Unterhaltsklagen von Katzenmamas aus der Umgebung befürchtet, jedenfalls wurde Sydney frühzeitig kastriert und infolgedessen fett. Die alte Geschichte. Essen ist der Sex des Alters.

Bei Konrads und meinem Streitgespräch benutzen wir seit drei Tagen exakt dieselben Sätze und bewegen uns keinen Zentimeter von der Stelle. Konrad also, wie erwartet ein Korinthenkacker, folgt den Anweisungen des Drehbuchs und sagt, wie schon die drei Tage zuvor: »Das ist keine Katze, das ist ein Kater.«

Ich verdrehe die Augen. »Was tut denn das zur Sache?«

Konrad seufzt tief und theatralisch. »Juli, DU wolltest den Kater doch nicht haben. Was ist denn bloß in dich gefahren?«

»Pah, das frage ich dich«, gebe ich zurück. »Wieso willst du ihn plötzlich nicht mehr? Als Nadine ihn wollte, hast du sicher nicht so ein Drama daraus gemacht!«

Ja. Okay. Ich gestehe: Der Konflikt um Sydney ist eigentlich vollkommen ausreichend. Total unnötig, noch ein weiteres Fass aufzumachen. Aber wenn wir gerade mal dabei sind …

»Aber genau das ist doch das Problem! Nadine wollte den Kater. Ich nicht. Und ich habe mich überreden lassen, weil ich wusste, dass sie ihn sich so sehr gewünscht hat. Und dann hatte ich das Vieh unentwegt an der Backe. Nadine hat sich kein bisschen darum gekümmert.«

Ah, die Diskussion kenne ich. Die habe ich vor geschätzten zwanzig Jahren schon mit meiner Mutter geführt, als ich ein Kaninchen haben wollte, meine Mutter aber aus – wie sich später herausstellte, vollkommen berechtigter – Angst, dass sie in Zukunft ganz alleine für Meister Lampe zuständig sein würde, ablehnte. Doch ich war immer schon hartnäckig, und das Kaninchen starb auch erst sechs Jahre später. Wie meine Mutter bis heute behauptet, an sozialer Vereinsamung.

»Darüber musst du dir keine Gedanken machen. Die Katze ist meine Baustelle! Ich kümmere mich um alles, versprochen!«

Konrad stöhnt auf.

»Das dumme Vieh hat mir immer die Hemden vollgepinkelt! Und er macht es schon wieder!«

»Ließe sich verhindern, wenn die nicht überall rumlägen.« Nein, den konnte ich mir nicht verkneifen.

»Das gibt's doch nicht!«, rief Konrad aufgebracht. »Zum

zweiten Mal muss ich mich von einer Frau überreden lassen, dieses alberne Fellknäuel in meine Wohnung zu lassen. Ich werde das Gefühl nicht los, dass mich der Kater verfolgt!« Er wirft einen giftigen Seitenblick auf Sydney, der die aufgeregte Diskussion auf der Küchenbank sitzend mitverfolgt.

»Kater des Teufels«, zischt Konrad, und Sydney zuckt abschätzig mit einem Ohr. Sein Blick weicht keinen Millimeter von meinem Wurstbrot, das unberührt auf meinem Teller liegt. Ich kann einfach nicht anders, ich *muss* mich diesem Kater verbunden fühlen.

Trotzdem ist Konrads Frage berechtigt: Was ist eigentlich in mich gefahren?

Ein Kater. Ein fetter, genau genommen. In den letzten Tagen habe ich zunehmend Gefallen daran gefunden, tagsüber nicht mehr allein zu sein. Ich war monatelang all by myself, da ist ein bisschen Gesellschaft – und sei sie nur von einem Kater – eine gelungene Abwechslung in meinem Selbstständigenalltag.

Sydney und ich frühstücken morgens zusammen, er das geldbeutelsabotierende Katzenfutter von Schmusy, ich ein paar figursabotierende Brote mit Nutella. Dann rauchen wir eine Zigarette, gehen ins Arbeitszimmer, starten den Rechner und suchen uns Arbeit. Gegen elf machen wir einen Powernap auf dem Sofa, dann gibt's auch schon wieder Mittagessen. Ich richte ihm sein Fressen, das mit Sicherheit drei Katzenmichelinsterne verdient hätte, ein paar Kräuter daneben, und ich fühle mich ein bisschen wie die hübsche Frau mit dem grauen Mohairpullover aus der Werbung, die der hübschen grauen Katze das köstliche Mahl auf einem achteckigen schwarzen Tellerlein serviert und das Diner anschließend mit ein paar Chopin-Sonaten am Klavier begleitet. Die hübsche Katze, wenn gesättigt, flaniert zur Pianistin hinüber, hüpft auf ihren Schoß, dann auf die Tasten, und gemeinsam geben sie ein vierhändiges Stück von Mozart zum Besten. Das hat Stil! Das hat Klasse!

In Ermangelung eines Klaviers und ausreichender musikalischer Begabungen mache ich für Sydney immer das Radio an oder pfeife »Für Elise«. Sydney stört's nicht weiter, auch wenn er nach dem Fraß nicht aus Dankbarkeit auf das Radio springt, um sich von mir streicheln zu lassen. Alles in allem sind wir aber ein gutes Team.

Und nun will Konrad Sydney abschieben. Entweder zu Nadine, die ihn nicht mehr haben will, oder in ein Tierheim, was ich nicht haben will. Ich habe mich informiert. Ich war sogar beim Tierschutzbund! Und so toll die Arbeit vom Tierschutzbund und das Engagement vom städtischen Tierheim auch sind: Mein Kater wird da nicht hingehen! Nein, nixda, njet! Nur über meine Leiche!

Im Tierheim war's ganz schlimm. Da fiepsten mich siebzehn Hunde aller Größen und Couleurs durch die Gitterstäbe ihrer müffelnden Käfige an. Ein kleiner, abgemagerter Jack Russell presste seinen Kopf sogar durch die Stäbe und jaulte ganz herzzerreißend. Den Katzen ging's zwar ein bisschen besser, aber trotzdem sah ich das eine oder andere angeknabberte Ohr, zerrupfte Felle und diesen gebrochenen, trüben Blick, den Tiere im Heim immer haben.

Und ich sollte Sydney, mein kleines Pummelchen, mein graues Schmusekätzchen, meinen zart besaiteten Stubentiger dort hinbringen? Niemals!

»Und wenn du meinst«, unterbricht Konrad meinen stillen Monolog, »dass die ganzen Aufkleber hier was bringen, dann muss ich dich leider enttäuschen!«

Mist. Aus dem Tierheim habe ich einen großen Stapel »Ein Herz für Tiere«-Aufkleber mitgenommen und sie anschließend flächendeckend in der ganzen Wohnung verteilt. Auf dem Kühlschrank, am Spiegel, auf dem Klodeckel, an der Innenseite des Kleiderschranks: Überall klebt jetzt gut sichtbar ein etwa handflächengroßes, knallrotes Herz. Das »Ein Herz für« hab ich stehen lassen, »Tiere« hab ich mit Edding durchgestrichen und durch »Sydney« ersetzt. Eigentlich wollte ich auch noch ein Banner und ein paar T-Shirts bedrucken, Flugzettel verteilen und mit einem Megafon vor dem Haus eine Demonstration veranstalten, aber das hat mir Mona dann doch ausreden können.

»Konrad«, beginne ich, denn das Drehbuch sieht vor, dass ich es jetzt zum hundertsechsundvierzigsten Mal erkläre, »das Tierheim ist keine Option. Das sind wirklich unmenschliche Bedingungen da!«

Konrad lacht auf. »Unmenschlich vielleicht, aber schließlich soll der Kater da hin, nicht du!«

Ich seufze. Dieser unbelehrbare Mann! »Du kannst dir das nicht vorstellen! Da sitzen all diese abgemagerten, frierenden, durstigen Tiere und schauen dich mit ihren großen, verhungerten Augen an.« Ich reiße die Augen auf, um die Wirkung zu verstärken. »Fast wie die kleinen Kinder in den Broschüren von *Brot für die Welt*!«

Mein Freund schüttelt verzweifelt den Kopf: »Juli …«

»Nein«, unterbreche ich ihn, »unterbrich mich nicht! Ich bin noch nicht fertig.«

Konrad seufzt.

Ich betrete beherzt und mit bebender Brust die Bühne. »Diese kleinen, verzweifelten Tiere! Du hättest das wirklich sehen müssen! Genau genommen kannst du dich glücklich schätzen, dass ich Sydney nicht nur nicht dort hingebracht habe, sondern dass ich nicht auch noch alle Tiere mit hier hergenommen habe!«

Konrad sieht mich erschrocken an. »Sag mal, das ist jetzt aber nicht dein Ernst, oder?«

Melodramatisch schüttele ich den Kopf. »Das war so

schrecklich! Die kleinen Pfoten! Das Winseln! Diese kargen, trostlosen Käfige! Man konnte richtig sehen, wie sehr die Tiere leiden. Alles nur Beton, Eisenstäbe und Elend.«

Gut, das ist jetzt ein bisschen übertrieben. Im Tierheim herrschten zwar keine paradiesischen Zustände, aber so schlimm war es dann doch nicht. Aber das muss Konrad ja nicht wissen.

»Es war kalt! Es gab keine Spielsachen! Kein Tageslicht! Die Pflegerin sagte mir, dass die Hunde manchmal nur einmal am Tag rausdürfen. Stell dir das mal vor!« Meine Stimme beginnt zu zittern. Meine Rede ist so bestechend, ich könnte einem Zebra glatt die Streifen ausreden. »Und die Pandas …«

Mein Freund, der mich bisher mit leicht schräg geneigtem Kopf und skeptischem Blick betrachtet hat, merkt auf. »Im Tierheim gibt's Pandas?«

Öhm … Nee. Also, genau genommen gibt's da keine Pandas, selbst im hiesigen Zoo nicht, soweit ich weiß. Mist. Da bin ich wohl übers Ziel hinausgeschossen. Ich habe so viel im Internet recherchiert, da haben sich wohl ein paar Bilder von hungrigen Pandabärchen zwischen meine Erkenntnisse geschoben. Ich wechsle lieber schnell das Thema und ziehe meinen letzten Trumpf aus der Tasche.

»Außerdem bin ich in die Tierschutzpartei eingetreten.«

Konrad sieht mich sehr lange an und schweigt. Ist mir egal. Soll er mich doch für verrückt erklären. Ich hab mich mit dem Thema auseinandergesetzt, und ich bin ein leidenschaftlicher Mensch! Sydney kann meinetwegen – auch wenn es mir das Herz brechen wird – in einer anderen Familie leben oder wieder bei Nadine, aber er kommt NICHT ins Tierheim!

Ich fange an zu schmollen und schiebe die obligatorische Unterlippe nach vorne.

Da bricht mein Freund in schallendes Gelächter aus. Er lacht so laut, dass Sydney erschrickt und panisch aus der Küche rennt. Konrad krümmt sich vor Lachen, hustet, keucht, und noch während er unter schlimmen Lachtiraden versucht, sich aufzurichten, zieht er mich an sich und umarmt mich. Er gibt mir tausend Küsse, auf den Kopf, ins Gesicht, auf den Mund, er drückt mich fest, guckt mich an, lacht wieder, knuddelt mich, bis mir die Luft ausgeht.

»Juli«, röchelt er. »Du bist so bescheuert! So bescheuert großartig, das gibt's gar nicht!«

Dann küsst er mich wieder auf jede freie Stelle im Gesicht, die er finden kann. Als er nach einigen Minuten fertig gelacht hat, sagt er: »Wir machen das so: Ich rufe Nadine noch mal an und sage ihr, dass das so nicht geht. Sie kann die Katz…«

»Den Kater«, unterbreche ich.

»… den *Kater* nicht einfach hier abgeben. Ich sehe nach deinem überzeugenden Vortrag ein, dass Sydney nicht ins Tierheim kann. Aber hier ist ja wohl auch suboptimal, oder?«

Ich nicke schüchtern. Suboptimal ist immerhin ein Anfang.

Mai

Mi casa es su casa

Sorgerecht

Montag, 2. Mai, um 17:45 Uhr

Auftritt Raubkatze. Fünf Tage lang hat Nadine Konrads Anrufe ignoriert, aber irgendwann hat es dann also doch geklappt. Und jetzt ist sie hier, steht in meinem Flur und sieht sich angeekelt um. Stubentiger Sydney sitzt mit skeptischem Blick auf der Anrichte (da darf er natürlich eigentlich nicht sitzen, das hatten wir besprochen) und legt den Kopf schief. Vielleicht hat er sich mittlerweile an sein neues, nicht ganz so durchgestyltes Frauchen gewöhnt. Vielleicht weiß er, was er an mir hat, nachdem ich mich so für ihn eingesetzt habe – jedenfalls zeigt er keine nennenswerte Wiedersehensfreude. Was mich wiederum ganz außergewöhnlich freut.

»Hier wohnst du also?«, fragt Nadine Konrad und lässt ihren Blick schweifen.

Ich schiebe mit meinem rechten Fuß eine getragene Unterhose von Konrad unter die Anrichte hinter mir.

»Wir«, sagt Konrad.

»Wir plus Kater«, sage ich.

»Ich kann ihn nicht zurücknehmen«, stellt Nadine mit Achselzucken fest.

Konrad verkneift den Mund. Seine Augenbrauen wandern eifrig hoch und runter, das heißt immer so viel wie: Achtung, gleich klatscht's, und zwar keinen Beifall. »Und«, presst er mit zittriger Stimme hervor, »wieso kann der Kater nicht zurück?«

»Weil Olaf und ich zusammenziehen.«

Kurze Stille. Konrad zieht die Luft zwischen den Zähnen ein. »Dann könnt ihr eben nicht zusammenziehen.«

»Das«, säuselt Nadine, und ihr Ton wird schlagartig süffisanter, »steht leider außer Frage. Olaf hat mir nämlich«, sie macht eine dramatische Kunstpause und wirft ihr Willewallehaar in den Nacken, »einen Heiratsantrag gemacht.«

Stille. Konrad ist sichtlich schockiert. »Nach … Entschuldigung … Wie lange seid ihr zusammen? Zwei Monate?«

»Na ja, eigentlich kennen wir uns ja schon länger.« Nadine macht einen Schmollmund und Kulleraugen. »Falls du dich erinnerst …«

Konrad erinnert sich. Olaf war der Typ, mit dem Nadine schon mal fremdgegangen war und für den sie Konrad verlassen hatte.

Mein Freund ist kurz vorm Explodieren. Ich rechne jeden Moment damit, dass weißer Rauch aus seinen Ohren aufsteigt und ein lautes *TUUUT-TUUUT* im Lokomotivstil ertönt.

An Nadine scheint das sang- und klanglos vorbeizuziehen. »Olaf ist eben nicht so …«, sie stockt und wirft Konrad einen todesverachtenden Blick zu, »zögerlich wie du.«

Na prima. Eigentlich war der Plan, Nadine den Kater in die Hand zu drücken und sie dann verschwinden zu lassen. Also, das war Konrads Plan. Meiner nicht. Ich möchte Sydney, trotz anfänglicher Bedenken, nun wirklich gerne hierbehalten, denn irgendwie peppt er meinen manchmal recht eintönigen Alltag doch enorm auf. Er isst meine Radiergummis, pinkelt in die Yuccapalme und spielt mit der Computermaus. Ich habe alle Hände voll damit zu tun, ihn davon abzuhalten, meine Manuskripte anzuknabbern. Aber abends, wenn ich mit Konrad vor dem Fernseher sitze, rollt sich Sydney auf meinem Schoß zusammen und lässt sich von mir streicheln. Das ist schön, auch wenn mir von seinem Gewicht schon nach kurzer Zeit die Beine einschlafen. Sydney soll nicht wieder verschwinden, jetzt, wo wir uns gerade aneinander gewöhnt haben und zarte freundschaftliche Bande knüpfen. Insofern kommt mir Nadine mit ihren Hochzeitsplänen doch recht gelegen. Wenn man mal davon absieht, dass diese Neuigkeit bei Konrad bestimmt wieder eine mittlere Sinnkrise auslöst.

»Und außerdem«, sagt Nadine und sieht auf die siebenunddreißig »Ein Herz für Sydney«-Aufkleber, die unübersehbar überall hängen, »scheint Juli ja eine große Tierfreundin zu sein.«

Konrads Blick in meine Richtung spricht Bände: Schönen Dank auch! Dann seufzt er. Ich seufze mit, denn ich weiß in diesem Moment: Die Entscheidung ist gefallen. Der Kater darf bleiben. Wenn ich mit Sydney jetzt alleine wäre, würde ich ihm die Hand zum High Five hinhalten. Hosianna!

Alimente

Dienstag, 3. Mai, um 08:23 Uhr

Nadine und Konrad verzogen sich in die Küche und handelten das Kleingedruckte aus. Konrad übernahm Sydney, dafür stimmte Nadine einem finanziellen Abschlag für die gemeinsam angeschafften Möbel zu. Ich lauschte an der Küchentür und war ein wenig entsetzt, als ich mitbekam, dass Konrad ihr bereitwillig die Küchenmaschine, den farbig leuchtenden Duschkopf und den Flachbildfernseher überließ. Nicht dass ich eine Küchenmaschine, einen farbig leuchtenden Duschkopf oder einen Flachbildfernseher benötigte, aber hier ging's doch ums Prinzip!

Konrad sah das allem Anschein nach anders. Als Nadine gegangen war, kam er ins Wohnzimmer, wo ich mich nach der

Abhöraktion zurückgezogen hatte und mit Sydney »Fang den Radiergummi« spielte.

Er sah erleichtert aus. »Grundgütiger. Zum Glück ist das leidige Thema endlich abgehakt.«

Ich war ein bisschen verstimmt. Konrad hatte sich von der Alten echt über den Tisch ziehen lassen. Erneut kam mir sein flexibles Rückgrat in den Sinn.

»Findest du nicht, du bist ihr etwas zu sehr entgegengekommen?«, maulte ich.

Konrad zuckte mit den Schultern. »Nö. Ich bin froh, dass das endlich geklärt ist. Die Sachen gefielen mir ohnehin nicht besonders, war alles eher Nadines Geschmack.« Na ja. Kein Grund, gleich Geld aus dem Fenster zu schmeißen. »Und außerdem habe ich wirklich gar keine Lust, mich wegen eines Stabmixers mit ihr zu streiten.« In der Logik eines Mannes durchaus überzeugend. Konrad weiß wahrscheinlich noch nicht mal, wie ein Stabmixer aussieht, geschweige denn was er wert ist. »Und sieh es mal so: Für die fünftausend Euro kann man sich eine Menge neuer Sachen kaufen.«

Fünftausend Euro? Entschuldigung, aber das war ja fast mein Jahreseinkommen!

»Und damit war sie einverstanden?«

Konrad nickte. »Ja, sie scheint wohl froh zu sein, dass die Sache mit dem Kater geklärt ist, da war ihr am Ende jedes Mittel recht.«

Hm, hm. Und was war mit der Verlobung? Am liebsten wollte ich sie totschweigen und so tun, als gäb's das Thema nicht, aber da ich mir vor nicht allzu langer Zeit mal vorgenommen hatte, meine Rabattmarkenheftführung einzustellen und Probleme direkt anzusprechen, wagte ich mich todesmutig an die nächste Frage. »Stört dich das mit der Verlobung?«

»Nicht die Bohne!« Konrad grinste. »Ehrlich, ich bin froh drum. Dieser Olaf wird hoffentlich wissen, was er tut.« Er schüttelte den Kopf und ließ sich neben mir aufs Sofa plumpsen. »Armer Irrer.«

Klippe sauber umschifft. Ich konnte nicht anders, als Konrad einmal pädagogisch wertvoll auf den Arm zu tätscheln. Gut gemacht.

Ein Geräusch aus der gegenüberliegenden Zimmerecke unterbrach unser Gespräch. Hörte sich nach einem Würgen an. Konrad und ich reckten die Hälse und konnten gerade noch sehen, wie Sydney auf einen der Papierstapel reiherte, die rund um Konrads Schreibtisch verteilt lagen.

Konrad schnüffelte. »Wildgans an sautierten Erbsen.«

Ich seufzte tief: »Na dann.«

Wer ist hier der Boss?

Freitag, den 6. Mai, um 08:15 Uhr

Irgendwas hat sich verändert. Und ausnahmsweise mal zum Positiven. Bin ich ja nicht unbedingt gewohnt – ich, der das Chaos wie ein Kaugummi permanent an der Schuhsohle klebt.

Konrad blüht auf. Ich glaube, die finale Verhandlung der Besitztümer mit Nadine hat ihm wirklich gutgetan. Und auch Sydney gegenüber ist er nicht mehr ganz so unfreundlich. Gestern habe ich ihn sogar dabei erwischt, wie er ihn heimlich gestreichelt hat. Ha! Wenn das keine sensationellen Entwicklungen sind, weiß ich auch nicht. Hat bestimmt auch damit zu tun, dass ich mich – zumindest, bis sich der Trubel um den Neuankömmling gelegt hat – vorbildlich um die Reinigung des Katzenklos, das Zubereiten der Schmusy-Mahlzeiten mit Radiomusik und sogar das Wegwischen des gelegentlich Erbrochenen von Sydney kümmere. Zumindest vorerst.

Sydney genießt das Familienglück und hat seinen Platz in der natürlichen Hackordnung schon gefunden: ganz oben. Er führt ein strenges Regiment. Um 6.30 Uhr wird aufgestanden, denn da hat Sydney Hunger. Unabhängig davon, wann er zuletzt eine egal wie große Portion verschlungen hat: Um halb sieben wird gefressen, da kennt der Kater kein Pardon. Ansonsten wird gejammert oder an der Tapete gekratzt. Konrad und ich wechseln uns mit dem Kinderdienst ab, jeden Tag muss ein anderer früh aufstehen. Meistens Konrad, denn mir macht Sydneys Geheule weniger aus. Und außerdem muss ich den Kater die restliche Zeit des Tages alleine bespaßen.

Wenn Konrad aus dem Haus ist, machen Sydney und ich Katzenwäsche, dann folgt der obligatorische Morgensport. Sydney und ich specken jetzt nämlich ab. Das heißt Sydney spielt viel mit aufziehbaren Mäusen, klingelnden Bällen und baumelnden Gegenständen jedweder Art und bewegt sich dabei sehr viel. Ich sehe dabei zu und achte darauf, dass er seine Gymnastikübungen korrekt ausführt. Danach ruhen wir uns ein bisschen aus, Sydney betreibt Fellpflege, ich mein kleines Familienunternehmen, um 13.00 Uhr machen wir Mittagessen und eine halbe Stunde Siesta. Am Nachmittag entspannen wir vorwiegend in der Frühlingssonne, wenn ich nicht gerade einen dringenden Auftrag zu bearbeiten habe. Um 18.00 Uhr ist dann Feierabend.

Sydney besteht darauf, bei uns im Schlafzimmer zu nächtigen. Konrad und ich haben schon einige Diskussionen mit ihm geführt, aber es ist ihm einfach nicht auszutreiben. Gestern Abend, als Konrad und ich unseren außerehelichen Pflichten nachgehen wollten und gerade anfingen, aneinander rumzuschrauben, wurden wir von einem sehr unappetitlichen Schmatzen unterbrochen, das eindeutig weder von meinem Liebsten noch von mir kam: Sydney hatte sich aufs Fußende des Bettes geschlichen und leckte sich alle erdenklichen Körperteile. Lautstark.

Ich lächelte Konrad an, wir knutschten weiter. Die Schmatzgeräusche nahmen zu. Konrad unterbrach unsere Versuche der körperlichen Vereinigung erneut und versuchte, den Kater mit einem beherzten »Sch-scht!« zu verscheuchen. Sydney blieb von Konrads Gebaren vollkommen unbeeindruckt. Der wand sich mir wieder zu. »Kannst du so?«

Ich schüttelte den Kopf. Konrad löste sich aus unserer Umklammerung und jagte den Kater vom Bett.

Als wir es uns wieder ein bisschen muckeliger gemacht hatten und gerade in Fahrt kamen, bemerkte ich irritiert, dass wir beobachtet wurden. Ich blickte nach links. Da saß Sydney auf der Kommode und glotzte uns unverhohlen an. Konrad bemerkte meinen Blick und folgte ihm. Dann seufzte er und rollte sich von mir runter. »Ich kann nicht, wenn der Kater zuschaut!«

Ich musste lachen.

Konrad und ich führten den Beischlaf an diesem Abend nicht mehr aus. Aber als wir so dalagen, ich in seinem Arm, an ihn gekuschelt, da hüpfte plötzlich etwas sehr Plumpes, Schweres aufs Bett und quetschte sich zwischen meinen und Konrads Körper. Sydney. Er rollte sich in der Kuhle zwischen uns zusammen und begann zu schnurren. Und Konrad sagte: »Ach, ihr zwei. Meine kleine Familie.«

Und ich war sehr, sehr glücklich.

Ich packe meinen Koffer

Dienstag, 10. Mai, um 13:41 Uhr

Heute rief mich Konrad mal wieder bei der Arbeit an. Na klar.

»Hi, Baby!«, zwitscherte er ins Telefon.

Baby grüßte brav zurück und räusperte sich dann: »Was gibt's?«

»Ich brauch ganz schnell 'ne Antwort von dir!«

Schnell klang vielversprechend. Es würde also kein Dreißig-Minuten-und-was-machst-du-gerade-so-Gespräch werden.

»Okay«, sagte ich, »raus damit, ich bin bereit.«

Konrad kicherte. »Hast du Lust, in Urlaub zu fahren?«

Blöde Frage. Natürlich hatte ich Lust, in Urlaub zu fahren, zeig mir den Menschen, dem das anders geht.

»Na klar!«, antwortete ich deswegen gut gelaunt.

Urlaub. Das klang gut. Das klang nach Entspannung, nach Ruhe, nach … Urlaub halt.

»Einziges Problem«, räumte Konrad ein, »es wäre ein spontaner Urlaub.«

Das war kein allzu großes Problem, jedenfalls nicht für mich. Ich frotzelte: »Moment, da muss ich gerade mal kurz meinen Chef fragen.« Kleine Kunstpause. »Ja, er hat gesagt, das ist kein Problem.«

»Prima!«, jubelte Konrad.

»Wie spontan ist denn spontan?«, hakte ich nach.

Konrad sagte: »Nächste Woche geht's los!«

Mir fiel alles aus dem Gesicht. SO spontan? Also, jetzt war ich doch ein wenig verdattert. Nicht dass ich nicht spontan wäre. Jeder wollte spontan sein, spontan war gut, spontan war sympathisch, keiner hatte Lust, so ein Sesselfurzer zu sein, der für jedes Abendessen den Terminkalender zücken musste. Ich war spontan. Sehr sogar. Man sollte mir nur rechtzeitig vorher Bescheid geben.

Ein Schloss am Wörthersee

Mittwoch, 11. Mai, um 08:52 Uhr

»KÄRNTEN?«

Gestern Abend offenbarte mir Konrad die klitzekleine Fußnote in dem bis dahin so hoffnungsfrohen Spontanurlaubsplan. Er wollte Urlaub in Österreich machen. Am Wörthersee!

»Wie kommst du denn auf Kärnten? Ich dachte, wir fahren irgendwo hin, wo ... wo ... ja, irgendwohin, aber nicht nach Kärnten!« Ich starrte Konrad fassungslos an.

Der zuckte mit den Schultern. »Juli, ich würde jetzt auch nicht ins Reisebüro stiefeln und nach einer Woche Kärnten verlangen, aber was soll ich machen?«

»Was soll das heißen: ›Was soll ich machen?‹« Ich war wirklich angefressen. »Ist dir erst bei der Reservierungsbestätigung aufgefallen, dass du einen Urlaub in Kärnten gebucht hast, oder was?«

»Quatsch«, sagte Konrad, und dann bekam seine Stimme diesen ganz leicht verharmlosenden Klang. »Ich hab es mir ja auch genau genommen gar nicht ausgesucht.«

Jetzt verstand ich nur noch Bahnhof.

Konrad erklärte es mir. »Meine Eltern fahren einmal im Jahr nach Velden am Wörthersee. Sie sind da schon seit Jahren in ein und demselben Hotel. Meine Mutter ist doch so ein großer Fan von Roy Black.« Ja. Passt. »Aber meinem Vater geht's nicht so gut, er muss noch mal ins Krankenhaus, wegen seines schlimmen Beins.«

Das schlimme Bein hatte ich auch schon kennengelernt. Und wenn mich der Umstand, dass Bertholt Paulsen deswegen ins Krankenhaus musste, nicht so traurig gestimmt hätte, hätte ich bestimmt über den seltsamen Ausdruck gelacht. Das verkniff ich mir jetzt aber. Pietät war mir heilig. Also meistens. Und wir Raucher mussten zusammenhalten.

»Also, deine Eltern können nicht in den Urlaub fahren«, schlussfolgerte ich mit detektivischem Spürsinn.

»Genau«, antworte Konrad. »Und deswegen hat mich meine Mutter gefragt, ob wir nicht fahren wollen.«

Ich überlegte. Urlaub war immerhin Urlaub. Ob im Bergischen Land, in Kärnten oder auf den Seychellen. Na ja, einen kleinen Unterschied gab es dann wohl doch, aber mir fiel gerade einfach kein wirklich guter Grund ein, um Konrad eine Absage zu erteilen. Aber so richtig begeistert war ich vom Paulsen'schen Theorem nicht: Ich sollte den Urlaub von Günther auftragen. Irgendwas passte da nicht.

»Haben deine Eltern keine Reiserücktrittsversicherung abgeschlossen?«

Konrad schüttelte den Kopf. »Leider nicht, sie buchen immer direkt vor Ort im Hotel – ganz ohne Reisebüro.«

Mist. Ich suchte weiter nach dem Haar in der Suppe. »Und was macht man da so? In Velden am Wörthersee? Da sind doch nur Rentner!«

»Quatsch«, versuchte Konrad, mich zu beruhigen, »da sind vor allem ganz viele Familien.«

Na prima! Das wurde ja immer besser!

»Gibt es denn wenigstens ein Roy-Black-Museum?« Das wäre immerhin so trashig, dass man es sich angucken müsste.

»Nein, das ist in Dortmund«, schoss es aus Konrad wie aus der Pistole. Auf meinen fragenden Blick sagte er schüchtern: »Meine Mutter hat mich mal da hingeschleppt.«

O Gott! Schlimme, schlimme Bilder von Günther, die einen

Roy-Black-Bravo-Starschnitt in Lebensgröße anschmachtete, kamen mir in den Sinn. Nicht gut. Gar nicht gut.

Ich startete einen weiteren Versuch: »Aber du hast doch gar nicht frei?«

Aber Konrad hatte frei. Sein Chef hatte ihm heute früh bereits gesagt, dass ein spontaner Kurzurlaub gar kein Problem sei.

Und mir schwammen die Felle weg. Mir fiel nun langsam, aber sicher wirklich kein guter Grund mehr ein, warum wir den Urlaub nicht antreten sollten. Da kam Sydney in den Flur geschlichen und maunzte herzerwärmend.

»Sydney!«, rief ich und gratulierte mir zu der Entscheidung, diese Wuchtbrumme von Kater bei mir aufgenommen zu haben. »Sydney können wir aber nicht alleine lassen!«

»Unsinn«, wischte Konrad meinen Einwand beiseite. »Sydney war oft alleine, wenn Nadine und ich verreist sind. Dann kam immer eine von Nadines Freundinnen vorbei, um ihn zu füttern und das Katzenklo sauberzumachen. Der kann ganz gut alleine.«

Gut. Ich wedelte mit der weißen Fahne. Konrad hatte eindeutig die besseren Argumente.

Also fahren wir an den Wörthersee.

Reisefieber

Freitag, 13. Mai, um 22:49 Uhr

Die Koffer sind gepackt. Der Kühlschrank ist von verderblichen Lebensmitteln befreit und mit dem guten Katzenfutter von Schmusy gefüllt (eine Wiedergutmachung für Sydney, wenn wir ihn schon sich selbst überlassen). Eberhard ist gegossen. Beide sind von mir ausführlich gebrieft worden und haben einen Zettel mit Notfallnummern erhalten. Mona hat den Schlüssel und wird einmal am Tag zur Katzenpflege vorbeischauen. Eigentlich halte ich Tine und Cora für die zuverlässigeren Zeitgenossen, aber Tine hat eine schlimme Katzenhaarallergie und Cora eine Weiterbildung in Hamburg. Bleibt also nur Mona. Na ja, die wird das Kind schon schaukeln. Oder besser: Sydney.

Das Datum schreckt mich ein bisschen. Freitag, der Dreizehnte. Na ja, wird schon schiefgehen. Viel kann ja nicht passieren, und wir fahren ja auch erst morgen früh los. Um halb fünf, das hat Konrad so beschlossen. Meine lautstarken Beschwerden wurden mit einem einfachen Kommentar abgebügelt: »Kannst ja im Auto schlafen.«

Ich habe mich für die unchristliche Abfahrtszeit revanchiert und alle CDs aus Konrads Auto gegen Roy Black ausgetauscht, den es bei Schlecker gerade im Angebot gab. Hihi.

Ansichtskarte

Dienstag, 17. Mai, um 22:37 Uhr

Hallo Welt!

Ich melde mich nur kurz vom Rezeptionsrechner unseres familienfreundlichen Hotels in Velden am Wörthersee, dem verschnarchtesten Ort der westlichen Hemisphäre! Das Wetter ist gut, die Leute sind nett, die Kinder laut und die Preise gesalzen, also alles genau wie erwartet.

Unerwartet abwechslungsreich ist das Angebot an Freizeitaktivitäten. Konrad und ich spielen jeden Tag Minigolf,

Boccia und Mau-Mau, haben die Originalspielstätten von *Ein Schloss am Wörthersee* besucht, eine Tretboottour auf dem See und sogar eine Wanderung gemacht. Ich habe absichtlich geeignetes Schuhwerk vergessen, um diese Form der körperlichen Ertüchtigung von vorneherein auszuschließen, aber Konrad zwang mich, in Chucks loszukraxeln. Eine Tour der Qualen, sag ich nur. Ich hab Blasen von hier bis nach Italien. Und so sehr rumgejammert, dass Konrad nicht noch mal gefragt hat.

Ansonsten alles in Butter. Bis auf den blöden Umstand, dass Mona heute anrief und mitteilte, dass sie mit einer schweren Salmonellenvergiftung ins Krankenhaus gekommen sei. Ich glaube, ihr geht es wirklich nicht gut, denn selbst über meinen schwachen Witz, sie wüsste doch, dass man auch bei Oralsex vor Geschlechtskrankheiten nicht gefeit sei, konnte sie nicht mehr lachen. Als ich Konrad von Monas Totalausfall erzählte und ihm mitteilte, dass wir nun entweder ganz schnell einen Ersatzbabysitter für Sydney und Eberhard, den Schnittlauch, finden oder aber pronto nach Hause zurückfahren müssten, legte mein Schatz nur diesen sehr männlich erwachsenen Blick auf und sagte: »Ich kümmere mich darum.«

Schon toll, so Verreisen mit Mann. Ein schönes Gefühl, wenn man die Verantwortung an der Garderobe abgeben und dann sieben Tage die Füße auf den Tisch legen darf.

Viele Grüße! Ich hoffe, bei euch ist es schön!

Juli

Home, sweet Home

Sonntag, 22. Mai, um 14:03 Uhr

»Ich kümmere mich darum.«

Ein Mann, ein Satz, ein Albtraum. Gestern Abend kamen wir wieder nach Hause zurück. Oder besser: in eine Wohnung, die vor einer Woche noch die meine gewesen war.

Denn irgendwie war alles anders. Es roch anders. Es sah anders aus. Sauber. Aufgeräumt.

»Ich frage mich, was Mona in den paar Tagen hier gemacht hat«, sagte ich zu Konrad, der gerade die Koffer ins Schlafzimmer brachte. Ich dackelte ihm hinterher und traute meinen Augen nicht: Unser Schlafzimmer war picobello aufgeräumt und blitzeblank sauber. Keine Maulwurfshügel mit Konrads Klamotten. Keine verrotzten Taschentücher neben dem Bett, stattdessen frische Bettwäsche, geputzte Fenster und die Hausschuhe fein säuberlich vor dem Bett aufgestellt. Selbst die Bücher auf meinem Nachttisch waren alphabetisch sortiert. Ich ging zum Fenster und schnüffelte an den Vorhängen. Eindeutig frisch gewaschen.

Ich öffnete eine der Türen meines Schrankes. Da lagen meine Kleider, fein säuberlich zusammengefaltet und ordentlich arrangiert: T-Shirts, Pullover, kurze Hosen, lange Hosen. Die Socken waren bündelweise sortiert. Meine BHs lagen einträchtig nach Farbe geordnet in der Schublade, selbst die Unterhosen waren zu kleinen, adretten Stäpelchen gefaltet.

Auf Konrads Schrankseite sah es nicht anders aus. All die Kleidungsstücke, die vor unserem Urlaub noch bergeweise in der ganzen Wohnung verteilt gewesen waren, hingen gewaschen, gestärkt und aufgebügelt auf der Stange.

»Sag mal«, begann ich skeptisch und sah Konrad an, »was

ist denn bloß in Mona gefahren? Wieso räumt die hier auf? Bei der sieht es doch selbst aus wie Sau!«

Konrad nuschelte irgendwas vor sich hin, und ich setzte meinen Streifzug durch die Wohnung fort. Im Badezimmer waren die Fugen gereinigt worden. Das Klopapier war nicht nur im Klopapierhalter und lag nicht irgendwo im Bad rum, wie es sonst der Fall war, es war sogar an der Spitze gefaltet, so wie in Hotels, wenn das Zimmermädchen da war. Der Spiegel blitzte mich freundlich und streifenfrei an. Ich schüttelte den Kopf.

In der Küche hätte ich vom Boden essen können. Und sogar Lebensmittel waren trotz meiner vorurlaublichen Entsorgungsaktion zuhauf vorhanden. Als ich den Kühlschrank öffnete, offenbarte sich mir ein prachtvoller Anblick von fair gehandelten Bio-Produkten. »Mona war einkaufen!«, rief ich.

Konrad reagierte nicht.

Mit zunehmend skeptischer Miene und einem komischen Gefühl im Bauch wanderte ich ins Wohnzimmer, begrüßte Sydney, der schwanzzuckend und miauend auf dem Sofa residierte und sich vor Freude auf den Rücken rollte, als er mich kommen sah. Ich begann, den Acht-Kilo-Kater am Bauch zu kraulen.

Und da fiel es mir auf.

Das untrügliche Indiz dafür, dass hier etwas ganz und gar schiefgelaufen war.

Dass nicht Mona hier aufgeräumt hatte.

Dass jemand in meiner Wohnung gewesen war, den ich hier niemals hatte haben wollen.

Die Sofakissen hatten einen Knick.

Ich raste zu Konrad, der im Schlafzimmer mit einem Unschuldsgesicht seinen Koffer ausräumte, und baute mich vor ihm auf. Ich musste keinen Ton sagen. Konrad brach von ganz alleine zusammen.

»Es tut mir leid, Juli!«, wimmerte er. »Ich weiß, du bist jetzt sauer, aber es gab keine andere Möglichkeit!«

»Wie, es gab keine andere Möglichkeit?«, quetschte ich zwischen zusammengebissenen Zähnen hervor. »Du hast eine Putzfrau engagiert?«

Konrad schüttelte den Kopf. »Quatsch, keine Putzfrau.« Dann sah er mich mit einem Blick an, der abwechselnd zwischen Todesangst und Mitleidsheischerei hin- und herschwang. »Meine Mutter.«

Ich konnte nicht explodieren. So gern ich auch gewollt hätte. Ein Lachkrampf überrollte mich und schüttelte meine Glieder. »Das ist ein Witz!«, schnaubte ich und hielt mir den schmerzenden Bauch.

Konrads Blick gab Antwort.

»Kein Witz!«, keuchte ich und erbleichte postwendend. Ich ließ mich aufs Bett sinken und bekam einen starren, verzweifelten Gesichtsausdruck.

Konrad setzte sich neben mich und redete eine halbe Stunde auf mich ein. Ich verstand nur Fetzen von dem, was er sagte. Irgendwas mit »einzige Lösung«, »Verzeihung« und »nur gut gemeint« war wohl dabei. Aber mehr drang nicht zu mir durch.

Mein Revier

Sonntag, 22. Mai, um 20:05 Uhr

Ich hab mich immer noch nicht wieder beruhigt. Ich kann nicht genau sagen, was gerade in mir vorgeht, irgendein seltsames Potpourri aus den unterschiedlichsten Gefühlen:

Wut, weil Konrad hinter meinem Rücken eine Entscheidung getroffen hat, von der er wusste, dass ich sie nicht akzeptiert hätte.

Entsetzen, weil Günther in meiner Unterwäsche rumgewühlt hat.

Bodenlose Scham, weil es hier echt schlimm aussah.

Enttäuschung, weil Konrad mich nicht in seine Pläne eingeweiht hat. Und weil ich nicht so gut putzen kann.

Und Mitleid, weil Konrad sich den ganzen Tag demutsvoll im Staub wälzt und mir jeden Wunsch von den Lippen abliest.

Ich beschließe, mein Gedankenwirrwarr zu sortieren, und bewaffne mich mit dem Kuchenmesser. Eisfach, ich komme!

Am geknickt auf dem Sofa sitzenden Konrad vorbei schleiche ich mich in die Küche. Ich öffne die Kühlschranktür, dann die Klappe des Eisfachs.

Und erstarre.

Diese blöde KUH!!!

Schockschwerenot

Dienstag, 24. Mai um 19:22 Uhr

Mona am Telefon. »WAAAASSSS?!«, schreit sie. Ich glaube, die Salmonellen sind überstanden. »Die Alte hat bei euch geputzt?«

»Ja, stell dir das mal vor«, ereifere ich mich.

»Wie geil!«, jubelt Mona. »Kann die auch mal bei mir vorbeikommen?«

Ich versuche, Monas Begeisterung Einhalt zu gebieten. »Nicht geil, Mona. Konrads Mutter hat in meiner Unterwäsche geschnüffelt!«

»Na und?«, fragt Mona. »Als ob du da was zu verbergen hättest. Du hast doch eh nur so olle Schlüpfer mit Garfield drauf.« Dann lacht sie. In diesem Moment wünsche ich ihr einen schlimmen Rückfall. »Aber mal was anderes«, fährt Mona fort, »woher hat sie überhaupt den Schlüssel? Von mir jedenfalls nicht.«

Ich höre ein leises Klimpern im Hintergrund, als Mona meinen Wohnungsschlüssel in die Hand nimmt. Ich denke nach.

Drei Schlüssel gibt es. Mona hat einen, ich hab einen. Konrads liegt draußen auf der Kommode im Flur. Hm …

Spion in Spitzenhöschen

Mittwoch, 25. Mai, um 07:42 Uhr

Und jetzt bin ich so richtig sauer. So richtig, richtig, richtig sauer! Auf meine Frage, wie seine Mutter denn bitte in unsere Wohnung gekommen sei, bekommt Konrad diesen Gesichtsausdruck, den kleine Jungs kriegen, wenn man sie bei irgendeinem Unsinn ertappt.

»Oh. Ach so«, stammelt er. »Also, es ist so. Ich habe schon vor Längerem mal einen Ersatzschlüssel machen lassen, weil ich meinen doch manchmal vergesse.«

»Hast wohl auch vergessen, mir das zu sagen«, zicke ich.

»Ja, genau, und dann hab ich wohl auch vergessen, dir zu erzählen, dass ich den bei meinen Eltern hinterlegt habe.« Konrad senkt schuldbewusst den Blick, als er die Gewitterwolken sieht, die sich über meinem Kopf zusammenziehen.

»Wieso denn bitte gerade da?«

Er zuckt mit den Schultern. »Für schlechte Zeiten?«

Und die brechen jetzt an, mein Lieber!

Schlüsselkinder

Freitag, 27. Mai, um 21:42 Uhr

»Ach so, ja, DU hast also ein Problem damit, dass ich den Schlüssel zu DEINER Wohnung MEINER Mutter gebe?« Konrad steht vor mir und dampft vor Wut.

Ich verwandle mich in ein HB-Männchen. »Ja, ganz genau! Das ist hintenrum und illoyal und unkameradschaftlich und überhaupt!« In leidenschaftlichen Momenten ist es immer gut, die richtigen Worte zu finden.

»JULI!« Konrads Stimme setzt zu einem Crescendo an. »Mach mal halblang! Das ist UNSERE Wohnung, verstehst du das, UNSERE!«

»Ja und? Verteile ich den Schlüssel an irgendwelche wildfremden Leute und erlaube ihnen dann, in deiner Unterwäsche rumzuschnüffeln?!«

Konrad verdreht die Augen: »Meine Mutter ist nicht wildfremd!«

»Aber sie hat hier rumgeschnüffelt!«

»Hat sie nicht.«

»Hat sie doch!«

»Sie hat geputzt.«

»Noch schlimmer!«

»WO IST DAS PROBLEM?«

Männer! Die verstehen aber auch wirklich gar nichts! Wenn Konrads Mutter in meiner – ich betone: MEINER – Wohnung, in der ich Konrad freundlicherweise mitwohnen lasse, rumschnüffelt, dann ist das ungefähr so, als spielte mein Vater an Konrads Rechner rum und verschöbe mal eben ein paar Dateien. Der Rechner ist Konrads Heiligtum. Sein Heiliger Gral, sein Bernsteinzimmer, sein ganz eigener, persönlicher Fetzen vom Grabtuch Christi. An den Rechner darf niemand ran. Aber ich soll Konrads Mutter erlauben, bei mir »für Ordnung zu sorgen«? Ich glaub, mein Schwein pfeift!

Ich ziehe meinen letzten Trumpf aus dem Ärmel. »Außerdem hast du es mir verheimlicht!«

»Ich hab es dir nicht verheimlicht, verdammt noch mal!«, donnert Konrad. »Ich habe vergessen, es dir zu sagen.«

»Ach so, vergessen! So, wie du damals wohl auch vergessen hast, mir zu sagen, dass du noch mit Nadine zusammen bist!«

»Was?!« Konrad guckt sichtlich entgeistert. Ich gebe zu: Der Gedankensprung war meine neue persönliche Bestmarke, geradezu rekordverdächtig.

»Das kam ja wohl auch erst so nach und nach raus, dass ihr noch zusammenwohnt und zusammen in Urlaub fahrt …«

Weiter komme ich nicht, weil Konrad mich unterbricht. »Sag mal, spinnst du? Das ist doch alles schon Ewigkeiten her! Ich dachte, das hätten wir geklärt!«

Mir doch egal, ob wir das geklärt haben! Was interessiert mich der Schnee von gestern? Gestern hieß Raider noch Twix und Kohl war Kanzler und Pluto ein Planet und überhaupt! In der Liebe und im Krieg ist alles erlaubt, so.

»Und überhaupt, was hat das denn damit zu tun?« Konrad ist mir und meiner Argumentation auf den Fersen. Meine Argumentation verkrümelt sich, bevor ich sie am Schlafittchen packen und hinter mir herzerren kann.

»Äh …« Tja, blöd, so ganz ohne Argumente. »Nix, aber …« Im Notfall hilft immer Plan B: »Trotzdem.«

»Du spinnst!«, brüllt Konrad. »Und du bist genauso bekloppt wie Nadine, wenn du alte Sachen wieder aufwärmst! Ihr Weiber seid doch alle bescheuert!«

Konrad macht auf dem Absatz kehrt und rennt aus der Küche. Ich frage mich, warum wir immer in der Küche streiten.

Vielleicht liegt's am Raumklima. Jedenfalls ist Konrad schon im Flur, reißt die Wohnungstür auf und sagt mit sehr, sehr viel Nachdruck: »Ich brauch frische Luft«, und mit einem Satz ist er aus der Wohnung und lässt die Tür mit Kawumm ins Schloss fallen.

So haben wir aber nicht gewettet. Ich soll jetzt also hierbleiben und meine schlechte Laune ertragen? So weit kommt's noch! Ich reiße die Wohnungstür wieder auf und renne ihm, zwei Treppenstufen auf einmal nehmend, hinterher.

»Konrad, bleib stehen, ich bin noch nicht fertig mit dir!«

Überraschenderweise bleibt Konrad wirklich stehen, und ich laufe in ihn hinein. Es gibt ein kurzes Handgemenge, wir sortieren Arme und Beine, dann stehen wir uns wie zwei zum Angriff bereite Gladiatoren in der Arena gegenüber.

»Ja, bitte? Ich höre?« Konrad hat diesen ekelerregenden Ton drauf. Diesen »Oh, da bin ich aber mal gespannt, was die kleine Juli zu meckern hat«-Ton. Unglücklicherweise kriege ich in diesem Moment eine Maulsperre. Ich weiß einfach nicht mehr, was ich sagen will, so überrascht bin ich, dass Konrad nicht die Beine in die Hand genommen hat und jetzt um sein Leben läuft. Ich hätte das getan, an seiner Stelle.

»Na?« Konrad kennt mich. Und er weiß genau, dass mir in den entscheidenden Momenten immer die Spucke wegbleibt oder ich von dramatischem Lampenfieber überfallen werde. In diesem Fall trifft beides zu.

»Äh – also, ich …«

WUMMMS! Ein ohrenbetäubender Knall lässt uns beide zusammenschrecken. Dann Stille.

Einerseits freue ich mich, dass ich mir jetzt nicht mehr überlegen muss, was ich sagen wollte. Oder dass ich noch mehr fadenscheinige Argumente aus dem Ärmel schütteln muss. Andererseits ärgere ich mich darüber, dass weder Konrad noch ich in unserer streitsüchtigen Rage den Wohnungsschlüssel eingesteckt haben, denn der Zug im Treppenhaus hat gerade unsere Wohnungstür zugedonnert.

Die Luft, die gerade noch so dick war, dass man sie mit einem Tranchiermesser in feine Scheiben hätte schneiden können, weicht aus dem Treppenhaus wie aus einem alten Luftballon.

Konrad sieht nach oben zu unserem Stockwerk.

»Ach, Scheiße.«

Ich nicke. »Kann man so sagen.«

Wir steigen die restlichen Stockwerke hinab und setzen uns auf die Steinstufen vor der Haustür. Konrad schlägt vor, seine Mutter anzurufen. Das kommt aber natürlich gar nicht infrage. Nicht nur weil die irgendwo im Taunus wohnt, sondern aus Prinzip nicht. Wäre ja noch schöner, dann müsste ich am Ende zugeben, wie ausnahmslos gut die Idee war, bei ihr einen Schlüssel zu deponieren.

»Mona hat einen!«, rufe ich von plötzlicher Erkenntnis gesegnet. Konrad knirscht mit den Zähnen und zückt sein Handy, das er glücklicherweise immer in der Hosentasche mit sich herumträgt, um die Wahrscheinlichkeit, Hodenkrebs zu bekommen oder seine Samen komplett zu ruinieren, so groß wie möglich zu halten.

Mona lacht sich über uns kaputt und verspricht, nach der Arbeit bei uns vorbeizukommen.

Konrad und ich machen uns auf den Weg zum Kiosk um die Ecke, ich habe noch 2,83 in der Hosentasche, davon kaufen wir uns eine saure Tüte. Wenn schon der Rest vom Tag so bescheiden lief.

Vollkommen ausgetrocknet (Konrad hatte in der Zwischenzeit vorgeschlagen, Wasser aus der Regentonne zu trinken) lungern wir ein paar Stunden vor dem Haus herum. Unsere Nachbarn kommen von der Arbeit nach Hause, grüßen uns nett und lachen alle auf die gleiche Art über das »Missgeschick« der Wohngemeinschaft Rautenberg/Paulsen. Konrad und mir ist die Lust auf Streiten vergangen. Wir blenden das Thema Schlüssel aus und schweigen uns ein Weilchen an. Als wir dessen überdrüssig werden, spielen wir ein paar Runden Schere-Stein-Papier. Gerade als ich Konrad zum siebten Mal in Folge besiege, biegt ein junger Typ in unsere Hofeinfahrt ein und beendet meinen Triumphzug.

»Hi«, sagt er und bleibt vor uns stehen. »Seid ihr die zwei, die sich ausgesperrt haben?«

Konrad sieht erst ihn, dann mich fragend an. »Äh, ja.«

»Cool. Mona hat mir gesagt, ich soll euch den Schlüssel bringen.«

»Mona hat DIR den Schlüssel gegeben?« Konrads Stimme wackelt ein bisschen. Jetzt bloß nicht aufregen, Liebling, wir sind auf der Zielgeraden!

Der junge Mann streckt Konrad die Hand hin. »Ja, hi, ich bin der Pätrick. Schreibt sich mit a, wird aber mit ä gesprochen.«

Er drückt mir den Schlüssel in die Hand und trollt sich.

»Wildfremde Leute, soso!«, zischt Konrad mich an.

Ich entscheide mich heute Abend für diplomatisches Schweigen.

Juni

Mamma mia!

Ruhe im Karton

Freitag, 3. Juni, um 19:59 Uhr

Eine Woche Ruhe.

Klingt ja eigentlich ganz beschaulich. Beruhigt, entspannt, gelockert, nach dem letzten, doch recht impulsiven Aufeinandertreffen von Konrad und mir. Bei jedem anderen, der mir erzählte, dass er sieben Tage lang keine neuen Aufregungen in seinem Leben gehabt habe, würde ich einen Piccolo aufmachen und ein Liedchen anstimmen. Nur bei mir ist Ruhe eigentlich nie so richtig gut.

Denn wenn mein Leben ruhig ist, fange ich an zu denken.

Konrad und ich haben das Kriegsbeil begraben. Irgendwie waren wir am Ende quitt. Jeder hatte ein bisschen Federn gelassen und dem anderen ein Versprechen abgerungen: ich, dass ich in Zukunft nur noch »verantwortungsbewussten Mitmenschen« den Wohnungsschlüssel anvertraue. Konrad, dass er SUBITOPRONTOIMMEDIATAMENTE den Schlüssel, der noch bei seinen Eltern liegt, zurückholt, damit ich nachts wieder schlafen kann.

Seitdem ist nichts weiter passiert. Wir koexistieren friedlich vor uns hin, nicht mal über die Maulwurfshügel kann ich mich aufregen, die Konrad seit dem gewaltsamen Eindringen seiner Mutter in unsere Wohnung (ich trainiere mich, »unsere« statt »meine Wohnung« zu sagen) wieder weiträumig im Wohnbereich verteilt.

Bevor ich auf dumme Gedanken komme, suche ich mir neue Probleme. Weil sich bei mir gerade aber partout keine finden lassen wollen, rufe ich Mona an. »Wer ist eigentlich dieser Pätrick?«

»Ach, den hast du ja kennengelernt«, quietscht Mona. »Süß, nicht? Hab ich im Krankenhaus kennengelernt!«

Irre. Da ist so 'ne Salmonellenvergiftung am Ende doch noch für was gut. Wieso hab ich das eigentlich nie in Betracht gezogen bei meinem Single-Experiment: ins Krankenhaus einweisen lassen und dort den Mann des Lebens kennenlernen. Ist doch total praktisch: Man sieht sich täglich, weckt beim anderen Beschützerinstinkte, wird zahlreichen Leibesvisitationen unterzogen, dreimal täglich gefüttert und gewendet, und man darf so viel fernsehen, wie man will – für mich klingt das nach dem Paradies!

»Im Krankenhaus?«, frage ich deswegen aus rein wissenschaftlichem Interesse. »Welche Fachrichtung?« Ich hör die Kasse klingeln und spekuliere ein wenig darauf, dass Monas neue Flamme was mit ästhetischer Chirurgie am Hut hat.

»Quatsch, kein Arzt«, winkt Mona ab, »Pätrick war Patient, genau wie ich. Wir haben uns immer heimlich zum Rauchen verabredet.«

Ach so. Wie langweilig. »Und warum war Pätrick im Krankenhaus?«

Mona lacht. »Spanische Gurken.«

Jetzt bin ich wiederum ein wenig beeindruckt, lasse es mir aber nicht anmerken und frage auch nicht nach den unappetitlichen Details. Stattdessen verabreden wir uns für eine Shoppingtour am morgigen Samstag. Mein Kontostand will mich zwar eines Besseren belehren, aber von dem lass ich mir doch nicht die Laune verderben. Und alles ist besser, als sich selbst Probleme zu machen, wenn es gar keine gibt.

Donna Corleone

Samstag, 4. Juni, um 15:06 Uhr

Und alles ist besser, als sich selbst Probleme zu machen, wenn es gar keine gibt.

Da oben hat gerade jemand sehr schlechte Laune. Irgendwie ist es doch immer so: In dem Moment, in dem eigentlich alles prima ist und man denkt, so kann es jetzt bleiben, wenn man gerade anfängt, nach dem Haar in der Suppe zu suchen, weil man seine gute Laune selbst nicht mehr erträgt, wenn man vor Wonne die Nase in die laue Sommerluft streckt und für den Bruchteil einer Sekunde mal nicht auf den Weg vor sich achtet – genau in dem Moment rutscht man auf einer Bananenschale aus und legt sich voll auf die Fresse.

Ich und Mona in der Stadt. Samstagsshopping. Wir prügelten uns durch die Innenstadt, quetschten uns durch Menschenmassen, fuhren auf der Suche nach den hübschesten Sommerteilchen die Ellenbogen aus, schwitzten im entblößenden Licht der Umkleidekabine und stellten beide fest, dass wir zu fett sind. Zu fett für diesen Sommer jedenfalls, der laut Kalender und Thermometer nicht mehr lange auf sich warten lassen dürfte. Verdammt.

Frustriert ließen wir die Bekleidungsgeschäfte hinter uns und widmeten uns Konsumgütern, die immer passen: Schuhe und Taschen.

Männer behaupten ja gerne, ausnahmslos jede Frau hätte einen Schuh- oder Taschentick. Stimmt nicht. Frauen haben nicht per se eine Schwäche für Schuhe oder Taschen, Frauen haben per definitionem eine Schwäche für Dinge, die passen, egal wie sehr die weiblichen Rundungen über den Winter aus der Form geraten sind. Oder hat irgendein Mann da draußen schon mal von einer Frau gehört: »Boah, geil, heute gehen wir Bikini kaufen, Mensch, wat freu ick mir«? Nein.

Bikinikaufen ist so wie Unterwäschekaufen. Unabhängig von Kleidergröße, Bindegewebsbeschaffenheit oder Teint: Nach dem vernichtenden Blick in den Spiegel einer schuhkartongroßen Umkleidekabine geht's einfach jeder Frau beschissen. Gut, Frau Bündchen und Frau Klum schließe ich jetzt mal großzügig aus, aber ich kann mir auch nicht vorstellen, dass eine von den beiden in den letzten fünfzehn Jahren eine Umkleidekabine von C&A von innen gesehen hat. In der sähen nämlich selbst die scheiße aus.

Mona und ich jedenfalls hatten uns hinreichend erniedrigt und wandten uns mit geknicktem Ego den erfreulicheren Dingen des Lebens zu. Wir wurden beide schnell fündig und waren froh, endlich die Entscheidungsgewalt über unser Konsumverhalten zurückergattert zu haben. Nicht mehr die Hose entschied, ob sie gekauft wurde (weil: passt oder platzt), sondern wir waren am Hebel.

Als wir unsere frustgeshoppten Waren glücklich aus dem Laden trugen, funkelte uns die Junisonne von oben an. Mona seufzte tief: »Drei Stunden, fünf Rempeleien, ein kaputter Reißverschluss und zwei Paar erstandene Zehensandalen sind für meinen Geschmack genug. Kaffee?«

Ich stimmte begeistert zu, und wir setzten uns in Bewegung. Als wir nach ein paar hundert Metern am Pizzahut vorbeikamen, blieb Mona wie angewurzelt stehen. »Ich muss da rein! Ich will 'ne Pizza!«

Ich sah sie skeptisch von der Seite an. Eben noch kurz vorm Heulkrampf, weil Kleidergröße achtunddreißig von der Bekleidungsindustrie »enger genäht worden« war, und jetzt 'ne Pizza? So schnell konnte ja nicht einmal ich die Meinung ändern.

Ich schüttelte den Kopf. »Ne, lass mal.« Dann klopfte ich mir auf die Wampe. »Ich verzichte.«

»Ach komm schon«, nörgelte Mona, aber ich blieb standhaft. Um nicht zu sagen: vorbildlich. Stolz auf mich und meinen eisernen Willen ignorierte ich das Grummeln in meinem Magen und den einschießenden Speichel in meinem Mund, als Mona die Tür öffnete und damit eine Duftwolke köstlichster US-italienischer Pizzabackkunst ins Freie entließ.

Ich stellte mich also neben den Eingang vor eine der Glasscheiben und sah hinein. Drinnen schaufelten übergewichtige Großfamilien und gertenschlanke Teenies, die noch (!) mit einem beneidenswerten Stoffwechsel gesegnet waren (hört meine Worte: Ab fünfundzwanzig geht's bergab!), ölig glänzende, lange Käsefäden ziehende Pizzen in sich hinein. Schnell wieder umdrehen! Um meine Disziplin war es dann doch nur mäßig gut bestellt.

Um mir die Wartezeit zu verkürzen und dem Kanonenbombardement in meinem Magen etwas entgegenzusetzen, zündete ich mir eine Zigarette an und beobachtete die Leute. Leute beobachten gehört zu meinen liebsten Hobbys. Ich bin immer wieder überrascht, wie viele wirklich nicht gut aussehende Menschen es in der großen weiten Welt doch so gibt. Und die Jugendlichen erst! Hatte ich in meiner Jugend auch so wahnsinnig bescheuert ausgesehen?

Ich dachte an meine skurrilen Haarfärbe-Experimente. Außerdem an die Levi's Jeans, die ich meiner Mutter nach monatelanger Bettelei endlich abgequatscht und – damals war das halt so »in« – schon fünf Minuten, nachdem wir nach Hause gekommen waren, zerstört hatte. Jedenfalls sah das meine Mutter damals so. Ich nahm nämlich das teure Stück (hundertneunundfünfzig Deutsche Mark, das war damals ein Vermögen! Heute würde wegen neunundsiebzig Euro ja keiner mehr von der Zeitung aufschauen) und schnitt nicht nur ratzfatz die Etiketten ab, nein, ich schnippelte auch noch vom inneren Beinsaum aus fünfzehn Zentimeter an der Naht entlang, damit die Hose sich nicht uncool auf den Turnschuhen stapelte, sondern »ausgestellt« im Dreck der Straße endete. Meine Mutter bekam einen Heulkrampf und ich eine Woche Hausarrest. Ich war vierzehn. Ich hatte ja keine Ahnung, dass nur etwa ein Jahr später Schlaghosen wiederbelebt werden würden.

Ich sah mir die Mädels an, die an mir vorbeiliefen. Alle hautenge Röhrenjeans, so eng, dass man da Dinge zu sehen bekam, die eigentlich in den Aufklärungsunterricht gehörten. Und viel zu kurze Oberteile! Meine Herren, das war ja schon fast anzüglich, was man hier miterleben durfte. War das eigentlich noch jugendfrei? Ästhetisch ansprechend war es jedenfalls nicht. Ich freute mich ein bisschen, dass auch Dreizehnjährige allem Anschein nach Hüftspeck ansetzten.

Apropos Hüftspeck: Wo war eigentlich Mona?

Ich drehte mich wieder der Fensterfront zu und ging ganz nah an die Scheibe, um trotz gleißenden Sonnenscheins drinnen etwas zu erkennen. Ich sah eine lange Schlange vor dem Schalter stehen, und irgendwo in dieser Schlange stand auch Mona und blickte genervt zur Decke. Da drin war aber auch die Hölle los! Ich ließ meinen Blick erneut durchs Schnellrestaurant schweifen und nahm einen weiteren Zug von meiner Zigarette, um den Verlockungen dieses kalorientechnischen Albtraumtempels zu widerstehen.

Mein Blick blieb an einer Frau hängen, die in genau diesem Moment zu mir nach draußen sah. Die Frau sah irgendwie komisch aus, seltsam deplatziert in ihrer Aufmachung. Sie trug eine Seidenbluse in Rentnerbeige, um den Hals hatte sie ein fliederfarbenes Tüchlein geschlungen. In ihrer Hand hielt sie ein phänomenal gigantomanisch großes Stück Pizza, aus dessen Rand flüssiger Käse tropfte. (Eine unheimliche, perverse Erfindung, Käse im Pizzarand!) Ihr Mund war halb geöffnet, bereit, die Köstlichkeit zu empfangen, die ihren Säure-Basen-Haushalt so richtig auf den Kopf stellen würde.

Ich starrte sie an. In der Hand meine Zigarette.

Die Frau starrte zurück. Ein Tropfen Käse lief ihr über den Finger und landete zähflüssig auf dem Tablett, das vor ihr auf dem Tisch stand.

Günther.

Da drinnen, keine drei Meter von mir entfernt, nur getrennt durch eine Fensterscheibe, saß Konrads Mutter.

Günther Paulsen, die uns mit Osterlämmern aus Dinkelmehl bestrafte. Die Grünkernbratlinge verschenkte, die aussahen, rochen und schmeckten wie vertrocknete Pferdeäpfel. Der ich den Sohn gestohlen und vor langer, langer Zeit einmal besoffen auf die Schuhe gekotzt hatte. Die so spaß- und genussbefreit war, dass sie die Hand vor den Mund hielt, wenn sie lachte. Was nur sehr selten geschah.

Die saß nun also vor mir und aß ein Stück Pizza, für das selbst ich mich schämen würde.

Vor Schreck nahm ich einen tiefen Zug von meiner Zigarette.

Sie sah es. Starrte mich an.

Scheiße, Günther hatte bislang nicht gewusst, dass ich rauche.

Na ja. Jetzt wusste sie es. Und ich würde in der Hölle schmoren.

Günthers Blick fiel eine Millisekunde lang hinab auf die göttliche, vor Fett triefende Speise vor sich, dann sah sie wieder zu mir. Und dann biss sie zu. Wie unter Zwang. Sie nahm einen so gewaltigen Happen von der Pizza, dass ich fürchterlich erschrak. Wieso hast du so ein großes Maul? Damit ich dich besser fressen kann.

Günther warf mir einen ernsten, nein: einen wild entschlossenen Blick zu, und ich verstand: Das hier würde unter uns bleiben, sonst …

Gerade als ich mich in meiner Vorstellung zu verlieren drohte, mit einem Betonblock an den Füßen im Tyrrhenischen Meer versenkt zu werden, rief Mona meinen Namen. Ich drehte mich schnell zu ihr um, die abgebrannte Zigarette in der Hand.

Mona sah mich irritiert an. »Hast du einen Geist gesehen? Du bist weiß wie die Wand!«

Ohne ein Wort zu verlieren, zog ich die sichtlich verwunderte Mona hinter mir her und verschwand in der Menschenmenge.

Geisterbahn

Sonntag, 5. Juni, um 23:47 Uhr

Konrad schnarcht. Das ist aber nicht der Grund, warum ich nicht schlafen kann. Ich kann nicht schlafen, weil Donna Corleone durch mein Schlafzimmer geistert. Sie und das riesige Stück Pizza. Und die Schwiegermutter im eigenen Schlafzimmer zu haben, ist nie gut. (Pizza hingegen schon, aber das führe ich an dieser Stelle nicht weiter aus.)

Nun weiß sie also, dass ich rauche. Und ich weiß, dass sie heimlich, wenn niemand dabei ist, ekelerregend leckere Pizzastücke verschlingt. All die Dinkelkörner nur Tarnung! Eine Fassade aus leise bröckelndem Roggenteig … Wahrscheinlich ist die Pizza nur die Spitze des Eisbergs. Wahrscheinlich geht sie auch unbemerkt in die Konditorei oder frisst die Warenauslage einer Eisdiele leer. Getarnt, natürlich, mit Perücke, Trenchcoat und falschem Schnauzbart. Und donnerstags geht sie auch nicht zum Bridge, sondern zu den Anonymen Glykämikern.

Krass. Ich hätte das NIE gedacht. Andererseits: Hochgradig disziplinierte und spaßbefreite Menschen kamen mir schon immer spanisch vor. Irgendwie nehme ich all den Leuten, die jeden Morgen joggen gehen, auf Fastenkuren schwören, allen weltlichen Genüssen vollends entsagen und nur an einem Blatt Eisbergsalat (ohne Dressing) nuckeln, nicht ab, dass sie das wirklich machen, weil es ihnen Freude bereitet. Bislang glaubte ich immer, ich würde das nur denken, weil ich selbst so ein Ausbund an Maßlosigkeit bin. Jetzt fühle ich mich in meiner Skepsis bestätigt: Alles Lügner! Von wegen Straight Edge! Kein Zucker, kein Alkohol, kein Spaß, kein Sex – wobei, so weit will ich meiner Fantasie bei Günther nun doch keinen Lauf lassen.

Trotzdem: Es ist gut zu wissen, dass Günther eine dunkle Seite hat. Nur für den Fall, dass ich sie mal erpressen muss, hab ich jetzt was in der Hinterhand. Nobody's perfect, das hat sich wieder mal bestätigt. Nicht mal Günther.

Wir sind also quitt. Vorerst. Wir haben einen stillschweigenden Waffenstillstand vereinbart. Quid pro quo.

Konrad weiß allem Anschein nach nichts von dem geheimen Laster seiner Mutter. Sonst wäre sie auf mich losgegangen wie eine Tarantula und hätte mir einen dieser drögen Rauchen-ist-ungesund-Vorträge gehalten. Hat sie aber nicht, sie blieb ganz ruhig und sah mich mit diesem Blick an, an dem sich Marlon Brando noch eine Scheibe hätte abschneiden können. *Irgendwann, möglicherweise aber auch nie, werde ich dich bitten, mir eine kleine Gefälligkeit zu erweisen.*

Brrh! Mich gruselt.

Gefahr im Verzug

Mittwoch, 8. Juni, um 19:35 Uhr

Heute früh die Schreckensnachricht: »Meine Mutter hat angerufen.«

Mein Herzschlag beschleunigt sich. *Puck-puck, puck-puck, puck-puck.* Ich kriege feuchte Hände. *Der Pate!*

Ich habe noch mal über meine Situation nachgedacht und kam zu einem beängstigenden Ergebnis. Bei der italienischen Mafia ist das so: Wenn der Pate ein Geheimnis von dir kennt, ist das nicht weiter tragisch. Dann erpresst er dich eben, und du machst, was er von dir verlangt. Schön. Damit kann man leben. Wenn DU allerdings ein Geheimnis des Paten kennst … Den Gedankengang muss ich wohl nicht zu Ende spinnen, oder? Ich und meine Lebenserwartung wären also deutlich besser bedient, wenn Günther mich beim Rauchen erwischt hätte und fertig. Aber nein: ICH werde zu einem Geheimnisträger. Das kann nur schiefgehen.

»Sie lässt fragen, ob wir am Wochenende kommen wollen. Da gibt es wohl irgend so einen Baum, den ich mit meinem Vater absägen soll.«

Geheimnis. Axt. Säge. Gefahr im Verzug.

»Kannst du da nicht alleine hinfahren?«

Konrad guckt mich verständnislos an. »Wieso? Ich hatte den Eindruck, dass du es eigentlich ganz nett fandest letztes Mal.«

Ja! Letztes Mal! Da fand ich es auch noch … Nein, also nett wäre jetzt wirklich übertrieben. Ich fand es nicht so schlimm wie erwartet, aber da musste ich auch noch nicht fürchten, von einer grausamen Axtmörderin in Stücke gehackt zu werden und in handlichen Tupperdosen verpackt das Haus zu verlassen!

Ich lächle gezwungen. Ich darf mir nicht in die Karten gucken lassen. Nicht jetzt und nicht morgen.

»Och, du, ich hab so furchtbar viel zu tun …« Und dann gehen mir auch schon die Ideen aus.

»Kannst du das nicht bis dahin erledigt haben?« Konrad macht diesen Dackelblick, für den ich ihn am liebsten erwürgen würde. »Heute ist Mittwoch, das kriegst du doch locker bis Sonntag hin, hm?« Beim »Hm« schlägt er die Augen auf wie ein Rehlein. Klipp-klapp. Kopf ab.

Ich lächle auch. »Ja, aber wenn du und dein Vater den Baum ausbuddelt – was mache ich denn dann in der Zwischenzeit?« Panik steigt in mir auf, weil ich Konrads Antwort erahne.

»Na, du unterhältst dich mit meiner Mutter.«

Prima Idee! Vielleicht tauschen wir unsere besten Pizzarezepte aus? Das sag ich aber nicht laut. Ich lächle stattdessen verkrampft weiter. »Kann ich nicht dir und deinem Vater helfen?«

»Im Garten?« Konrad schaut mich nun doch sehr skeptisch an. »Juli, ich weiß nicht. Du bringst ja sogar das Basilikum um die Ecke.« Konrad schüttelt resolut den Kopf. »Nein, du machst lieber was mit meiner Mutter.«

Jetzt habe ich eine Lächellähmung. Ich kann einfach nicht mehr aufhören zu lächeln.

»Was ist denn eigentlich los mit dir?«, herrscht Konrad mich nun doch etwas ungehalten an.

»Nix«, presse ich zwischen meinen festgetackerten, nach oben gezogenen Mundwinkeln hervor. »Ich freu mich.«

Und wie.

Geheimniskrämerei

Donnerstag, 9. Juni um 14:03 Uhr

Mir ist in den letzten Tagen klar geworden: Ich werde wohl niemals einen Oscar für besondere schauspielerische Leistungen bekommen. In den meisten Fällen, besonders dann, wenn ich so richtig angepisst bin, kann ich hervorragend meine wahren Gefühle verbergen. Wenn's wirklich drauf ankommt, nicht.

Konrad bemerkt, dass irgendwas nicht stimmt. Normalerweise merkt er das nie. Nie! Warum denn bitte ausgerechnet jetzt, wenn es wirklich mal um was geht? Wenn ich wirklich etwas mit mir herumtrage, das ich nicht zu verraten gedenke?

Eigentlich sind Geheimnisse bei mir nicht gut aufgehoben. So, wie ich bei einem akuten Rauchverbot nonstop an Zigaretten denke, so verhält es sich bei mir mit Geheimnissen aller Art. »Das muss aber unter uns bleiben«, ist eine absolute Garantie dafür, dass es mir an der ersten Stelle rausrutscht. Gerne auch sehr unvermittelt.

Einmal hat mir Cora verraten, dass sie Tines Freund total behämmert findet. »Aber das darfst du ihr NIE, NIE sagen!«, bläute sie mir ein. Ich musste ihr mein Indianerehrenwort mit Spucke drauf geben. Drei Tage lang schwelte das Geheimnis in meinem Kopf und richtete schlimmen Schaden an. Ich konnte nur noch daran denken, dass ich Tine ums Verrecken niemals erzählen durfte, was Cora über ihren Freund dachte. Ich betete mich an meinem Mantra hoch und runter: Nicht verraten. Nicht verraten. Nicht verraten.

Dann rief Tine bei mir an. »Hi, Juli«, flötete sie ins Telefon, »wie sieht's aus, wollen wir heute Abend ins Kino gehen?«

Meine Antwort versetzte sogar mich ins Staunen: »Cora kann deinen Freund nicht leiden!«

Da war es dann also passiert. Ich hatte mich tagelang mit einem Geheimnis rumgequält und war bei der erstbesten Gelegenheit ungefragt damit herausgeplatzt. Merke: Geheimnisse und ich, wir passen einfach nicht zueinander.

Glücklicherweise war es im Fall von Tine und Cora kein allzu großes Drama, Tine fand Coras Freund nämlich praktischerweise auch doof, und deswegen schlossen sie schnell und unkompliziert Frieden.

Ob das bei Konrad und seiner Mutter wohl auch so sein wird? Wenn ich das kleine Geheimnis ausplaudere – und das *werde* ich früher oder später –, wird das irgendwelchen Schaden anrichten? Sprengt es das familiäre System, das in jahrelanger Sisyphusarbeit mühevoll erreichtet wurde? Was wird Günther mit mir anstellen? Welche Mittel und Wege hat sie, um mich so geschickt von der Bildfläche verschwinden zu lassen, dass nicht einmal Konrad es merkt? »Juli? Weiß nicht, wo die steckt. Kam irgendwie nie vom Zigarettenholen zurück.« Wird mich die böse Hexe am Ende in den Pizzaofen stecken? Oder wird mir die Rote Königin ihre Spielkartenarmee auf den Hals hetzen? Hat Günther Corleone am Ende noch ganz andere Geheimnisse? Vielleicht sogar … *noch* schlimmere? Schluck.

Raus damit

Freitag, 10. Juni, um 23:15 Uhr

Tag der Abrechnung. Konrad kam von der Arbeit nach Hause. Ich stand mit schreckgeweiteten Augen vor dem Fenster und lugte durch die zugezogenen Vorhänge.

»Juli?«, rief er vorsichtig und kam ins Wohnzimmer. Ich

muss ein bisschen zusammengezuckt sein, denn Konrad roch jetzt nicht nur Lunte, er nahm den fiesen Gestank der Heimlichtuerei auf, der sich direkt vor seiner Nase personifizierte.

»Sag mal«, sagte er und ging langsam auf mich zu, »willst du mir nicht endlich sagen, was mit dir los ist? Seit Tagen bist du so seltsam.«

Nicht verraten! Nicht verraten! Nicht verraten!

»Nicht ver…«, hätte ich mich fast verplappert. Ich rettete mich mit einer Notlüge. »Nicht der Rede wert.«

Konrad sah mich skeptisch an. »Bist du sicher?«

Ich schwöre, ich wollte ihn anlügen. Ich WOLLTE! Aber irgendwie gehorchte mir mein Kopf nicht mehr, denn er begann sich zu schütteln. Gleichzeitig sagte mein Mund: »Alles okay.«

Mein Freund hob die Augenbrauen und legte eines seiner schiefen Lächeln auf, Marke: Erzähl das jemandem, der's dir glaubt.

Er zog mich aufs Sofa und drückte mich in die Kissen. »Julibaby.«

Das ist sein neuster Spleen. Mich Baby zu nennen. Wie bei Dirty Dancing, nur ohne die Hebefigur. Wohl auch als Rache für mein gelegentliches »Konnilein«. Als ob mich das beeindrucken würde.

»Mir kannst du es doch sagen!«

Pah! Pahahaa! Ja, genau dir.

Konrad bemerkte, dass ich anfing, an meiner Lippe zu knabbern – ein untrügliches Zeichen, dass ich mir gerade was verkniff.

»Hat es mit dem Besuch bei meinen Eltern zu tun?«

Treffer, versenkt. Hatte Konrad ohne mein Wissen einen Kurs bei einem Gedankenleser gemacht? Normalerweise läuft bei uns nichts mit Subtilität, nichts mit »Ich find Badputzen ja total doof«, und Konrad rennt zum Feudel. Nee, in unserer Beziehung, da muss man klare Worte finden. Da wird nichts zwischen den Zeilen gelesen, da wird mit dicken Büchern auf den Tisch gehauen, damit Konrad mal hinhört. Und jetzt? Jetzt macht er hier einen auf Sozialpädagoge. Es ist doch einfach nicht zu fassen!

»Ach, ich weiß, was es ist.« Konrad lehnte sich nach vorne, stützte die Arme auf die Knie und seufzte. »Die Sache mit dem Rauchen. Dich stört, dass ich das meiner Mutter nicht sagen will.«

»Nein, das stört mich gar nicht!«

Konrad lächelte. »Siehst du, und genau, weil ich dich kenne, weiß ich, dass genau das dein Problem ist.«

Was? Was sollte den jetzt die miese Tour?

»Juli, du sagst immer genau das Gegenteil von dem, was du wirklich denkst.«

Na ja, das stimmte SO auch wieder nicht. »Nicht immer!«, stellte ich fürs Protokoll fest.

»Vielleicht nicht immer«, fuhr Konrad therapeutisch geschult fort, »aber immer dann, wenn es darauf ankommt. Ich werde meiner Mutter reinen Wein einschenken.«

Nein! Nur das nicht! Bloß das nicht! Das wäre ja NOCH schlimmer!

Ich musste mir etwas anderes einfallen lassen, irgendetwas, das ich ihm auftischen konnte und das er mir ohne Zweifel abnahm.

Zugegeben: Ablenkungstaktiken sind nicht mein Ding.

»Ich …«

… hatte keine Ahnung, wie ich mich rausreden sollte.

»Ich …«

… wollte es ihm auch eigentlich gar nicht sagen.

»Ich …«

Nach dem dritten Satzanfang wurde es selbst mir zu blöd, und ich beschloss, den ersten Gedanken in meinem verworrenen Hirn zu grapschen, der mir über den Weg lief.

Ich sah Konrad an. Konrad, meinen verständnisvollen, unordentlichen, gelassenen, lustigen Konrad. Der vor mir stand und den Kopf schief legte und den Hundeblick aufsetzte und bestimmt gleich anfing zu hecheln oder zu fiepsen oder mit dem Schwanz zu wedeln.

»Ich liebe dich.«

Das. Hab. Ich. Nicht. Gesagt.

Konrad umarmte mich. Also hatte ich es doch gesagt.

Für einen kurzen Moment blieb mir die Luft weg, einerseits weil ich von meinem spontanen Gefühlsausbruch mittelschwer geschockt war, andererseits weil Konrad mich sehr feste drückte. Sehr, sehr feste. Beunruhigend feste. Nach ein paar Sekunden fuhr mir die Sorge in die Glieder, dass Konrad mich umbringen wollte. Vielleicht hatte er ja schon längst mit seiner Mutter gesprochen? Niederer Handlanger!

»Okay«, japste ich, »du kannst wieder loslassen.«

Konrad tat wie geheißen und ließ von mir ab. Ich sog leicht panisch Luft in die Lungen.

»Juli!«, jauchzte Konrad. »Und ich dachte schon, du sagst es nie!«

Ja. Komisch. Dachte ich auch.

Auf dich hab ich gewartet

Samstag, 11. Juni, um 17:52 Uhr

Nachdem ich den ersten Schock überwunden habe, stelle ich fest, dass die Harakiri-Taktik ganz genau nach meinem Geschmack ist. Pflaster muss ich schnell abreißen. Je länger ich darüber nachdenke, auf welche Art, in welchem Tempo, mit welcher Konsequenz ich irgendetwas tue, desto schlimmer wird's. Ich und meine Gedanken, wir sind nicht wie Yin und Yang, nicht wie A- und B-Hörnchen, nicht wie Karies und Baktus, nicht wie Jim und Knopf. Wir sind wie Plus und Minus. Wir stoßen uns ab. Ich glaube, ich kann so weit gehen und sagen, meine Gedanken und ich sind wie Dieter Bohlen und Thomas Anders. Wir hatten mal eine steile Karriere, waren ein gutes Team, wenn nicht sogar DAS Team, wurden gefeiert, geliebt und beneidet, sonnten uns im Glanze unseres Erfolgs, doch dann zerbrach die Gemeinschaft, und die beiden langjährigen Gefährten schlagen sich seitdem alleine durch.

Meine Gedanken sind wie Dieter Bohlen. Auf so was Beknacktes muss man erst mal kommen.

Jedenfalls: Denken hilft. Eigentlich. Mir aber nicht. Ich bin die Königin des Kaputtdenkens. Ich habe so lange und so verkrampft darüber nachgedacht, wie ich Konrad meine Liebe gestehe, dass mir am Ende gar nichts mehr einfiel. Ich habe so gründlich und so verzweifelt überlegt, was ich an Konrad liebe, dass nichts mehr übrig blieb als ein Sack schwerer Vorwürfe und die Frage, warum ich überhaupt mit ihm zusammen bin. Der Super-GAU, hervorgerufen durch die Durchschlagskraft meiner desaströsen Denkvorgänge.

Immer genau dann, wenn ich glaube, dass ich nicht in einer Sackgasse, sondern einem dreihundert Meter tiefen Brunnenschacht festsitze, wenn ich die Katastrophe schon mit hundertachtzig Sachen um die Ecke biegen sehe, wenn die Reifen quietschen und die Gleise glühen und irgendjemand verzweifelt versucht, die Notbremse zu ziehen, dann macht es nur leise *Plopp,* und ich gerate in ein Raum-Zeit-Kontinuum, schwebe über mich selbst und meine gesammelten Katastrophen hinweg, lande sanft und elfengleich ein paar Meter neben dem ursprünglichen Problem und denke: Aha. War ja alles gar nicht so wild. Und das alles nur, weil sich die Dramen bei mir so heimisch fühlen, einrichten, festsetzen, stapeln, gegenseitig auf die Füße treten, Platzangst kriegen, lauter werden, Atemnot und Nervenzusammenbrüche erleiden und schließlich irgendwann panisch ausbrechen und das Weite suchen. Ich bin ein soziales Dramenauffangbecken. Ich bin die vorgelagerte Insel vor dem Festland. Hier flüchten Probleme hin, wenn sie woanders keine Stätte finden. Bei mir hätten es Maria und Josef leicht gehabt, hier ist für jede noch so kleine Mücke Platz! Und Probleme hatten die. Hochschwanger und obdachlos, genau meine Kragenweite.

Ich, das fleischgewordene Lampedusa, habe ein schwerwiegendes Problem. Denn ich habe vor allem DANN ein Problem, wenn ich eigentlich GAR KEIN Problem habe. Und wenn dann doch mal eines vorbeikommt, blase ich so viel Luft hinein, dass es den Raum ausfüllt. Und wenn das nicht genügt, lade ich alle seine Freunde ein, und wir feiern eine riesige Party bis zum Morgengrauen, aber keiner von denen bleibt zum Aufräumen, das mache ich dann ganz alleine, ich und mein galaktischer Kater.

Kurzum: Ich liebe Konrad, die ganze Zeit schon. Ich war nur zu blöd, es zu merken. Er ist der großzügigste, kleinkarierteste, nachsichtigste, vorausschauendste, warmherzigste, kaltschnäuzigste, langsamste, kurzweiligste und einfach phänomenal beste Freund, den man sich wünschen kann. Er ist der Pol, der meine wild zitternde Nadel ausrichtet. Die Himmelsrichtung, nach der ich meinen Gebetsteppich ausrolle. Der kitschigste, romantischste und am häufigsten besungene kleine italienische Fischerhafen, in dem ich meinen Anker werfe. Er erzählt mir von Ferien auf dem Süderhof, wenn ich auf stürmischer See über die Planken schlittere. Er zieht den Stecker aus der Dose, wenn ich mit laufendem Föhn in der Hand über der Badewanne seiltanze. Er macht mich zu etwas Ganzem, etwas Vollständigem, er füllt die Lücken, in die ich so lange alles Mögliche reingestopft habe, um den Phantomschmerz zu lindern. Und nicht zuletzt liebt er mich, von der Locke bis zur Socke, von links nach rechts, von oben nach unten, vorwärts, rückwärts, seitwärts und diagonal, mit all meinen seltsamen, kaputten, schwierigen, anstrengenden Wesensarten. Er hat mich in die Mitte der Welt gesetzt. Und das, finde ich, ist eine wirklich kolossale Leistung.

Aber hier, wie überhaupt, kommt es anders, als man glaubt

Montag, 13. Juni, um 11:14 Uhr

Allen Liebesschwüren zum Trotz: Gestern war es so weit. Wir fuhren zu Konrads Eltern in den Taunus. Ich hatte vor Angst in der Nacht kaum geschlafen und sah am Morgen dementsprechend scheiße aus. Konrad kam mit einem dampfenden Pott Kaffee ans Bett.

»Geht's dir nicht gut?«

Ich witterte Morgenluft. »Nein«, sagte ich wahrheitsgemäß. »Ich glaube, ich habe Migräne.«

»Aber du hast doch nie Migräne«, stellte Konrad fachmännisch fest. Normalerweise erinnerte er sich an erstaunlich wenig Details aus meinem Leben. Er kannte nicht meine Schuhgröße, vergaß ausnahmslos immer, fettarme Milch zu kaufen, und konnte sich ums Verrecken nicht merken, dass ich nur hartgekochte Eier mochte, aber hier und heute ließ er den großen Juli-Kenner raushängen.

»Dann krieg ich vielleicht eine Grippe?«, versuchte ich es weiter und stöhnte mitleiderregend, als ich mich mit scheinbar letzter Kraft auf die Seite rollte.

»Hast du denn Fieber?«, fragte Konrad und legte mir die

Hand auf die Stirn. »Nein, deine Stirn ist nur ein bisschen feucht«, diagnostizierte er.

Angstschweiß, dachte ich und seufzte kränklich.

Konrad stand auf und verließ das Schlafzimmer. Eine halbe Minute später kam er wieder zurück, setzte sich auf die Bettkante und befahl: »Hose runter!«

Erschrocken drehte ich mich zu ihm um. »Was?«

»Wir messen jetzt Fieber«, verkündete Dr. Paulsen und fing an, an meiner Schlafanzughose rumzunesteln.

Mir ging es sehr schnell sehr viel besser. Ich schüttelte meinen neuen Leibarzt ab und wuchtete mich aus den Laken. »Vielleicht nur ein wenig Morgenübelkeit«, flunkerte ich und stürzte mit ein paar beherzten Schritten ins Badezimmer. Konrad war mir auf den Fersen. Vor der Badezimmertür, die ich mit Entschlossenheit vor seiner Nase zugedonnert hatte, blieb er stehen und rief mir nach: »Morgenübelkeit? Sag bloß, du bist schwanger!«

Das fehlte mir gerade noch! Ich ließ mich frustriert auf den Badewannenrand sinken. Plan A, eine landläufige Krankheit vorzutäuschen, um dem Besuch bei Konrads Eltern zu entgehen, schien gescheitert.

Während ich mir die Zähne putzte, suchte ich fieberhaft nach einer schlagkräftigeren Ausrede. Da mir aber innerhalb der nächsten Minuten keine einfiel, fand ich mich kurze Zeit später in Konrads Auto wieder.

»Ich muss aufs Klo«, sagte ich, als wir die Stadtgrenze passierten.

»Wir sind vor nicht mal zehn Minuten losgefahren«, meckerte Konrad und verdrehte die Augen, hielt aber an der nächsten Raste an und ließ mich rausspringen. Ich schloss mich auf der Toilette ein und rauchte drei Zigaretten. Dann ging ich in die Tankstelle und kaufte mir einen Sixpack stilles Wasser. Zwei Flaschen trank ich sofort. Als ich wieder zu Konrad ins Auto stieg, gluckerte es lustig in meinem Magen.

»Was hast du denn so lange gemacht?«, fragte Konrad. Ich schüttelte den Kopf. Es gibt Dinge, die bespricht man nicht mit seinem Freund. Konrad fuhr los.

Fünfzehn Minuten später musste ich wieder aufs Klo. Konrad wollte mir nicht glauben, aber ich drohte ihm damit, seine Sitze vollzupinkeln. Also hielt er bei der nächsten Gelegenheit wieder an. Ich verschwand auf der Toilette und schüttete einen weiteren Liter Wasser in mich hinein.

Für die Strecke von fünfzig Kilometern brauchten wie geschlagene anderthalb Stunden. Konrad war stinksauer, blieb aber standhaft. »Und wenn du so eine schlimme Blasenentzündung hast, dass wir dir heute Nachmittag eine neue Niere besorgen müssen: Wir fahren zu meinen Eltern und basta!«

Plan B war also auch im Scheitern begriffen. Ich sah ein, dass mir auch eine vorgetäuschte Ohnmacht nichts bringen würde, und verfiel in beleidigtes Schweigen.

Kurz bevor wir unser Ziel erreichten, fiel mir ein, dass Konrad ja nach wie vor vorhatte, seiner Mutter von meiner Raucherei zu erzählen. Ich bat ihn darum, damit noch ein bisschen zu warten. Konrad guckte mich verdutzt von der Fahrerseite aus an. »Wieso sollte ich? Du spielst doch gern mit offenen Karten.«

Genau, dachte ich, und erinnerte mich an die Liter von Wasser, die bei jeder Bewegung an meine Bauchdecke platschten. »Wir nähern uns doch gerade vorsichtig an, deine Mutter und ich, da will ich nichts riskieren.«

Konrad betrachtete mich und meinen Wasserbauch skeptisch. »Wer bist du?«, fragte er mich. »Und was hast du mit Juli gemacht?«

Ich wurde energischer. »Konrad, das ist jetzt wichtig! Vertrau mir bitte einfach, ich habe einen Plan.«

Ich hatte natürlich keinen Plan. Ich hatte ja eigentlich nie einen Plan, und wenn doch, scheiterte der in der Regel schon bei seiner Entstehung, siehe Plan A und Plan B, die schon so richtig in die Hose gegangen waren.

Konrad zuckte mit den Schultern, dann nickte er. »Also gut, wenn du meinst.«

Meinte ich.

Mit einem mulmigen Gefühl im Bauch stieg ich aus und folgte Konrad mit hängenden Schultern und schleppenden Schritten zur Paulsen'schen Haustür. Konrad klingelte, im selben Moment riss Günther bereits die Haustür auf.

»Konrad! Liebling!«, rief sie, und ihrer Stimme entnahm ich tatsächlich so etwas wie Begeisterung. »Schön, dass ihr da seid!« Sie sah mich an. Ich hatte Angst. Und musste pinkeln. »Hallo ihr beiden!« Günther kam auf mich zu und drückte mich an ihren ausgemergelten Busen. Bestimmt wollte sie mir gleich ein Messer zwischen die Rippen jagen! »Kommen Sie doch rein! Wie war die Fahrt?«

Ich lächelte steif und ließ mich von Günther in die Küche schieben. »Konrad, geh zu deinem Vater!«, befahl sie ihrem Sprössling. »Juli und ich haben genug in der Küche zu tun, du bist uns nur im Weg.«

Ich sah Konrad mit einem panischen Blick an. Bitte, bleib hier bei uns, und sei uns im Weg, bevor sie mich zu Kleinholz verarbeitet!

Doch Konrad winkte mir mit einem schiefen und nicht unfiesen Lächeln zu und verkrümelte sich in den Garten, wo er seinem Vater helfen wollte, einer kranken Birke die letzte Ehre zu erweisen.

Konnte man aus Birkenholz Särge zimmern?

Günther schloss die Küchentür. Und grinste. Mir brach schon wieder der Schweiß aus.

Sie trat an die Spüle und zog sich ein paar Gummihandschuhe an. Aha, dachte ich, das war's. Sie will keine Fingerabdrücke hinterlassen. Niemand würde je beweisen können, dass sie die tödliche Klinge gegen mich erhoben hatte. Es würde wie ein Unfall aussehen! »Juli, nein, die ist ausgerutscht und sehr unglücklich gefallen. Ja, in das Messer. Das ist aber auch ein ungeschicktes Mädchen, diese Juli!«

Ich wartete darauf, dass mein Leben in Bildern an mir vorbeizog, und warf einen letzten sehnsuchtsvollen Blick durchs Fenster nach draußen. Adieu, schnödes Leben! Auf Wiedersehen, Welt! Das war's, das Lämmchen wird jetzt zur Schlachtbank geführt und fügt sich seinem Schicksal.

»Juli – das ist ein schöner Name«, sagte Günther. Ich nickte und stellte mir die Inschrift auf meinem Grabstein vor: *Nie besungen, Efeublüte, nur umsummt – R.I.P. Juli R.*

»Ich finde, Sie sollten mich nicht länger Frau Paulsen nennen.« Stimmt, dachte ich, Donna Corleone ist ja auch hübsch. »Wenn ich Sie Juli nenne, dürfen Sie mich natürlich auch beim Vornamen nennen.«

Ach du liebe Zeit, bloß nicht!, dachte ich und schluckte schwer.

Günther streckte mir die gummibehandschuhte rechte Hand hin. »Ich heiße Gudrun.«

Günther. Gudrun. Günther. Gudrun. Das konnte nicht gut gehen!

»Güdrün«, sagte ich und stellte bemerkenswert hirnamputiert fest: »Ich heiße Juli.«

Günther schüttelte sich vor Lachen. »Aber das weiß ich doch, Juli!« Sie hielt weiter meine Hand fest und klopfte mir mit der Linken auf die Schulter. »Sie waren ja schon als Heranwachsende so erfrischend humorvoll, Juli. Wissen Sie, das mochte ich schon immer an Ihnen!«

Is klar! Wenn es überhaupt etwas gab, was du jemals an mir gemocht hast, dann meine vollkommene Abwesenheit.

Mir kam Günthers Verhalten verdächtig vor. Wenn das eine Taktik sein sollte, dann war sie deutlich zu raffiniert für mich. Ich entschied mich, erst einmal abzuwarten.

Günther drückte mir einen Sparschäler in die Hand und mich auf die Küchenbank vor zwei Kilo weißen Spargel. Sie selbst nahm sich ein kleines Bürstchen (eindeutig keine bedrohliche Mordwaffe, es sei denn, sie hatte vor, mir qualvoll die Haut vom Körper zu bürsten) und fing an, eine enorme Menge Erdbeeren im Waschbecken zu putzen. Und dann startete sie die zweite Runde des Geplänkels.

»Erzählen Sie mal, wie läuft's so mit Ihrer Freiberuflichkeit?«

Gut, seit dein Sohn meine Miete bezahlt, lag mir auf der Zunge, aber ich entschied mich für die schwiegerelternkompatible Variante: »Mal so, mal so.«

»Gehört ja schon auch was dazu, sich in so jungen Jahren selbstständig zu machen.«

»Ja«, stimmte ich Günther zu und durchforstete mein Gehirn nach einigen nichtssagenden, konversationsgeeigneten Floskeln. »Muss man der Typ für sein.«

»Eindeutig«, stimmte Günther mir zu und blickte mich – ich wage es kaum zu sagen: freundlich – von der Seite an.

»Ich bewundere Sie für Ihren Mut.«

An dieser Stelle wollte ich gerne aus der Konversation aussteigen. Bewunderung? Von Günther? Alles, was recht ist, aber das war mir jetzt wirklich ein paar Gramm zu viel des Guten.

»Meinen Mann habe ich ja kennengelernt, da war ich gerade mit der Hauswirtschaftsschule fertig.«

Hauswirtschaftsschule. Das erklärt einiges. Eine Schule für höhere Töchter, die die Kunst des niederen Dienstes erlernen. Richtig nähen, richtig kochen und vor allem: richtig putzen. Mir dämmerte, wieso Günther meine Wohnung blitzeblank bekommen hatte, wo ich normalerweise schon am streifenfreien Fensterputzen scheiterte. Gelernt ist gelernt!

»Ich wollte dann eigentlich eine Ausbildung machen, als Sekretärin. Damals gab es ja noch die Sekretärinnenschule, wissen Sie. Aber dann haben wir geheiratet. Und nach den zwei Fehlgeburten …«

O mein Gott. Das Schwiegermonster zeigte menschliche Züge.

»Als Konrad dann da war, habe ich meine ganze Kraft auf ihn konzentriert. So ein Kind macht ja auch Arbeit.«

Wenn man Günther so reden hörte, konnte man meinen, sie erzählte von der Nachkriegszeit. Soweit ich weiß, ist Konrad in den Achtzigern geboren. Da war das Betreuungsangebot für kleine Kinder zwar noch nicht so ausgebaut wie heute, aber es gab Krippen und Kindergärten, Tanten und weitere Verwandtschaft, die man für die private Kinderbetreuung abkommandieren konnte. Meine Mutter hatte es ja auch irgendwie hingekriegt.

»Das waren eben andere Zeiten damals«, seufzte Günther mitleidheischend, und ich nickte, als wüsste ich, wovon sie redete. »Aber ich hab es nie bereut«, beeilte sie sich zu sagen. »Es ist schön, wenn man sich ganz auf die Familie konzentrieren kann. Sich aufopfern.« Willkommen im Jahr 1950! »Und ich hab ja noch meinen Garten.«

Ja, genau. Und einen Sohn, den sie belagern, und einen Mann, den sie terrorisieren konnte. Und eine Schwiegertochter in spe, der die doppelte Ladung blühte!

Mir wurde ein wenig flau im Magen. Immerhin begriff ich so langsam, was bei Günther schiefgelaufen war … na ja, immer noch schieflief. Wenn man keine andere Aufgabe hat, als sich permanent und rund um die Uhr, und das seit knapp dreißig Jahren, um zwei Chaoten wie Konrad und seinen Vater zu kümmern, dann war es ja fast nicht zu vermeiden, dass man geistig ein wenig … unterfordert war. Und deshalb alles an sich riss und kontrollieren wollte, was einem zwischen die Finger kam. Und dann wiederum, in weiterer Konsequenz, ein fetttriefendes Laster in Form von heimlichen Pizzaorgien entwickelte. Das schrie ja geradezu nach Frustfressen! Günthers Schilderung ihres aufopferungsvollen Lebens klang so trostlos, so unemanzipiert, so frustrierend, dass ich beinahe – aber wirklich nur beinahe – Mitleid bekam.

»Ich freue mich ja schon so auf meine Enkelkinder. Eine neue Aufgabe!«

Äh … ich glaube, die Erwartungen wurden soeben um ein paar Meter nach oben geschraubt.

»Wollen Sie denn auch aufhören zu arbeiten, wenn Sie und Konrad Kinder bekommen?«

Streichen Sie das mit dem Mitleid.

Ich druckste herum, wand mich. Kinder? Enkelkinder? Aufhören zu arbeiten? Ich war erst seit ein paar Monaten mit Konrad zusammen, was sollten denn diese intimen Fragen? Darüber hatte ich ja noch nicht mal mit meinem Freund gesprochen, und den ging es ja noch eher an.

»Also, ich glaube auch, dass die Mutterschaft sehr erfüllend ist …« Das hatte ich mal in einem Käseblatt gelesen. Ich glaube, es war die Apothekenrundschau. »Und auch die Hausarbeit erfüllt mich mit viel … Freude.«

Günther lächelte mich an, dann an mir vorbei auf den von oben bis unten verdreckten Konrad, der im Türrahmen stand und sich den Bauch hielt vor stummem Lachen.

»Konrad! Wie siehst du aus?«, zischte Günther. »Raus aus der Küche, aber flott!«

Konrad trollte sich, und ich konnte sehen, wie seine Schultern vor Lachen zuckten. Scheiße. Hatte er meine Flunkerei also mitbekommen. Das würde ich mir noch in zehn Jahren aufs Brot schmieren lassen müssen.

»Du kannst schon mal den Tisch decken«, rief Günther ihrem Sohn hinterher. »Essen ist gleich fertig.«

Das Essen war wider Erwarten nicht ganz so schlecht wie sonst, aber was will man bei Spargel und Kassler auch falsch machen. Selbst Günther würde das nur schwer schaffen – aber man hat ja schon Pferde kotzen sehen.

Nachdem der Pflichtteil vorüber war und ich bei einem von Günther begleiteten Museumsgang durch den Garten jeden einzelnen Grashalm wortreich bewundert und über den Klee gelobt hatte (»Ganz entzückender Lavendel, wirklich! Ach, Flieder ist das. Meinte ich ja.«), machten sich Konrad und ich endlich auf in Richtung Heimat.

Wir schwiegen. Ich schob das auf die Tonnen von Lebensmitteln, die Günther (ich brachte es einfach nicht übers Herz, sie – und sei es nur in Gedanken – Gudrun zu nennen) uns zu essen gezwungen hatte und die tatsächlich gar nicht mehr so megafies gewesen waren wie bei den letzten Besuchen. Konrad schob es wohl auf was anderes. Er blickte mich kurz von der Seite an. »Und? War's schlimm?«

Ich hätte ja gerne gesagt, dass es schlimm gewesen wäre. Und sei es nur, um Konrad diesen besserwisserischen Tonfall auszutreiben.

Nein, es war nicht SOOO schlimm gewesen, ich lebte noch, hatte zumindest partiell leckeres Essen im Bauch und war von Günther in keiner Silbe auf den Pizzahut-Vorfall angesprochen worden. Stattdessen hatte sie sich, ob aufrichtig oder geheuchelt, wage ich nicht zu vermuten, für mich oder besser gesagt meine Rolle als Frau und die gemeinsame Familienplanung mit ihrem Sohn interessiert. Das war durchaus als kleiner Erfolg zu bezeichnen. Reichte nicht zur Ehrenurkunde bei den Bundesjugendspielen, aber zumindest zur schriftlichen Bestätigung, dass man teilgenommen hatte. Und dass war mehr, als ich in drei Jahren Oberstufe geschafft hatte.

Ich lächelte also nett und sagte: »Es war okay.«

Und Konrad, dieser elendige Schuft, sagte: »Und auch die Hausarbeit erfüllt mich mit viel Freude …«

Bäh!

Der Natur auf der Spur

Mittwoch, 15. Juni, um 10:03 Uhr

Heute Morgen klingelte das Telefon.

»Hallo, Juli, meine Liebe!«, flötete es vom anderen Ende der Leitung in mein Ohr. Ich war gerade erst wach geworden und wollte meine allem Anschein nach rasant alternden Glieder gerade durch eine doppelte Espressokur zum Leben erwecken. Ich hatte keine Ahnung, wer zu solch einer unchristlichen Uhrzeit den Hörer gegen mich erhob, war aber noch zu zerknittert, um adäquat (mit Auflegen) zu reagieren.

»Wie geht es Ihnen?«, ging es in der einseitigen Konversation einfallsreich weiter. »Sitzen Sie schon am Schreibtisch? Störe ich Sie?«

»Gut. Nein. Ja.« Mehr ging nicht. Es war wochentags vor neun Uhr, und ich hatte noch nicht mal die Zähne geputzt.

Mein Gegenüber lachte etwas gekünstelt. Von irgendwoher bekam mein Gehirn die Eilmeldung, dass dieses Lachen in der Datenbank gespeichert war. Ich bekam ein ungutes Gefühl.

»Ist Konrad da?« Ich kombinierte, dass es sich bei meinem unverhofften Gesprächspartner nicht um einen Kunden von mir handeln konnte. Meine Auftraggeber hatten mich noch nie nach dem persönlichen Befinden meines Lebensgefährten gefragt. Nicht mal nach meinem. Und auch noch nie vor neun Uhr morgens angerufen.

»Nein, Konrad ist nicht da«, antwortete ich und versuchte, die Synapsen, die ständig durcheinanderglitschten, zu einem stimmungsvollen Gesamtwerk zu verknüpfen.

Als der Groschen dann endlich fiel, platschte er mir direkt in die Kaffeetasse.

»Günther!«, stammelte ich.

»Nein, Gudrun hier, meine Liebe«, zwitscherte Günther und schüttete sich aus vor Lachen. »Hab ich Sie vielleicht doch geweckt?« Erneutes Lachen. »Wie dem auch sei, Juli: Ich weiß jetzt, was Ihr Problem ist. Sie arbeiten zu viel!«

Aha. Ich starrte fassungslos auf den Hörer, den ich ein paar Zentimeter von meinem Ohr weghielt. Nicht dass das am Ende ansteckend war. Mein Hirn ging in den Stromsparmodus. »Fühlen Sie sich manchmal unausgeglichen?«

Meine reduzierte kognitive Leistungsfähigkeit forderte ihren Tribut. »Nur an Sonn- und Feiertagen.« Das hatte ich jetzt aber bitte nicht laut gesagt.

»Immerhin verlieren Sie nicht Ihren Humor.« Günther kicherte. »Ich habe einen Bericht gelesen, in der Zeitung. Frauen, die zu viel arbeiten, haben ein Problem, feste Bindungen einzugehen und sich auf ihren Partner einzulassen. Das wirkt sich dann natürlich auch auf die Familienplanung aus. Und auf die Bereitschaft, Kinder zu kriegen.«

»Äh …« Beeindruckend, wie nahtlos Günther an das Gespräch von Sonntag anknüpfen konnte. Und was sollte das überhaupt: »Ich weiß jetzt, was Ihr Problem ist«? Ich habe doch gar kein Problem! Na ja, nur eines, wenn ich ehrlich bin …

»Ich glaube, Sie sollten mal Schüssler-Salze ausprobieren. Oder ein Säure-Basen-Bad«, empfahl Günther, und ich sah sie schon den Rezeptblock zücken. »Das entspannt und entgiftet.«

Bislang hatte ich mir im Zusammenhang mit Günther ja

immer nur Gedanken über das VERgiften gemacht. ENTgiften stellte eine vollkommen neue Herausforderung für meinen Intellekt dar. Selbiger schälte sich aber gerade erst maulend aus den Laken.

Trotzdem schaffte ich es auch ohne nennenswerte Gehirnaktivitäten, die kommenden vier langen Minuten des Telefonats zu überstehen. Ich versprach Günther, sofort etwas gegen meine Übersäuerung zu tun. Außerdem ließ ich mir von ihr eine Anleitung für Leberwickel und ein Rezept für Brennnesselsuppe diktieren.

Irgendwann verabschiedete sich Günther von mir, nicht ohne mir das Versprechen abzuknöpfen, bald wieder vorbeizukommen.

Erschöpft und mit eindeutig zu vielen überflüssigen Informationen im Kopf schenkte ich mir eine weitere Tasse übersäuernden Kaffees ein, der laut Günther meine Harnsäurewerte torpedierte und Sodbrennen förderte. Dann zündete ich mir eine Zigarette an. (Zu der hatte Günther immerhin nichts gesagt.) Und mir dämmerte: Konrads Mutter war mir in homöopathischen Dosen irgendwie lieber gewesen.

Gemischtes Doppel

Freitag, 17. Juni, um 16:03 Uhr

Anscheinend gibt es im Hause Paulsen eine neue Taktik: Sie nehmen mich gemeinsam in die Klammer. Ich befinde mich seit mehreren Tagen in einer Art niemals enden wollendem Kreuzverhör. Fragt sich nur, wer der Good und wer der Bad Cop ist. Konrad meldet sich ungefähr dreimal am Tag, um mich vom Arbeiten abzuhalten oder mit Nichtigkeiten abzulenken. Kaum lege ich auf, klingelt das Telefon erneut, und Günther verliest mir die schrecklichen Langzeitschäden einer dauerhaften Übersäuerung. Wenn Günther recht hat, bin ich nicht nur schon seit Ewigkeiten unfruchtbar, eingeschränkt leistungsfähig und anfällig für Krankheiten jedweder Art und Couleur, sondern auch und an und für sich ein medizinisches Wunder, weil ich noch aufrecht auf beiden Beinen stehe und mich von fester Nahrung ernähre.

Ich denke darüber nach, mir eine Geheimnummer zuzulegen. Und vorsorglich schon mal eine neue Leber zu ordern. Man weiß ja nie.

Virtual Insanity

Sonntag, 19. Juni, um 15:21 Uhr

Jetzt hat die alte Krähe auch noch meine E-Mail-Adresse! Ich verdächtige Konrad und beabsichtige, einen handfesten Streit zum Wochenende anzuzetteln. Konrad erstickt meine revolutionären Triebe allerdings im Keim.

»Du stehst im Internet, Schätzchen.«

Scharf kombiniert. Ich traue mich in letzter Konsequenz dann auch nicht, den Junkfilter anzuschmeißen. Stattdessen breche ich einen gesamtgesellschaftlichen Diskurs vom Zaun: Kann man sich auf die Alten von heute eigentlich gar nicht mehr verlassen? Warum hat Günther einen Computer? Woher kennt Günther Google? Wieso schreibt Günther E-Mails mit einer säurearmen Einkaufsliste? Und warum ausgerechnet mir?

»Ich hab's ihr beigebracht«, sagt Konrad und grinst.

Der Feind in meinem Bett. Ich hab's ja geahnt.

Drum prüfe, wer sich ewig bindet

Montag, 20. Juni, um 20:31 Uhr

Ich gestehe gerne, dass ich ein Jammerlappen bin. Erst hasst mich Konrads Mutter, und ich finde es scheiße. Jetzt hat sie sich mit mir abgefunden und will sich gut mit mir stellen, und ich heule rum.

Tine versucht, mich zu trösten. »Schwiegermütter – lass dich nicht fertigmachen! Du musst ja nicht mit ihr zusammen sein!«

Das sagst du jetzt, denke ich mir. Bis dann Günthers Antrag kommt.

»Und es scheint ja auch so 'ne Macke von ihr zu sein«, fährt Cora fort.

Ich konstatiere: »Ich würde in Sachen Günther beim Stichwort Macke den Plural bevorzugen.«

Cora gluckst. »Ja, mag sein. Aber was ich meine, ist, dass sie ja auch so auf Nadine abgegangen ist, oder?«

»Und welchen Mehrwert bietet mir das?«

»Keinen Mehrwert, du Null«, lacht Cora, »aber immerhin behandelt sie dich nicht anders als deine Vorgängerin.«

Na, das nenne ich mal Trost. Ich wische mir imaginär den Schweiß von der Stirn.

»Ich weiß gar nicht, was du hast«, wirft Mona von den billigen Plätzen ein. »Ist doch toll, das mit dem Säure-Basen-Bad. Wofür ist das noch mal gut?«

Ich schicke einen Blick voll Missachtung in Monas Richtung. Das merkt sie aber schon gar nicht mehr, weil sie schon wieder in das Verfassen schmierig-verliebter SMS vertieft ist. Romantisches Pack! Komm mal im Leben an, meine Liebe, dann hört's schnell auf mit süßholzgeraspelten Kurznachrichten! Dann liegt die Betonung auf »kurz« und auf »Nachricht« und nicht auf »heititei« und »ruggedigu«. Amateur!

»Ich glaube, du bist gerade nur genervt von der Doppelbeschallung«, kombiniert Tine, und ich beneide sie ein kleines bisschen um ihren Sachverstand. »Konrad ruft wegen jedem Furz an, seine Mutter blockiert stundenlang die Leitung – wie sollen WIR dich eigentlich in Zukunft erreichen?« Die Mädels fangen an zu kichern.

»Ja, ja, fallt mir nur in den Rücken«, jammere ich.

»Der Apfel fällt halt nicht weit vom Stamm«, beschließt Cora die fruchtlose Jammerei. »Und jetzt kommen wir mal zum spannenden Teil. Mona«, sie wendet sich ihr zu, und Mona hebt den Blick vom Display, »wie war das denn jetzt genau mit diesem Patrick?«

»Pätrick«, bemerke ich, »mit ä.«

Mona beginnt, die Geschichte von sich, Pätrick und den Salmonellen zu erzählen.

Ich klinke mich aus, weil a) unappetitlich und b) schon mal gehört. Ich frage mich, ob ich mich nicht besser mal freuen sollte, weil Günther mein Konterfei allem Anschein nach nicht mehr als Dartscheibe verwendet, sondern beschlossen hat, mich zu lieben, zu ehren und zu achten, bis dass der Tod uns scheidet.

Die Reklamation

Mittwoch, 22. Juni, um 09:03 Uhr

HI JULI, WIE SIEHTS AUS, PÄRCHENABEND AM W-E? BRINGE PÄTRICK MIT! M.

Mona ist jetzt also ein Pärchen. Das ging aber schnell. Mir ist ja immer ein bisschen unwohl, wenn ich an die körperliche

Vereinigung der beiden frisch verliebten Körper denke, weil ich mir dann vorstelle, dass Salmonellen (Mona) und EHEC (Pätrick) einen neuen, absolut tödlich verlaufenden Supererreger erschaffen und ihn dann via Tröpfcheninfektion in die Welt hinausentlassen.

Mona ist jetzt Pärchen und will bei den Großen mitspielen. Tine und Cora haben schon begeistert zugesagt. Ich kann Mona nur dringend warnen.

Beziehung. Das klingt nach Friede, Freude, Eierkuchen, nach Wochenend und Sonnenschein, nach *All mein Hoffen, all mein Sehnen*. Und dann? Willkommen im Leben! *Es wird nach einem Happy End im Film jewöhnlich abjeblendt.*

Als ich letztes Jahr wie eine Wahnsinnige einen Freund gesucht habe, da konnte ich mir tatsächlich nicht vorstellen, dass Paarsein nicht »nur« schön ist, und ich setze das »nur« bewusst in Anführungszeichen. Ich hatte keine Vorstellung davon, welch nachhaltig verstörenden Einfluss Maulwurfshügel, Grünkernbratlinge und Telefonterror auf das Leben einer bis dato normal entwickelten jungen Frau nehmen können. Ich stellte mir das immer paradiesisch vor: Man wäre nicht mehr allein. Da wäre jemand, der dir bei der Steuererklärung, beim Bilderaufhängen, beim Wochenendeinkauf, beim Alltag und beim Leben zur Seite stünde, jemand, der dich morgens mit einem Kuss in den Nacken begrüßte und abends das Licht ausknipste, wenn dir über den letzten Buchseiten die Augen zugefallen wären. Jemand, der im Winter den Weg für dich frei schippte und im Sommer den Palmwedel hielte.

Ich war ja so doof!

Die Beziehung mit Konrad ist schön, erfüllend, unterhaltsam und abwechslungsreich. Meistens. Aber auch ganz schön anstrengend.

Wieso hat mir das eigentlich nie jemand gesagt? Wo waren sie, die Spötter, die Heuchler, die Lästermäuler, die sich doch eigentlich nie zu schade sind, ihre ungefragte und undifferenzierte Meinung von der Loge aus auf die Bühne zu krähen und damit alle Darsteller ganz wuselig zu machen? Na? Ja? Fühlt sich gerade zufällig jemand angesprochen?

Ich möchte diese Beziehung ja nicht zurückgeben. Den Kassenzettel habe ich ohnehin schon am ersten Tag verloren. Ich fände es nur nett und angebracht, wenn ich mal zu jemandem aus der Marketingabteilung durchgestellt werden würde. Ich möchte mich nämlich beschweren. Auf der Packung waren nur glückliche Menschen abgebildet, und die Werbung glänzte mit schmierigen Slogans. Der Inhalt ist, wenn zwar auch nicht so superkalifragilistischexpialigetisch wie vom Marktschreier angepriesen, dem Preis entsprechend ganz okay, die Werbung dafür war allerdings wirklich irreführend und weckte in mir Erwartungen, die nicht gänzlich erfüllt werden.

Um eines klarzustellen: Ich gehöre nicht zu den Personen, die eine Mikrowellenfirma verklagen, weil in der Gebrauchsanweisung nicht ausdrücklich davon abgeraten wurde, die Katze im Gerät zu trocknen. Also in unserem Fall: den Kater.

Ich bin kein Korinthenkacker. Ich fühle mich nur falsch beraten.

Habe ich da irgendwas missverstanden? Ich dachte immer, eine Beziehung sei das höchste anzunehmende Gut, das Übertreten der Ziellinie, die emotionale Mondlandung des Lebens.

Ich krame in meiner Erinnerung. Vor meinem inneren Auge sehe ich die Werbeplakate und darauf ausnahmslos glückliche und schöne Menschen, die sich ihr Leben gegenseitig noch schöner machen, als es vorher ohnehin schon war. Ich lese die schmissige Überschrift in Blockbuchstaben: SUPERBEZIEHUNG – nur echt mit sechsundvierzig Zähnen! Daneben ein kleiner Infokasten, der über die Inhaltsstoffe aufklärt: Liebe, Sex, Spaß und gute Unterhaltung. Das war's.

Wieso krieg ich nicht das, was mir die Werbung verspricht?

Ich will auch zu den ausnahmslos glücklichen Menschen auf dem Plakat gehören, mit weißen Zähnen und Willewallehaar. Das ist doch die sprichwörtliche Mogelpackung, die mir hier angedreht wurde!

Ach nein, da unten, da steht noch was. Moment, ich brauch die Lupe ... In winziger Schrift, ganz klein, fast unlesbar, steht da ein einziges Wort, das meiner Nörgelei schlagartig ein Ende bereitet: *Serviervorschlag*.

Na super.

Bonjour tristesse

Donnerstag, 23. Juni, um 16:58 Uhr

Wieso bin ich eigentlich gerade so meckrig? Ich habe erst vor ein paar Tagen festgestellt, dass ich Konrad nicht nur mit, sondern zu großen Teilen auch wegen seiner Fehler liebe, ich habe es ihm (wenn in der Situation auch eher unfreiwillig) gesagt und danach sogar gemerkt, dass es überdies stimmt. Ich habe seine Mutter überlebt und wache nachts nicht mehr schweißgebadet und schreiend auf, weil ich befürchte, dass sie mich im Säure-Basen-Bad ersäufen will. Und trotzdem fange ich gerade jetzt mit dem Meckern an? Was ist denn das für ein mieses Timing?

Vielleicht liegt's am Wetter. Der Juni ist auch nicht mehr das, was er mal war. Der halbe Monat war ein meteorologisches Sommerloch. Früher war mehr Juni. Und mehr Lametta. Früher war sowieso alles besser.

Aber wieso bin ich denn gerade so kratzbürstig?

Vielleicht bin ich schlicht und ergreifend schlecht gelaunt, weil ich steil auf die neunundzwanzig zugehe? Danach kommt dann die dreißig. Und dann die Wechseljahre. In ein paar Tagen jährt sich ein unvermeidbarer Termin: mein Geburtstag. Dann wird Konrad mir wieder was schenken müssen. Ich habe vorgeschlagen, dass wir auf Geschenke verzichten, ganz generell und sowieso. Nach dem Weihnachtsgeschenke-GAU hielt ich das für einen ziemlich genialen Vorschlag. Konrad wollte aber nichts davon hören, er hat nämlich schon »'ne hammergeile Idee«. Ich hör die Englein singen. Das kann nur nach hinten losgehen! Ich hab's im Gefühl, das wird ein Schuss in den Ofen.

Blödsinn. Self-fulfilling prophecy – schon mal gehört, Rautenberg? Positiv denken! Nicht kaputtdenken! Das kannste, das wissen wir, jetzt also mal Arschbacken zusammen, Brust raus, Kinn hoch, das andere auch, und dann ab durch die Mitte.

I wanna dance with somebody

Freitag, 24. Juni, um 09:07 Uhr

Noch nicht ganz wach und schon das erste Highlight des Tages. »Wann lerne ich eigentlich deine Eltern kennen?«

»Du kennst meine Eltern doch«, weiche ich aus und schlürfe den Milchrest aus der Müslischüssel.

»Quatsch, ich bin ihnen noch nie begegnet«, widerspricht mein Herzblatt, doch dann sehe ich eine kleine Glühbirne über seinem Kopf erscheinen. »Wobei … auf dem Abiball …«

Gott bewahre! Der Abiball, schon wieder! Abibälle sollten gesetzlich untersagt werden. Aber wir waren jung und brauchten den Scheiß. »Richtig. Auf dem Abiball.«

»War dein Vater nicht der lustige Mann, der alle anwesenden Frauen zum Tanz aufgefordert hat?«

Ich nicke stumm und leidend.

»Und der auf jedes Lied Walzer tanzte?«

Ich nicke wieder.

»Selbst auf *O Happy Day?«*

»Is gut jetzt!« Ich bin bedient. »Ja, das war er.«

Mein Vater liebt tanzen. Kann es aber leider viel zu wenig. Deswegen tanzt meine Mutter auch nie mit ihm. Ihre Füße sind ihr zu kostbar. Sie nennt es Selbsterhaltungstrieb. Mein Vater nimmt ihr das nicht krumm und frönt der Herrenwahl. So auch auf meinem Abiball, wo er nacheinander erst meine Stufenkolleginnen, dann ihre Mütter, später dann auch noch den weiblichen Teil des Kollegiums aufriss, um ihnen allen die großen Zehen zu zertrümmern. Blondinen bevorzugt. Meine Mutter lehnte sich entspannt zurück, trank einen über den Durst und wippte mit dem Fuß vollkommen synchron zum Takt.

Konrad grinst. »Cool! Der war lustig. Und ein bisschen peinlich.« Genau. »Wann fahren wir hin?«

Eine schrecklich nette Familie

Sonntag, 26. Juni, um 19:50 Uhr

Ich klingele an der Haustür meiner Eltern. Natürlich habe ich einen Schlüssel, aber der Anstand gebietet mir zu klingeln und mich und Konrad anzukündigen, damit meine Eltern sich noch schnell was überwerfen können.

Es ist sehr warm. Schlechte Bedingungen für einen Elternbesuch im Hause Rautenberg. Die Tür öffnet sich, und mein Vater steht vor uns. Im Gesicht trägt er ein zwanzig Zentimeter breites Grinsen, am restlichen Körper eine knapp bemessene Badehose in schrillen Neonfarben.

»Juli! Frucht meiner Lenden!« Er breitet die Arme aus und tritt einen Schritt ins Innere. Ich lasse meine Selbstachtung vor der Haustüre stehen und gehe hinein.

»Konrad, das ist mein Vater.«

»Ach, *mein Vater,* so ein konservatives Gerede – ich bin der Erwin«, jubelt mein Vater und zieht Konrad in den Flur. Er schüttelt ihm euphorisch die Hand und grinst immer noch. »Du bist ja gar nicht so hässlich!«

»Papa!«, zische ich. »Er hat dir nicht das Du angeboten!« Und auch nicht, ihn zu beleidigen, übrigens.

Mein Vater legt Konrad den Arm um die Schultern. »Ernsthaft, ich dachte schon, du wärst so ein Gesichtselfmeter oder so, sonst hätte Juli ja nicht so lange warten müssen mit dem Vorstellen.« Mir entgleist die Mimik. »Oder? Welchen Grund hättest du sonst haben sollen, Schnucki?«

»JUUUUULLLIIII!« Meine Mutter kommt mehr oder weniger nackt die Treppe runter. Sie trägt ein dunkelrotes Bikinioberteil, um die Hüften hat sie sich ein schlimmes Batiktuch gewickelt. Mir fallen ad hoc eine Menge Gründe ein, warum ich meinen Eltern erst dann meinen neuen Freund hätte vorstellen sollen, wenn ich einen unterschriebenen Ehevertrag und einen schweren Ring am Finger vorweisen kann.

»Ach, Kind, das hat aber gedauert … Das ist er also.« Meine Mutter stellt sich vor Konrad und begutachtet ihn wie ein Stück gut abgehangenen italienischen Schinken mit Kräuterkruste. »Ja, der ist gut, Tochter«, resümiert sie nach wenigen Sekunden. »Ein Prachtexemplar.«

»Mama«, stöhne ich, »wir sind hier nicht auf dem Pferdemarkt!«

Ich kann die Scham, die in mir aufsteigt, nicht beschreiben, als meine Mutter Konrads Gesicht mit beiden Händen umfasst und ihm einen fetten Schmatzer auf den Mund gibt. »Willkommen bei den Rautenbergs!«, sagt sie in Konrads fassungsloses, aber dennoch nicht unamüsiertes Gesicht. »Ich bin die Heidi.«

Willkommen bei den Rautenbergs. Das könnte der Titel des nächsten Remakes der Addams Family werden. Wild schnatternd und lachend ziehen meine Eltern ihr neues Opfer ins Wohnzimmer. Konrad taut erstaunlich schnell auf und sitzt schon bald barfuß und mit hochgekrempelten Ärmeln auf der Terrasse. »Ist aber auch 'ne Hitze!«, lächelt Konrad mir zu und öffnet einen weiteren Hemdsknopf. Meine Mutter freut sich über den Anblick und geht schnell zum fröhlichen Teil des Tages über, indem sie Erdbeerbowle ausschenkt. Um vier Uhr nachmittags, wohlbemerkt.

Eine halbe Stunde später hat Konrad einen sitzen und diskutiert wild mit meinem Vater die letzten Einsätze der Fußballnationalmannschaft. Meine Mutter hat sich in ihrem Stuhl zurückgelehnt und grinst leicht betüddelt und selbstvergessen.

»Konrad«, ergreift sie plötzlich das Wort und unterbricht die ehrenwerten Nachfolger von Netzer und Delling abrupt, »du gefällst mir echt viel besser als die anderen Gurken, die Juli hier immer angeschleppt hat!«

»Mama!«, sagte ich gut hörbar und mit Nachdruck, aber von mir nimmt nicht einmal mehr Konrad Notiz.

»Dieser Michael, mit dem sie mal zusammen war – hast du den mal kennengelernt?«

Konrad schüttelt den Kopf, ich erhebe das Glas und proste mir selbst zu. Jetzt muss es schnell gehen, alkoholtechnisch.

»Das war vielleicht ein Idiot! Und der sah aus – wie der letzte Ureinwohner, mit ungekämmten Haaren und dreckigem T-Shirt. Wie Juli sich in so jemanden verlieben konnte …« Sie schüttelt den Kopf, dann blickt sie verliebt meinen Vater an. »Von mir hat sie das nicht!«

Mein Vater grinst, nimmt ihre Hand und sagt: »Du hattest schon immer einen erlesenen Geschmack, mein Törtchen.«

Uaaaaaahhhh!, denke ich. Jetzt fangen wieder die schlimmen Namen an!

»Aber das Geheimnis einer langen Beziehung ist ja nicht nur das gute Aussehen«, bemerkt mein Vater oberlehrerhaft. Mir schwant Böses. »Das Sexualleben ist mindestens genauso wichtig!«

O Gott. Das ist die Apokalypse.

»Und da müssen wir uns vor euch jungen Leuten ja wirklich nicht verstecken«, schmachtet meine Mutter und lässt kokett ihren Busen wackeln.

Ich korrigiere: DAS ist die Apokalypse.

Das finde aber nur ich. Konrad amüsiert sich prächtig, in den kommenden zwei Stunden schlürft er Mamas Erdbeerbowle und lässt sich von Papa zu dessen größter Begeisterung den alten Käfer zeigen, der gerade in der Garage restauriert wird.

Meine Mutter zieht mich in die Küche. »Kind, also, ich weiß gar nicht, was du hast. Der Konrad ist doch ein ganz Toller!«

»Mama, ich hab überhaupt nie behauptet, dass er nicht toll ist!«

»Na ja«, erinnert sie mich an meinen letzten Besuch bei ihr, »du warst ja schon sehr unsicher zwischendurch. Gut, dass du das überwunden hast!« Sie drückt mich an sich. »Du darfst jetzt auch mal Glück haben, weißt du?«

Das finde ich nun fast wieder rührend und lasse zu, dass eine Welle von Zuneigung für meine Mutter durch meinen Körper flutet.

»Meinst du, dass Konrad Lust hat, im Herbst mal mit uns saunieren zu gehen?«

Ich sag es ja. Das Glück ist eine leichte Dirne.

That's not my name

Dienstag, 28. Juni, um 14:46 Uhr

Mit Geburtstagen habe ich noch nie viel anfangen können. Ich schreibe das Wort Geburtstag nicht gern, selbst am Computer vertippe ich mich ständig, per Hand ist es ein Desaster. Und dann muss ich jedes Mal eine fast niegelnagelneue Geburtstagskarte wegschmeißen, weil ich mich total blöd verschrieben habe. Gebutrstag. Da, schon wieder. Und ich schimpf mich Lektorin.

Meine schriftliche Blockade scheint auf die Realität Einfluss zu nehmen. So ungern wie ich Geburtstage schreibe, so ungern feiere ich sie. Zumindest meine eigenen. Ich kann die Anrufe nicht leiden, die den ganzen Tag über eintrudeln und mich bei der Arbeit oder beim Nichtstun stören. Die Gespräche folgen immer exakt derselben Dramaturgie: Es wird schief gesungen, dann umständlich gratuliert, gefolgt von der obligatorischen Frage nach dem Wohlbefinden und ein paar Floskeleien. Dann das Versprechen, bald mal mit »mehr Zeit« anzurufen, und exakt ein Jahr später hört man sich wieder. Möp. Langweilig!

Vielleicht hat meine Abneigung gegen meinen Geburtstag aber auch nur einen einzigen Grund: Ich habe am letzten Tag im Juni Geburtstag und daher seit frühester Kindheit als Zielscheibe schlechter Witze gedient.

»Warum heißt du denn dann nicht Juni?«, fragte mich vor Kurzem auch Konrad.

Ich zuckte mit den Schultern. »Weil meine Eltern so humorvolle Leute sind?«

»Na«, bemerkte Konrad trocken, »dann haben wir ja alle Glück gehabt, dass du nicht im Oktober geboren bist.«

Juli

Eindringlinge

Sklaventreiber

Samstag, 2. Juli, um 10:03 Uhr

Ich werde mich NIE WIEDER über Geburtstage beschweren. Ich werde Menschen, die in Zukunft meine Nummer wählen, um mir zu gratulieren und ein atonales Ständchen zu bringen, hingebungsvoll danken, ich werde den gesamten Morgen über auf den Postboten warten und ihm ungeduldig all die liebevoll gestalteten Geburtstagsgrüße aus der Hand reißen, ich werde Torten backen und Kaffeekränzchen veranstalten, solange ich damit nur absolut und zu einhundert Prozent sichergehen kann, dass mir Konrad nie wieder etwas schenkt. Nicht in diesem Leben. Nicht im nächsten. Einfach NIE wieder.

An meinem Ehrentag versammelten sich abends die Weiber plus Anhängsel in meiner Wohnung, Konrad schmiss verbotenerweise auf dem Balkon den Grill an, Mona warf mit verliebten Blicken um sich. Pätrick mit ä wurde in die Gemeinschaft eingeführt, und ich muss sagen, er machte sich nicht schlecht. Er artikulierte sich fehlerfrei, konnte mit dem Feuerzeug die Bierflasche öffnen und bot sich am Ende des Abends sogar für den Abwasch an. Ein Mann mit Format!

Gute Manieren, Schnapsideen und genügend Sitzfleisch allein genügen bei uns aber noch nicht, um zur Clique dazuzugehören. In Ermangelung eines ultragemeinen Aufnahmerituals (und wohl auch, weil bei zweigeschlechtlichen Cliquen die einschlägigen Initiationspraktiken wie Kekswichsen ausfallen) wartet die Meute immer begierig darauf, dass dem Cliquenanwärter irgendwas Peinliches, Saukomisches oder Befremdliches passiert. Konrad hatte bei seiner Aufnahme Tines Freund den ganzen Abend über mit dem falschen Namen angesprochen, keiner hat ihn damals korrigiert, niemand hat ihm einen Wink gegeben, aber alle lachten, als Stefan irgendwann sagte: »Du, übrigens, ich heiße gar nicht Daniel.« Konrads Gesicht lief in einem hübschen Bordeaux an.

Pätrick tat uns zum Glück den Gefallen und blamierte sich freiwillig und gleich zum Einstieg. Als er sich über den Tisch lehnte, um nach dem Brotkorb zu greifen, fiel ein Knopf seines Hemdes – *ploing* – einfach so in Coras Nudelsalat. Sie fischte ihn heraus und maulte: »Was für 'ne miese Qualität. Knöpfe sind auch nicht mehr das, was sie mal waren!«

Pätrick wand sich. »Äh, nee, der Knopf war nicht das Problem …« Alle sahen ihn fragend an. »Ich glaub, das mit dem Ankleben war halt doch nicht so 'ne gute Idee.«

Wir lachten herzlich über Pätrick mit ä, Daniel, der in Wahrheit Stefan heißt, schlug ihm auf die Schulter, Konrad lächelte mitleidig.

Dann ging es zu den Geschenken. Die Mädels, allesamt über Konrads weihnachtliche Einfälle bestens informiert, drängelten sich vor. Mona garnierte das Ganze mit dem Kommentar: »Es muss ja eine dramaturgische Spannungskurve geben!«

Konrad, der neben ihr stand, grinste. Verräterisches Pack!

Von Mona und Pätrick bekam ich einen Gutschein für eine Rikscha-Fahrt am Main. Tine und Stefan schenkten mir ein sehr viel versprechendes Gesellschaftsspiel. Cora und ihr Freund Mario überreichten mir mit Tränen in den Augen einen Schokoladenbrunnen, den wir sofort einweihen wollten. Konrad hielt uns aber gerade noch rechtzeitig davon ab.

»Darf ich um einen Moment Aufmerksamkeit bitten, bevor ihr euch die Bäuche vollschlagt?«, verkündete er großspurig und drückte mir ein großes Paket in die Hand.

Mir graute es. Und ich konnte es nicht verbergen.

Mona tätschelte meine Schulter. »Das wird schon!«

Konrad strahlte mich an. Ich begann, sehr vorsichtig die Verpackung abzulösen. Alle Augen waren auf das Geschenk gerichtet, und das war mir sogar am allerpeinlichsten: Alle würden es mitbekommen. Ich schluckte schwer.

Dann fiel mir ein, dass ich ja immerhin im Kreis meiner Freunde war. Sie würden Mitleid haben. Und ich hätte Zeugen für später. Beherzt riss ich das Papier vom Karton.

Dann verlor ich das Bewusstsein.

Als ich wieder erwachte, kniff Cora mich gerade zum wiederholten Male in die Wange. »Schätzchen, nicht schlappmachen!«

»Was steht denn auf der Packung?«, wollte Pätrick wissen und machte einen langen Hals. »MASTER … Was steht da? MASTERSLAVE?«

»Cool!«, rief Stefan. »Das ist echt praktisch, Juli, so eins hab ich auch!«

»Du hast einen Meistersklaven?«, fragte Tine mit unüberhörbarer Skepsis in der Stimme.

»Ja, nicht den gleichen«, gab Stefan zu, »aber einen ähnlichen.«

»Alter, Konrad!« Mona wurde ein wenig lauter. »Du schenkst Juli einen Mehrfachstecker?«

Pätrick mischte sich ein. »Das ist doch kein normaler Mehrfachstecker! Das ist eine Überspannungsschutzsteckdosenleiste! An die kannst du mehrere Geräte anschließen, und wenn du das Hauptgerät, also zum Beispiel deinen Rechner, ausmachst, schalten sich alle anderen Geräte automatisch mit ab. Ist super fürs Energiesparen!«

Die Jungs nickten sich fachmännisch zu, Stefan klopfte Konrad anerkennend auf die Schulter.

»Saucool, Junge«, lobte Mario. »Ist das die mit dreiundneunzig Kiloampere Ableitstrom und den USB-Anschlüssen?«

Konrad nickte wie wild mit seinem Kopf. »Ja, genau. Und mit akustischem Signalton und optischer Signalleuchte.«

Cora nahm mir den Karton aus der Hand und las laut vor: »MASTERSLAVE – Überspannungsschutzsteckdosenleiste. Inklusive Kinderschutz.« Sie sah mich schräg von der Seite an. »Und einem Versicherungsschutz bis hunderttausend Euro. Äh – was heißt das?«

»Dass alle deine technischen Geräte, die an der Leiste hängen, bis zu hunderttausend Euro gegen Überspannung versichert sind, also zum Beispiel einen Blitzeinschlag«, erklärte Konrad fachmännisch.

»Aber Julis Sachen sind doch gar nicht so viel wert«, warf Tine ein. Ich versprach mir, sie in mein heutiges Nachtgebet einzuschließen. Cora fügte hinzu: »Und ich kenne auch niemandem, bei dem schon mal der Blitz eingeschlagen hätte.«

»Konrad, glaubst du nicht, dass Juli es gerade noch alleine schafft, die Geräte mit der Hand auszuschalten?«, fragte Mona.

Dann fing ich an zu lachen. Es muss ja nicht immer Kaviar sein. Tine, Cora und Mona fielen solidarisch ein. Die Jungs guckten verwirrt.

»Was ist denn daran so lustig?«, fragte Mario ganz ernst. »Das ist ein SUPERgeschenk!«

Keine von uns vieren konnte darauf antworten, wir waren zu sehr mit Lachen beschäftigt.

Konrad legte die Stirn in Falten. »Wenn ihr fertig gelacht habt – ich hätte da noch was anderes.« Schlagartig wurden wir mucksmäuschenstill. »Jaaa, nach der Katastrophe von Weihnachten hab ich dazugelernt!« Er zog sein Handy aus der Tasche und wählte eine Nummer. Kurz darauf sagte er: »NOW!«

Es klingelte an der Haustür. Mona sagte halblaut: »Verlieren ist bei uns nicht bitter, denn hier kommt unser Bobby Flitter!«

Ich verkniff mir die nächste Lachsalve. Konrad verschwand in der Wohnung, um die Tür zu öffnen. Tine und Stefan fingen an zu tuscheln, Pätrick begann, Cora den Sinn einer Überspannungsschutzsteckdosenleiste zu erklären, Mona drückte meine Hand. Dann kam Konrad wieder auf den Balkon.

»Juli. Du weißt ja selbst, wie schwer es ist, ein Geschenk für dich zu finden.«

Ich blickte auf Rikscha-Gutschein, Gesellschaftsspiel und Schokoladenbrunnen vor mir auf dem Tisch und entschied mich für diplomatisches Schweigen.

»Nun, dieses Mal ist mir aber etwas wirklich Tolles eingefallen!« Ich sah auf den MASTERSLAVE. »Nein, nicht nur die überaus praktische Überspannungsschutzsteckdosenleiste«, fing Konrad meinen Blick auf, »sondern etwas noch viel Besseres!«

Ein stiller Blick zu Mona, den sie erwiderte: Das klang vielversprechend.

»Hier ist mein Hauptgeschenk!«

Die letzten Worte sprach Konrad wie einer von diesen Boxansagern aus, also mit ganz lang gezogenen Vokalen. Dann richtete er dramatisch eine Hand in Richtung Balkontür und trat ein Stück zur Seite. Im Schein des aus dem Wohnzimmer fallenden Lichts trat eine Frau in die Türöffnung.

Zuerst dachte ich, es wäre ein Kind, denn die Frau war sehr klein und zierlich. Doch als ich ihr ins Gesicht blickte, sah ich, dass sie mindestens schon fünfzig sein musste und eindeutig asiatischer Herkunft.

Die Frau lächelte mich freundlich an. »Magandang gabi«, sagte sie und nickte mir zu.

Ich starrte zu Konrad. »Gabi?«

Konrad lächelte. »Das ist Tagalog.«

Ich löste mich aus meiner Schockstarre, stand auf und reichte der kleinen Frau die Hand. »Hallo, Tagalog.«

»Nein«, rief Konrad, »die Sprache heißt so!«

»Ang pangalan ko ay Hoa«, sagte die kleine Frau und schüttelte weiter meine Hand. »Maligayang kaarawan.«

Konrad half aus. »Das ist Hoa. Sie kommt von den Philippinen.«

»Aha.«

Ich war überfordert. Warum brachte Konrad eine offensichtlich viel zu alte Austauschschülerin mit zu meinem Geburtstag? Die allem Anschein nach auch keine Silbe Deutsch sprach? Ich blickte verwirrt zu Konrad, dann zu den anderen, die Tagalog freundlich angrinsten.

»Und … äh … Was macht sie hier?«, erdreistete ich mich schließlich doch zu sagen.

»Ach so! Ja!«, antwortete Konrad und gab Tagalog ein Zeichen, ihre Jacke zu öffnen. Sie lächelte, dann begann sie, an dem Reißverschluss ihrer für die Jahreszeit ohnehin viel zu warmen Stoffjacke rumzunesteln.

Mona schrie auf. »Eine Stripperin!« Ich hatte den gleichen Gedanken, und mir blieb die Luft weg. Tines und Coras Gesichter überrollte das blanke Entsetzen, die Jungs blickten ein wenig pikiert, aber nicht desinteressiert. Konrad schritt ein, bevor der pöbelnde Mob Tagalog zu Boden reißen konnte. «Nein, Unsinn, wartet doch mal!« Mit einer Geste bat er Tagalog, die das Aufmachen des Reißverschlusses irritiert unterbrochen hatte, weiterzumachen. Sie zippte wieder und riss schließlich die Jacke auf. Sie trug ein weißes T-Shirt. Darauf, quer über ihrer Brust, stand: MASTERSLAVE.

Jetzt fingen die Jungs an zu lachen. Und zwar so richtig. Tagalog grinste. Offensichtlich hatte sie keine Ahnung, was auf ihrem T-Shirt stand.

»Konrad«, brüllte Mona über das chauvinistische Gewieher der Jungs, »wenn es das ist, was ich denke, zeig ich dich an!«

Konrad gluckste. »Wo bitte willst du mich denn anzeigen?«

Mona schüttelte wütend eine Faust gen Himmel und sah ein bisschen aus wie eine italienische Mamma. »Bei Amnesty International! Und bei der UNO! Und bei der philippinischen Botschaft!«

Das genügte. Konrad brach in schallendes Gelächter aus.

Tine setzte sich seufzend neben Cora, die mit fassungslosem Gesicht Konrad anstarrte.

Nur Mona, meine letzte Bastion, legte sich ins Zeug und mit ihm an. »Das ist Sklaverei! Ihr Schweine!«

Pätrick, der alte Opportunist, hörte sofort auf zu lachen. »Mona, ist doch nur ein Witz.«

Konrad sprang ihm bei. »Ja! Jetzt seid mal nicht so. Das mit dem T-Shirt war doch nur 'ne Idee von mir, um das alles ein bisschen lustiger zu machen.«

Lustig. Aha. Na ja, Geschmäcker sind ja bekanntlich verschieden.

»Heißt das jetzt, sie ist gar nicht mein Sklave?«, fragte ich, weil ich den Sinn von Konrads zweitem Geschenk noch weniger begriff als den des ersten.

»Sklave? Nein, Quatsch!«

So ganz langsam, aber sicher fing ich an, die Geduld zu verlieren. »Aber was macht sie dann hier?«

»Ach so!« Konrad griff sich an die Stirn. »Das hab ich ja noch gar nicht gesagt! Hoa ist unsere neue Putzfrau!«

Beim ersten Mal tat's noch weh

Sonntag, 3. Juli, um 16:24 Uhr

»Ist das nicht toll?« Konrad schnitt sein Brötchen demonstrativ neben dem Tisch auf. »Jetzt müssen wir nie wieder putzen.«

»Konrad, ich hatte kein Problem mit dem Putzen. Falls ich dich daran erinnern darf«, ich drohte ihm mit dem Kaffeelöffel, »DU bist derjenige, der hier so ein Chaos veranstaltet!«

»Noch besser«, jubelte er, »jetzt müssen wir uns auch nie wieder ums Putzen streiten!«

Männer! Ich war fassungslos. »Für wen ist dein Geschenk denn eigentlich, hä? Für dich oder für mich?«

Konrad klopfte sein Frühstücksei auf und setzte dabei einen sehr weltmännischen Blick auf. »Vielleicht sieht es auf den ersten Blick so aus, als hätte ich Hoa vor allem meinetwegen engagiert, aber das stimmt natürlich nicht.« Natürlich nicht! »Wenn wir beide nicht mehr putzen und uns auch nicht mehr deswegen streiten müssen, haben wir viel mehr Zeit für andere schöne Dinge.«

Ja. Zum Beispiel, um mit der MASTERSLAVE-Steckdose zu spielen. Konrad hat sie gestern Abend angebracht und währenddessen so oft ihren praktischen Nutzen betont, dass ich mir wie im Teleshopping-Daueralbtraum vorkam. Ich wartete allerdings vergeblich darauf, dass er mit einem Schlückchen Wasser die Leistung des Überspannungsschutzes ausprobierte.

»Ach, Juli!« Er schenkte mir seinen besten Dackelblick. »Guck mal, es war soooo schwer, was Schönes für dich zu finden.« Offensichtlich. Und gelungen war es ihm auch nicht, denn *schön* war das Geschenk nun wirklich nicht. Und Tagalog auch nicht. So.

»Wo hast du diese Tagalog denn überhaupt aufgetrieben?«, fragte ich.

»Sie heißt nicht Tagalog«, bemerkte Konrad, »sie heißt Hoa.«

Hoa. Hao. Hallo, Hao. Nee. Hallo, Hoa. Hä? Eindeutig unaussprechlich. Den Namen würde ich mir nie merken! Ich beschloss, bei Tagalog zu bleiben.

»Sie putzt bei einem Arbeitskollegen. Ihr Mann hat ein Restaurant im Zentrum, aber sie will auf eigenen Beinen stehen.«

Eine emanzipierte Philippinin, die bei uns putzen wollte. Soso. Ob sie ein Jodeldiplom hatte? »Und wie will sie auf eigenen Beinen stehen, wenn sie kein Wort Deutsch spricht?«

»Ja«, gab Konrad zu, »das ist ein Nachteil. Aber sie versteht ein bisschen Englisch, auch wenn sie es nicht sprechen kann. Und außerdem«, Dackelblick, der zweite, »ich dachte, vielleicht könntest du ihr dabei helfen.«

Mir fiel alles aus dem Gesicht. »Das wird ja immer besser! Jetzt soll ich auch noch die Wohlfahrt spielen, oder was? Meinst du, ich hab nichts Besseres zu tun, als meiner Putzfrau Deutsch beizubringen?«

»Wieso?«, fragte Konrad und meinte es sogar ernst. »Du hast doch jetzt viel mehr Zeit, wenn du nicht mehr putzen und aufräumen musst. Und dann ... hast du auch wieder mehr Zeit für ...« Dann grinste er anzüglich.

Eines muss ich ihm lassen: Konrad hat eine 1-A-Chancenverwertung. Ich kenne niemanden, der so gezielt und mit so viel Schmackes jede noch so kleine Möglichkeit ausnutzt, die Argumente so hinzudrehen, dass sie ihm in den Kram und damit in die Argumentation passen. Es gehört schon was dazu, aus der Verteidigung heraus innerhalb weniger Minuten einen kausalen Zusammenhang zwischen der Benutzung des Staubwedels und Sex herzustellen! Ich muss wohl doch noch Jura studieren, um diesem Mann etwas entgegenzuhalten.

Eine Woche voller Samstage

Donnerstag, 7. Juli, um 10:03 Uhr

Samstag ist bei mir Putztag. Das ist schon so, seit ich mit neunzehn die elterliche Gemarkung verlassen und mir dabei natürlich geschworen habe, nie in so festgefahrene Verhaltensmuster zu verfallen wie meine Eltern. Meine Mutter putzt samstags immer die Wohnung, mein Vater das Auto. So viel zum Thema Abnabelung.

Jedenfalls schwinge auch ich samstags den Feudel. Unter der Woche komme ich einfach nicht dazu. Und unter der Woche stört mich der Dreck auch nicht. Aber samstags, da wache ich morgens auf und finde es plötzlich sehr störend, wenn ich meine Füße aus dem Bett schwinge und in Richtung Badezimmer schlurfe und schon nach wenigen Metern ein watteweicher Dreckfilm unter meinen Sohlen klebt. Vielleicht putze ich samstags, weil ich danach das Gefühl habe, dass das Wochenende jetzt richtig losgehen kann, weil ich aufgeräumt und saubergemacht, den Müll weggebracht, die Wäsche gebügelt und den Kühlschrank aufgefüllt habe. Vielleicht habe ich in meinem Leben einfach zu oft diese Joghurt-Werbung gesehen, in der eine gut gelaunte und noch viel besser aussehende Familie mit einem Weidenkorb voll mit frischem Obst und Gemüse (alles saisonal, regional und absolut fair gehandelt, versteht sich) zu beschwingter Musik in die Küche stürmt und sich dann mit vier Joghurtbechern bewaffnet auf ein herrlich sauberweißes Sofa (natürlich mit Persil gewaschen) fallen und die Löffel kreisen lässt. *Vollgepackt mit tollen Sachen, die das Leben schöner machen, hinein ins Weekend-Feeling.*

Ich bin echt werbegeschädigt. Ich glaube ja auch, dass bei

der Hamburg-Mannheimer ein Mann namens Kaiser arbeitet und der Typ aus der Nescafé-Werbung wirklich gar keine Auto hat. Und in Nimm-2 stecken nur Vitamine. Und Fruchtzwerge sind so wichtig wie ein kleines Steak.

Mein Weekend-Feeling bekomme ich also durch Putzen, und das mache ich immer samstags. Eigentlich. Denn mein überaus mitdenkender und um mein emotionales Wohl besorgter Freund Konrad alias »the Master of Geburtstagsgeschenke« hatte die umwerfende Idee, mir eine Putzfrau zum Geburtstag zu schenken, die dreimal die Woche kommt, und zwar jede Woche.

Am Montag war es das erste Mal so weit. Tagalog klingelte um acht Uhr morgens und riss mich aus meinem wohlverdienten Schönheitsschlaf. Konrad öffnete ihr die Tür und begann umgehend mit einer kleinen Wohnungsbegehung. Ich kämpfte mich aus den Federn und heftete mich an die Fersen des selbst ernannten Sauberkeitskomitees. In einem Kauderwelsch aus Englisch, Deutsch und dieser anderen, mir vollkommen unbekannten Sprache, die – ich kam gerade aus dem Bett und stand noch ein wenig neben mir – anscheinend nur aus Gurrlauten und lustigen Pling-Plongs bestand, kommunizierten der Chef (Tagalog) und sein Hiwi (Konrad) über die bevorstehenden Reinigungsarbeiten. Ich verstand nur Bahnhof und beschloss, mich noch mal hinzulegen.

Ich döste gerade wieder ein, als das infernalische Röhren des Staubsaugers erklang. Ich steckte den Kopf unters Kissen, meinte aber doch zu hören, dass der Lärm immer näher kam.

Eine Minute später öffnete Tagalog ungeniert die Schlafzimmertür und saugte zielstrebig auf mein Bett zu. Ich lugte unter dem Kissen hervor. Tagalog würdigte mich keines Blickes. Stattdessen krabbelte sie – sie ist sehr klein, maximal eins vierzig – unters Bett und beförderte, sehr zu meinem Unwohlsein, einige getragene und komplett eingestaubte Schlüpfer, eine verloren geglaubte Socke, einen Buchumschlag, eine Handvoll Erdnüsse, drei Haargummis und eine Gabel mit Resten von eingetrockneter Lasagne ans Tageslicht. Selbst über das enervierende Saugen hinweg konnte ich ein deutliches »Tstststs!« vernehmen. Das war international verständlich.

Ich klaubte die Fundstücke zusammen und beschloss, dass ich auch später würde weiterschlafen können, wenn das Bodenpersonal weg war und ich meine heilige Ruhe wiederhatte.

Doch Tagalog ging nicht weg.

Tagalog blieb, und zwar fast den ganzen Tag. Ich hätte mich ja tatsächlich gefreut, wenn sie »nur« geputzt hätte, aber »nur« putzen scheint es in Indonesien, Vietnam oder Kambodscha, weiß der Kuckuck, wo die Alte herkommt, nicht zu geben.

Tagalog putzte nicht einfach, sie unterzog meine Wohnung einer Generalüberholung. Die letzte war ja auch ein paar Monate her, Günther sei Dank. Sie wienerte die Dielen, schrubbte die Badewanne, polierte die Armaturen, reinigte die Fugen und war sogar kurz davor, sich am Kühlschrank zu verausgaben, was ich aber beherzt zu verhindern wusste.

»Nein!«, rief ich beinahe panisch, als ich sah, dass sie nach der Tür zum Eisfach griff.

»Bakit?«, kauderwelschte Tagalog.

»Nein, nix Bakit! Kühlschrank!«, sagte ich, mich an meinen Lehrauftrag erinnernd.

»'üllrann?«, versuchte es der Hauself.

»Der Kühlschrank ist mein Revier!«

»Babae na ito ay mabaliw.« Das heißt: »Diese Frau ist verrückt«, ich hab's gegoogelt, ich weiß aber nicht, ob Tagalog das wirklich gesagt hat. Ich habe in den Übersetzer einfach die Lautschrift eingegeben und das kam dabei raus. Außerdem schüttelte Tagalog, während sie mir den Sprachbrei vor die

Füße warf, den Kopf und sah mich geringschätzig an. Muss also stimmen.

Blöde Kuh.

Den Rest des Tages gingen Tagalog und ich uns aus dem Weg. Ich versuchte, mich vollkommen unbeeindruckt ob ihrer reinigungstechnischen Fähigkeiten zu zeigen. Sie versuchte, mich großräumig zu umputzen, was bedeutete, dass sie die Stelle, auf der ich gerade noch saß, stand oder lag, erst einkreiste, und sich dann, sowie ich sie verließ, daraufstürzte und mit Staubsauger, Reinigungsmittel und Glitzischwamm bearbeitete. Kurz: Ich kam mir vor wie ein hochepidemisches Bakterium, dem die menschgewordene Sagrotanflasche immer gefährlicher auf die Pelle rückte.

Am Mittwoch kam Tagalog wieder. Um Punkt acht klingelte sie mich aus dem Bett und fing direkt mit dem Fensterputzen an. Weil sie dabei anscheinend tonnenweise Wasser aus der Küche abzapfte, duschte ich wechselwarm. Meine Laune sank mit der Wassertemperatur.

Als ich mit grimmiger Miene aus dem Badezimmer stapfte, hinterließ ich mit ein bisschen Absicht eine nasse Spur auf dem Fußboden. Tagalog kam, sah und feudelte leise in ihrer Geheimsprache fluchend hinter mir her. Ich kam mir vor wie einer dieser Sextouristen, der sich eine Frau aus Thailand mitgebracht hatte. Oder im Katalog bestellt. Oder bei *Bauer sucht Frau.*

Sydney und ich saßen den Mittwoch über auf dem Sofa und beäugten Tagalog und ihre Putzerfolge kritisch. Immerhin hatten wir hier drin jetzt wieder Tageslicht.

Ich musste eingestehen, dass ich über Konrads Geschenk nicht nur schimpfen konnte. Denn so sauber war es hier nicht mehr gewesen, seit Günther hier als Atagirl aufgetreten war.

Abends, als die Lappenlady endlich von meiner Wohnung abgelassen hatte, schlenderte Konrad durch unser picobello gereinigtes Wohnzimmer. »Sieht super aus!«, meinte er und wischte aus purem Vergnügen mit dem Finger über ein Regalbrett. Sauber. »Und am Freitag kommt sie ja schon wieder!«

Toll.

Zukunftsmusik

Freitag, 8. Juli, um 18:48 Uhr

Und schon wieder fiel Tagalog bei uns ein. Ich hatte ihr in gewohnter Manier schlafwandelnd und im Pyjama und aus Versehen die Haustür geöffnet, ignorierte – dann zumindest halb wach – die Tonnen von Reinigungsmitteln, die sie in einem Hackenporsche in die Wohnung wuchtete, und verzog mich mit Kaffee und Zigaretten in die Küche.

Am späten Vormittag klingelte es. Ich hetzte zur Tür, bevor Tagalog mir zuvorkam, und öffnete. Vor mir stand Günther.

»Hallo, Liebes«, flötete sie. Ich flötete nichts, mir stockte der Atem. »Überraschungsbesuche sind ja eigentlich nicht so meine Sache, aber ich versuche schon seit Tagen, Sie zu erreichen, und niemand geht ran!«

Günther trat einen Schritt näher und umarmte mich. Ich roch ihr süßliches Parfüm und eine Menge von diesem ganz besonderen Duft, den Haarspray hinterlässt, wenn man sich die Frisur damit zubetoniert.

Wieso ging das Telefon nicht? Was war denn das für eine Scheiße?

Ich löste mich kommentarlos von ihr und spurtete ins Wohnzimmer zur Telefonbuchse. Das Kabel war ausgesteckt. Wahrscheinlich seit Tagalog mit einem Pinsel die Steckdose gereinigt hatte.

Ich schielte zu ihr rüber. Sie tat so, als wäre sie unsichtbar. Ich ging zähneknirschend in den Flur zurück.

»Ich wollte Ihnen doch noch Ihr Geschenk geben! Und Ihnen gratulieren!« Günther drückte mich erneut. Zu fest. Zu nah! Platzangst! Ich wurde spontan soziophob. Günther ließ ihren Blick durch den Flur schweifen. »Alle Achtung! Hier sieht es ja toll aus!«

Ich nickte. Günther trat in die Wohnung und sah sich um. »Haben Sie ein neues Talent an sich entdeckt, Juli? Das finde ich sehr gut! Als Frau muss man auch mal richtig anpacken können, nicht wahr?«

In diesem Moment kam Tagalog mit mehreren Putztüchern und einer Flasche Glasreiniger bewaffnet aus dem Wohnzimmer.

Günther starrte erst sie, dann mich fassungslos an, und ich trauerte den eben noch in greifbarer Nähe geglaubten Lorbeeren hinterher. Blöde Schrubberhexe!

»Sie haben eine Putzfrau?«, fragte Günther entsetzt.

Ich kam mir wieder vor wie einer dieser Sextouristen, der sich eine Frau aus Thailand mitgebracht hatte. Oder im Katalog bestellt. Oder bei *Bauer sucht Frau*.

Ich zog Günther ins Wohnzimmer und erklärte ihr, wie Tagalog Teil meines Lebens geworden war – und zwar natürlich total unfreiwillig und überrumpelig. Dass ich eigentlich eine leidenschaftliche (hüstel) Hausfrau wäre und es auch gar nicht gut fände, wenn arme Migranten aus Entwicklungsländern (na ja) von solchen Luxusschweinen wie mir (!) ausgebeutet würden. Dass Tagalog und ich indes jeden Tag zwei Stunden gemeinsam Deutsch übten und ich so meinen bescheidenen Beitrag zum Thema Integration leistete.

Günther strahlte.

Und ich hatte Angst, dass ihr meine verlogene hölzerne Nase gleich ein Auge ausstechen würde.

»Ach, Juli«, seufzte sie. »Sie haben das Herz schon am rechten Fleck.«

Ich nickte betroffen und klimperte mit dem Spendenkässchen.

Günther fuhr fort: »Kommen wir zum Grund meines Besuchs! Ich habe Ihnen noch gar nicht mein Geburtstagsgeschenk geben dürfen!« Sie zog einen Umschlag aus der Handtasche und überreichte ihn mir. Ich wollte keine Geschenke. Nicht nur nicht von Günther, sondern generell von niemandem, der den Namen Paulsen trug. Das konnte doch nur ganz und gar gequirlte Kacke werden.

»Es ist eine Einladung!«, jubelte sie.

Ich sag nur Apassionata und Kärnten. Fidschi kommt später.

Ich öffnete mit zitternden Händen den Umschlag und zog ein Kärtchen heraus. Die Vorderseite zierte die Fotografie zweier kleiner Kätzchen, die nebeneinander in einer kleinen Minihängematte lagen. Eines der Kätzchen hatte sogar ein Sonnenbrillchen auf. Na, das sah mir doch schwer nach Strandurlaub aus. Fidschi, ich komme!

Ich drehte die Karte um und las, was Günther mir in ihrer Sonntagsschrift geschrieben hatte:

Liebe Juli,
viel Glück und viel Segen auf all Ihren Wegen und alles Gute zu Ihrem Geburtstag! Das neue Lebensjahr möchte ich gerne gemeinsam mit Ihnen einläuten und Sie zu einer Sitzung bei Wahrsagerin Cosma einladen. Auf eine glückliche Zukunft!
Ihre Gudrun

Ich weiß nicht, wie ich die folgenden Minuten überstand. Ich versuchte krampfhaft, mir meine Fassungslosigkeit nicht anmerken zu lassen, und darüber vergaß ich wohl, mich gegen Günthers Vorschlag zu wehren, direkt nach einem freien Termin zu suchen.

Ich hab eine Verabredung. Bei einer Wahrsagerin. Mit Günther. Ich bin fick und fertig.

Glaube ist alles

Dienstag, den 12. Juli, um 10:54 Uhr

Wahrsagen also. Ich weiß ja nicht, was ich davon halten soll.

Es ist ja nicht so, als glaubte ich partout nicht an Horoskope, Kaffeesatz und Kristallkugeln. Das tue ich. Wirklich. Aber halt nur genau so lange, wie die Prophezeiung meinen Wünschen entspricht. Das könnte man jetzt opportunistisch nennen. Ist es wahrscheinlich auch. Denn eigentlich bin ich ein Glaubenstourist. Ich reise quer durch die Religionen und picke mir genau die Dinge raus, die mir am besten gefallen. Ich finde die Idee lustig, dass es vor über zweitausend Jahren einen Mann gegeben haben soll, der Wasser in Wein verwandeln konnte. Was für ein Teufelskerl! So jemanden würde ich gerne auf meine nächste Party einladen!

Gleichzeitig finde ich es aber gar nicht so gut, nur an einen Gott zu glauben. Das schränkt die Auswahl doch sehr ein, falls man es sich mit ihm mal verscherzt. Hiob zum Beispiel, der hätte sich bestimmt gefreut, wenn er eine Alternative gehabt hätte! Ich stecke so oft im Schlamassel, ich brauche mehr Möglichkeiten. Das Christentum und der Islam scheiden damit also aus. Hab ich noch was vergessen? Ach ja, das Judentum. Also, das kommt schon mal gar nicht infrage. Deren Lebensmittelregeln gehen ja gar nicht! Kein

Fleisch mit Milch – okay, aber nie wieder Spaghetti Carbonara?

Die heidnischen Religionen haben mehr Götter, was meinem Wunsch nach Abwechslung sehr entgegenkäme – allerdings fällt es mir schwer, einen Mann mit einem Hammer zu verehren und an die Kraft des Donners zu glauben.

Wenn ich mich weiter gen Osten richte, stoße ich auf – juhu! – weitere Religionen mit vielen Göttern. Doch für den Hinduismus sehe ich Rinder einfach zu gern als saftiges Steak auf meinem Teller liegen. Der Buddhismus ist mir mit seiner ganzen Stille irgendwie unheimlich. Und die anderen Religionen kenne ich nicht gut genug, als dass ich eine differenzierte Meinung dazu entwickeln könnte. In Anbetracht der schwer lesbaren Schriftzeichen vielleicht aber auch gar nicht so schlecht.

Eigentlich wäre es also die logische Konsequenz, wenn ich esoterisch erleuchtet wäre. Wenn schon alles andere aufgrund meines Lebenswandels, meines fehlenden religiösen Engagements oder auch einfach nur aufgrund meiner Bequemlichkeit wegfällt. Aber Esoterik ist mir viel zu patschuli.

Ich glaube stattdessen an eine universelle Macht mit sechs Armen und einem Rüssel, die irgendwo in einem skandinavischen Götterparadies lebt, das Meerschwein verehrt (unproblematisch, wird nur in Peru gegessen), der bacchantischen Feierei frönt, Mojitos herbeischnippt und von mir keine Opfergaben verlangt. Ich glaube nicht an Schicksal, daher kann ich diese Macht auch nicht dafür verantwortlich machen, wenn was schiefläuft. Meistens krieg ich das Chaos ja auch ganz alleine hin. Und im Kaffeesatz sehe ich das Unheil auch selten kommen.

Wie also kommt Günther auf die Idee, ich würde mich über ein handverlesenes Horoskop freuen? Da kann doch nur Konrad dahinterstecken!

Ich stelle ihn zur Rede. Und er tut ganz verdattert.

»Aber hast du mir nicht neulich Sydneys Horoskop aus der Gala vorgelesen?«

Für einen kurzen Moment fehlen mir die Worte. Dann sammle ich mich und bejahe mit stockendem Atem.

»Na also. Dann glaubst du also an Horoskope und diesen ganzen Astrohokuspokus. Ist doch super!«

Herr, schenk mir Geduld. Aber bitte sofort.

»Fühl dich geehrt. Nadine hat nur ein Wellnesswochenende gekriegt.«

Okay. Das besänftigt mich jetzt doch ein bisschen, denn die Vorstellung, mit Günther zusammen wellnessen zu gehen und ein Wochenende lang im Bademantel und mit Gurkenscheiben im Gesicht durch ein piekfeines Hotel im Taunus zu schlendern (und womöglich in einem Doppelzimmer zu schlafen!), geht mir durch und durch.

Guten Morgen, Sonnenschein

Freitag, 15. Juli, um 14:15 Uhr

Heute ist Freitag. Tagalog war wieder da. So wie schon Montag und Mittwoch. Und die komplette letzte Woche. Ich frage mich, was Tagalog eigentlich noch putzen will, wenn sie nächste Woche wiederkommt, denn in unserer Wohnung findet sich kein Staubkorn mehr. Ganz im Gegenteil: Die Holzdielen sind so gewienert, dass ich mit Sydney darauf ein Paartanzturnier veranstalten könnte, wenn Sydney seinem Namen ein bisschen mehr Ehre und dem olympischen Gedanken irgendetwas abgewinnen könnte. Tut er aber nicht. Sydney ist ein übergewichtiger, fauler Stoffel, genau wie sein Frauchen, daher gibt's bei uns Curling nur im Fernsehen. Und auch nur im Winter.

Konrad hat Tagalog mittlerweile einen eigenen Schlüssel gegeben, damit sie mich morgens nicht mehr aus dem Bett klingeln muss. Wie sehr der Mann mitdenken kann, wenn es zu seinem Vorteil ist ...

In Ermangelung eines putzbaren Fleckchens in unserer Wohnung kam Konrad heute Morgen mit Tagalog im Schlepptau ins Schlafzimmer, öffnete seinen Kleiderschrank und kauderwelschte irgendetwas in der Geheimsprache, die er und Tagalog nahezu flüssig beherrschen. Weder ich noch der verschnarcht aus der Bettwäsche blinzelnde Sydney, der innerhalb weniger Sekunden Konrads frei gewordenen Platz im Bett eingenommen hatte, verstand auch nur ein Wort. Tagalog hingegen nickte Konrad mit grimmigem, aber entschlossenem Gesichtsausdruck zu und begann, seine Kleider aus dem Schrank zu zerren. Ich verkroch mich unter der Bettdecke und fiel in einen jammernden Singsang ein.

Eine gute Stunde später krabbelte ich aus dem Bett und schlurfte ins Badezimmer. Während ich duschte, rüttelte Tagalog mehrmals an der Tür, wohl weil sie die Waschmaschine ausräumen wollte, die neben der Dusche steht und anzeigte, dass die nächste Ladung weißer Hemden zum Aufhängen bereit war. Ich drehte das wasserfeste Duschradio noch etwas lauter und sang *Girls just wanna have fun.*

Nach der Badezimmerorgie (Augenbrauen gezupft, Beine enthaart, Haare getönt, Gesichtsmaske und Haarkur plus Ganzkörperpeeling, und das alles nur, um Tagalog zu ärgern) lief ich glänzend, gesalbt, gepudert und wohlriechend auf der Suche nach einem Tagalog-freien Bereich durch die Wohnung. Aus dem Augenwinkel sah ich, wie sie im Wohnzimmer mit dem Bügelbrett kämpfte und enthusiastisch das Eisen dampfen ließ. Ich verzog mich in mein Arbeitszimmer und stopfte mir Ohropax in die Ohren.

Ein paar Stunden später, Sydney hatte sich, vor der Naturgewalt Tagalog verschreckt, auf meinen Schoß geflüchtet, tippte mir Frau Propper auf die Schulter. Ich schrak auf, drehte mich herum und puhlte mir die Stöpsel aus den Gehörgängen.

»Ja?«

Erstaunlich, wie schnell ich den Duktus eines südamerikanischen Plantagenbesitzers angenommen hatte. Fehlte nur noch, dass ich von ihr verlangte, einen Knicks vor mir zu machen oder im Bananenröckchen zu tanzen.

Tagalog fügte ein paar gutturale Laute aneinander und garnierte das Ganze mit wahllos dazugefügten Konsonanten. Dann sah sie mich erwartungsvoll an. Ich hatte noch nicht einmal das Fragezeichen verstanden.

»Hä?«, antwortete ich dementsprechend verständnislos.

Tagalog seufzte. Das war selbst ohne tiefer gehende Sprachkenntnisse verständlich. Sie ließ ihren Blick kurz über meinen Schreibtisch wandern, dann nahm sie ein Blatt Papier und einen Stift und malte ein Viereck darauf. »Lunes«, sagte sie.

»Danke«, antwortete ich.

Tagalog zog die Augenbrauen in die Höhe und widmete sich erneut ihrer Zeichnung. Nach wenigen Sekunden reichte sie sie mir herüber. Das Viereck hatte mehrere horizontale Striche bekommen, außerdem hatte sie zwei Sternchen daneben gemalt.

»Schön«, sagte ich und tätschelte ihr den Arm, »das hast du sehr schön gezeichnet.«

Ja, Gott, was sollte ich auch sonst sagen? Der Gedanke schoss mir in den Kopf, es für die weitere Karriereplanung mal im Bundesamt für Migration und Flüchtlinge oder in einer Walldorfschule zu versuchen. Ich witterte ein bislang unentdecktes Talent in mir.

Tagalog stampfte unverstanden und mittlerweile ordentlich angekekst mit dem Fuß auf. Vielleicht doch keine Flüchtlingshilfe? Mein Putzzwerg sah sich auf meinem Schreibtisch um. Plötzlich kam ihr eine Idee, ich sah das Leuchten in ihren Augen. Sie riss die Tastatur und die Maus an sich und öffnete meinen Internetbrowser. Ich saß sprachlos daneben und glotzte Fragezeichen in die Luft, hielt aber die Füße still. Tagalog öffnete den Google-Übersetzer und gab einen Satz in das freie Feld auf der linken Seite ein. Mit jedem Buchstaben, den sie mit der Zwei-Finger-Suchtechnik in die Tastatur einprügelte, wuchs im rechten Kästchen des Programms ein deutscher Satz. Ich las laut mit: »Montag Kühlschrank sauber.«

Ich verstand. »Nein!«, gab ich in das Fenster ein, und auf der rechten Seite erschien: »Hindi!« Tagalog schaute skeptisch. Ich zeigte mit Nachdruck auf meine Brust. Mein Revier! Tagalog seufzte und nickte. Ich war ein bisschen erleichtert, dass wir – wenn auch auf dem am niedrigst vorstellbaren Niveau – endlich einen Weg gefunden hatten, zumindest bruchstückhaft zu kommunizieren. Ich äußerte meine Freude über ihre gute Idee, das Internet zur Kommunikation zu benutzen. Der Übersetzer machte daraus: »Ito internet site ay isang magandang ideya!« Tagalog sah mich spitzbübisch grinsend an. Dann zog sie erneut die Tastatur zu sich und tippte. »Menu card para sa mga Restawran!«

Und dafür brauchte ich ausnahmsweise keine Übersetzung mehr.

Wischen impossible

Samstag, 16. Juli, um 12:03 Uhr

Eigentlich ist heute mein Putztag. Denn wie bereits gesagt, ist Samstag eigentlich der Tag, an dem ich den Restmüll runter- und das Altglas wegbringe, an dem ich pro forma mit ein bisschen Glasreiniger in der Hand durch die Wohnung laufe und den überaus nutzlosen Staubwedel schwinge, an dem ich mal sauge, auch unter dem Sofa, an dem ich eigentlich einkaufen gehe und die Wäsche wasche. Eigentlich. Denn Tagalog hat dafür gesorgt, dass mein Samstag so richtig im Eimer ist.

Ich sitze auf dem Sofa und langweile mich. Konrad ist im Park, mit den Jungs Fußball spielen. Ich habe vorgegeben, etwas Wichtiges tun zu müssen. Rumsitzen, zum Beispiel, Löcher in die Luft starren und in der Nase bohren. Alles besser, als mit den anderen Spielerfrauen über ihre Spielerfrauenthemen zu reden.

Sydney und ich sitzen also auf dem Sofa. Die Unterhaltung ist etwas einsilbig. Sydney ist heute nicht gerade der Gesprächigste. Und noch nicht einmal Tagalog ist da und saugt um uns rum, mit diesem überaus furchteinflößenden Staubsaugerrohr, das sie in jede noch so kleine Ritze des Sofas reinpresst. Neulich haben eine Haarklammer und eine Handvoll Erdnüsse das Rohr verstopft, das war vielleicht ein Spaß! Das hat Tagalog mindestens dreißig Minuten vom Putzen abgehalten und sehr, sehr verärgert. Lustig, wenn so eine kleine Philippinin durchdreht. Ein Hosentaschentornado!

Weil ich mich so langweile, streune ich schließlich durch die Wohnung und schaffe ein bisschen Unordnung. An meinen überaus chaotischen Schreibtisch hat sich Tagalog immerhin noch nicht getraut, vielleicht weil ich ein großes und international verständliches Totenkopfsymbol ausgedruckt und über dem Monitor gehängt habe. Der Rest der Wohnung kommt mir entfernt bekannt vor. Wirklich heimisch fühle ich mich aber nicht.

Ich gehe in die Küche und zerkrümele ein paar Semmelbrösel auf dem Boden. Es knirscht unter meinen Füßen, als ich darüberlaufe. Ah, schon besser. Dann drücke ich meine Nase an die Verandascheibe und hinterlasse einen fettigen Nasenabdruck. Das macht mich glücklich. Zuletzt nehme ich mir meine Bürste und verteile ein paar Haare auf den Fliesen im Badezimmer. Herrlich! Hier bin ich Mensch, hier darf ich sein.

Am Montag kommt Tagalog wieder.

Das nächste Spiel ist immer das schwerste

Sonntag, 17. Juli, um 10:59 Uhr

Heute Nachmittag um drei geht's los. Ich werde mich alleine (!!!) mit Günther treffen und gemeinsam mit ihr die Wahrsagerin Cosma besuchen.

Die Mädels sind begeistert. Tine beauftragt mich, gleich mal nach ihrer nächsten Gehaltserhöhung zu fragen. Mona will wissen, ob das mit Pätrick mit ä was Ernstes ist, und Cora lässt mir von ihrem Freund ausrichten, ich möge mir doch bitte die Spielergebnisse vom FC St. Pauli prophezeien lassen.

»Sucht euch doch eine eigene Wahrsagerin!«, sagte ich sichtlich empört, als wir uns gestern Abend trafen, notierte aber fein säuberlich die Wünsche meiner Liebsten. Man weiß ja nie, was kommt. Am Ende wird das nicht so, dass mir die Wahrsagerin Dinge über mich sagt, sondern mich Sachen *fragt,* und dann wäre ich schon ganz froh, wenn ich ein paar Fragen in petto hätte. Wie damals dieser Fußballtorwart, der einen Zettel in seinen Stutzen hatte – allzeit bereit! Genau so mache ich das auch. Es kann losgehen.

Dabei sein ist alles

Sonntag, 17. Juli, um 21:49 Uhr

Ich fuhr am Nachmittag gemeinsam mit Konrad zu seinen Eltern raus in den Taunus. Konrads Mutter stand schon gestiefelt und gespornt vor der Haustür, als wir um die Ecke bogen, und winkte uns heran. Konrad grinste hämisch, gab mir einen spitzen Kuss auf die Wange und sagte: »Genieß es, Baby.« Ich schlug ihn auf die Brust und bedachte ihn mit einigen unflätigen Ausdrücken. Günther kam ihm Schweinsgalopp auf den Wagen zugelaufen, scheuchte Konrad vom Beifahrersitz und gab ihm mit einer wedelnden Hand zu verstehen, dass er ins Haus verschwinden solle.

Im Türrahmen des Spießerbunkers stand Konrads Vater in seiner ausgebeulten Cordhose und einer fleckigen Strickjacke und winkte uns zu. Er strahlte übers ganze Gesicht. Würde ich auch machen, wenn Günther verschwände.

Wir fuhren eine gute halbe Stunde aufs Land hinaus, Günther quasselte mich voll, wie aufgeregt sie sei und dass sie sich schon ganz fürchterlich auf das Treffen freue. Ich nickte freundlich und versuchte mich in seichter Konversation. Irgendwann kamen wir in einer kleinen Ortschaft an, die den Charme der späten Siebziger verströmte, der mir wiederum direkt auf den Magen schlug. Günther dirigierte mich durch den Ort, bis wir in einem relativ modernen Wohngebiet anhielten. Ich staunte Bauklötze. Ich hatte mit einem Hexenhäuschen gerechnet, von Efeu überwuchert, mit Brunnen davor und Käfig dahinter, durch dessen Gitterstäbe Hänsel die Stöckchen hält – zumindest aber mit einem Aussiedlerhof, an dessen Apfelbäumen im Garten bunte Glasflaschen und Traumfänger hingen. Stattdessen ein stinknormales, geradezu abstoßend nichtssagendes Einfamilienhaus mit einem umgekippten Tigerentenfahrrad im Vorgarten und diesen mir vollkommen unverständlichen, alldieweil nutzlosen halben Gardinen am Küchenfenster.

Als wir an der Haustür klingelten (ein ganz normaler Klingelton, nicht etwa ein tibetanischer Gong oder so), öffnete eine Frau Mitte vierzig, von der ich, hätte ich sie auf der Straße getroffen, mit einhundertprozentiger Sicherheit behauptet hätte, sie wäre Grundschullehrerin. Günther reichte der Frau förmlich die Hand.

»Gudrun?«, rief sie. »Willkommen. Ich bin Cosma.«

Und dann drückte Cosma ihr Gegenüber mit einer so überwältigenden Herzlichkeit an sich, dass mir der Mund aufklappte. Es gab ein peinliches Hin- und Hergebussel, dann strahlte Cosma mich an. »Und du musst Juli sein!«

Kunststück, dachte ich, war aber nicht beeindruckt. Für diese Feststellung hätte sich Günther das Geld sparen können.

Ich verkniff mir einen diesbezüglichen garstigen Kommentar und ließ mich ins Haus ziehen. Wir legten Sommerjäckchen, Taschen und – endlich wurde es hier wenigstens ein bisschen alternativ – Schuhe ab und bekamen von Cosma je ein Paar ABS-Socken in die Hand gedrückt. Das sind diese Strümpfe mit den Gumminoppen an der Unterseite. Ich musste ein Lachen unterdrücken, als Günther in ihrem beigefarbenen Rock, der absolut faltenfrei gebügelten weißen Bluse und auf knallroten Rutschsocken vor mir ins Wohnzimmer eierte.

Auch hier sah es vollkommen normal aus. Zu normal! Ich war verwirrt.

»Juli, ich glaube, wir fangen mit dir an«, verkündete Cosma und zeigte auf ein kleines Zimmer, das vom Wohnzimmer abging. »Gudrun, möchtest du hier im Wohnzimmer warten?«

Konrads Mutter verkniff das Gesicht. Ob wegen des Duzens oder wegen der Reihenfolge, wusste ich nicht.

»Meinen Sie nicht, ich kann mit reinkommen? Juli und ich, wir sind doch … Freundinnen.«

Nur mühsam unterdrückte ich einen Hustenanfall. Cosma musste meine überquellenden Augen gesehen haben, denn sie meinte ganz diplomatisch: »Ich spüre Schwingungen, Gudrun, lass mich erst mal mit Juli allein, hm?«

Günther verzog sich mit einem Achselzucken aufs Sofa. Ich folgte Cosma in das kleine Zimmer und nahm an einem Tisch aus garantiert nachwachsender, unbehandelter Birke Platz.

»Möchtest du einen Kaffee?«, fragte Cosma.

»Na klar«, sagte ich und kam mir besonders pfiffig vor. Kaffeesatz also. In irgendwas musste sie ja meine Zukunft lesen.

Cosma stand auf und ging aus dem Raum. Aus der Küche hörte ich Geräusche, die mich entfernt an meine Senseo-Maschine erinnerten. Ich wunderte mich noch, denn meiner Erfahrung nach kann es bei Kaffeepads gar keinen Kaffeesatz geben. Na ja, was soll's, dachte ich mir, sie ist der Profi.

Cosma kam mit einem Tablett, zwei dampfenden Tassen Kaffee, einem kleinen Kännchen Milch und Zuckerwürfeln zurück. Ich nahm meine Tasse und setzte an. Mit ein paar schnellen Zügen verbrühte ich mir den Gaumen, schlürfte die Tasse aber bis auf den letzten Tropfen leer und hielt sie Cosma hin.

Die sah mich total verwirrt an. »Noch einen?«

»Nee, äh«, stammelte ich, »lesen?«

Cosma brach in schallendes Gelächter aus. Anstelle einer Antwort ließ sie zwei Zuckerstückchen in ihren Becher fallen und sah mich, während sie fleißig darin rührte, an. »Entspann dich, Juli.«

Ich atmete zweimal hastig ein und aus. Okay, entspannt. Konnten wir jetzt bitte endlich loslegen?

»Das Verhältnis zu deiner Schwiegermutter ist nicht gerade leicht«, sagte Cosma unvermittelt.

»Noch-nicht-Schwiegermutter«, polterte ich heraus. »Was hat Günther Ihnen denn erzählt?«

Von wegen Wahrsagen! Wenn die Alte von Günther vorab schon mit Informationen versorgt worden war, dann war es ja keine große Sache mehr, sich ein paar halbgare Empfehlungen aus den Rippen zu schneiden und sie als wahrgesagte zu verkaufen! Firlefanz, elendiger!

»Wer ist Günther?«, fragte mich Cosma.

»Das müssten Sie doch am besten wissen!«, rüffelte ich die unschuldige und nach wie vor sehr nette Frau an.

»Äh, Juli, also, ich glaube, ich sollte da mal was klarstellen«, sagte Cosma in weiterhin sehr heiterem und freundlichem Tonfall, »ich weiß gar nichts über dich, außer dass du Konrads Freundin bist. Okay? Gib mir mal deine Hand.«

Ich seufzte und legte meine Hände auf den Tisch. Cosma nahm meine linke und sah hinein. »Du bist unsicher.«

»Steht das da?«, fragte ich und beugte mich nach vorne, um dem Geheimnis meiner Lebenslinie auf die Spur zu kommen.

Cosma sah mich lange und intensiv an.

»Ich muss mal wieder zur Maniküre«, unterbrach ich die Stille, »steht das da auch?«

»Vielleicht sollten wir das mit dem Handlesen lassen«, schlug die selbst ernannte Prophetin vor. »Was hältst du davon, wenn wir es mit den Karten versuchen?«

Ich grunzte. Cosma verstand selbiges als Zustimmung und griff zu einem Stapel Spielkarten, der neben ihr auf dem Tisch gelegen hatte. Sie reichte mir den Stapel und wies mich an, ihn zu mischen. Ich tat, wie mir geheißen, und mischte professionell und wie ein Poker-Dealer im Casino mehrere Minuten lang. Cosma saß mir gegenüber und beobachtete mich dabei. Ich kam mir saublöd vor. Irgendwann streckte sie die Hand aus, ich reichte ihr die Karten. Sie begann, jeweils sechs Karten in eine Reihe zu legen, dann weitere Reihen, bis fünf untereinander und alle Spielkarten auf dem Tisch lagen. Spätestens jetzt hätte ich erwartet, dass Cosma eine Duftkerze anzündete oder ein kräftiges *Ommmmmm* in den Raum donnerte. Ich wurde aber leider enttäuscht.

»Dann wollen wir doch mal sehen!«, sagte Cosma, und ich konnte ein Glänzen in ihren Augen erkennen. Ich glotzte auf die Karten, die vor uns auf dem Tisch lagen.

»Full House!«, witzelte ich. Cosma lächelte mich an. Diese Frau konnte wirklich nichts aus der Ruhe bringen.

»Hui, du hast ja eine wilde Zeit hinter dir«, stellte Cosma beim nächsten Blick auf die Karten fest. »Viele Männer.« Ich sah nur zwei Buben in unmittelbarer Nähe zur Herzdame liegen, die angeblich ich war, und verkniff mir jeden Kommentar. »Oh, du bist selbstständig … interessant. Und das Geschäft läuft so lala.« Toll, Konrad, danke, dachte ich mir, denn diese Information zum Weiterratschen konnte Günther nur von ihm haben. »Ich sehe da einige komplizierte Verstrickungen … Wart mal, gab es mal Ärger mit einer ehemaligen Freundin von Konrad?«

Ich lehnte mich enttäuscht zurück. Wenn mir Cosma nur Dinge erzählen wollte, die schon passiert waren, vertrödelten wir hier wirklich unsere Zeit.

»Ach, das ist ja spannend.«

Was? Was war spannend? Ich horchte nun doch auf.

»Reichtum …«

Ich konnte einen kleinen Freudenschrei leider nicht unterdrücken. Und auch nicht die folgende Frage: »Deuten Sie etwa auch Steuererklärungen?«

Cosma ignorierte mein unqualifiziertes Geschwafel. »Es kann sich dabei natürlich auch um emotionalen Reichtum handeln.« Pahahaha, dachte ich. Kann sein, vielleicht, möglicherweise. Lächerlich.

»Hm, mal sehen, wie sieht es denn in der Liebe aus?« Cosma kniff die Augen zusammen.

Eine Weile saßen wir ganz still da, keiner von uns sagte etwas, nur draußen vor der Tür hörte ich ein Scharren.

»Haben Sie Haustiere?«, unterbrach ich die Stille, aber Cosma winkte ab.

Plötzlich riss sie die Augen weit auf. Ich keuchte. Weiche, Satan!

»Ach du liebe Zeit! Das wird aber noch ganz schön turbulent!«, rief Cosma. »Du musst achtsam sein, Juli, ich sehe da ein paar Probleme auf dich zukommen.« Ach Gott, die paar Probleme, dachte ich, und schaltete auf Durchzug. »In Form eines Mannes.« Jaja, dachte ich weiter. Konrad, die alte Hippe. »Und dieser Mann ist nicht dein Freund.«

Was? Ich fing Feuer. Neugierig beugte ich mich ganz weit vor und versuchte zu erkennen, was Cosma sehen konnte. »Wer ist es?«, keuchte ich.

»Das weiß ich nicht«, antwortete Cosma seelenruhig. Ich verfluchte sie innerlich und stellte mir vor, wie ich sie an ein Bett binden und ihr den Teufel austreiben würde.

»Und ich sehe auch einen Verlust«, fuhr Cosma fort. Das schockte mich jetzt nicht besonders. Wenn zwei Männer im Spiel waren, zog über kurz oder lang einer von ihnen den Kürzeren. Hauptsache, ich war die Königin.

Cosma sah erneut auf die Karten, dann bekam ihr Gesicht plötzlich einen sehr weichen Ausdruck. »Wie schön, Juli!« Sie ergriff meine Hand. »Die Karten sagen, dass Nachwuchs ins Haus steht!«

Vor der Tür hörte ich jetzt ein sehr deutliches Rumpeln, dann einen kleinen Triumphschrei. Cosma blickte von den Karten auf und rief: »Gudrun, sitzt du bequem?«

Günther antwortete (eindeutig NICHT vom Sofa): »Jaja, alles bestens!«

Ich konnte es mir nicht verkneifen und nickte in Richtung Tür. »Haben Sie das nicht kommen sehen?«

Cosma sah mich irritiert an, verzichtete jedoch auf eine Antwort. Wir redeten noch gute zwanzig Minuten darüber, was mir alles widerfahren *könnte,* wie ich war und sein wollte, und tief in meinem Inneren erhärtete sich der Verdacht, dass das hier weniger Wahrsagerei als vielmehr eine Psychoanalyse war.

Konrads Mutter hatte mir eine Psychoanalyse geschenkt. Sollte mir das zu denken geben? Mir drängte sich der Eindruck auf, dass man wahrsagen nur dann wirklich für bare Münze nehmen konnte, wenn man auch daran glaubte. Das mit mir hatte keinen Sinn, das sah selbst Cosma irgendwann ein.

»Hast du denn noch eine Frage?«

Ich dachte an den Zettel, der in meinem Socken steckte. Ich verwarf die Idee, Cosma zu den Spielergebnissen von St. Pauli zu befragen, und durchforstete mein Hirn nach einer Frage, die mich vielleicht wirklich interessierte.

»Äh, ja«, sagte ich, »können Sie mir sagen, wieso mich Konrad so oft anruft?«

Da zuckte meine Wahrsagerin nur bedauernd mit den Schultern. »Tut mir leid, Juli, aber das musst du ihn schon selber fragen.«

Ich war enttäuscht. Das war also mein supertolles Wahrsagen gewesen. Ich hatte mir erhofft, dass Cosma mir etwas Konkretes vorhersagte, irgendetwas, womit man arbeiten konnte, wie zum Beispiel die neusten Entwicklungen am Aktienmarkt oder eine schlimme Erkältung oder ein überraschendes Erbe, aber doch nicht diese Wischiwaschi-Empfehlungen der Marke Astro-TV. Ich bedankte mich trotzdem artig und übergab Günther das Staffelholz.

Günther war geschlagene fünfzig Minuten bei Cosma. Ich unterdrückte den Impuls, es ihr gleichzutun und an der Tür zu lauschen, immerhin glaubte ich ja gar nicht an den ganzen Hokuspokus.

Als sich endlich wieder die Tür öffnete, trat eine vollkommen verheulte, aber zum Umfallen strahlende Günther aus dem kleinen Raum und warf sich in meine Arme. Argh! Ich sandte einen leicht verzweifelten Blick zu Cosma. Was hatte die Kaffeesatztante meiner Hoffentlich-niemals-Schwiegermutter bloß erzählt?

Günther schnäuzte in meinem Kragen, dann richtete sie sich wieder auf und sah mich an. »Ich bekomme einen Enkel!« In ihren Augen plätscherte es. Mein Herz rutschte mir in den Garfield-Schlüpfer.

»Aber Konrad ist doch Einzelkind.«

»Ja eben!«, heulte Günther auf und warf sich wieder an meine Schulter. Tränen des Glücks durchnässten mein Oberteil. Fassungslos glotzte ich Cosma an. Ein Enkelkind? Sollte Konrad keine unehelichen Geschwister und sich selbst auch nicht außerehelich vergnügt haben, blieb diese Prophezeiung ganz offensichtlich an mir hängen.

»Haste Scheiße am Schuh, haste Scheiße am Schuh!«, pflegt mein Vater ja immer zu sagen. Jetzt war es amtlich: Mein Leben ist ein Computerspiel. Und Konrads Mutter der Endgegner.

Mutters Mund tut Wahrheit kund

Donnerstag, 21. Juli, um 16:43 Uhr

Ich habe mich von meiner Begegnung der dritten Art erholt. Wenn auch nur einigermaßen.

Am Montag kam Konrad vor Freude hüpfend und lustig pfeifend von der Arbeit.

»Hallo, Liebling!«, flötete er. »Ich hab den ganzen Tag versucht, dich zu erreichen.«

»Oh. Ja. Mein Handy ist … äh …« Absichtlich nicht in der Nähe, wenn ich versuche zu arbeiten und du achtundzwanzig Mal am Tag versuchst, mich anzurufen, und deswegen: »… aus.«

»Ach so. Schade, ich hab es nämlich fast nicht ausgehalten vor Aufregung!« Er riss mir den Wasserkasten aus der Hand, den ich gerade nach unten tragen wollte. »Du sollst doch nicht mehr so schwer heben.«

Fassungslos nahm ich ihm den Wasserkasten wieder ab. »Spinnst du?«

»Du bist doch schwanger!«, jauchzte Konrad und fiel mir um den Hals.

»Wer sagt das?«

»Na, meine Mutter!«, sagte Konrad und lief fröhlich trällernd die Stufen runter.

Also, jetzt schlägt's dreizehn. Sind die so doof, oder tun die nur so? Als Konrad die Treppe wieder hochkam, grinste er immer noch. »Ach, Baby, das wird so toll!«

»Nix Baby!«, sagte ich, deutlich angepisst. »Ich bin nicht schwanger.«

Konrads Gesicht fiel in sich zusammen. »Bist du nicht?« Er überlegte. »Wieso nicht?«

Gut. Da fiel mir jetzt ad hoc auch keine schlagfertige Antwort ein. »Wieso nicht, wieso nicht? Wieso sollte ich?«

»Aber meine Mutter hat doch gesagt …«

»DEINE MUTTER!«, unterbrach ich ihn dröhnend und ignorierte, dass sich im unteren Stockwerk eine Haustür öffnete. Da wollte wohl jemand unseren Disput belauschen. Bei uns sitzt man halt noch in der ersten Reihe. »Deine Mutter will so dringend ein Enkelkind, dass sie wohl Realität und Wunschdenken ein bisschen durcheinanderbringt.«

Konrad überlegte. Und dann lächelte er. »Na ja, das spielt ja keine Rolle, Julilein, wir wissen ja beide, dass man dich zu deinem Glück manchmal zwingen muss. Dann machen wir eben jetzt ein Baby, Prophezeiung hin oder her.«

Und dann trottete er dämlich grinsend in die Wohnung, suchte nach dem Metermaß und begann, mein Arbeitszimmer zu vermessen. »Glaubst du, wir kriegen einen Jungen oder ein Mädchen? Ich mein nur, wegen der Wandfarbe.«

Ich schloss ihn in meinem Arbeitszimmer ein, setzte mich vor den Fernseher und drehte die Lautstärke hoch, um seine Rufe, ich möge ihn bitte wieder rauslassen, nicht hören zu müssen. Zum Glück glaube ich nicht an diesen ganzen Wahrsagensquatsch!

Ayo Technology

Freitag, 22. Juli, um 14:21 Uhr

Das gibt's doch nicht! Mein Rechner ist kaputtgegangen! Einfach so, von einer Sekunde auf die andere, *swusch,* Saft weg. Schwarzes Bild. Nur noch ein mickriges Blinken vom Tower, wie der müde schlagende Rhythmus eines allzu schwachen

Herzens, wie man ihn in diesen Krankenhausserien immer sieht. Mist!

Ausnahmsweise rief ich mal bei Konrad an und heulte ihm was vor. Konrad, ganz der Fachmann, interessierte der plötzliche Herztod meines Computers fast gar nicht. Ihn interessierte nur eine Sache: »Hast du Back-ups gemacht?«

Äh … Back-was?

»Datensicherung?!«

Ups. Ich schluckte. »Ja, ja. Hab ich mal gemacht, vor Kurzem.«

Im Februar.

Um von diesem peinlichen Umstand abzulenken, erklärte ich Konrad lang und breit, welche Piepslaute in welcher Frequenz und Lautstärke ertönten, was passierte, wenn ich auf diverse Knöpfe drückte (um es kurz zu machen: gar nichts, bei keinem der Knöpfe), zog auf seinen Befehl hin diverse Kabel raus, versuchte, neu zu starten, und brach schließlich heulend über der Tastatur zusammen.

»Also«, diagnostizierte Konrad, »hört sich nach Mainboard an.«

»Toll! Kann man das reparieren?«

»Nee, du brauchst ein neues«, erklärte mein Freund mit seiner besten Telefonseelsorgerstimme. »Am besten, wir setzen den Rechner bei der Gelegenheit sowieso mal ganz neu auf und schauen, was sonst noch ersetzt werden sollte.«

Das klang gut. Das klang professionell. Ich beglückwünschte mich selbst, mir keinen Anwalt oder Steuerberater als Freund ausgesucht zu haben, sondern einen Computerfuzzi. »Datensicherung hast du gemacht, sagst du?«

Öhm …

»Wann denn die letzte?«

Pfhh …

»Juli?«

Es half ja doch nichts. »So, äh ... vor ein paar Monaten?«

Ich hörte Konrads Kopfschütteln geradezu durch die Leitung. »Ach, Süße. Das war nicht klug.«

»Ja, ja, seh ich ein. Mach ich auch beim nächsten Mal anders.«

»Solltest du«, sagte Konrad, »aber für dieses Mal isses rum.«

Ich stutzte. Was hieß hier rum?

»Ich muss es mir noch mal in Ruhe angucken, wenn ich wieder zu Hause bin«, erklärte Konrad, »aber es hört sich nicht so an, als würden wir die Daten noch retten können.«

Mir stockte der Atem. »Ach, Quatsch, das kriegst du doch bestimmt wieder hin!«

»Nein, Juli. Das krieg ich nicht wieder hin«, gab Konrad ganz lapidar zurück. »Das ist am Arsch. Verloren. Weg. Adieu. Bye-bye. Hasta la vista.«

»Verarschst du mich?«

Konrad lachte. »Hör mal, Baby. Du bist diejenige, die keine Back-ups gemacht hat. Du bist das Risiko eingegangen, dass der Rechner irgendwann einfach futsch ist und dir dann alle Daten flöten sind. Wie alt ist der Rechner, fünf Jahre?«

»Sieben«, gab ich zerknirscht zu.

Konrad lachte noch lauter. »Da wundert mich, dass er überhaupt so lange durchgehalten hat! Du hättest es wirklich besser wissen können, Fräulein. Spätestens seit letzten Sonntag.«

»Wieso seit Sonntag? Hast du mich am Sonntag etwa an eine Datensicherung erinnert? Hm? Nein«, giftete ich, »genau genommen kann man sogar sagen, dass du schuld bist.«

»Juli. Denk doch mal nach.« Nö. Ich war beleidigt. »Was hat dir die Wahrsagerin prophezeit?«

Das schlug ja dem Fass wirklich den Boden aus! »Keinen Zusammenbruch meines Rechners, jedenfalls!«, donnerte ich.

»Das nicht«, kicherte Konrad. »Aber einen Verlust.«

Arsch.

Ein Geschenk des Himmels

Montag, 25. Juli, um 19:31 Uhr

Gut, dachte ich mir heute Morgen. Wenn alle der felsenfesten Überzeugung sind, dass an der Prophezeiung was dran ist, dann versuche ich es eben auch mal mit ein bisschen esoterischem Vertrauen. Immerhin war der Teil mit dem Verlust schon abgehakt, mir winkten Reichtum und eine Begegnung aus der Vergangenheit. Den Nachwuchs schob ich mit gutem Gewissen in die hinterste Ecke meines Bewusstseins. Darüber würde ich erst wieder reden, wenn sich irgendeine der anderen Vorhersagen bewahrheitet hatten. Man muss sich ja nicht schon verrückt machen, wenn eigentlich noch alles in bester Ordnung war.

Das war mein neues Mantra. Jedenfalls vorerst.

Ich startete also gut gelaunt in die neue Woche. Es würde Reichtum geben! In Gedanken stellte ich mich schon darauf ein, die bald vom Himmel regnenden Goldtaler aufzusammeln, und suchte in der Wohnung nach einer passenden Aufbewahrungsgelegenheit. Ich hatte ja auch nichts Besseres zu tun, denn von guter Auftragslage konnte der Reichtum momentan wirklich nicht kommen. Auch wenn Cosma was anderes behauptet hatte. Alte Lügnerkuh.

Ich fand einen großen Kartoffelsack, den ich für mein Vorhaben für absolut geeignet hielt. Dann setzte ich mich ins Wohnzimmer und wartete. Nachdem ich die gängigen Frauenmagazine durchgeblättert, meine Fingernägel einer einstündigen Maniküre unterzogen und schließlich sogar das Rätsel in der Fernsehzeitung gelöst hatte und immer noch kein spontaner Geldsegen vom Himmel herabgefallen war (und ebenso wenig der Anruf von J. K. Rowling, ihr neustes Buch zu lektorieren), machte ich mich auf den Weg zum Briefkasten. Ich sollte die Sache mit den Geldtalern abhaken, wir leben im Jahr 2011, da werden nur noch Gutschriften versandt.

Doch der Briefkasten enthielt nichts außer einem Lidl-Prospekt – und meinen Kontoauszügen.

Ich witterte Morgenluft. Wenn das nicht ein Wink des Universums war!

Als ich den Brief öffnete, freute ich mich zunächst über die dreistellige Zahl, die fett gedruckt unten stand. Dann erst sah ich das kleine »s« vor der Ziffer. Ich war im Soll. Und zwar nicht zu knapp.

Nun wurde ich aber langsam doch ein bisschen ungeduldig. Ich ging wieder nach oben. Hm. Einen Rechner hatte ich keinen mehr, jedenfalls keinen, der funktionierte. Ich musste aber unbedingt ins Internet!

Sollte ich es wagen? Heimlich? Würde bestimmt ganz schnell gehen, und Spuren würde ich auch keine hinterlassen. Das würde er gar nicht merken. Ganz bestimmt nicht.

Ich schlich mich ins Wohnzimmer zurück, wo Konrad seinen Laptop lagerte. Nein, nicht Laptop. Sakrileg! Heiligstes aller Heiligtümer! Superempfindlich und sauteuer und garantiert nix für meine klebrigen Pfoten.

Scheiß drauf.

Ich fuhr den Rechner hoch und loggte mich bei meiner Bank ein. Der dreistellige Soll auf meinen Kontoauszügen konnte ja nur ein kosmisches Versehen sein, quasi ein esoterischer Treppenwitz der Weltgeschichte. Huch, Entschuldigung, Frau Rautenberg, wir haben ganz vergessen, den achtzehnstelligen Geldbetrag auf dem Auszug zu vermerken, der vor Kurzem von einem anonymen Gutmenschen auf Ihr Konto überwiesen wurde, verzeihen Sie bitte, wir holen das umgehend nach.

Zwischen der Zahl auf dem Papier in meiner Hand und der Zahl, die mich auf der Bankseite unter »Finanzstatus« begrüßte, gab es tatsächlich eine Differenz.

Allerdings keine, die mich glücklich gemacht hätte.

Ich klickte auf Aktualisieren.

Und noch einmal.

Und noch einmal.

Und noch einmal.

Ich holte mir einen Kaffee.

Und klickte auf Aktualisieren.

Und noch einmal.

Und noch einmal.

Und noch einmal.

Mein Finanzstatus blieb standhaft.

Ich wollte gerade zu einem erneuten Aktualisieren-Klick ansetzen, da klingelte es an der Tür. Wie erfreulich! Ich rechnete fest damit, dass Guido Cantz, der Moderator der glücklicherweise sehr bald wieder eingestellten Sendung *Deal or no Deal* vor meiner Tür stand und mir einen vollen Geldkoffer überreichen wollte. Oder wenigstens Harry Wijnvoord mit tollen Sachgeschenken! Oder Peter Bond vom *Glücksrad:* Ich nehme die Waschmaschine, den DVD-Festplattenrecorder, das Tandem, die Kletterausrüstung, das Glätteisen und das Topfset! Und 'nen neuen Rechner.

Stattdessen: der Postbote. *ZONK!*

Mit einer Hand wedelte ich meinen indonesischen Hauselfen, der gerade zur Tür geeilt kam, um sie zu öffnen, großbürgerlich wieder in die Küche zurück.

»Hallo, ich hab hier eine Sendung für Rautenberg.«

»Ich hab aber gar nichts bestellt«, sagte ich vorsichtig, nahm das Paket aber geifernd und speicheltriefend entgegen. Ein Paket! Eine Überraschung! Ich durchforstete mein Hirn, stieß aber auf keine mittlere bis größere Bestellung aus dem Bereich Online-Shopping in letzter Zeit.

Umso besser! Ich bekam einfach so Sachen zugeschickt! Hatte die deutsche Marktwirtschaft also endlich kapiert, welches Potenzial in mir schlummerte.

Ich riss dem Postboten das Päckchen aus der Hand und schmierte eine Unterschrift auf sein elektronisches Unterschriftengerät. Dann hastete ich in die Wohnung und machte mich unverzüglich daran, die Kartonage aufzureißen. Währenddessen wurden meine Augen immer größer, mein Blick immer ungläubiger: Vor mir lag ein niegelnagelneuer Laptop.

Ich drehte ihn ungläubig von einer Seite zur anderen. Hallo? Wo kam der denn her? Hatte Amazon gesehen, dass ich in den letzten Stunden immer wieder nach neuen technischen Untersätzen für mein bescheiden laufendes Klein(st)unternehmen gesucht hatte, und mir ungefragt, einfach so, aus reiner Nächstenliebe (und weil ich, sofern liquide, eine so gute Kundin war), einen neuen Laptop geschickt? Oder hatte die geneigte Leserschaft den letzten Notgroschen zusammengelegt, damit die gefeierte Starautorin (hüstel) bloß niemals aufhörte zu schreiben? Ich war gerührt!

Wer auch immer der edle Spender war, tat im Endresultat ja eigentlich auch nichts zur Sache. Geschenkt ist geschenkt! Und einem geschenkten Gaul schaute man bekanntlich nicht ins Maul …

Moment mal. Gaul. Geschenk.

Ich riss den Lieferschein auf. Da stand es, groß und fett und wirklich gar kein bisschen zu überlesen: Ein gewisser Konrad Paulsen hatte bei Amazon die Bestellung aufgegeben.

Und bezahlt!

Heute back ich, morgen koch ich

Dienstag, 26. Juli, um 08:21 Uhr

»Wie, was soll das heißen, von jedem anderen würdest du ihn annehmen, nur von mir nicht?«

Ich hatte zur Feier des Tages gestern Abend noch einen kleinen Streit vom Zaun gebrochen.

»Ich lass mir doch von dir nicht meinen Rechner bezahlen!«, donnerte ich.

Konrad schüttelte nur den Kopf, als stünde der wirklich allerdämlichste Mensch der Welt vor ihm. »Aber deine alte Möhre reparieren darf ich, oder was?«

Der allerdämlichste Mensch der Welt (ich) war von der Spitzfindigkeit dieses Konters so überzeugt, dass ihm die eigenen Argumente kurzerhand ausgingen. Übersprungsartig streckte ich ihm die Zunge raus und stampfte mit der linken Hacke einmal fest auf den Boden. »Ich lass mir von dir nix bezahlen! Ich bin nicht käuflich!«

Mein Freund sah mich zweifelnd an. Dann begann er – wie so oft – zu lachen. »Du siehst aus wie Rumpelstilzchen.«

Vor Wut stampfte ich ein zweites Mal auf. Rauch stieg aus meinen Nasenlöchern.

Konrad giggelte. »Wie ein Rumpelstilzchen, das Polka tanzt.« Er zog mich an sich.

Ich war aber noch gar nicht fertig, und vor allem noch gar kein bisschen in Versöhnungsstimmung!

»Komm mal her, mein kleiner Zinnsoldat«, lullte Konrad mich ein. »Ich wollte dir doch nur eine Freude machen. Ich weiß, dass du momentan ein bisschen klamm bist, und ohne Rechner wird's doch nicht besser, hm?« Ich spielte die Leberwurst und schmollte mich ein. »Und schau mal, ich zahl doch auch so wenig Miete, seit ich hier wohne. Auch kaum was für Sydney, das übernimmst fast alles du.« Mein Widerstand bekam leichte Risse. »Und ich seh das auch gar nicht als Almosen, sondern eher als Investition in die Zukunft!« Ich bröselte. »Ich glaub an dich und an dein kleines Unternehmen, deswegen lege ich Geld darin an. Wie an der Börse.« Da war er hin, der Widerstand.

»Aber bei mir gibt's keine Rendite«, bäumte ich mich ein letztes Mal auf.

»Klar gibt's die!«, sagte Konrad und kuschelte sich enger an mich. »Bei mir sind Naturalien als Währung gern gesehen.«

Wo war eigentlich mein Problem? Ich hatte einen zuckersüßen Freund, der ausnahmsweise mal mitdachte, mir mit Rat und Tat zur Seite stand, in meine blühende (oha!) Zukunft investierte und mich bedingungslos unterstützte, und ich machte Theater. Wie immer. Na toll! Ich überlegte, was mich gerade mal wieder so bescheuert machte.

Klar, kam es mir in den Sinn, ich würde Konrad nie einfach so mal einen Rechner schenken können. Normalerweise gab ich mir immer größte Mühe, möglichst kreative und einfallsreiche Geschenke zu machen, damit niemanden – eingeschlossen meiner Person – störte, dass es keinen hohen Sachwert hatte. Ja, ja, ich weiß, es geht nicht ums Geld. Manchmal aber schon. Und zwar dann, wenn dir dein Liebster was Teures schenkt und du mal wieder in die Klamottenkiste greifen musst. Dann macht das schon was aus, finde ich.

Ich dachte weiter nach. Und dann traf mich die Erkenntnis knüppelhart zwischen die Beine. Hätte ich Eier, ich wäre schmerzerfüllt zusammengebrochen. Wenn das der prophezeite Reichtum sein sollte, konnte ich mir den (mittlerweile nicht mehr ganz so) unerwarteten Geldsegen eindeutig abschminken und musste wohl endlich wieder der verkaterten Realität ins Gesicht blicken. Heute im Angebot: Selbst gebackene Probleme, ganz frisch an der Kuchentheke.

Menno.

Glaube, Liebe, Hoffnung

Freitag, 29. Juli, um 17:08 Uhr

Die Sache mit Verlust und Reichtum habe ich also abgehakt. Bis auf ein paar letzte Paninibildchen zur Frauenfußball-WM bei REWE kommt wohl auch nichts mehr. Und zu allem Überfluss fehlt mir auch noch das Frankfurter Stadion, um zumindest eine Freifahrt bei der Deutschen Bahn zu bekommen. Verdammter Mist.

Bleiben noch die Begegnung aus der Vergangenheit und der Nachwuchs. Hoffentlich sind das zwei unterschiedliche Kapitel. Das Letzte, was ich gerade brauchen kann, ist nämlich Nachwuchs aus der Vergangenheit. Oder eine Vergangenheit mit Nachwuchs.

Wie auch immer. Ich glaube ja sowieso nicht an den ganzen Käse! Das mit meinem Computer war ja – Konrad hört nicht auf, es zu betonen – ein längst überflüssiger technischer Kollaps und der plötzliche »Reichtum« nur eine Folge davon. Kein Grund, panisch zu werden. Und ich halte es für sehr unwahrscheinlich, dass ein abgelegter Liebhaber aus meiner Vergangenheit plötzlich vor Konrads und meiner Tür steht, und die Alimente für ein gemeinsames uneheliches Kind einklagt.

Äh, halt. Ich stehe zwar manchmal etwas neben mir, aber DAS hätte ich mitbekommen. Glaube ich.

Immer wieder sonntags

Sonntag, 31. Juli, um 12:16 Uhr

Konrad und ich schälten uns heute Morgen gerade aus dem Bett, als das Telefon klingelte.

»Wird meine Mutter sein«, sagte Konrad und legte mir den Hörer vor die Nase.

»Was soll ich denn damit?«, fragte ich, aber Konrad zuckte nur mit den Schultern, grinste und verschwand im Badezimmer.

Wie schon die letzten Tage, die ich wehrlos und von der miesen Auftragslage ausgelaugt auf neue lukrative Großprojekte gewartet hatte, war tatsächlich kein bekannter Starautor, sondern Günther am Apparat.

»Juli«, zwitscherte sie lerchengleich. Ich bekam einen spontanen Tinnitus. »Wie geht es Ihnen?«

»Wie gestern. Und wie am Freitag, am Donnerstag und am Mittwoch. Gut.« Ich war ja so was von genervt von diesen Schwangerschaftskontrollanrufen! »Und ich bin nicht schwanger«, fügte ich deswegen hinzu.

Günther stieß einen leisen Seufzer der Enttäuschung aus. »Ach, nein. Sind Sie nicht. Aber was nicht ist, kann ja noch werden!«

Konrad kam aus dem Badezimmer und lächelte immer noch breit. Ich zeigte ihm einen Vogel und versuchte, ihm das Telefon in die Hand zu drücken, aus dem gerade die wohlmeinenden Ratschläge von Günther geflötet kamen.

»Sie sollten gut auf sich aufpassen, Juli. Essen Sie gut? Bewegen Sie sich genug? Raten Sie mal, was ich hier gefunden habe! Konrads Taufkleidchen! Ich habe es direkt mal zur Reinigung gebracht, und hinten gab es auch eine kleine Naht, die nicht mehr ganz fest saß. Mein Konnilein war aber auch ein Moppelchen …«

Konrad winkte ab und überließ mich meinem Schicksal.

Das ist einfach kein Zustand!

August

Liebe^3

Treffen sich zwei

Montag, 01. August, um 15:21 Uhr

Heute Morgen wurde ich vom lieblichen Gesang des Staubsaugers geweckt. Als ich die Schlafmaske, deren Halterung sich praktischerweise in meinem Haar verfangen hatte, vom Kopf zog und mir die Ohropax aus den Ohren prokelte, strahlte mich Tagalog an.

»Good morning, Miss!«

Ich musste wieder an die Südstaaten denken. An Baumwollplantagen, an Scarlett und Rhett, an Unabhängigkeitskriege ... Weiter kam ich nicht, weil Sydney auf meinen Bauch sprang und sich vor der Putzinfanterie in Sicherheit zu bringen versuchte. Die Luft zischte aus meiner Lunge. Sydney stand auf meinem Brustkorb und miaute mir herzzerreißend und mit schlechtem Atem ins Gesicht. Ich schob den Acht-Kilo-Kater kurzatmig von mir runter und warf Tagalog einen vernichtenden Blick zu. Sie durfte hier ja putzen. Bitte, gerne. Aber doch nicht so laut! Konnte man morgens nicht mal die Dinge erledigen, die kein Geräusch machten? Fenster putzen? Staub wischen? Betten abziehen? Ich strich Letzteres in Gedanken. Dann stand ich auf und stellte mich den Herausforderungen des Tages.

Weil sich der Lärmpegel auch in den kommenden Minuten nicht drastisch verringerte, beschloss ich, meine Arbeit outzusourcen. Ich packte meinen neuen Laptop ein und machte mich bereit. Ein neuer Lebensabschnitt würde beginnen: Ich würde bei Starbucks meinen Arbeitsplatz einrichten. Genau wie all die anderen hippen Selbstständigen in Berlin, Hamburg und New York. Da gab es Kaffee im Überfluss, außerdem zweistündiges Internet for free pro Heißgetränk. Und Günther hatte die Nummer von Starbucks nicht und würde mir demnach auch den ganzen Tag nicht auf den Keks gehen können.

Sydney sah mir vorwurfsvoll hinterher, als ich die Wohnungstür hinter mir zuzog. Na ja, man kann nicht alles haben.

Im Tempel der Freiberufler angekommen, fühlte ich mich zunächst sehr wohl. Überall glotzten mich strahlend silberne Macbooks an und verströmten einen Hauch von Großraumbüro und Großstadtflair. Es duftete nach Kaffee und Brownies. Freundliche Mitarbeiter wünschten mir gut gelaunt und in Zimmerlautstärke einen schönen Tag. Wieso war ich eigentlich nicht schon früher auf die Idee gekommen, mein Büro mal auszulagern? Hier war es doch supernett!

Ich sah mich um. Überall hoch konzentriert auf ihre Rechner einhackende Freiberufler. Die erkannte ich ja zehn Meter gegen den Wind. Was die anderen wohl alle so machten? Vielleicht könnte man mal ein gemeinsames Projekt starten? Ich war willig und billig! Mein direkter Tischnachbar blickte auf und sah meinen neugierigen Blick. Er nickte mir kurz zu, dann versank er wieder in die Betrachtung seines Monitors.

Flegel! Ich war in Plauderlaune! Der Unhöfliche sah aus wie ein Architekt. Sehr schwarz-weiß mit einer grafisch anmutenden Nerdbrille. Und unhöflich. Musste einer von denen sein.

Links neben mir an einem anderen Tisch saß eine skurril angezogene junge Frau. Garantiert Designerin. Nur Designer erlaubten sich, fliederfarbene Leggins zu einem hellgrünen Longshirt anzuziehen und dabei auch noch irgendwie gut auszusehen. Die junge Frau hatte ihre Haare zu einer Assipalme zusammengebunden, ganz weit oben auf dem Kopf. Mit einem Schauder erinnerte ich mich daran, dass ich in den Neunzigern mal ganz ähnlich rumgelaufen war.

Ich verlor mich in der Betrachtung meiner Mitstreiter. Nach

einer halben Stunde sah ich ein, dass ich so langfristig nicht weiterkommen würde, und startete endlich das Textverarbeitungsprogramm. Ich arbeitete eine gute Stunde ohne weitere Ablenkungen, sah mich nur selten nach den anderen um und schaffte zu meiner eigenen Überraschung die Überarbeitung einer phänomenal schlechten Hausarbeit eines nicht nur nicht besonders zahlungsfreudigen, sondern offensichtlich auch legasthenischen Studenten der Betriebswissenschaft. Aber die Kassen des Reiches waren leergefegt, und in der Not frisst der Teufel bekanntlich Fliegen.

Um die Mittagszeit wurde es voller. Schüler, Studenten und junge Familien strömten in das Café, und es wurde zunehmend lauter. Meine Konzentration kippelte. Nachdem ich mich einige Minuten lang wirklich angestrengt hatte, nicht vollends den Faden zu verlieren, riss mich ein herzhafter Babyschrei aus der mühsam aufrechterhaltenen Arbeitslaune. Ich kapitulierte und suchte mit den Augen nach dem Schreihals.

Huch? Da waren in der Zwischenzeit aber noch einige Jungfamilien dazugekommen! Wo ich auch hinsah, überall wurde gestillt, gegurrt, gewippt und gesungen. Ich war in keinem Starbucks, ich war in einem Kinderhort gelandet! Aber keiner der kleinen Hosenscheißer rings um mich herum war für die infernalischen Laute zuständig, die mein Trommelfell traktierten.

Das Schreien wurde ein paar Dezibel lauter. Ich lokalisierte das Epizentrum des Grauens. Ein nur wenige Wochen altes Neugeborenes, das sich ein Jungvater sportlich vor den Bauch gebunden hatte. Der kleine Teufel sah in meine Richtung, der Jungvater in die entgegengesetzte. Über das Gebrüll hinweg versuchte er, an der Theke eine Bestellung aufzugeben. Noch lächelte der Starbucksmitarbeiter, aber seine Mundwinkel fielen im Sekundentakt um ein paar Grad nach unten. Neben dem Jungvater stand eine junge Frau, für meinen Geschmack schon wieder viel zu schlank, nachdem ihr Kind vor maximal einem Vierteljahr zur Welt gekommen sein musste, und klimperte der kleinen Kröte mit einer Rassel vor den Augen herum. Schreibaby ließ sich davon nicht beirren und setzte zu einem Crescendo an. Mir dröhnte es in den Ohren.

Da drehte sich der Jungvater plötzlich um.

Der verbliebene Milchschaum meines Latte macchiato fiel synchron mit meiner Körperhaltung in sich zusammen.

Da vorne stand Moritz.

Moritz, den ich letztes Jahr bei meinem Single-Experiment kennen, aber leider nicht lieben gelernt hatte. Moritz, der mich in einem Café angesprochen hatte, als ich den Männern und der Liebe gerade hatte abschwören wollen. Moritz, der mich und meine Wohnung im Sturm erobert, meine wohlgepflegte Nichtordnung über den Haufen geworfen, ein korrektes Mülltrennungssystem eingeführt, meine Bücher alphabetisch sortiert und es irgendwie doch nicht geschafft hatte, in mein Herz einzuziehen. Moritz, den ich Konrad zuliebe aussortiert – oder vielmehr: der mich aussortiert – hatte, der mir in einem ganz ähnlichen Café vor genau einem Jahr gesagt hatte, dass er mich, meine fehlenden Gefühle, meine unlauteren Mittel und die Existenz von Konrad einfach nicht mehr ertragen könne, und der daraufhin gegangen war. »Ich melde mich«, hatte er mir zum Abschied noch gesagt und es natürlich nie getan.

Ich hatte mich auch nie gemeldet. Ich war kopfüber in Konrad eingetaucht und hatte nur noch manchmal, in Momenten, in denen ich mit mir alleine war, an Moritz gedacht und daran, dass ich es komischerweise gar nicht richtig gemerkt hatte, als er nicht mehr da war. Vielleicht, weil ein anderer seinen Platz einnahm. Vielleicht, weil er keinen Platz zum Auffüllen hinterlassen hatte, weil ich ihm nie einen zugewiesen hatte.

Und da stand er nun. Mit einer Frau und einem Baby. Das allem Anschein nach seines war.

Die junge Frau bückte sich und stellte die große Tasche, die sie über der Schulter getragen hatte, auf den Boden, um darin nach irgendetwas zu suchen. Vielleicht nach Ohrenschützern fürs Auditorium. Moritz hüpfte ein paar Mal leicht auf und ab und versuchte, das Kind zu beruhigen. In diesem Moment sah er in meine Richtung. Und ich, die ich immer noch wie eine Bekloppte in seine Richtung starrte, verfluchte Konrad, der mir keinen Laptop mit größerem Monitor geschenkt hatte.

Moritz fand meinen Blick. Und erstarrte.

Ich vergaß zu schlucken. Moritz vergaß zu wippen. Die kleine Kröte beschwerte sich lautstark. Meine Atmung setzte aus.

Verdammt. Hatte Moritz schon vor einem Jahr so unverschämt gut ausgesehen? Trug er die Haare anders? War das Baby an seiner phänomenalen Ausstrahlung schuld? Oder die Tatsache, dass er wohl innerhalb kürzester Zeit eine neue Beziehung und eine neue Lebensaufgabe als Vater gefunden hatte? Und wer in drei Teufels Namen war die Frau an seiner Seite?

Ich senkte den Blick. Gott, war mir das unangenehm.

Ich hatte Moritz fürchterlich verletzt vor einem Jahr, hatte ihn gedemütigt und ausgemustert, ihn gehen lassen, nicht aufgehalten. In einem Jahr, in zwölf Monaten, war er der Einzige gewesen, dem ich wirklich das Herz gebrochen hatte. Und nun stand er vor mir, und neben ihm stand seine schöne, schlanke Freundin, und auf seinem Bauch trug er ein – zugegeben weniger beneidenswert dickes – Baby, und ich saß da und glotzte, und all die Gefühle, die ich für Moritz immer gesucht und nie gefunden hatte, klopften an der Pforte meines Herzens und begehrten Einlass.

Ich tat das, was ich immer tat, wenn mir Situationen zu brenzlig werden. Ich klappte meinen Rechner zusammen, stopfte alles, was auf dem Tisch lag, in meine Tasche hinein und sah zu, dass ich, ohne mich noch einmal nach Moritz umzublicken, Land gewann und verschwand.

Blick zurück

Dienstag, 2. August, um 19:03

Mona war die Einzige, der ich von meiner Begegnung der dritten Art erzählen konnte.

»Zukunft ist die Vergangenheit, die durch eine andere Tür wieder reinkommt. Das hab ich neulich irgendwo gelesen«, sagte sie, als ich meine kurzatmige Erzählung beendet hatte.

»Und wie soll mir das jetzt weiterhelfen?«, blaffte ich sie an.

»Gar nicht«, sagte Mona lapidar. »Aber ich meine ja bloß, wegen der Prophezeiung …«

Ich unterbrach sie rüde. »Ach, hör mir doch auf mit dieser blöden Prophezeiung! Dass du jetzt auch noch damit anfängst! Das war reiner Zufall, hörst du? Reiner Zufall! Ich hätte genauso gut auch dich im Starbucks treffen können oder Michael oder den verrückten Zahnarzt oder sonst irgendeinen!«

»Hast du aber nicht«, stellte Mona fest. »Ich an deiner Stelle würde mal darüber nachdenken, was das zu bedeuten hat.«

Zu bedeuten? Das hatte rein gar nichts zu bedeuten! Das hatte, wenn überhaupt, zu bedeuten, dass Moritz und ich sehr offensichtlich nicht füreinander geschaffen gewesen waren, denn er hatte jetzt ein Kind und war sehr offensichtlich mit einer Frau zusammen, mit der man so was machen konnte, die bereit war, ein Leben mit ihm einzugehen, wogegen ich mich ja wochenlang mit Händen und Füßen gewehrt hatte. Erfolgreich, im Übrigen.

Aber warum ging mir Moritz dann seit vierundzwanzig Stunden nicht mehr aus dem Kopf? Warum ploppte alle fünf Minuten sein Gesicht vor meinem inneren Auge auf, die Art, wie er lachte, wie er summte, wenn er den Kochlöffel schwang? Warum fielen mir urplötzlich all die schönen Situationen ein, die ich mit ihm zusammen erlebt hatte? Kitzelattacken im Bett, Schaumorgien in der Badewanne, Post-it-Zettel mit Liebesbotschaften in meiner Wohnung? Rosaroter, kitschiger Mädchenkram? Pfui Spinne!

Zukunft ist die Vergangenheit, die durch eine andere Tür wieder reinkommt. Und dabei war ich mir so sicher gewesen, dass ich nicht nur das Hintertürchen, sondern das ganze Haus verrammelt und verriegelt hatte.

Lady Gaga

Freitag, 5. August, um 15:24 Uhr

Ich glaube, ich habe einen Gehirntumor. Ich kann nämlich die ganze Zeit nur an Moritz denken. Und das kann ja nicht stimmen, das ist ja falsch, denn eigentlich soll ich ja nur an Konrad denken, und deswegen muss ich einen Tumor haben, der meine Persönlichkeit verändert. Das ist bei Grey's Anatomy auch immer so, wenn da einer anfängt, sich total irrational zu verhalten, und behauptet, eine Tomate zu sein oder Hulk. Dann hat er einen Gehirntumor.

Eine andere Erklärung kann es nicht geben.

Denn wäre es anders, wäre ich gesund, physisch, mental, emotional und überhaupt, dann würde ich mir eingestehen müssen, dass nicht ein erbsengroßes Krebsgeschwür macht, dass ich blöderweise nur Moritz im Kopf habe. Dann wäre ich es selber. Und das wäre ein Desaster.

Er hat mich verhext. Irgendwie verstehe ich gerade ein kleines bisschen mehr, warum man im Mittelalter gewissen Frauen Feuer unter dem Hintern machte.

Ich stehe jedenfalls ein klein wenig neben mir, seit ich meinen Tag vorrangig damit verbringe, mir Gedanken über Moritz zu machen.

Wie ging es ihm damals, als er aus dem Café rauschte, in dem wir uns zu einem klärenden Gespräch verabredet hatten, und mich nur wenige Momente später mit Schnaps und Tränen wieder alleine ließ? Na gut, darauf brauche ich jetzt nicht unbedingt eine Antwort, wesentlich besser als mir wird es ihm nicht gegangen sein. Und ich erwachte am nächsten Tag mit rasenden Kopfschmerzen und habe ausführlichen Blickkontakt mit der Kloschüssel gehabt. Ich habe Moritz nicht gewollt, damals, und trotzdem hat es mir das Herz zerrissen, als er ging. Mit hängenden Schultern, eingezogenem Kopf und ohne Blick zurück.

Hätte er sich umgedreht, hätte er gesehen, wie die Kellnerin erst den Klaren und dann die Kleenex brachte. Wie ich Rotz und Wasser geheult habe, weil ich einfach nicht dazu in der Lage war, mich in ihn zu verlieben. Statt für ihn führte mein Herz für Konrad Stepptänze auf. Den ich wiederum nicht wollte.

Ach, manchmal ist das Leben doch …

Lassen wir das, Fluchen ist schlecht für die Haut ab dreißig.

Ich weiß ja gar nicht, was eigentlich mein Problem ist. Mir geht's doch gut! Konrad ist zum Glück nicht der, den ich immer haben wollte, denn dann wäre ich nicht seit zehn Monaten, zehn Tagen und fünfzehn Stunden mit ihm zusammen. Dann hätte ich mich schon lange von ihm getrennt oder wäre feierlich abserviert worden, wenn er so wäre, wie ich mir immer meine Traummänner ausmalte. Und aussuchte.

Nein, Konrad ist anders, und mir geht es gut, ich bin zwar immer noch weit davon entfernt, normal zu sein, jawohl, N-O-R-M-08/15-A-L, aber ich bin ruhiger, entspannter und vielleicht sogar ein kleines bisschen besser als vorher. Glaube ich.

Und dann erscheint plötzlich Moritz mit einem krähenden Kind auf der Schulter und wirft mein so mühsam zusammenargumentiertes Leben wieder durcheinander.

Die zentrale Frage meiner seit mehreren Tagen andauernden Überlegungen lautet: Wie wäre mein Leben, wenn Moritz mein Konrad wäre? Würde es mir besser gehen als jetzt? Schlechter? Anders? Wäre anders gut?

Und was will uns der Autor damit eigentlich sagen?

Ist die Katze aus dem Haus

Sonntag, den 7. August, um 16:29 Uhr

Und jetzt ist Konrad auch noch weg. Vorerst nicht grundsätzlich, sondern auf Geschäftsreise. Aber das dicke Ende kommt bestimmt noch. Der Alte riecht nämlich Lunte.

Als er mir letzten Mittwoch verkündete, dass er spontan nach London müsse, weil da irgendeine Konferenz über irgendein Programm sei, was demnächst Markteinführung habe und »absolut state of the art« sei, da packte mich das kalte Grauen. Nein! Lass mich nicht allein!, dachte ich und sah Konrad winselnd an. Wenn man mich alleine lässt, mache ich Unsinn. Garantiert.

»Wie lange?«, entfuhr es mir, und ich konnte nur schwer an mich halten, um nicht auf seinen auf Hochglanz polierten Budapestern zusammenzubrechen.

»Och, Baby«, sagte Konrad genervt, »nur eine Woche.«

Eine. Volle. Woche. Voller. Gedanken. An. Moritz. O Gott, o Gott, o Gott. Ich kenne mich. Bislang hatte ich mich ja noch irgendwie zusammengerissen, mir nichts anmerken lassen. Es war in der letzten Woche ja auch nicht so, dass ich vollkommen unvermittelt wildfremde Menschen auf der Straße angebrüllt hätte oder ohne Vorwarnung in Tränen ausgebrochen wäre. Ich war einfach nur ruhiger als sonst, nachdenklicher, in mich gekehrter. Was Konrad vollkommen verständlicherweise skeptisch machte.

»Normalerweise bist du doch gar nicht so anhänglich«, sagte er und entwand sich meinem Klammergriff. Ich hing wie ein Äffchen an seinem Hals.

»Kannst du bitte anrufen?«, fragte ich. »Jeden Tag?«

Mein Freund staunte Bauklötze. »Ruf ich dir normalerweise nicht viel zu oft an?« Ja. Schon. Aber Normalerweise ist heute aus. Heut gibt's kalte Küche mit offenem Fenster, verdammtes Brett. »Ich weiß echt nicht, was du willst. Damals, als ich in Japan war, war's dir zu wenig.« Kunststück. Dass einem *nichts* zu wenig ist, finde ich nicht besonders erstaunlich. »Und du hast nichts Besseres zu tun, als diesen Typen …« – autsch! – »… kennenzulernen. Und ich hab ein schlechtes Gewissen und melde mich seitdem öfter, und das ist dir auch nicht recht. Frauen, ey!«

Mit einem Kopfschütteln verließ er das Wohnzimmer. Ich blieb sitzen und sah zu, wie die Erkenntnis langsam vor meinen Augen Gestalt annahm. Ach, darum rief Konrad immer so oft an! Er hatte Angst, dass ich wieder in fremden Gewässern fischte!

Männer. So viel Sand und so wenig Förmchen.

Ice Ice Baby

Montag, 8. August, um 17:10 Uhr

Wenn mein Kopf mal wieder Purzelbäume schlägt, geht doch nichts über eine angemessene Portion Eisfachabtauen!

Ich beginne in den grauen Morgenstunden. Die Nacht habe ich mir mit meinem eigenen Hirnfick versaut, der Gedankensalat lag mir schwer im Magen, was wieder mal die Tatsache bestätigt, dass man keine allzu schwer verdauliche Nahrung vor dem Schlafengehen zu sich nehmen sollte. Ich zücke das Brotmesser und beginne, stoisch und mit einem stetig wachsenden Gefühl von Erleichterung, das Eis aus dem Eisfach zu hacken.

Moritz also. Nein, nicht Moritz, Exfreund also.

Exfreunde an sich sind eine komische Sache. Das weiß ich nicht nur seit letztem Jahr, als ich in meiner eigenen Vita nach einem neuen Freund gesucht und deswegen diverse Exfreunde wiedergetroffen habe. Warum gerade da? Na ja, ich dachte, vielleicht hab ich ja was Gutes übersehen, oder was Schlechtes ist in der Zwischenzeit zu einer sprichwörtlichen Köstlichkeit gereift. Dem war – o Wunder! – aber nicht so. Stattdessen stellte ich sehr schnell fest: Aufgewärmt schmeckt nur Gulasch. Und Lasagne.

Es kann also nicht darum gehen, dass ich Moritz zurückwill. Will ich nämlich auch gar nicht. Die Erkenntnis küsst mich in dem Moment, in dem ich die Tiefkühlerbsen mit einem satten Krachen aus der eisigen Umarmung löse. Und wenn ich Moritz nicht zurückwill, dann kann es nur noch darum gehen, dass es eben einfach und grundsätzlich seltsam ist, wenn man einen Exfreund wiedertrifft. Man sieht, er hat sich verändert, trägt einen Schnauzbart, eine neue Brille oder ein Baby im Arm, er sieht aus wie er selbst, aber doch irgendwie anders, weil die Zeit ja auch an ihm nicht spurlos vorübergegangen ist, sondern weil er weitergegangen ist, sich im besten Fall weiterentwickelt hat, weitergelebt und weitergedacht hat, und man selbst blendet in diesem Moment des Wiedersehens vollkommen aus, dass es dem anderen ja genauso geht, wenn er einen sieht. Stattdessen denkt man: Au Scheiße, bei dem ging's weiter, und ich kauf meine Brille immer noch bei Fielmann.

Es geht also gar nicht um Moritz. Es geht um das befremdliche Gefühl, etwas, das einmal zu einem gehört und das man gehen gelassen hat, wiederzusehen. Und plötzlich schwappt die Erinnerung an damals, sei sie romantisch verklärt, sei sie wutverzerrt, wieder hoch und lullt einen ein, und man fragt sich: Wenn ich noch mit ihm zusammen wäre, trüge er dann unser Baby auf dem Arm? Hätte ich ihm diese hässlichen Turnschuhe ausreden können? Würden wir heute zu dieser Zeit auch im Starbucks stehen, und würdest du für mich einen Hazelnut Mocha Frappuccino Medium bestellen und dich ärgern, dass es in Etablissements wie diesen keinen ganz normalen Kaffee für dich gibt, weder in Tassen noch in Kännchen?

Das müsste Konrad doch eigentlich am allerbesten wissen. Konrad, der mir hoffentlich nicht böse ist, weil ich in seine Fußstapfen trete.

Die letzte Ecke Eis beugt sich ihrem Schicksal. Mein Tiefkühlfach ist eisfrei, meine Gedanken sind sortiert. Ich bin, zum ersten Mal seit Tagen, ruhig. Endlich.

… tanzen die Mäuse auf den Tischen

Donnerstag, 11. August, um 21:31 Uhr

Der Worte sind genug gewechselt, lasst mich endlich Taten sehen. Die Vergangenheit soll schließlich ein Sprungbrett und kein Sofa sein. Mich hat schon lange genug beschäftigt, was mich nicht beschäftigen sollte und was ohnehin vollkommen obsolet ist, denn the time is now und wir leben im So-isses und nicht im Wünsch-dir-was. Genau.

»Good Morning, Miss!«, kam mir gestern Morgen Tagalog entgegen. Ich lächelte sie an, was sie erschreckte. Zur Wiedergutmachung erlaubte ich ihr, den Badezimmerschrank auszuwischen.

Gegen Mittag begann es in meinem Bauch, der in den letzten Tagen nur immaterielle Gedankennahrung von mir bekommen hatte, zu rumoren. Aha, die Liebe geht also wirklich durch den Magen, dachte ich mir und kramte im Kühlschrank nach Lebensmitteln. Tagalog lugte mir neugierig über die Schulter.

»Willst du mitessen?«, fragte ich sie und stellte die Tomaten raus.

»Ts-ts-ts«, antwortete Tagalog und wedelte mit ihrem erhobenen Zeigefinger vor meiner Nase herum. »Ang berdeng pato goma ay mabagal.« Es kann aber auch sein, dass sie etwas ganz anderes sagte, ich hörte nur mit einem Ohr hin.

Tagalog drängelte sich an mir vorbei und stieß die Kühlschranktür auf. Für ihren Fluch brauchte ich keine Übersetzung. Sie nahm die Bananen heraus und schüttete einen Eimer voller Vokale über meinem Haupte aus.

»Jaja«, versuchte ich, sie zu beschwichtigen, »ich weiß, Bananen gehören nicht in den Kühlschrank, aber ich mag sie nun mal kalt.«

Tagalog schüttelte missbilligend den Kopf. Dann verschwand sie wieder im Kühlschrankinneren und beförderte allerlei Dinge ans Tageslicht, die ihrer Meinung nach darin wohl nichts verloren hatten. Ich wollte protestieren, doch als sie eine Packung Lyoner aus den unendlichen Weiten hervorzog, die über einen hübschen langhaarigen Mittelscheitel verfügten, machte ich mich dünne. Die klügere Zahnbürste gibt nach.

Nachdem Tagalog die Inventur meines Heiligtums abgeschlossen hatte, war nur noch wenig übrig. Mit einem schiefen und vorwurfsvollen Blick auf meinen Bauch beförderte sie auch die Leberwurst ins himmlische Jenseits. Ich durfte nur Hühnchenfleisch, eine angebrochene Dose Kokosmilch, ein schlappes Bund Möhren, ein paar Joghurts und diverse Senfsoßen behalten, ansonsten machte Tagalog Tabula rasa.

Ich starrte ins Leere. Und seufzte. Tagalog scheuchte mich mit Desinfektionsspray und einem Schwamm davon und begann, den Kühlschrank auszuwischen. Ich beäugte sie skeptisch. Wenn sie es wagen sollte, das Eisfach … Tagalog hielt mit einem Seitenblick auf mich inne, bevor sie weiterputzte. Dann brabbelte sie irgendwelche unverständlichen Laute, zog die Augenbrauen hoch und deutete auf sich, dann auf das Eisfach: »No!«

Ich war begeistert. Tagalog weniger, aber als Zeichen der Völkerverständigung und ihres guten Willens drückte sie mir Schwamm und Spray in die Hand und sagte: »Ikaw naman.« Oder so.

Während ich mich um mein Eisfach kümmerte, begann Tagalog, fröhlich vor sich hin plappernd, die Möhren zu schälen und das Hühnchen klein zu schneiden. Jeden Handgriff kommentierte sie mit mir unverständlichen Lauten, ich antwortete der Tradition entsprechend auf Deutsch. Wie du mir, so ich dir.

»Was machst du da?«, fragte ich sie und linste zu ihr rüber.

»Dapat kang wondering kung ano ako ng pagluluto ngayon. Europeans kumain kaya wala kang ideya ng mabuti, kumain ng mo ang lahat kaya maligamgam, nang walang pampalasa, ngunit ngayon kami ay pagluluto ng hot.«

»Falls du versuchen solltest, mich zu vergiften, bring ich dich um«, antwortete ich nonchalant und widmete mich wieder meiner Bestimmung.

Tagalog wieselte aus der Küche und kam nur wenige Sekunden später mit einem Reiskocher unter dem Arm wieder herein. Wo hatte sie den jetzt her? Sie fing meinen ungläubigen Blick auf und führte mich in den Flur, wo sie ihren blau-rot karierten Hackenporsche geparkt hatte. Sie öffnete den Deckel und gewährte mir einen Blick ins Innere.

Heiliger Strohsack! Mir entfuhr ein Aufschrei. Was diese kleine Person alles mit sich mitschleppte, Tag für Tag! In den Tiefen konnte ich diverse Putzmittel, einen überdimensionalen Staubwedel, ein Paar Schuhe, alte Zeitungen, leere Plastikflaschen und einen alten Fahrradschlauch erkennen. Ich hob den Porsche probeweise mal an und brach mir fast den Unterarm. Das Ding wog vorneweg fünfundzwanzig Kilo. Tagalog war ein biologisches Wunder! Wie konnte diese kleine und zierliche Person ein Vielfaches ihres Körpergewichts tragen? Sie war eine menschgewordene Ameise!

Tagalog werkelte in der Küche weiter und zauberte innerhalb weniger Augenblicke ein wirklich ganz hervorragendes Irgendwas. Ich war platt. »Saugut, Tagalog!«, sagte ich, lehnte mich zurück und gab mir keine Mühe, ein glückliches Rülpsen zu unterdrücken.

Tagalog lächelte breit. »Saguut«, sagte sie.

»Nein, SAUgut!«, korrigierte ich.

»Saugut!«, gab Tagalog lautmalerisch einwandfrei zum Besten und rülpste bestätigend zurück.

Na also! Und da beschwer sich noch mal einer über meine pädagogischen Kompetenzen.

Sympathy for the devil

Freitag, 12. August, um 11:03 Uhr

Heute Morgen klingelte es an der Haustür. Kein Grund aufzustehen, immerhin verfügte ich ja über Angestellte.

Ich warf einen Blick auf den Wecker und beschloss einstimmig, dass kurz nach halb neun definitiv zu früh war, um an einem Freitagmorgen aus dem Quark zu kommen.

Zwanzig Sekunden später bereute ich meine Entscheidung. Tagalog stand vor mir und krähte mir unverständliche Gurrallaute ins Ohr. Ich ignorierte sie. Keinen Plan, was die von mir wollte. Sie wechselte notgedrungen ins Englische. Oder eine Sprache, die dem Englischen wohl entfernt verwandt war.

»Ämän!«, brüllte sie.

»Ja, Ämen, Tagalog«, knurrte ich sie an.

Das war ja wirklich zum Fürchten! Nun hatte ich mich auf den interkulturellen Austausch eingelassen, da wurde mir auch schon die Glaubensfrage aufs Tablett gestellt! Amen. Von wegen. Nix Amen, lass mich in Ruhe, du Knallerbse, es ist zu früh zum Beten. Kaum reichte man denen den kleinen Finger!

»Miss«, stöhnte Tagalog erneut, »ä-määän!«

Watt wollte die? »Jaaahaa, doch«, rief ich. »Ämän, Himmeldonnerwetterkrutziteufelnochmal.«

»Ich glaube, sie meint *›a man‹*«, klang da eine unbekannte Stimme von der Schlafzimmertür herüber.

»Ach so, ja«, gab ich zu. »Ein Mann. Ja, kann sein.« Dann drückte ich wieder fest die Augen zu.

Um sie zwei Sekunden später weit aufzureißen.

Diese Stimme. Die kam mir bei fortschreitendem Erwachen und genauerem Nachdenken dann doch ganz entfernt bekannt vor. Genau genommen kannte ich sie sogar gut! Mit ihr hatte ich ein paar verzweifelte Wochen meines verzweifelten Lebens in meinem verzweifelten Single-Experiment verbracht.

Moritz.

Im Geiste überschlug ich die Möglichkeiten. Ich lag im Bett. Meine Haare standen zu Berge, mein Atem war morgendlich umwerfend, und als wollte das Schicksal mir eine lange Nase machen, trug ich ausgerechnet heute den schlimmsten Schlafanzug von allen. Konrad war nicht da, da kramte ich die alten Buxen raus.

Nicht dass es nötig gewesen wäre, gut auszusehen, immerhin wühlte Moritz mittlerweile in vollgepupsten Windeln, aber so ein kleines bisschen Selbstachtung blieb selbst mir erhalten, selbst im Halbschlaf, selbst um diese Uhrzeit und selbst angesichts eines frischgebackenen Kindsvaters, der zum ersten Mal seit Monaten wieder eine Frau im Spitzenhöschen sah (denn frischgebackene Kindsväter hatten keinen Sex, schon seit Monaten nicht mehr, das weiß ja jeder), oll und verwaschen zwar, aber immerhin noch mit der leisen Erinnerung an damals, als wir beide mal stramm saßen.

Vielleicht könnte ich mich a) einfach hinter Tagalog verstecken.

Tagalog, dem Zwerg.

Ich verwarf die Idee. Außerdem war ich mir nicht sicher, ob Tagalog mitspielen würde.

Vielleicht sollte ich b) einfach aufstehen und Moritz einen schönen guten Morgen wünschen, dabei allerdings nicht in Richtung seines Gesichts sprechen, damit er meinen Morgenstund-Geruch-im-Mund-Atem nicht abbekam. (Ich frage mich ja seit Jahr und Tag, warum Menschen in Hollywoodfilmen direkt nach dem Wachwerden immer so hemmungslos rumknutschen. Hab nur ich das Problem? Oder einen schlechten Zahnarzt?)

In Abwandlung dazu könnte ich c) auch einfach direkt in Moritz' Gesicht hauchen und seine Leiche später am Tag mit Tagalogs Hilfe im Main versenken.

Vielleicht sollte ich mich aber auch einfach d) totstellen. Diese Variante erschien mir aus der Situation heraus und in Anbetracht der eingeschränkten Mittel, die mir zur Verfügung standen, ziemlich attraktiv.

»Juli?« Ach, Moritz. Immer noch so ungeduldig.

»Hm?«, nuschelte ich unter meinem Kissen hervor.

»Versuchst du, dich totzustellen?« Ich hasse dich. »Äh – können wir reden?«

Klar. Setz dich, nimm dir 'nen Keks, ich leg gerade noch schnell die Tagesdecke auf, wenn's recht ist.

Ich sah Tagalog an, die immer noch vor meiner Bettseite stand und mich mit schiefem Kopf ansah.

»Sino ang impyerno ay ang mga?«

»Ja«, sagte ich, »eine herrliche Idee, Tagalog, setz doch schon mal einen Kaffee auf.«

Wie durch ein Wunder schien Tagalog erstmals in unserer bisherigen kurzen gemeinsamen Zeit intuitiv zu verstehen, was ich von ihr wollte. Sie verkrümelte sich und zog Moritz unter originalphilippinischen Verwünschungen hinter sich her.

Als die Luft rein war, hechtete ich ins Bad.

Ich unterzog mich dem »Wie werde ich schön in zehn Minuten«-Programm, das die Frauenzeitschriften proklamierten, die in meinem Badezimmer verstreut lagen, machte Katzenwäsche und putzte mir die Zähne, während ich synchron versuchte, mein Gesicht zu restaurieren. Nach elf Minuten und dreiundzwanzig Sekunden flitzte ich ins Schlafzimmer zurück und quetschte mich in die Jeans, die schlank machte. Ob Moritz es seltsam finden würde, wenn ich hochhackig in die Küche spazierte? Während ich schätzungsweise einunddreißig T-Shirts verschiedenster Couleur und Bauch-weg-Fähigkeit anprobierte, dachte ich darüber nach, warum man vor seinem Exfreund eigentlich immer besonders gut aussehen wollte. Um ihm zu zeigen, was er nicht mehr hatte? Um zu beweisen, dass man sich nach der Trennung nicht vollkommen hatte gehen lassen?

Als ich mich im Spiegel erblickte, beschloss ich die interne Diskussion mit offenem Ergebnis und entschied mich für das bequemste Oberteil. Wenn mein Unterleib schon schwere Quetschungen erleiden sollte, wollte ich obenrum wenigstens nicht den Bauch einziehen müssen. Außerdem war es ja »nur« Moritz.

Ich ging in die Küche. Siebzehn Minuten und acht Sekunden. Neuer Hallenrekord.

Da saß »nur«-Moritz und trank Kaffee. Aus seinem Becher. Seinem Moritz-Becher, den er damals bei unserem ersten gemeinsamen IKEA-Besuch käuflich erworben und als Unterpfand bei mir in der Wohnung gelassen hatte. Bis heute. Mein Herz sank mir in den Schlüpfer.

»Hallo, Juli«, sagte Moritz und lächelte nett.

»Hallo, Moritz«, sagte ich und lächelte auch.

»Siguro baka kung ano ang tao na ito dito«, sagte Tagalog und lächelte nicht.

Ich setzte mich Moritz gegenüber an den Tisch. Tagalog donnerte eine Kaffeetasse vor meine Nase und schenkte mir mit Schmackes und Schwippschwapp ein.

»Wie geht es dir?«, fragte Moritz.

»Gut«, sagte ich ein wenig schneller, als dass er es mir glauben konnte.

Tagalog knurrte.

»Ich hab ja gesagt, dass ich mich mal melde«, grinste er.

Ich rührte katatonisch mehrere Löffel Zucker in meinen Kaffee. »Ja, so vor circa einem Jahr.«

»Na ja«, sagte Moritz, »besser spät als nie.«

»Du hattest ja auch eine ganze Menge zu tun, in der Zwischenzeit«, bemerkte ich schnippisch und wollte mir direkt im Anschluss in den Arsch beißen. Bevor ich mich allerdings mit dieser artistischen Glanzleistung blamieren konnte, beantwortete ich Moritz' fragenden Blick: »Sieht so aus, als hättest du dich nach mir schnell getröstet.«

Mein Exfreund sah mich irritiert an. »Wovon sprichst du?«

Ironisch, um nicht zu sagen: angewidert, zog ich eine Augenbraue in die Höhe. »Von deinem Kind?«

»Welches Kind?«

»Na, dein Kind!«

»Ach so!«

»Na also.«

Moritz winkte ab. »Das ist nicht mein Kind.«

»Ach so.« All der Gedankensalat also für die Katz. »Wessen Kind ist es denn?«

»Das meiner Schwester. Die Frau, mit der du mich neulich gesehen hast.«

Der Klassiker. Mein Leben hat eine genauso miese Dramaturgie wie ein Sat1-Filmfilm. Ich konnte nur schwer an mich halten, um mir nicht mit der flachen Hand mehrmals an die Stirn zu hauen. »Oh.« Willkommen im Club der Schlagfertigkeitsverweigerer.

Tagalog hüstelte und brachte sich wieder zurück ins Spiel. Moritz sah erst sie, dann mich an. »Ich muss, seitdem ich dich neulich gesehen habe, ständig an dich denken.«

»Ist das gut oder schlecht?«, fragte ich ihn und verpasste mir innerlich eine schallende Ohrfeige. Das ist egal, liebe Juli, ob es für Moritz gut oder schlecht war. Denn du bist VERGEBEN! Pfui. Sitz! Und aus!

Moritz lächelte viel zu vielsagend. Tagalog fing an, böse vor sich hin zu schimpfen. Die treue Seele. Verstand wohl doch mehr, als man ihr so zutraute. Ich dachte an die Zeit, die ich mit Moritz gehabt hatte, an die Momente, in denen wir in glücklicher Eintracht den Löffel im Nutellaglas versenkt hatten, in große Regenpfützen gesprungen waren und ganze Sonntage mit Urmel-aus-dem-Eis-DVDs verbracht hatten. So viele Dinge, die ich mit Konrad nicht erlebte. Konrad, der gerade im verregneten London saß, an mich dachte und mir täglich drei SMS schrieb.

Neun von zehn Stimmen in meinem Kopf sagten, ich wär verrückt. Die zehnte Stimme summte die Melodie von Rambo. »Wollen wir vielleicht was trinken gehen heute Abend?«

Moritz nickte. Und ich löste mein Eintrittsticket in die Hölle.

I'm only happy when it rains

Samstag, 13. August, um 12:43 Uhr

Gegen acht Uhr holte mich Moritz ab. Er klingelte an meiner Haustür, diesmal lag ich zur Überraschung aller nicht mehr im Bett und öffnete selbst, hatte mich zu allem Überfluss auch noch viel mehr in Schale geworfen, als es ein Treffen mit dem Exfreund, auch ein rein platonisches, rechtfertigte.

»Wow«, sagte Moritz, als er mich sah.

Guter Mann. Ich verfluchte den Tag, an dem ich mich für die Monogamie entschieden hatte.

Wir zogen los, Moritz wollte mich zum Essen einladen. Der Vollständigkeit und der guten Erziehung halber bestand ich aber schon im Vorfeld auf getrennte Rechnungen. Bin weder Fräulein, weder schön, kann ungeleit nach Hause gehen. Weil ich trotz allem nicht ganz ich selbst war (und wohl auch, weil ich meine Rechnung jetzt selbst begleichen musste), entschied ich mich für einen kleinen Salat, nur um dann Moritz seine Calzone nahezu vollständig vom Teller zu fressen. Er verkniff sich jeden Kommentar und bestellte doppelten Nachtisch.

Wir sprachen über dies und das, darüber, was wir in den letzten Monaten erlebt hatten, dass er umgezogen war, in eine größere Wohnung näher an der Innenstadt, stellten fest, dass sie nur ein paar Straßen von meiner entfernt lag, wunderten uns, dass wir uns nicht zufällig über den Weg gelaufen waren, lachten, blickten uns trotz bilateraler Kurzsichtigkeit viel zu tief in die Augen und vermieden tunlichst, über sein Nichtkind oder meinen nicht anwesenden Freund zu sprechen.

Moritz musste von Konrad wissen. Immerhin hatte er Augen im Kopf. Er konnte lesen, zum einen Klingelschilder, zum anderen Wohnungen, und in der, die ich mir mit Konrad teilte, gab es genug Hinweise für seine Existenz. Nicht mehr die Maulwurfshügel, die Tagalog mittlerweile schon im Entstehungsstadium beseitigte, aber Garderobenständer, Schuhregale, einen zweiten Arbeitsplatz im Wohnzimmer, eine massiv gepimpte Technikausstattung und so weiter und so fort.

Irgendwann platzte Moritz dann mit der Neuigkeit des Jahrhunderts raus. »Ich hab dich vermisst.«

Ah so. Ach ja. Ich konnte das Kompliment leider nicht zurückgeben, denn ich musste mir eingestehen, dass ich Moritz nicht nur nicht vermisst, sondern über weite Strecken schlichtweg vergessen hatte. Machte ja nichts. Wir lebten im Jetzt und Hier, oder hatte irgendjemand kalten Kaffee bestellt? Nein. Der Kellner brachte stattdessen die doppelten Espressi.

Bevor ich meine Erkenntnis laut kundtat, verkniff ich den Mund und zog die Augenbrauen in die Höhe. »Hmhm.« Ja, es gab klügere Antworten.

»Ich frage jetzt nicht, ob du mich auch vermisst hast.« In

Ermangelung eines Konters lächelte ich sehr charmant. »Aber du hast ja auch einen Freund. Du solltest mich ja auch gar nicht vermissen.«

»Bingo«, antwortete ich, ganz fleischgewordener Albtraum.

»Juli.« Sätze, die mit meinem Vornamen anfangen, sind nie gut. Das weiß ich seit meiner Kindheit. Wenn mein Name fällt, gibt's irgendwie immer Ärger. Juli, kannst du mir erklären, warum das Auto im Garagentor klebt? Juli, warst du nicht mit dem Hund draußen, oder warum ist er in der Küche ausgelaufen? Juli, glaubst du eigentlich, dass du mit den Noten dein Abitur bestehst, oder hast du vor, reich zu heiraten? Und so weiter und so fort.

»Ich sage es jetzt mal ganz frei heraus.«

O ja. Ehrlichkeit steht bei mir gerade ganz hoch im Kurs, wo ich mich doch heimlich und, ohne meinem Freund davon zu erzählen, mit dir treffe, weil du mir schöne Augen gemacht hast, als du überraschend bei mir vor der Haustür standest. Praktischerweise in dem Moment, in dem Konrad auf Geschäftsreise war. Wie lange hatte Moritz wohl schon mein Haus beobachtet, bevor er sich zum großen Überraschungsangriff durchrang?

»Wie fest ist denn das mit deinem Freund?«

Äh. Oh. Also. »Darauf habe ich jetzt so spontan keine Antwort.«

Das habe ich bitte nicht laut gesagt.

Moritz' zufriedenes Lächeln bestätigte mir, dass ich es doch getan hatte. »Also, hm, dann frage ich mal andersrum: Ist das mit uns ganz vorbei?«

Beziehung? Jetzt sofort?

Moment mal. Moritz hatte mich vor einem Jahr abgesägt, weil er mit Konrad ein Problem hatte, der zum damaligen Zeitpunkt lediglich *behauptete,* mit mir zusammen zu sein, es aber erwiesenermaßen keine Beweise dafür gab und er es deshalb auch nicht *war*. Moritz ging, weil ich ihm nichts – oder sagen wir mal: erst mit sehr großer Verspätung – von meinem kleinen Experiment erzählte. Und nicht zu vergessen, weil ich mich auch nach Wochen einfach nicht in ihn verlieben konnte, während mein Herz vollkommen unbeabsichtigt und zunächst sehr zu meinem Bedauern für Konrad Paulsen Purzelbäume schlug.

Und jetzt saß Moritz vor mir – zugegeben: mehr als gut aussehend! – und hielt um meine Hand an. Hallo? Konnte mal jemand diesen miesen Film abschalten? Das Drehbuch war so schlecht, das konnte man ja nur selbst erleben.

»Wolle Sie nok eine Grappa, Signori?« Der Kellner hatte sich angeschlichen und wedelte mit der Getränkekarte.

»Nein«, antwortete ich traurig. »Ich denke, ich möchte zahlen.«

»Il conto, naturlik«, sagte der Kellner und schwänzelte davon. Moritz sah bedrückt aus.

»Mist«, sagte er.

»Ja, Mist«, antwortete ich. »Weißt du, Moritz, es ist so: Mein Leben hat irgendwie Struktur bekommen, seit ich mit Konrad zusammen bin. Ich bin ausgeglichener irgendwie und irgendwie auch mehr ich.«

Moritz lächelte vorsichtig. »Das hört sich gut an. Noch mehr du.«

Achtung, Achtung, hier spricht die Polizei. Stellen Sie augenblicklich die Komplimente ein, und kommen Sie mit erhobenen Händen raus!

»Äh – ja.« Jetzt hatte ich den Faden verloren. »Jedenfalls kann ich mir nicht vorstellen, dass ich das so schnell aufgeben will, selbst wenn es manchmal … schwierig ist.«

»Schwierig?« Sah ich da Hoffnung in Moritz' Augen blitzen?

»Na ja. Irgendwie ist alles doch ab und zu mal schwierig.«

Der Kellner brachte die Rechnung, Moritz zückte den Geldbeutel. Er protestierte schwer, als ich trotz vorheriger Ansage meinen Anteil bezahlen wollte, und auch der Kellner sah mich vorwurfsvoll an. Eine Signora, die für sich selbst bezahlte, da wurde doch der Hund in der Pfanne verrückt. Also steckte ich mein Portemonnaie schließlich doch wieder ein und überließ Moritz den Vortritt.

Vor dem Restaurant standen wir uns lange gegenüber, ohne etwas zu sagen, aber mit jeder Menge Worten, die zwischen uns in der Luft hingen.

»Schade«, sagte Moritz am Ende des Schweigens. Dann lächelte er mir zu, drehte sich auf dem Absatz um und schlich mit eingeknickten Schultern von dannen.

Ich machte mich auf den Weg nach Hause. Ein leichter Sommerregen setzte ein. Und neben all dem Gefühl von verpassten Chancen und vertanen Gelegenheiten legte sich eine unendlich erholsame Ruhe auf mich, denn ich hatte, in dem Moment, in dem ich es Moritz gegenüber ausgesprochen hatte, gemerkt, dass es tatsächlich so war.

Es war undramatisch. Es war keine wilde Achterbahn. Es war Konrad, und nur Konrad ist das, was zählt. Und diese Erkenntnis machte mich tatsächlich ein kleines bisschen stolz.

Gang nach Canossa

Dienstag, 16. August, um 14:31 Uhr

So. Jetzt muss ich es nur noch Konrad sagen. Ich weiß aber nicht, ob meine Variante der Geschichte ihn in euphorische Höhenflüge versetzen wird.

Weißt du, Konnilein, es war nämlich so, dass Moritz einfach so bei mir vor der Tür stand und so derartig gekonnt und sternekückenreif Süßholz raspelte und mit seinen blauen Augen blinkte, dass ich mir dachte, Mensch, der arme Kerl, geh halt wenigstens mit ihm essen. Immerhin war die Zeit mit ihm damals gar nicht so schlecht, wenn auch das mit dem Verlieben irgendwie nur suboptimal verlief, jedenfalls von meiner Seite aus. Aber weißt du, Konnilein, so nach einem knappen Jahr Beziehung, da ist doch schon mal die Luft draußen, seien wir doch mal ehrlich, da fehlt ein bisschen Salz in der Suppe, ein bisschen Chili im Eintopf, und deswegen dachte ich mir, schau ich mir mal an, was der Moritz mir so zu bieten hat, also einfach mal ganz pragmatisch betrachtet. Überprüfen, was der Markt noch so hergibt. Verstehst du doch, Konnilein, hm? Um der guten alten Zeiten willen.

Äh – nein. Ich muss mir was anderes ausdenken.

Konrad, stell dir vor, der Moritz war da! Und er hat mich gefragt, ob wir es vielleicht noch mal miteinander versuchen wollen, aber weißt du, was ich gemacht hab? Nix hab ich gemacht! Ich bin NICHT schwach geworden, nein, nein, obwohl der Moritz wirklich gut aussah und auch sonst sehr charmant war, sogar die Rechnung hat er vollständig übernommen, und da wäre es ja eigentlich eine Frage des Anstandes gewesen, im Hausflur wenigstens ein bisschen mit ihm rumzuknutschen, aber nein, deine Freundin hat das nicht gemacht, ist das nicht toll?

Ich weiß nicht, ob er sich darüber wird freuen können … Momentan tendiere ich zu dieser Variante:

Hallo, Konrad, schön, dass du wieder da bist, wie war London? Ich habe hier übrigens nichts gemacht, was dich beunruhigen könnte, ich habe eine weiße Weste, ein reines Gewissen, wasche meine Hände in Unschuld, die Jungfrau Maria könnte sich quasi eine Scheibe von mir abschneiden, ja genau, aber ohne die unbefleckte Empfängnis, also vor allem ohne Emp-

fängnis, aber jedenfalls und hundertprozentig unbefleckt, genau. Ja, also, was ich dir sagen will: Du musst dir keine Sorgen machen.

Na, wenn das nicht Potenzial hat.

Confessions of a dangerous mind

Donnerstag, 18. August um 10:03 Uhr

Gestern Abend, Tatort Wohnzimmer. Konrad und ich sahen fern.

»Du, Konrad.«

»Hm, Juli?«

»Ich muss dir was sagen.«

Stille. Konrad guckte entspannt weiter fern. Ich würde in dieser Situation sämtliche Alarmglocken anschmeißen und meinem Gegenüber die Daumenschrauben anlegen. Na ja, die Geschmäcker sind halt verschieden.

»Ich hab Moritz wiedergetroffen.«

Weiterhin Schweigen. Bis auf ein paar kleine Rädchen, die in Konrads Hirn zu rotieren begannen.

»Ist das der Typ vom letzten Jahr?«

»Ja, genau. Jedenfalls habe ich ihn getroffen.«

»Okay.«

Äh … okay? Was bitte war daran okay? Hallo? ICH HABE MEINEN EXFREUND GETROFFEN! Ein bisschen weniger okay sollte das für meinen Geschmack aber schon sein, Herr Paulsen! Ich musste wohl die Dosis noch ein wenig erhöhen, jetzt war der Schmusekurs aber mal zu Ende!

»Wir waren essen.«

»Ah so.«

Ja. Ah so. Das stelle man sich mal vor. Ich beichtete einen Beinaheseitensprung, und mein Freund sagte nur: »Ah so.« Was da alles hätte passieren können! Wir hätten wilden und hemmungslosen Sex unter, neben und auf dem romantisch gedeckten Candle-Light-Dinner-Tisch haben können, jawoll, und das war nur nicht passiert, weil deine Freundin es zu verhindern wusste! Also sei mal gefälligst ein bisschen eifersüchtig, du geschniegelter Lackaffe!

»Er hat mich eingeladen.« Weiterhin keine Reaktion von Konrad, der stattdessen aufmerksam den Bericht über die neusten Börsenentwicklungen verfolgte. »Ich sah gut aus.« Der DAX war im Keller. Na, vielleicht traf er dort ja meine Laune. »Sagt jedenfalls Moritz.« In den USA war der Börsenkurs auch am Arsch. »Und er sah auch gut aus.« Und auch in Japan. Eine Katastrophe. »Wir sind dann später in ein Stundenhotel um die Ecke und haben gevögelt wie die Weltmeister. Jetzt bin ich schwanger, und Moritz verleugnet die Vaterschaft. Ich suche einen Adoptivvater für meinen Bastard. Ich kann doch auf dich zählen?«

Die Sekunden verstrichen. Konrad starrte immer noch auf den Fernseher. Gerade erschienen die deutschen Aktienkurse.

»So eine Scheiße!«

Na endlich! Kraftausdrücke waren gut zum Frustabbau.

»Ja, das kann man sagen«, antwortete ich.

»Meine Scheiß-Siemensaktien sind verficktescheißenochmal um siebzehn Prozent gesunken! Das darf doch nicht wahr sein!«

Für heute ließ ich das mit den großen Geständnissen mal gut sein.

Zweiter Anlauf

Freitag, 19. August, um 21:52 Uhr

Heute Nachmittag habe ich mir Konrad an den Eiern gepackt. »Ich bin übrigens nicht schwanger«, verkündete ich ihm beim Auspacken der Wochenendeinkäufe.

Konrad sah mich irritiert, aber nicht unglücklich an. »Oh. Das ist ... gut?«

»Ja. Das ist gut. Wenn ich nicht schwanger bin, kann ich nämlich auch nicht mit Moritz geschlafen haben, du Schmock!«

Mit einem kleinen Keuchen ließ sich Konrad auf einem Küchenstuhl nieder. »Bitte was?«

»Ja, gestern Abend wolltest du mir ja nicht zuhören!«

Konrad schüttelte leicht fassungslos den Kopf. »Okay, jetzt noch mal der Reihe nach.«

Ich berichtete der Reihe nach und ließ kein Detail aus. Vielleicht auch deshalb, weil mich Konrads nicht existente Eifersucht vom Vorabend ganz schön gefuchst hatte. Also erzählte ich ausufernd von Moritz' Spontanbesuch, unserer Verabredung, seinen Avancen, dem Kellner, der romantischen Musik im Hintergrund (in meiner Darstellung aber ein eigens engagierter Geiger), der Beschaffenheit des Tiramisu (ich glaube, die verwendeten gar keine Mascarpone), dem netten Ambiente, und vielleicht übertrieb ich ein klitzekleines bisschen bei der Verabschiedungsszene, in der Moritz mich versuchte zu küssen, ich ihn aber abblitzen ließ. Ähäm.

Konrad war ein bisschen sprachlos. Als er die Worte wiederfand, sagte er: »Hm.«

Aha. Da war er, der Beweis, dass Paare sich im Laufe der Zeit aneinander anglichen. Ein derart unschlagfertiger und geistloser Kommentar hätte jederzeit auch von mir kommen können.

»Tja, was soll ich sagen?«, fragte mich Konrad.

»Keine Ahnung«, entgegnete ich schnippisch, »ich kann ja nicht in deinen Kopf reingucken.«

Konrad lächelte milde. »Vielleicht auch besser so. Die Bilder solltest du dir ersparen.« Fragend sah ich ihn an. »Kettensägenmassaker. Ich könnte ihm den Hals umdrehen!«, knurrte er zur Erklärung, und ich atmete innerlich aus. Na endlich. Eifersucht! Hallo, hier geht's lang! Immer den roten Pfeilen folgen. »Kommt hier einfach angewackelt, wenn ich nicht da bin, und macht sich an meine Freundin ran! Schon zum zweiten Mal! Hast du seine Adresse?«

Den Teil der Geschichte, nämlich dass Moritz quasi bei uns um die Ecke wohnte, hatte ich glücklicherweise ausgelassen.

Konrad fluchte weiter. »Und das Schlimmste ist, ich kann ihm noch nicht mal böse sein! Wer wäre nicht gern mit dir zusammen?« Also, da fielen mir ad hoc schon eine ganze Menge Leute ein. Ich schwieg aber diplomatisch. Denn ich fühlte mich ganz schön geschmeichelt. »Und dir kann ich auch nicht böse sein. Immerhin hab ich vor ein paar Monaten noch ein Theater gemacht, weil Nadine einen Neuen hat.« Auch wieder wahr. Von der Seite hatte ich das Ganze ja noch gar nicht betrachtet. Verdammt, argumentativ hatte ich ja 1:0 in Führung gelegen und es noch nicht einmal ausgenutzt! So gewann man keine Weltmeisterschaft.

»Aber …« Konrad zögerte. »Du willst ihn doch nicht wieder zurück, oder?«

In seinen Augen lag ein so verunsicherter Ausdruck, dass ich die Mätzchen sein ließ. Mit dem Essen spielt man nicht. Und Konrad war mit Abstand das Leckerste, was man mir aufgetischt hatte.

»Nein«, sagte ich sanft und setzte mich auf seinen Schoß.

Er verzog vor Schmerz ein klein bisschen das Gesicht, ließ sich aber ansonsten nichts anmerken. Stattdessen schlang er die Arme um mich. »Ich hab doch dich. Und du und ich, wir sind ein gutes Trio.«

Konrad lachte. Und dann küsste er mich. Erst in den Nacken, dann auf den Mund und im weiteren Verlauf auch an anderen Stellen, die aber unter den Jugendschutz fallen und deswegen nicht namentlich genannt werden dürfen. Na also, dachte ich mir. Hatte der ganze Zirkus am Ende doch was gebracht. Und wenn's nicht für die Kunst war, dann wenigstens für die Erkenntnis.

Ente süß-sauer

Mittwoch, 24. August, um 19:37 Uhr

Als ich heute Nachmittag von einem Treffen mit meinem Verlag in meine Wohnung zurückkam, dachte ich schon beim Schlüsselherumdrehen, dass irgendetwas anders war. Vor der Wohnungstür stapelten sich Müllsäcke und Altpapier, nett angerichtet mit ein paar einzelnen Schuhen und einem halben Käsebrötchen. Willkommen zu Hause, Liebling.

Nanu? Ich war gerade mal zwei Tage weg gewesen. Ich öffnete die Tür. Das Grauen bekam ein Gesicht.

Die Wohnung sah aus, als hätte eine Bombe eingeschlagen. Aber eine mit Granatensplittern und schlimmen Erdbebenfolgen. Plus Tsunami. Maulwurfshügel aus Klamotten sprossen aus dem Boden, eine Rolle Klopapier schlängelte sich komplett entrollt vom Bad ins Schlafzimmer, in der Küche waren allem Anschein nach bahnbrechende Feldversuche zur Erschaffung künstlichen Lebens in Kochtöpfen durchgeführt worden.

Atemlos ließ ich mich aufs Sofa fallen. Unter meinem Hintern zerkrümelten lautstark ein paar Erdnussflips. Ich blieb so sitzen, sprachlos, erstarrt und um die Fassung ringend, bis nach circa zwanzig Minuten Konrad in die Wohnung trat. Er sah mich nicht, aber ich hörte ihn, und durch den Türausschnitt in den Flur konnte ich sein Nachhausekommen vom Sofa aus live und in Farbe miterleben. Ich fühlte mich wie Bernhard Grzimek bei der Beobachtung grauer Gänse. Ach nee, das war jemand anders. Auch egal.

Der Silberrücken, den ich gerade ins Visier nahm, kam in die Wohnung. Durch die Tür erkannte ich, wie er seinen linken Schuh in einer einzigen flüssigen Bewegung vom Fuß streifte, kurz auf den Zehen balancierte und dann den Schuh mit einem kräftigen Schwung in eine Ecke des Flurs schleuderte. Dem rechten Schuh erging es nicht besser: Auch er flog in hohem Bogen quer durch den Raum und landete in der anderen Ecke des Flurs. Mit einer Hand löste mein Observat die Krawatte. Nach mehrmaligem Rütteln und Ziehen löste sich der Knoten, die Krawatte landete treffsicher über der Klinke der Küchentür. Konrad öffnete den Jackettknopf und nestelte sich aus den Ärmeln, allerdings gelang das nur, indem er das Jackett dabei auf links drehte. Das verbliebene Etwas landete zusammengeknäult in der Ecke, wo der linke Schuh bereits sein trostloses Dasein fristete.

Konrad ging ins Badezimmer. Im Vorbeigehen fischte er ein Taschentuch aus der Anzughose und ließ es auf dem Fußboden fallen. Nur wenige Sekunden später kam er wieder in den Türausschnitt. Seine Hose war heruntergelassen, er steckte nur noch mit einem Bein darin, der Rest schleifte hinter ihm her übers Parkett. Konrad, in Gedanken versunken, weil mit dem iPhone spielend, schüttelte irritiert das Bein aus, an das sich seine Hose mit letzten verzweifelten Kräften klammerte. Auf der Türschwelle zum Schlafzimmer gab die Hose auf und blieb wie ein verwundeter Soldat liegen. Konrad ging ins Schlafzimmer und erschien kurz darauf wieder im Flur. Sein Hemd hatte er gegen ein T-Shirt getauscht, ich sah den hellblauen Hemdsärmel mit einem zufälligen Fußtritt unter dem Bett verschwinden. Konrad stand im Flur, in Boxershorts und T-Shirt und irritierenderweise nur einer Socke und starrte immer noch wie gebannt auf sein Telefon in der Hand. Er setzte seinen Verwüstungszug in die Küche fort. Ich hörte, wie er den Kühlschrank öffnete und in den Schubladen der Küchenanrichte herumfuhrwerkte. Dann erschien er wieder im Türausschnitt, in der einen Hand ein Bier und eine Stange Smarties, in der anderen ein Feuerzeug, und hebelte mit einem satten Plopp den Kronkorken von der Flasche. Der Korken flog drei Meter weit ins Wohnzimmer und landete vor meinen Füßen. Konrad machte sich nicht einmal die Mühe aufzusehen. Hätte er es getan, hätte er mich entdeckt, mich und meinen offen stehenden Mund.

Die Show war aber noch nicht zu Ende. Bierschaum blubberte über den Rand der Flasche und lief Konrad über die Hand. Leise fluchend schüttelte er das Rinnsal ab, ein paar dicke Tropfen fielen auf den Boden, aus der Flasche quoll mehr Bierschaum. Konrad schlürfte den Schaum ab, das Bier auf dem Boden trocknete er mit einer grazilen Bewegung des besockten Fußes. Dann öffnete er mit seinem Daumen die Smartiesrolle (der Deckel verschwand unter der Kommode) und begann, einzelne Smarties in die Luft zu werfen. Der Versuch, sie mit dem geöffneten Mund wieder aufzufangen, misslang. Vielleicht auch, weil er den Blick nicht vom Telefon in seiner Hand lösen konnte. Er drückte ein paar Mal aufs Touchpad, dann hob er das Gerät ans Ohr. Ein Smartie zerbrach knirschend unter seiner Ferse und hinterließ einen blau-braunen Fleck auf dem Boden.

In den Untiefen meiner Tasche, die neben mir auf dem Sofa saß und das Grauen beobachtete, begann es zu bimmeln.

Konrad sah auf und erblickte mich, menschgewordener

Obelisk, wie ich da für meine Beobachtungen der Verhaltensforschung auf dem Sofa saß und ihn regungslos ansah.

»Schatz!« Konrad stürmte auf mich zu und kickte dabei aus Versehen noch ein paar Smarties ins Wohnzimmer. Sein Bier schwippschwappte in der Flasche und blubberte vor lauter Freude den Flaschenhals nach oben.

»Ich wollte dich gerade anrufen!« Er gab mir einen Kuss.

»Ich wollte gerade wieder abhauen«, begrüßte ich ihn und wischte mir Bier von der Hose.

»Was? Wieso?« Konrad ließ sich neben mir auf dem Sofa nieder.

Ich atmete ein paar Mal tief ein und aus. Jetzt bloß nicht die Kontrolle verlieren. Nicht schreien, nicht spucken, nicht an den Haaren ziehen und – ganz wichtig – vor allem nicht hauen! Ich erinnerte mich an die letzte Folge der Supernanny. Da war ganz klar gesagt worden, dass Gewalt bei der Erziehung nichts zu suchen hatte. Ich versuchte es also auf die nette Tour.

»Kannst du mir, himmeldonnerkreuzkeitelundverFICKTnochmal, bitte erklären, wieso es in unserer Wohnung aussieht, als wären wir der nächste Bewerber fürs Messiehaus?«

Der Beschuldigte sah sich um. Mit echter Überraschung im Gesicht. »Findest du es so schlimm?«

Ich antwortete nicht, sondern schnippte keuchend eine Erdnuss vom Sofa. »Wo ist Tagalog?«

»Ach so«, Konrad lehnte sich zurück. »Ist krank. Kommt nächste Woche wieder.«

»Okeeeeeeh«, sagte ich sehr langsam und überschlug die Möglichkeiten, die mir bis zu Tagalogs Rückkehr blieben. Ich könnte ausziehen, zu meinen Eltern. Oder ein Zimmer in Beschlag nehmen und Konrad den Rest überlassen. Ich könnte die ganze Wohnung zum Kriegsgebiet erklären und den Notstand ausrufen. Oder eine Aushilfsputzfrau engagieren.

»Ich dachte, du kommst erst später«, knirschte Konrad mit

den Zähnen. »Du hast ja recht. Hier ist es ein bisschen unordentlich, seit die Putzfrau nicht mehr da ist.«

Bleib jetzt ganz ruhig. Keine Gewalt.

»Soll ich aufräumen?« Konrad machte den Dackelblick.

»Ja«, beschloss ich, stand auf und klopfte mir die Flipskrümel von der Hose. »Ich gehe so lange zu Mona. Die hat eh gefragt, ob ich heute Lust auf Weiberabend hab. Wenn du fertig bist, kannst du mich ja anrufen.«

Ich zog ab und überließ Konrad seinem schlechten Gewissen und dem Staubsauger. Er versprach, sich zu beeilen; ich im Gegenzug den Kontrolldurchgang bei meiner Wiederkehr. Konrad warf mir ein »Ich liebe dich trotzdem!« hinterher, als ich mit nur mühsam unterdrückter Wut die Treppen nach unten stampfte.

Meine Güte. Liebe war manchmal schon echt was für Profis. Ich dachte an Moritz. Nein, ich hatte ihn nicht zurückgewollt. Aber er durfte gerne mal zum Putzen vorbeikommen.

Die frohe Botschaft

Donnerstag, 25. August, um 09:15 Uhr

»Ich bin schwanger!«

Die Nachricht schlug ein wie ein Paukenschlag.

Stille. Ungläubige Gesichter.

Gestern Abend war ich direkt nach dem Zwischenfall mit Konrad zu Mona geflüchtet. Dort saß ich neben Tine und Cora auf der Bank und malte mit meinem Zeigefinger versonnen kleine Kreise auf die blitzblanke Tischplatte.

»Äh … was?« Ich erwachte aus meiner Katatonie. Und starrte Mona an.

»Ich bin schwanger«, wiederholte sie.

»O mein Gott!«, sagte Cora.

»Heilige Scheiße!«, gab Tine zum Besten.

Und dann fingen alle an zu heulen.

Ach du heiliger Strohsack! Das war ja eine absolute Katastrophe! Mona war gerade mal mit ihrem Volontariat fertig, aber ihr Vertrag lief demnächst aus, und man hatte ihr keine Verlängerung angeboten. Sie war quasi arbeitslos. Und quasi arbeitslos war praktisch einkommenslos, also genau genommen ohne Hab und Gut und Zukunft und Dach überm Kopf. Eigentlich saß Mona schon in der Gosse. Mit einem Kind. Ohne Job. Und beinahe minderjährig!

Ich schniefte.

Wer war eigentlich der Vater? Wusste Mona das überhaupt? Bestimmt dieser Pätrick. Auf den war doch kein Verlass! Der war ja selbst noch grün hinter den Ohren! Und jetzt hatte er meiner guten, quasi arbeits- und obdachlosen Freundin Mona auch noch ein Balg angedreht! Wenn das Kind überhaupt von ihm war, bei dem Gauner konnte man sich da nicht sicher sein.

Ich heulte mit den anderen im Quartett.

Mona würde bei mir leben müssen. Ich würde ihr mein Arbeitszimmer herrichten und dafür sorgen, dass sie Hartz VI bekam. Ich würde das Kleine lieben, als wäre es mein eigenes, wenn Pätrick Mona sitzen lassen würde. Die kannten sich ja auch erst seit ein paar Monaten, das konnte ja nicht gutgehen! Hatte Pätrick eigentlich ein geregeltes Einkommen? Hatte Pätrick *überhaupt* ein Einkommen?

Ich erzitterte unter einer Welle des tieftraurigen Mitgefühls für Mona und legte meine Hand auf ihre.

»Das ist … das ist …«, stammelte ich, aber mir fehlten die Worte. Man fand auch keine Worte bei einer solchen Katastrophe. Das wusste ich auch von anderen Trauerfällen.

»GROSSARTIG!« Tine stand so schnell von ihrem Stuhl

auf, dass dieser nach hinten kippte und mit einem ohrenbetäubenden Getöse umfiel. Cora sprang von der Bank und stürzte auf Mona. Alle drei lagen sich vor Glück und Begeisterung flennend in den Armen.

»Ich freu mich so für dich!«

»Ich freu mich auch!«

»Du wirst eine tolle Mama!«

»Glaub ich auch!«

»Wie toll, das wird alles verändern!«

»Ja!«

»Und du und Pätrick, ihr werdet das ganz großartig machen!«

»Bestimmt!«

Die Mädels glucksten durcheinander. Mona stand das pure Mutterglück ins Gesicht geschrieben. Cora und Tine lagen in ihren Armen und wischten einander und sich selbst mit dem Handrücken die Tränen aus dem Gesicht.

Die einzige Regung, die ich in diesem Moment zeigen konnte, war das leise Zittern meiner Unterlippe.

»Äh ... ich ... oh.«

Bereits in frühen Jugendjahren hatte sich meine Gehirnaktivität angewöhnt, in außergewöhnlichen Situationen das Weite zu suchen.

»Tja, Juli, da bist du platt, was?« Mona grinste breit und strich sich über den superflachen Bauch.

In der Tat. Da war ich platt. Platt wie 'ne Flunder. Platt wie ein überhitzter Autoreifen in der prallen Augustsonne. Platt wie die Bauten in Berlin-Marzahn. Wenn die Abrissbirne zweimal pendelt.

»Juli!«, drängelte Tine. »Jetzt sag doch auch mal was!«

Ein alter Witz aus besseren Zeiten wäre gewesen, jetzt »Was« zu sagen, aber ich glaube nicht, dass mir die Chefhenne und ihre Co-Hühnchen verziehen hätten. Also setzte ich, trotz starker Schmerzen im Gesicht, weil die Fassungslosigkeit mich weiterhin fesselte, und unter Aufbringung der letzten Kraftreserven eine vielleicht nicht gerade begeisterte, aber zumindest freundliche Miene auf und presste hervor: »Toll.«

Was die Hühner zu neuen Tränenausbrüchen nötigte.

Den Rest des Abends verbrachte ich neben drei von weiblichen Hormonausschüttungen gebeutelten, hirnamputierten und kreischenden Weibern, die sich gegenseitig die niedlichsten Vornamen vorschlugen, den Zusammenzug von Mona und Pätrick planten, das Kinderzimmer einrichteten, eine geeignete weiterführende Schule für den Nachwuchs suchten und vorsorglich schon mal die Bewerbungsunterlagen der Hochbegabtenförderung anforderten.

Nur ich, ich saß nebendran und versuchte, das aufgesetzte Lächeln nicht aus meinem Gesicht kippen zu lassen. Da war es endlich, das Kind, das mir prophezeit worden war. Das zweite, um genau zu sein.

Babyblues

Samstag, 27. August, um 11:14 Uhr

Ich hab den Babyblues. In den letzten zwei Tagen habe ich ununterbrochen darüber nachgedacht, warum ich die Einzige bin, die sich über Monas neuen Zustand nur bedingt bis gar nicht freuen kann.

Vordergründig wohl vor allem deswegen, weil ich den Zeitpunkt für eine Schwangerschaft ein wenig ... ungeschickt finde. Mona ist Ende zwanzig, gerade läuft ihr erster Job in einer Frankfurter PR-Agentur aus, und sie kennt Pätrick seit gerade mal drei Monaten. Für Schwangerschaften jeglicher Art hat sie doch eigentlich alle Zeit der Welt. Und überhaupt, wer bekommt heutzutage schon mit neunundzwanzig ein Kind?

Bin ich eigentlich so spießig, oder tu ich nur so?

Kann mir doch furzpiepegal sein, wie lange Mona ihren Pätrick schon kennt, wie alt sie ist oder wie befristet ihr Arbeitsvertrag. Und ich bin ja wohl die Letzte, die sich darüber den Kopf zerbrechen muss, ob diese Beziehung die Elternzeit überlebt. Oder?

Am Mittwochabend kam ich mir vor wie ein Fremdkörper. Die einzige Freundin, die nicht ausflippt, weil Nachwuchs ins Haus steht. Die Einzige, die heult, weil sie schockiert und traurig ist. Und die Einzige, die auf den Schreck spontan eine rauchen will.

»Lass das!«, sagte Tine mit einem Kopfschütteln und nahm mir die Packung weg.

Ach ja. Richtig. Das wird jetzt also auch anders. Keine versoffen-verrauchten Abende in Monas Küche mehr. Stattdessen Gespräche über Mutterpässe, Wickelkommoden, Windpocken und Babydurchfall. Keine Nachmittage im Café mehr, an denen wir über Gott und die Welt, unsere Vergangenheit und unsere rosige Zukunft sinnieren. Die Zukunft ist jetzt, und sie ist sechs Wochen alt und hat sich in Monas Gebärmutter häuslich eingerichtet. Fünf Sterne all inclusive, Kost und Logis frei.

Ein guter Psychologe würde mir jetzt sagen: Du hast Angst vor Veränderung.

Und als anständiger Psycho würde ich dann antworten: Ja, stimmt. Was ich nicht kenne, macht mich nervös. Es ist doch schön so, wie es ist. Wieso muss man das ändern?

Der Abreißkalender mit den schlauen Sprüchen, den mir meine Mutter zum letzten Geburtstag geschenkt hat, offenbart mir die ganze gedankliche Misere, in der ich mich befinde: *Nur wer sich ändert, bleibt sich treu.* Arschloch.

Neidhammel

Montag, 29. August, um 17:31 Uhr

Ich habe heute Konrad erzählt, dass Mona einen Braten in der Röhre hat. Und wurde prompt für meine Wortwahl gerügt. »Juli! Das darf man doch so nicht sagen!«

Nicht? Ach so. Entschuldigung. Komischerweise macht man sich ziemlich schnell ziemlich unbeliebt, wenn man durchblicken lässt, dass man nicht begeistert ist, wenn eine der besten Freundinnen schwanger ist.

»Was ist dein Problem?«, fragte Konrad.

Wenn ich das wüsste.

»Bist du neidisch?«

Pah. Pahaha. Neidisch. Ja. Genau. Neidisch. Ich bin total neidisch. Neidisch, dass ich nicht auch kugelrund werde und mehr Flüssigkeit in den Beinen habe als die Donau bei Hochwasser. Neidisch, dass ich nicht Unmengen von Geld für Strampler, Flaschen, Nuckis, Windeln, Windelmülleimer, Hartschalenbabysitze und pädagogisch sinnvolles Spielzeug ausgeben darf. Neidisch, dass mein Sexleben auf die Größe einer Walnuss schrumpfen wird und meine Brüste um ein Sechsfaches anschwellen. Richtig, Konnilein, ich bin total neidisch.

Ich will kein Kind. Jedenfalls nicht jetzt. Und auch nicht in nächster Zukunft. Vom Kinderkriegen wird man dick. Und dick bin ich schon. Früher, also eigentlich vor nicht allzu langer Zeit, maximal vor zwei Wochen, habe ich mir mal gewünscht, mal eine ganz, ganz schlimme, natürlich nicht lebensbedrohliche, aber dafür vollkommen schmerzfreie Krankheit zu bekommen. Ich habe mir vorgestellt, dass ich für sechs bis acht Monate in eine Klinik komme und ganz fürchterlich viel abnehme. Natürlich nicht so, dass die Haut danach so an mir rumschlabbert, sondern normal, also dass ich also normal- bis leicht untergewichtig wieder aus dem Krankenhaus entlassen werde. Und all meine Freunde und meine Familie stehen am Eingang und klatschen in die Hände und sagen »Oh!« und »Ah!« und bewundern mich, mein neues, schlankes Ich und meine super Figur, und Heidi Klum steht auch da und wedelt mit einem Modelvertrag, und Seal singt ein schmissiges Lied, und alle liegen sich in den Armen. Unsere schöne, schlanke Juli!

Ich war nur ein Mal im Krankenhaus. Das war nach der Grundschule, als ich aufs Gymnasium wechseln sollte. Ich bekam, wohl aus Panik, weil meine besten Freundinnen nur eine Realschulempfehlung bekommen hatten und mich nicht in den neuen Lebensabschnitt begleiten würden, eine spontane und sehr hässliche Form von Neurodermitis. Und nicht nur so ein paar juckende Stellen am Ellenbogen, nein, ich war rot und aufgeschubbert und ständig am Kratzen, also wurde ich eingewiesen und mit Kortison behandelt. Das Ergebnis: Nach sechs Wochen Sommerferien im Krankenhaus wurde ich pünktlich zum ersten Schultag weiß wie Frischkäse und zwölf Kilo schwerer wieder entlassen. Ich war geheilt. Das Übergewicht hat sich in der Zwischenzeit exponentiell zu meinem Alter verdoppelt. Neurodermitis habe ich nie wieder bekommen. So viel zu den Tagträumereien einer Kleidergröße 44/46.

Konrad kriegt davon nichts mit. Er kuschelt sich an mich und flüstert: »Vielleicht müssen wir einfach auch bald ein Baby machen!«

Gruß ans Universum: Das kriegst du zurück!

September

Achtung, Baby!

Gruppenbild mit Pflaster

Donnerstag, 1. September, um 08:23 Uhr

So ganz los lässt mich – trotz aller angebrachten Ablehnung – der Gedanke dann aber doch nicht. Warum kommt Konrad ausgerechnet jetzt auf die Idee, ein Baby mit mir machen zu wollen? Drückt auch nur eine einzige Faser meines Körpers aus, dass ich gerne schwanger werden würde? Nein! Ganz im Gegenteil, letzte Woche habe ich aus lauter Frust, dass meine Mädchenclique bald zur Müttermafia mutiert, sogar ein halbes Kilo abgenommen. Sende ich hormonell unterschwellige Schwingungen? Auch nicht! Ich futtere jeden Morgen mit Enthusiasmus meine Pille, als wär's die Henkersmahlzeit. Selbst Sex habe ich in dieser Woche nicht mehr gehabt – auch wenn es mich gelüstete –, und das alles nur vorbeugend, damit auf gar keinen Fall irgendwas schiefgeht im Plan »Wir bekommen *kein* Kind«.

Ich brauche nämlich auch gar keins. Ich bin selbst noch eins. Ich komm ja mit meinem Leben gerade mal so klar, was brauche ich da Nachschub? Und um Konrad muss man sich auch alle Naselang kümmern.

»Kannst du mir bitte meinen Rasierapparat zum Flughafen bringen, ich hab vergessen, ihn einzupacken.«

»Ich glaube, Sydney hat neben das Katzenklo gemacht. Und du sagtest ja, du wolltest dich kümmern …«

»Wie bedient man gleich doch die Waschmaschine?«

»Bitte bring noch den Brief zum Finanzamt, ja? Sei ein Schatz, er liegt irgendwo beim Altpapier, muss ihn wohl …«

Und so weiter und so fort.

Ich brauche wirklich kein Kind. Ich habe Konrad. Und falls der eines Tages nicht mehr ausreicht, bin ich mir selbst genug.

Trotzdem zieht es mich immer wieder zur verbotenen Schachtel. Das ist eine kleine Kiste aus Pappe, in der Konrad allerlei sentimentalen Krimskrams aufhebt. Zum Beispiel seine ersten Turnschuhe, sein erstes Matchboxauto, das Eintrittsticket zu seinem ersten U2-Konzert usw.

Und Kinderbilder.

Ich blättere die Fotos durch. Natürlich nur interessehalber. Ich kenne Konrad, seit wir in der Fünften waren und ich ihn in der großen Pause beim Gummitwist beschissen habe. Ich weiß, wie Konrad in seiner Pubertät aussah (fürs Protokoll: schlimm). Aber wie sah Babykonrad aus?

Ich wühle durch die Bilder und finde einige Aufnahmen aus der Grundschulzeit. Ein Gruppenfoto. Zwei Dutzend Kinder in sehr schlimmen Neunzigerjahre-Klamotten. Oversize-Minnie-Maus-Pullover und Leggins. Möhrenhosen und Polohemden in Bonbonfarben. Sascha-Schwänzchen. Haarreifen. Zahnspangenbeutel um den Hals, Scout-Ranzen auf dem Rücken. »Klasse 3a«, steht auf einer kleinen Tafel, die ein Junge in der Hand hält. Uih, der sieht schlimm aus! Ein gelb-rot-blaues Brillengestell, mit praktischem Bändchen im Nacken, damit die Brille nicht verloren geht. Und unter dem linken Brillenglas: ein Pflaster.

Diese Pflasterkinder haben mir früher immer ganz schön Angst eingejagt. Die mussten sich wochenlang ein Auge abkleben, weil sie irgendeine Sehstörung hatten. Damals dachte ich, sie hätten ein faules Auge, irgendwann habe ich aber mal erfahren, dass das wohl was mit der unterschiedlichen Sehstärke der Augen zu tun hat. Um das schlechtere Auge nicht von der Weiterentwicklung auszuschließen, wird das bessere Auge abgeklebt. Und dann sehen die Kinder eben aus wie echte Deppen: Pflaster auf dem Auge, Nasenfahrrad, und meistens kam dann irgendwann noch eine Zahnspange dazu. Der Gips am Arm war logische Konsequenz, weil die Pflasterkinder von den Normalkindern gerne verprügelt wurden. Vorzugsweise kam der Angriff übrigens von der abgeklebten Seite.

Ach ja, Kinder sind was Herrliches.

Konrad kann ich trotz intensiver Suche auf dem Gruppenbild nicht finden. Ich blättere weiter. Komisch, da ist schon wieder der Pflasterjunge, diesmal als Einzelbild. Er hat seinen Kopf auf einen Arm aufgestützt, der andere liegt auf dem Tisch vor seiner Brust. Der selbst gestrickte Pullover, in den seine Rabenmutter ihn gesteckt hat, sieht selbst aus zwanzig Jahren Distanz kratzig aus. Neben ihm steht wieder diese kleine Tafel. Und auf der steht …

Konrad Paulsen.

Mein Freund war ein Pflasterkind!

O Gott, mein Gott, warum hast du mich verlassen?

Tick-Tack

Sonntag, 4. September, um 16:57 Uhr

Mona war heute zu Besuch. Ich durfte in meiner eigenen Küche nicht rauchen und musste Ersatzkaffee aus Getreide aufbrühen. Kurz überlegte ich, den Zucker mit Sägespänen zu strecken und ein Stück Schwarzmarktschokolade anzubieten, immerhin spielten wir die Lebensmittelknappheit der Nachkriegszeit nach, und ich wollte mich stilecht verhalten. Aber Konrad guckte sehr böse, als Mona mich um Milch bat und ich nach ihrer Lebensmittelmarke fragte, daher verlegte ich die bösen Witze lieber auf später.

»Meine Großmutter ist total ausgeflippt, als sie hörte, dass ich schwanger bin«, eröffnete Mona den Kaffeenachmittag bei Ersatzprodukten.

»Vor Begeisterung«, vermutete Konrad, der sich ausnahmsweise dazugesellt hatte, wohl wissend, dass wir heute nicht über ihn oder seine Artgenossen lästern würden.

»Nein«, empörte sich Mona. »Vor Entrüstung! Sie findet, man sollte keine Kinder bekommen, wenn man nicht verheiratet ist.«

Willkommen im Jahr 1945. Ich klopfte mir auf die Schulter und verdünnte die Getreideplörre, die in meiner Tasse schwappte, mit einem Schuss heißem Wasser.

Konrad war von Monas Eröffnung echt schockiert. »Im Ernst?«

»Ja. Sie weigert sich, mich zu sehen.«

»Ist nicht wahr!« Konrad echauffierte sich vorbildlich. Vielleicht sollte ich ihn öfter zu den Lästerrunden mitnehmen. Ach nein. Die Lästerrunden würden ja bald von Geburtsvorbereitungskursen abgelöst.

Mona nickte. »Erst dachte ich: Die kann mich mal.«

Richtige Einstellung. Ich nickte ebenfalls.

»Aber dann dachte ich: Hey, ist ja immerhin meine Oma. Und mit dem Kind wird es dann auch einfacher, wenn Pätrick und ich verheiratet sind.«

Wenn? Verheiratet *sind?* Wieso nicht: sofern wir verheiratet *wären?*

Hatte ich eine nicht unerhebliche Entwicklungsstufe verpasst? Was war eigentlich mit dem Konjunktiv passiert, wurde der nicht mehr verwendet? Überlegte man sich die nächsten Schritte gar nicht mehr? Traf man direkt Entscheidungen?

Der Konjunktiv winkte mir traurig durch die Scheibe des abfahrenden Zuges zu.

»Das heißt …«, meine Stimme brach.

»Ihr heiratet!«, fiel mir Konrad ins stammelnde Wort.

Meine Freundin Mona nahm einen tiefen Schluck aus der Tasse und grinste breit. Konrad sprang auf und beugte sich über den Tisch, um sie zu umarmen. Es kam zu einem kleinen Handgemenge, in dessen Folge ich die Blumenvase und den Tetrapak Milch mit beiden Händen vor dem Umkippen retten musste.

Ich schluckte. Tetrapak und Blumenvase zitterten.

»Juli«, Mona sah mich an, »freust du dich nicht? Du wirst Brautjungfer! Wie Pippa!«

Konrad und Mona sahen mich freudestrahlend an. In meinem Kopf wurde das Licht gedimmt, dann öffneten sich zwei gewaltige, schwere Vorhänge aus rotem Samt vor einer Leinwand. Schwarzes Bild, es wurde rückwärts eingezählt. 3 – 2 – 1 – Film ab.

Ich, in einem lachsfarbenen Albtraum aus fest um meine strammen Schenkel spannender Seide, stehe vor dem Altar. Alle sind gekommen, sitzen in der Kirche auf den engen, unbequemen Bänken nebeneinander. Stoff raschelt, Kameras sirren, der Pfarrer nimmt die Hand der hochschwangeren, aber in ihrem weißen Kleid mit meterlanger Schleppe bezaubernd aussehenden Mona, daneben Pätrick, dessen gesamte ostdeutsche Sippe stilecht in Trabis angereist ist und am Vorabend schon wild und ausgelassen bei Spreewälder Gurken und Rotkäppchensekt feierte. Beide sehen sich tief in die Augen. Cora, die neben mir steht, schnieft in den Saum ihres Lachsärmels, was weder das Kleid noch die Eleganz, in der sie sich darin bewegt, beeinträchtigt. Tine, emotional noch vollkommen mitgenommen von dem romantischen Beatles-Song, den sie gerade engelsgleich und glockenhell a capella zum Besten gegeben hat, schluchzt gerührt auf, als sie den Blick ihres Freundes auffängt, der schräg gegenüber steht und mit den Lippen ein zärtliches »Ich liebe dich« formt.

Der Pfarrer blickt Mona und Pätrick nacheinander tief in

die Augen. Dann erhebt er die Stimme und sagt so laut, dass er selbst im hintersten Winkel des riesigen Kirchenschiffs zu hören ist: »Falls irgendjemand in diesem Raum Einwände gegen diese Hochzeit hat …«

Ich!, denke ich und zuckte leicht mit dem Zeigefinger der rechten Hand. Cora und Tine, beide ganz benommen von der Zeremonie, vielleicht auch vom Weihrauch, bemerken nichts, aber Konrad, der uns gegenüber neben den Jungs steht, wirft mir einen vernichtenden Blick zu. Mein Finger zuckt stärker. Konrad hüstelt leise. Der Pfarrer sieht ihn irritiert an, hält inne. 21. 22. 23. Konrad schließt die Augen und schüttelt kaum merklich den Kopf, der Pfarrer atmet erleichtert aus, wendet sich wieder dem Brautpaar zu.

Hicks. Urplötzlich bekomme ich Schluckauf. Konrad schießt aus seinen Augen eisige Blitze in meine Richtung ab.

Der Pfarrer zieht die Luft zwischen den Zähnen ein, dreht seinen Kopf kurz zu mir. »… dann möge er jetzt sprechen oder für immer schweigen.«

Ich konzentriere mich. Kein Wort, Juli! Du verhältst dich unauffällig und ganz still, so wie alle anderen auch. Du bist ruhig, du bist entspannt, und du hast keinen Schluck … »HICKS!«, poltert es da aus mir heraus. Ich laufe rot an, sicher ein schöner Kontrast zu der lachsfarbenen Wurstpelle, in die ich mich heute Morgen reingeschossen habe.

»Meine Tochter.« Der Pfarrer nimmt mich ins Visier, Pätrick dreht den Kopf, sieht entsetzt zu mir herüber. Monas Augen verengen sich zu kleinen Schlitzen. »Du versaust mir nicht die Hochzeit!«, höre ich sie zischen, ohne dass ihre Lippen sich bewegen.

»Nein, HICKS!, alles in Ordnung«, presse ich heraus.

Der Pfarrer sieht skeptisch aus, nicht überzeugt, hebt kurz die Augenbrauen, atmet dann erneut tief aus, wendet sich wieder den beiden erwartungsvollen jungen Menschen vor sich zu. Er fährt fort. »Ich frage dich, Mona, vor Gottes Angesicht: Nimmst du deinen Bräutigam als deinen Mann an, und versprichst du, ihm die Treue zu halten in guten und bösen …«

»HICKS!« Ein kurzer, genervter Seitenblick streift mich.

»… Tagen, in Gesundheit und Krankheit …«

»HICKS.« Ich habe mal von einer Frau gelesen, die hatte sechsundvierzig Jahre lang Schluckauf.

»… ihn zu lieben, zu achten und zu ehren …«

»HICKS-HICKS.« Die Intervalle werden kürzer, die Frequenz höher.

»… bis der Tod euch …«

»HICKS-HICKS-HICKS.«

»So KANN ich nicht arbeiten!«, brüllt der Pfarrer und zeigt mit dem ausgestreckten Zeigefinger in meine Richtung. »Entfernt diese … diese …« Ihm fehlen die Worte. »… PERSON!«

Mona schüttelt ungläubig den Kopf, Tine und Cora blicken mich durch einen Schleier aus Tränen entsetzt an, Stefan und Mario, ihre Freunde, kommen auf mich zu, die Ärmel hochgekrempelt und zu allem entschlossen, Konrad hinter ihnen. Sein Gesicht hat einen sehr unangenehmen Ausdruck angenommen. Aus den letzten Bänken ertönt ein Aufschrei, es klingt wie meine Mutter. »Juli! Musst du immer alles kaputt machen!«

Ich will mich gerade bücken, um den Saum meines Kleides zu raffen, da zerreißt das Geräusch von reißendem Stoff die unangenehme Stille der Kirche, es fliegt durch den Raum, prallt von den Wänden des Seitenschiffes ab, überlagert sich, steigert sich zu einem Crescendo, und ich merke, dass ein zarter Wind meine in abgetragene Garfield-Unterhosen gepressten Pobacken streift …

»JUUUULIIIII!«

»Hallo? Jemand zu Hause?«

Konrad schnippte mit seinem Finger vor meinem Gesicht

herum. Er drehte sich zu Mona. Wir saßen immer noch in der Küche. Kein Pfarrer weit und breit. Keine lachsfarbenen Brautjungfernkleider. Langsam schloss ich den Mund, den ich wohl die ganze Zeit offen stehen gelassen hatte.

»Nimm's nicht persönlich, Mona. Seit sie das mit deiner Schwangerschaft erfahren hat, ist sie irgendwie ... durch den Wind.«

Mona lächelte nachsichtig. »Vielleicht hört sie ja ihre eigene biologische Uhr ticken und will es bloß nicht wahrhaben?« Dann beugte sie sich zu mir vor und sah für einen irritierend langen Moment exakt wie das Krokodil aus dem Disney-Zeichentrickfilm *Peter Pan* aus: »Tick-tack!«

Öffentlicher Nahverkehr

Dienstag, 6. September, um 13:13 Uhr

Heute Nachmittag fuhr ich in der Tram. Schulklassen lärmten um mich herum, nahmen die Sitzplätze in Beschlag, ein Drittklässler bohrte einem kleinen Mädchen mit honigblonden Zöpfen seinen Zeigefinger ins Ohr. Das Mädchen fing an zu brüllen, eine ältere Frau mischte sich ein, wies den Dreikäsehoch zurecht, der ihr aber nur die Zunge rausstreckte und das immer noch heulende Mädchen an einem der Zöpfe durch den Waggon hinter sich herzog.

Ich atmete dreimal tief durch.

»Wollen Sie sich vielleicht setzen?«, fragte da eine freundliche Stimme hinter mir.

Ich sah zu der älteren Frau hinüber. Hä? Die saß doch schon.

Jemand tippte mir auf die Schulter. »He, Sie!« Dieselbe Stimme von gerade eben. »Wollen Sie sich vielleicht hinsetzen?«

Irritiert wandte ich mich um. Ein junger Mann im schicken Dreiteiler war aufgestanden und bot mir mit der Hand seinen frei gewordenen Platz an.

»Ich? Wieso?«

Der junge Mann machte ein verdutztes Gesicht. »Ach so. Ähm … Ich dachte nur, weil … na ja, also … Sind Sie nicht schwanger?«

Ich starrte ihn an, mir klappte der Unterkiefer runter und wieder rauf, und vor meinem inneren Auge erschien ein leuchtendes FATAL ERROR. Jetzt nicht durchdrehen. Bleib freundlich.

»Wie kommen Sie darauf«, fragte ich mit vor aufkeimender Wut zitternder Stimme, »dass ich schwanger sein könnte?«

Das Gesicht des jungen Mannes nahm die Farbe einer reifen Aubergine an. »Ich … äh … also …« Er verstummte, dann fiel sein Blick auf meinen Bauch. Meinem eindeutig nicht schwangeren Bauch! »Ich dachte nur …«

»Sie DACHTEN?« Meine Stimme wurde so laut, dass es in meinen Ohren zu klingeln anfing. »Was dachten Sie? Sind Sie eigentlich total bescheuert? Ich bin nicht schwanger!« Ich verstummte, aber in mir brodelte ein Hexenkessel. Der Mann setzte sich zerknirscht wieder auf seinen Platz, ich blieb demonstrativ vor ihm stehen, zog aber den Bauch ein.

Schwanger. Ich! Das war ja wohl die Höhe! War diesen hippen Großstadtyuppies eigentlich gar nichts mehr heilig? Schlimm genug, dass man alle Naselang mit der Zeugungsfähigkeit der neuen Mittelschicht konfrontiert wurde. Überall fiel man über ergonomisch geformte, dreirädrige Outdoor-Kinderwagen, geschoben von diesen durchgestylten Prenzlauer-Berg-Muttis, die ihr Kind schon im Mutterleib mit klassischer Musik beschallten und ihre Bälger mit sechs Monaten in eine zweisprachige Kinderkrippe abschoben, um möglichst schnell wieder in den Power-Yoga-Kurs einzusteigen, damit sie den Anschluss nicht verpassten. Boah, hatte ich 'ne Krawatte! Und das Schlimmste: Zwei Wochen nach der Geburt waren die dünner als vorher!

In der Scheibe der Tram reflektierte sich mein Spiegelbild. Im Profil. Konnte man nicht mal im öffentlichen Nahverkehr von seinem eigenen Anblick verschont bleiben? Ich sah genauer hin. Okay, mein Bauch war alles andere als flach, und auch »Bauch weg in 7 Tagen« war bei mir eindeutig ein Tropfen auf den heißen Stein. Aber schwanger war dieser Bauch nicht. Niemals.

Wenn ich mir allerdings meinen Hintern so anguckte … dem würde ich eine zweiundzwanzigste Woche schon eher abkaufen.

Neulich habe ich im Fernsehen einen Bericht über verschiedene Po-Typen gesehen. Ich war mit meinem Hintern zwar, weil zu groß, nicht zufrieden, trotzdem hatte ich mich spontan gefreut, dass ich nicht der Kartoffeltyp war. Wer will schon einen Arsch wie 'ne Kartoffel haben? Da waren die Dellen ja das kleinste Übel. Apfel und Birne fiel bei mir leider auch raus. Am ehesten war ich wohl der Tomatentyp. Prall, rund. Wohlgeformt. (Der Tomatenpo hatte bei der Abstimmung in der Münchner Innenstadt dann auch die meisten Fans.) Wenn er nur nicht so groß wäre! Ich drehte mich leicht, beobachtete weiter mein Spiegelbild. Ne, Tomate war definitiv ein Euphemismus. Ich musste expandieren.

Dann wandte ich mich wieder zu dem jungen Mann um. »Nur dass Sie es wissen: Ich bin nicht schwanger, ich war nie schwanger, und ich werde so schnell auch nicht schwanger sein! Ich bin dick, ohne dass ich ein Kind bekommen habe! Stellen Sie sich das mal vor. Total verrückt!« Meine Stimme troff vor Ironie. »Und außerdem«, ich drehte mich um und streckte ihm meinen Hintern hin, »schauen Sie sich das mal an! Das ist ein Melonenpo. Merken Sie sich das. Der ist sogar noch dicker als mein Bauch. Sollte ich also schwanger sein, wär's wohl eher 'ne Arschgeburt.«

An der nächsten Haltestelle stieg ich aus. Gezwungenermaßen. Mehrere junge Frauen mit Kinderwägen, in Tragetücher eingewickelte Neugeborene auf den Bauch gespannt und mit zweijährigen Rotzlöffeln an der Hand, hatten sich gegen mich verbrüdert und den beinahe weinend zusammenbrechenden Mann unter ihre Fittiche genommen. Sie meckerten mich an, ich wäre daran schuld, wenn in naher Zukunft die Flüsse austrockneten, Vulkane das Erdinnere ausspuckten, der Himmel sich verdunkelte und Männer in der Tram Schwangeren keinen Platz mehr anböten.

Ich schlurfte nach Hause, rauchte unterwegs eine Packung Zigaretten und beschloss, die Wohnung nicht wieder zu verlassen, bis ich wirklich schwanger wäre. Musste man sich derlei Beleidigungen gefallen lassen?

Privater Fernverkehr

Freitag, 9. September, um 14:57 Uhr

Mist. Meine Pille war leer.

Ich musste wohl doch aus dem Haus, ohne schwanger zu sein, oder vielmehr: um nicht schwanger zu werden. Nach einer halben Stunde in der telefonischen Warteschleife beim Frauenarzt setzte ich meine gesetzlichen Ansprüche als Kassenpatientin dann aber doch noch durch. Ich ging zur Praxis, bezahlte zehn Euro Eintrittsgeld und ließ mir ein Rezept ausstellen.

»Wollen wir auch gleich einen Termin für die nächste Vorsorgeuntersuchung machen?«, lächelte mich die rotbäckige

Sprechstundenhilfe an. Als ich statt einer Antwort nur die Augenbrauen in die Höhe zog, setzte sie nach: »Sie sind ja jetzt in einem Alter …«

Ich verließ die Praxis, bevor sie ausgesprochen hatte, und ging zur nächstgelegenen Apotheke. Durch die Glastür sah ich zwei Herrenrücken an der Theke stehen und die Köpfe zusammenstecken. Als ich eintrat, bimmelte ein Glöckchen über der Tür und verkündete frohlockend meine Ankunft. Die beiden Männer schreckten panisch zusammen, und es erschien der Kopf einer älteren Apothekerin in vertrauenswürdigem weißen Kittel und Goldkettchen an den Brillenbügeln, die im Takt mit ihrer Dauerwelle lustig hin- und herwackelten.

»Noch einen kleinen Moment«, sagte sie und wandte sich dann wieder den beiden Geheimniskrämern zu.

Ich wollte mich gerade der Hustenbonbonauslage widmen, da sagte einer der beiden Männer: »Ich weiß nicht, hat sie nicht gesagt, es soll einer zur Früherkennung sein?«

Diese Stimme kannte ich!

»Mario?«

Der Erkannte zuckte erneut zusammen und drehte sich zu mir um.

»Oh, Juli, hi … äh, du bist's«, schauspielerte er mehr als bescheiden. Und die Goldene Himbeere geht an …

»Stefan! Du auch hier?«

»Äh«, stammelte dieser, und sein Gesicht nahm einen zarten Pinkton an. »Ich … ja … wahrscheinlich«, er guckte einmal nach links und dann wieder nach rechts, »… bin ich … hier.«

Ähm. Okay. Kauften die gerade Blasenkatheter, oder was war das Problem? Ich bin von Natur aus neugierig und auch ein bisschen indiskret, deswegen lief ich mit ausgebreiteten Armen auf die Freunde meiner besten Freundinnen zu. Mario sah mich an wie ein Kaninchen die Schlange. Stefan würde sich in den nächsten Minuten wohl in die Hose pinkeln. Zum Glück waren die Einlagen in greifbarer Nähe.

»Was macht ihr?«, fragte ich und drückte mich ohne Anstand zwischen sie. Auf dem Tresen lag eine stattliche Auswahl verschiedenster Schachteln. Alle waren rosa oder hellblau, und sie trugen so schmackhafte Namen wie Clearblue, Femtest oder Pregymed.

»Warum kauft ihr denn Schwangerschaftstests?«, fragte ich. »Mona weiß doch schon, dass sie schwanger ist.«

Da fing Stefan zu schluchzen an. »Tine ... es ist ... es ist nur ...« Weiter kam er nicht. Er pulte ein Taschentuch aus der Jackentasche und schnäuzte sich kräftig.

Mario klopfte ihm auf die Schulter. »Es ist nicht nur Tine. Auch Cora ... Wir wissen einfach nicht, was mit den beiden los ist!«

Für einen kurzen Moment fragte ich mich, ob ich in einer Spezialausgabe der Versteckten Kamera gelandet war. Ich spähte in die Raumecken. Nein, keine Kameras. Und auch die Apothekerin sah echt aus.

»Wir sind total verzweifelt«, konstatierte Stefan, der sich wieder beruhigte, nachdem die Apothekerin ihm eine Packung Baldriantabletten hingeschoben hatte. »Cora und Tine ... sie drehen durch. Irgendwie.«

»Definiere durchdrehen.«

»Es ist eine Art ... Wettbewerb ausgebrochen.«

»Wettbewerb?« Heute waren die beiden aber auch wirklich anstrengend. Denen musste man ja alles aus der Nase ziehen!

»Ja«, nickte Stefan und blickte zu Mario.

Der erklärte: »Wer wird als Nächste schwanger.«

Mir wurde kurz schwarz vor Augen.

»Tine hat die Pille abgesetzt, und Cora hat so einen Eisprungkalender auf dem iPhone installiert.«

Der Boden unter meinen Füßen verwandelte sich in einen

grünen Wackelpudding. Ich kam kurz aus dem Gleichgewicht, musste mich an Mario festhalten.

»Alles okay?«, fragte er besorgt.

Nur die Apothekerin lächelte, tätschelte die Hand, mit der ich mich am Tresen festklammerte, und schob mir eine der hellblauen Schachteln zu. »Und Sie nehmen sich besser auch mal einen mit.«

Ha. Ha. Ha.

Bereit, wenn Sie es sind

Montag, 12. September, um 20:51 Uhr

»Ha-ha-hatschi!«

Mein Körper erzitterte unter der Wucht des Niesens. Konrad legte mir die Hand auf die Stirn.

»Meine Fresse, dich hat's ja wirklich erwischt.«

Ich schob mir ein weiteres Taschentuch in die Nase und wartete auf die nächste Eruption. Mein Freund wedelte mit einem Suppenlöffel. »Du musst was essen, Süße.«

Mir war nicht nach essen. Und sowieso nach nichts. Ich wollte einfach hier liegen bleiben und vergessen werden. Na ja, nicht ganz. Aber zumindest, bis sich meine Nase wieder auf normalmenschliche Größe reduziert hatte und nicht mehr knallrot in meinem Gesicht pulsierte.

»Ist nur 'ne Erkältung«, keuchte ich nasal.

Konrad sah mich skeptisch an. »Sicher?«

Soweit ich meine schmerzenden Augen öffnen konnte, tat ich das. »Was meinst du mit ›sicher‹? Denkst du, es könnte was Ernsteres sein? Hirnhautentzündung? Schlaganfall? Krebs?«

»Mario und Stefan haben erzählt, dass sie dich in der Apotheke getroffen haben.«

»Ja«, sagte ich, fast verärgert, »das habe ich dir doch gesagt. Ich habe mir die Pille gekauft, sie haben mir von Tines und Coras internem Schwangerschafts-Battle erzählt.«

»Genau«, nickte Konrad langsam mit dem Kopf. »Und dann war da noch was, was du mir nicht erzählt hattest. Du hättest dich … komisch verhalten. Dir wär schlecht geworden, ganz plötzlich.«

Ich bewegte mich keinen Zentimeter. Tonlos sagte ich: »Kreislauf.«

»Bei den Temperaturen? Unwahrscheinlich.«

»Ich hatte an dem Tag noch nicht viel gegessen.«

»Aha.«

»Hmhm.« Wen versuchte ich hier eigentlich gerade zu überzeugen? Ihn oder mich? »Ich bin jedenfalls nicht schwanger, falls du das meinst.«

»Nicht?«

Sah ich da Erleichterung? Nein? Was war es dann? Ich scannte Konrads Gesicht, suchte nach den mir bekannten Lachfältchen, die er immer bekam, wenn er sich über etwas freute. Oder die kleine Falte an der Nase, wenn er grinste. Nee, beides nicht da. Er freute sich also nicht. Die Information wurde in die relevante Hirnregion zur Verarbeitung geschickt. Nach einigen Sekunden spuckte der kognitive Teil des grauen Breis in der Hartschale die wissenschaftlich fundierte Analyse aus und sendete sie an mein Zentralhirn zurück. Ich hörte einen Groschen fallen.

Er war enttäuscht. Mein Freund war enttäuscht, weil ich nicht schwanger war. Kurz nahm mir die Erkenntnis den Atem. Konrads nächster Satz erwischte mich dann mit seiner starken Linken und schlug mich k.o.

»Also, ich würde es aber nicht schlimm finden, wenn es

doch so wäre.« Hundeblick. Stirn in Falten, große Augen, sabber, sabber. Kindchenschema. Du Arsch. »Das heißt nicht, dass wir das jetzt überstürzen müssen. Ich meine nur, also ganz generell: Ich bin bereit.«

Meine Reaktion war überraschenderweise echt. »Entschuldigung«, ich sprang auf und rannte aus dem Schlafzimmer. »Ich muss kotzen!«

Miss Undercover

Donnerstag, 15. September, um 09:03 Uhr

Konrad ist komisch. Seit letztem Montag, an dem ich mich erst übergeben musste, dann sehr glaubwürdig versichert habe, dass das nur ein leicht verstimmter Magen war, behandelt er mich wie ein rohes Ei.

»Den Wasserkasten lass mal stehen«, ruft er mir im Flur zu, ich darf mich nicht bücken, nicht zu hastig aufstehen, nicht zu wenig essen, und das Rauchen will er mir auch verbieten.

»Ich bin nicht schwanger!«, schreie ich mittlerweile jeden Morgen als eine Art Mantra in sein Ohr. Letzte Nacht habe ich ihn sogar geweckt, wie sie es immer mit den Agenten in den amerikanischen Thrillern von John le Carré und Frederick Forsyth machen, die während ihrer Ausbildung nachts aus dem Schlaf gerissen werden und dann wie aus der Pistole schießen müssen: »Mein Name ist Steve Miller. Ich bin Investment Banker und lebe in Springfield, Massachusetts.«

Leider klappt mein Drill etwas weniger gut als bei John le Carré. Konrad ist nicht mehr davon abzubringen, dass ich ihm bald einen Stammhalter gebären werde.

Heute Morgen probierte ich es mit einer neuen Masche.

Diesmal in feinfühlig. »Konrad, Baby, hör mal. Ich bin wirklich nicht schwanger, okay? Ich meine«, ich lachte, »seien wir ehrlich, woher denn auch? Wir hatten seit mindestens drei Wochen keinen Sex mehr, und kurz davor habe ich meine Regel gehabt. Alles klar? Wir bekommen kein Baby.«

Mein Schatz guckte etwas zerknirscht. »Bist du sicher?«

Ich nickte mit dem Kopf und setzte ein leicht betroffenes – aber nicht zu betroffenes – Gesicht auf.

Konrad rückte näher. »Dann sollten wir mal ein bisschen dran arbeiten.«

Jetzt musste ich die Betroffenheit nicht mehr spielen. »Aber gerade kann ich gar nicht schwanger werden.« Ich wedelte mit der Pillenpackung.

»Macht nix«, Konrad kam noch näher, spitzte die Lippen.

»Und außerdem ist der Eisprung auch schon vorbei!«

»Macht auch nix«, nuschelte Konrad und vergrub seinen Kopf in meinem Dekolleté. »Vielleicht klappt's ja trotzdem.«

Die Geschichte der Menstruation ist eine Geschichte voller Missverständnisse. Quod erat demonstrandum.

Planst du noch oder wohnst du schon?

Montag, 19. September, um 21:17 Uhr

Heute kam Konrad mit ein paar großen Rollen Papier unter dem Arm nach Hause.

»Ich habe alles genau durchkalkuliert. Das ist unser Projekt!«

Zögernd kam ich aus meinem Arbeitszimmer, blieb an den Türrahmen gelehnt stehen, verschränkte die Arme vor der Brust. »Unser Projekt?«

Wurde das Ziel, Juli schwanger zu kriegen, jetzt schon zu einem Projekt ausgerufen? Eine öffentliche Ausschreibung? Während ich damit beschäftigt war, die Pille so regelmäßig und nach Minutenvorgabe genau einzunehmen und den Beischlaf vorerst – sicherheitshalber – einzustellen, machte mein Freund ein Projekt daraus?

»Schau mal«, er lief, hektisch wie ein aufgescheuchtes Huhn, in die Küche und entrollte einen Plan auf dem Küchentisch. »Das sind die Konstruktionspläne für ein Neubaugebiet ganz hier in der Nähe.«

»Aha.« Ich hatte mich langsam hinter ihm in die Küche geschlichen.

»Total toll. Das Gelände gehörte mal den Amis, jetzt ist es an die Stadt übergegangen. Und die wollen da was ganz Großes aufziehen!« Seine Augen leuchteten. »Schau mal hier«, er tippte auf den Plan, »Einfamilienhäuser im ganz modernen Stil, autofreie Straßen, ein eigener Stadtviertel-Kindergarten, eine Grundschule, an jeder Ecke Spielplätze. Und in ein paar Jahren soll sogar noch ein kleines Einkaufscenter dazukommen.«

Oh, wow. Klang genau nach dem, was ich nicht wollte. Ich hasste Neubaugebiete. Die monotone Einzigartigkeit der baugleichen Häuser im modern-uneinladenden Stil. Skeptisch beugte ich mich über den Küchentisch.

»Konrad, die Häuser da, sie sind ja fast komplett aus Glas!«

»Ja, ist das nicht geil? Todschick, das sag ich dir – unsere Freunde werden uns beneiden!«

Beneiden? Wofür? Für ein Leben im Aquarium? Null Privatsphäre? Oder ein Viertel voller schreiender, auf der Straße spielender kleinen Scheißer?

Konrad sah mich begeistert an. »Na? Was sagst du?«

Ich versuchte es auf die freundliche Art: »Ich verstehe nicht so ganz, was das soll. Wir leben hier doch nicht schlecht.«

»Ja, stimmt schon«, nickte er, »aber auf Dauer wird's hier doch zu eng.«

»Wieso? Wir sind doch die letzten Monate auch gut klargekommen.«

»Ja, aber irgendwann brauchst du echt mal ein größeres Arbeitszimmer!«

Ah, ich verstand. Nicht dumm, der Herr Paulsen. Aber so billig kam er mir nicht davon. »Ich finde mein Arbeitszimmer genau richtig.«

Konrad wackelte mit dem Kopf. »Ja, aber schau mal!« Er zog einen weiteren Plan unter dem ersten hervor. »Hier siehst du den Grundriss. Da wäre ein riesiges, sonnendurchflutetes Arbeitszimmer für dich gar kein Problem.«

»Ich arbeite lieber im Dunkeln.«

»Dann kriegst du den Keller.«

»Was soll dann ins Arbeitszimmer?«

Jetzt sagte Konrad nichts mehr, sondern schlonzte sich mit einem verführerischen Lächeln an mich ran, umfasste meine Hüfte und küsste mich am Hals. »Unsere riesige Kinderschar?«

Und in diesem Moment beschloss ich, die Dosis der bisherigen Empfängnisverhütung um ein Sechsfaches zu erhöhen.

Family Affairs

Donnerstag, 22. September, um 12:35 Uhr

Mein Umfeld drückt für meinen Geschmack in den letzten Tagen den »Fast forward«-Knopf der Zeitmaschine ein bisschen zu lange und ausdauernd. Was ist hier eigentlich los? Ich fühle mich zunehmend wie der Nerd der Stufe, der nicht auf die geilste Klassenparty des Jahres eingeladen wurde. Oder eingeladen wurde, aber nicht kommen will.

Hab ich was verpasst? Habe ich einen entscheidenden Entwicklungsschritt ausgelassen? Die Einschläge kommen näher. Erst Mona, dann die Mädels, und jetzt haut Konrad in dieselbe Kerbe.

Ich durchforste mein Lebensplanungsbuch. Was steht da an erster Stelle? Selbstverwirklichung. Auf gleicher Höhe, na ja, vielleicht ein Millimeterchen weiter unten: eine glückliche Beziehung. Und dann, in Klammern und Bleistift: Familie.

Familie kann ja vieles sein. Ich kenne Menschen, die behandeln ihren Hund wie ihr eigen Fleisch und Blut. Gut, ich plane nicht dahinzukommen, kann mir aber durchaus vorstellen, mit einer Meerschweinzucht glücklich zu werden. Wenn das mit den Kindern nicht klappt.

Ist doch eigentlich alles okay, so wie es ist. Wir arme Würstchen der Generation Umhängetasche müssen nicht mit dreißig schon den Familienstammbaum erweitert haben. Die Zeiten sind vorbei. Oder hinke ich hier gerade einem Auslaufmodell nach? Hat sich die Welt schon wieder verändert, und ich – verdammt! – hab es schon wieder nicht mitbekommen?

Und: Macht sich eigentlich keiner der anderen Sorgen, dass mit einem Kind das Leben anders wird? Dramatisch, umfassend und vor allem: irreversibel?

Vielleicht sollte ich mit Mario und Stefan eine Selbsthilfegruppe eröffnen. Die anonymen Familienverweigerer. Mit fünfunddreißig können wir ja austreten und die große Fortpflanzung in die Wege leiten. Aber bis dahin? Ist doch klasse gerade! Wir verdienen unser erstes Geld, wir leben in schönen Wohnungen, wir machen Urlaub, wann und wo es uns gefällt, und lassen uns von niemandem einschränken. Wir machen uns die Welt, wie sie uns gefällt.

Und dann sollen wir uns mir nichts, dir nichts eine Verantwortung ans Bein binden, die die Vertragslaufzeit unseres Mobilfunkanbieters bei Weitem überdauert? Geburtsvorbereitungskurse? Schwangerschaftsstreifen? Krippenplatzkriege? Grundschulelternabende? Pubertätsprobleme? Studienwahl? Altersvorsorge?

Ich kriege es ja noch nicht mal hin, mich um meine eigene Altersvorsorge zu kümmern. Wie soll ich da ein Kind durchbringen? Oder – ist das Kind meine Altersvorsorge? So gesehen würde das Ganze natürlich ein klein wenig attraktiver auf mich wirken.

Nein. Würde es nicht. Ich bin mit einem Freund, der unsere Wohnung regelmäßig in Schutt und Socken legt, einem übergewichtigen und pflegeintensiven Kater und einer philippinischen Putzfrau, die meine Sachen verräumt, schon mehr als überfordert. Von durchdrehenden Freundinnen, meinen eigenen Eltern und Günther ganz zu schweigen.

Günther. Hatte die Wahrsagerin mit ihrer bescheuerten Prophezeiung am Ende doch recht? Dann habe ich ein Problem. Dann habe ich mein Kartenhaus nämlich auf Sand gebaut.

Così fan tutte

Dienstag, 27. September, um 10:25 Uhr

Die letzte Woche verlief ruhig. Nachdem ich Konrads Baupläne mit einem entschiedenen, aber immer noch freundlichen »Nein danke« vom Küchentisch gefegt hatte, suchte ich am Wochenende das Gespräch.

»Liebling«, fing ich weichgespült an, in der naiven Hoffnung, dass ein Kosewort am Satzanfang mein Gegenüber von der Aufrichtigkeit meiner Gefühle überzeugen konnte, »es ist nicht so, dass ich nie Kinder will. Aber jetzt gerade ist es ein bisschen ungünstig.«

Konrad saß neben mir im Bett, sein Kopf knickte wie bei einer welken Blume traurig nach unten. Er schwieg. Ich nutzte die Gunst der Stunde und fuhr fort. »Und ja, ich kann mir vorstellen, mich mit dir wild zu vervielfältigen, aber die Rahmenbedingungen sind gerade nicht passend.«

»Und wenn wir sie passend machen?« Konrad sah auf und mich mit diesem Blick an, bei dem sich Beton sofort zu einer cremigen, lockerleichten, streichfähigen Masse verflüssigte. Mein Herz zerfloss, seine Bestandteile tropften mir schwer in die Eingeweide.

»Wir können die Rahmenbedingungen anpassen. Aber nach und nach. Nicht so ... hauruck! Es kommt mir gerade alles so kopflos vor, so unüberlegt. Lass uns warten und den anderen dabei zuschauen, wie sie Babys machen, okay?«

Konrad nickte noch einmal, dann seufzte er und kuschelte sich ganz dicht an mich ran. Und ich dachte noch, wir hätten das Schlimmste überstanden.

Die Tage tröpfelten dahin, ich legte das Thema Zukunftsplanung und meine damit verbundenen Gedanken zu den Akten, mit dem kleinen Vermerk: Wiedervorlage. Im Vergleich zu den turbulenten Loopings, die unser Leben in den letzten Wochen gefahren war, tuckerten wir gemächlich mit dem Äppler-Express durch den Alltag. Alles war gut. Fast schon ein bisschen langweilig. Aber nur in den seltensten Fällen funktioniert das Katastrophenfrühwarnsystem. Meistens wird die Menschheit eiskalt von einer Jahrhundertflut, einem Riesentornado oder einem interkontinentalen Erdrutsch überrascht.

Gestern Abend, als ich gegen acht die Tür zu unserer Wohnung aufschloss, wusste ich sofort, dass hier etwas ganz und gar nicht in Ordnung war. Ich schlüpfte leise in die Wohnung, schloss die Tür und versuchte, die Eindrücke, die sich auf mich niederlegten, zu verarbeiten.

Das Licht war gedimmt. Der Flur wurde nur durch ein großes Windlicht erhellt. Irgendwo im Hintergrund konnte ich leise Musik hören, es klang nach Oper und eindeutig italienisch. Ich schnupperte. Es duftete köstlich. Ich streifte die Schuhe ab und folgte Musik und Geruch in die Küche. Dort stand Konrad.

Nein, er stand nicht, er hielt Wache vor einem vor Rosenblättern überquellenden Tisch, übersät mit Kerzen, gedeckt für zwei Personen. Der Wein schimmerte in den Gläsern, als Konrad mich sah, vom Stuhl aufstand und mir eines reichte. Sein ungelenker Bewegungsablauf erinnerte mich stark an den Habitus eines übereifrigen Oberkellners.

»Liebling.« Sein Blick wurde weich, meine Knie auch. »Schön, dass du da bist.«

In meinem Gehirn setzten sich die kleinen Rädchen in Bewegung. Was war hier los? Was hatte ich verpasst, vergessen, verdaddelt? Ich scannte den Tisch nach Indizien ab. Mein Blick blieb an zwei Stoffservietten hängen, die Konrad kunstvoll zu einem Gebilde gefaltet hatte, das wie das Opernhaus von Sydney aussah. Gleichnamiger Kater saß mit einer roten Satinschleife um das doppelte Kinn gebunden auf der Eckbank und hypnotisierte das Essen. Ich folgte seinem Blick und sah den großen Pastatopf auf dem Tisch stehen, daneben eine Schüssel mit Hackfleischsoße. Außerdem erblickte ich ein Schälchen, in dem ein Stück schwitzender und nicht mehr ganz taufrischer Parmesan nebst zugehöriger Reibe lag.

Es gibt Momente, da weiß man, was auf einen zukommt, muss aber so tun, als wäre man überrascht. Dieser Moment gehörte nicht dazu. Ich musste die Verwunderung nicht vorheucheln. Ich stand da, mit aufgeklapptem Fischmaul und idiotisch kreisenden Augen, und es hätte mich nicht gewundert, wenn Konrad mir eine verpasst hätte, um mich zurück in die Realität zu holen. Anstatt mir eine zu knallen, kam er auf mich zu und nahm mich in den Arm.

»Ich wünsche dir alles Liebe zu unserem ersten Jahrestag, mein Schatz!«

Der Schock, der mich in der nächsten Sekunde ereilte, war so schwer, dass ich rückwärtsgetaumelt wäre, wenn Konrad mich nicht im Klammergriff gehabt hätte. Ich keuchte. Konrad küsste mich aufs Haar und sah mir in die Augen.

»Ich liebe dich. Ich war noch nie so glücklich wie mit dir. Und ich habe uns Spaghetti Bolognese gekocht. Dein Lieblingsessen.«

Das war tatsächlich als Zeichen seiner Liebe zu verstehen. Ich wusste, wozu Konrad kulinarisch fähig war, deswegen rechnete ich es ihm hoch an, dass er mich nicht mit Kaviarhäppchen und pochierten Eiern versucht hatte. Da mein Magen in diesem Moment zu einem leichten Knurren ansetzte, freute ich mich – zu diesem Zeitpunkt – über das unerwartete Dinner.

Nur die Tatsache, dass ich unseren Jahrestag vollkommen vergessen und schnell und unauffällig noch an ein Geschenk kommen musste, beunruhigte mich ein wenig. Aber bis zur feierlichen Geschenkübergabe war ja noch mindestens zwei Gänge Zeit. Ich = Improvisationstalent.

Ich drückte mich neben Sydney auf die Bank, Konrad und ich begannen zu essen und Sydney jämmerlich zu maulen, weil er nichts abbekam. Etwas war komisch, anders als sonst. In der Bolognesesoße schwammen schwarze Bröckchen, die den Ascheresten nicht unähnlich waren, die ich normalerweise in Pfannen zurückließ. Die Spaghetti waren wohl schon vor Stunden abgekocht worden und quetschten sich aus lauter Angst vor uns dicht aneinander. Konrad versuchte, galant mit der Nudelkralle durch das Pastawirrwarr durchzukommen. Nach drei Minuten erbittertem Kampf griff ich zur Papierschere und schnitt in bewährter Pippi-Langstrumpf-Manier den gigantischen Nudelstrunk in Stücke.

Als Konrad sich zu mir beugte, um mir Parmesan über die erkalteten Nudelfetzen und die gescheckte Bolognese zu hobeln, blieb er mit dem Tuch, das er sich idiotischerweise über den Arm gelegt hatte, an meinem Weinglas hängen. Hundert Milliliter Pino Grigio ergossen sich über meinen Teller und meinen Oberschenkel.

Ich schmunzelte. So weit alles wie immer, nur dass ausnahmsweise nicht ich der Bewegungsepileptiker war, der eine Schneise der Verwüstung hinter sich herzog. Spannend, mal auf der anderen Seite zu sitzen. Aber was war mit Konrad los? Der Mann, der immer alles im Griff hatte? Der gut aussah, selbst wenn er tagelang ohne fließend Wasser im Garten campierte? Der kochte, dass Johann Lafer ihm schnurstracks eine eigene Sendung angeboten hätte?

Im Hintergrund dudelte weiter das Orchester. Entfernt erinnerte ich mich an eine »Spaghetti con Amore«-CD, die ich mal zwischen Konrads getragenen Unterhosen gefunden hatte. Pavarotti sang »La donna è mobile«. Ich kam mir vor wie in der Pizzawerbung im Fernsehen. Nur die Pizza fehlte. Ich wartete darauf, dass Konrad einen Spaghetto nahm und ihn sich zwischen die Zähne klemmte, Susi und Strolch zu Ehren. Tat er aber nicht. Stattdessen legte er bedeutungsschwanger seine Gabel neben dem Teller ab.

»Weißt du, Liebling, dass wir uns jetzt fast zwanzig Jahre kennen?«

Na ja, »kennen« war vielleicht ein wenig übertrieben. Ich hatte ihn von der Fünften bis zum Abi schließlich nur ausgelacht und fertiggemacht. Trotzdem machte ich ein freundlich-interessiertes Gesicht und schlabberte eine weitere Nudel von der Gabel. Pavarotti setzte zum finalen und sehr lang gezogenen Ton seines Solos an.

»Ja«, sagte ich, und Konrad putzte sich mit der Serviette den Mund ab. Irgendwo hatte ich diese Geste schon einmal gesehen, aber mir fiel einfach nicht ein, wo …

DIE NUDEL! Ich hätte Konrad um den Hals fallen können! Das war ja eine fantastische, eine großartige, eine wunderbare Idee, an unserem Jahrestag eine Loriot-Nummer zum Besten zu geben! Ich setzte mich aufrecht hin und lächelte ihn breit an. Ich war bereit!

Pavarotti sang seinen Ton weiter.

»Liebling, ich möchte dir etwas sagen.«

»Ich weiß.«

Ich war voll drin. Ich war Evelyn. Allein Pavarotti konnte meine Konzentration stören, denn der sang seit nun mehr zehn Sekunden ein und denselben Ton und wurde ganz langsam ein klitzekleines bisschen anstrengend.

»Du, Konrad«, setzte ich an, wurde aber mit einer abwinkenden Hand unterbrochen.

»Unterbrich mich nicht.«

Jaja, gut, gehörte zum Text. Ich wartete, bereit, der Szene zu folgen. Aber es gibt Augenblicke im Leben, wo die Sprache versagt, wo ein Ton mehr bedeutet als viele Worte. Und mir platzte gleich das Trommelfell.

»Konrad«, startete ich einen weiteren Versuch, aber Konrad war nicht mehr zu bremsen und säuselte über die Störfrequenz Pavarottis: »Ich hab schon so lange darüber nachgedacht, und ich glaube, jetzt bin ich so weit. Ich hab mir das nie vorstellen können, also früher nicht, aber seit ich mit dir zusammen bin, schon, und jetzt …«

Ich fiel ihm ins Wort. »Konrad! Die Musik!«

»… kann ich es mir vorstellen, und ich frage mich, also nein, viel eher frage ich dich, kannst du es dir auch vorstellen, also nicht nur rein praktisch, sondern auch theoretisch, oder umgekehrt, ganz egal …«

Pavarotti jodelte. So lang konnte doch keiner einen Ton halten! Nicht mal mit digitaler Nachbearbeitung! Die CD hing.

»Konrad, die CD hängt!«

»Was? Ach so.« Konrad sprang auf, hechtete zum CD-Player und drückte auf den nächsten Track. Das Fehlen des monotonen Geräuschs erzeugte in meinen Ohren ein Vakuum, das schon wenige Sekunden später von leisen und – zum Glück – zarten Streichertönen gefüllt wurde. Ich atmete tief aus. Das wäre geschafft.

»So. Wo war ich?« Konrad stand etwas verwirrt vor dem Tisch. »Ach ja.« Er setzte sich, nahm meine Hand und sah mich an.

»Du musst jetzt nicht antworten, ich will dich nicht überfahren mit meiner Frage. Aber vielleicht könntest du es ja zumindest … in Betracht ziehen?«

Ich war irritiert – waren wir noch im Sketch? Wo war die Nudel? Hinter mir fing ein Bläserchor an zu donnern.

»Was?«

»Ach so, ja«, Konrad fuhr sich nervös durch die Haare. »Könntest du dir vorstellen, in absehbarer Zukunft oder wenigstens irgendwann einmal, zu heiraten?«

»Was? Wen?«

»Na, mich!«

Nach dem instrumentalen Intro erkannte ich in der Musik endlich den Gefangenenchor von Nabucco. Wie passend. In der gähnenden Leere meines Hirns knipste ich eine Taschenlampe an und machte mich auf die Suche nach einer Antwort.

Wollte ich überhaupt heiraten?

Und wenn ja: Konrad?

»Äh …«

»Sag jetzt nichts«, sagte Konrad.

»Das ist mein Text«, antwortete ich mit leerem Blick.

»Bitte was?«

»Vergiss es.«

»Also, wenn ich sage, du musst nicht antworten«, schob Konrad nach und griff fester um meine Hand, »dann meine ich natürlich nicht gar nichts sagen, sondern ... vielleicht nur nicht festlegen?«

»Ich dachte, ich muss nicht antworten.«

»Nein, musst du nicht, aber vielleicht willst du mir ja eine Tendenz mitteilen?«

Eine Tendenz?

Hinter mir dudelte Verdis Chor den letzten Akkord, dann wurde es still. Nächster Track. Wie gerne wollte ich jetzt auch einfach auf das kleine Knöpfchen am CD-Spieler des Lebens drücken, und der nächste Track würde beginnen. Schnitt, nächste Szene, keiner erinnerte sich an gestern. Keine Frage. Keine Antwort. Alles wie immer.

»Ich«, setzte ich an, dann versagte mir die Stimme. Der CD-Player spuckte »Nessun dorma« aus. Keiner schlafe. Nein, in diesem Albtraum mussten alle wach bleiben. »Konrad, ich weiß dein Angebot ... ähm ... deine Frage zu schätzen, und ich bin mir sicher, Millionen Frauen würde mich darum beneiden, zumindest aber meine Mutter wäre mir sehr, sehr dankbar, wenn ich jetzt einfach Ja sagen würde.« Konrads nervöses Lächeln fiel in sich zusammen. »Aber ich ... ich glaube nicht, dass ich überhaupt heiraten möchte. Also, jedenfalls nicht gleich. Besser gesagt, jetzt.«

Oder nie. Aber das wurde von der Moralabteilung aus Gründen der Pietät abgeschnitten.

»Du«, Konrad ließ meine Hand los und richtete sich auf, »du sagst Nein?«

»Äh, ja, genau, also nicht wirklich Nein, sondern eher ... äh ... Wollen wir nicht später darüber reden?«

Konrad schluckte schwer, sein Blick verfing sich im Ornament der Tischdecke.

Ich bemühte mich um Schadensbegrenzung. »He, das heißt ja nicht, dass ich nicht mit dir zusammen sein will! Ich finde uns super, wirklich, nur das mit dem Heiraten und Kinderkriegen, hat das nicht noch ein bisschen Zeit?«

Mein Freund in seiner albernen Oberkellnerverkleidung stand auf. »Nein, Juli. Das hat nicht Zeit. Nicht ewig jedenfalls. Ich will wissen, ob du dir eine Zukunft mit mir vorstellen kannst – und mich nicht nur auf dein Wort verlassen. Immer hältst du dir ein Hintertürchen offen! Du willst dich nie festlegen. Das funktioniert auf Dauer nicht! Ich will nicht nur ein bisschen mit dir zusammen sein, einen Teil von dir kennen. Ich will dich ganz und gar, alles, das ganze Juli-Paket, und nicht nur die Version, von der du dir vorstellst, dass ich sie gerade am meisten mag.«

Ich konnte mir plötzlich sehr gut vorstellen, was der Ausdruck »mit Stummheit geschlagen« bedeutete. Fassungslos, sprachlos starrte ich zu Konrad auf.

»Ich habe mir schon gedacht, nein, ich habe befürchtet, dass du so oder so ähnlich reagieren würdest. Und ich bin enttäuscht, dass mein Gefühl richtig war.«

»Aber«, stammelnd fand ich die Sprache wieder, »wieso kann denn nicht alles so bleiben, wie es ist?«

»Weil Menschen vorwärtsgehen. Weil Dinge passieren. Weil ich die letzten Jahre vor dir mit einer Frau verbracht habe, die mich nicht glücklich gemacht hat. Ich will den nächsten Schritt machen und nicht mehr wie eines dieser Studentenpärchen zusammen in einer baufälligen Wohnung sitzen.«

»He!« Mein Einwand wurde fachmännisch überhört.

»Aber du sträubst dich. Gegen alles, was uns näher zusammenbringt. Ich hab manchmal Angst, das Haus zu verlassen, weil ich denke, wenn ich zurückkomme, dann hast du vergessen, dass du mit mir zusammen bist. Du machst alles allein, beschließt Dinge allein, lässt mich manchmal ein bisschen rein, aber dann drückst du mich schon wieder aus der Tür. Juli, ich will nicht mehr länger nur der Zuschauer sein. Ich will mehr.«

Mit diesen Worten legte er leise und behutsam seine Serviette neben seinem Teller ab und strich sich zweimal kurz übers Hemd. »Schade«, sagte er noch, aber das ging im tosenden Krach meines zerberstenden Herzens einfach unter.

Kein Anschluss unter dieser Nummer

Donnerstag, 29. September, um 08:49 Uhr

Da war er also: der Antrag.

Wieso bekommt man eigentlich immer das, was man nicht haben will, wohingegen das, was man will, gerne auch mal etwas länger auf sich warten lässt?

Ich würde gerade zu einer Menge Dinge Ja sagen. Zu einem Wintergarten mit Fußbodenheizung. Zu zehn Kilo weniger auf der Waage. Zu einem Wochenende mit Konrad an der Ostsee.

Nein, das Wochenende lieber doch nicht. Denn zum Anschweigen müssen wir keine sechshundert Kilometer durchs Land fahren.

Wir schweigen. Wie immer, wenn uns die Worte fehlen, wenn es uns die Sprache verschlägt und wir am nächsten Morgen stumm durch die Wohnung geistern, die Mentalhämatome gut versteckt hinter großen Sonnenbrillen. Wir bewerfen uns mit Stille. Vermöbeln uns mit Sprachlosigkeit.

Ein Blick in Konrads Augen hat mir gezeigt, dass ich ihn

zielsicher erwischt habe, genau im richtigen Winkel. C3, Treffer, versenkt. Meine Linke ist berüchtigt.

Selbst Mona bleibt die Spucke weg, als ich ihr erzähle, was Konrad getan und ich unterlassen habe. »Aber wieso sagst du nicht einfach Ja?«, fragt sie mich und ist aufrichtig verzweifelt.

»Weil ich nicht will? Ich bin zu jung für schlechten Sex«, sage ich und weiß es in diesem Moment selbst nicht besser. Will ich nicht? Weiß ich, was ich will? Wusste ich jemals, was ich wollte? Oder will ich immer das, was ich nicht besser weiß? Nur eines, das weiß ich mit Sicherheit: Ich sollte wollen. Konrad, meinen Freund, den Mann, der die Wellen dressiert, die mein Leben umherschaukeln, der die Möwen verscheucht, die sich an Deck tummeln, der mir die Stellen zeigt, an denen ich den Anker werfen kann.

Aber ich will nicht. Jedenfalls nicht komplett und vollständig mein Boot an Land ziehen. Ich fühle mich wohl da draußen, ich bin keine Landratte. Ich will das nicht. Nicht dieses ... bis dass der Tod uns scheidet. Nicht das. Das nicht.

Es gibt keine logischen Gründe dafür, ich habe keine Argumente, nur ein diffuses, seltsames Bauchgefühl, das sagt: Lass mal lieber.

Und nur weil Konrad will, muss ich doch nicht auch wollen. Oder? Muss ich mein Bauchgefühl von meinem Kopf überstimmen lassen? Und wo ist eigentlich mal wieder mein Herz?

The number you've called is temporarily not available.

Na prima.

Oktober

Alles hat ein Ende

Jenseits der Stille

Samstag, 1. Oktober, um 09:53 Uhr

Und überhaupt! Wer hat eigentlich gesagt, dass ich mich Konrads Lebensplanung unterwerfen muss? Hm? Ja? Höre ich dahinten ein Murren? Nein! Es gibt nämlich auch keinen Grund für lästerliches Rumgetuschel, denn am Ende des Tages ist es mein Leben, und mein Leben lebe ich so, wie ich das will, und nicht, wie der Herr Paulsen sich das vorstellt. So!

»Du kannst aber auch keine Kompromisse eingehen!«, meckerte meine Mutter, als ich sie anrief und mit ihr über Konrad herziehen wollte. Und für alle Zuschauer, die erst jetzt eingeschaltet haben: Das erste Tor ist bereits gefallen.

»Was soll das bitte sein, ein Kompromiss bei einem Heiratsantrag?«, giftete ich zurück. »Soll ich nur den halben Ring anstecken?« Ich lachte ironisch auf. »Ach, nein, halt warte, ein herzhaftes JEIN wäre wohl ein Kompromiss gewesen, mit dem Konrad hätte leben können, was?« Der Sarkasmus tropfte aus dem Telefonhörer direkt hinein in mein kaltes, vor Wut loderndes Herz.

»Was genau ist dein Problem, Juli?«

»Das weiße Kleid. Die Hochzeitstorte. Die Brautjungfern in lachsfarbenen Kleidern.«

»Na prima! Dann lass den ganzen Kram einfach weg. Ihr müsst ja auch gar nicht heiraten, Herrschaft, es reicht ja ein kleines Zeichen von dir, dass Konrad sieht, dass du es ernst meinst.«

»Ein Zeichen?«

»Eine Eigentumswohnung, ein Hund, ein Lebensplan, keine Ahnung, irgendwas, das ihm zeigt: Mit dir meine ich es ernst, mit dir will ich zusammenbleiben. Denn das willst du doch, oder?«

Ich denke nach. »Ja, ich glaube schon.«

»Wo«, und meine Mutter wird laut, »in aller Welt ist dann dein Problem?«

»Es ist nicht mein Traum. So habe ich mir das nicht vorgestellt!«

»Meinst du, ich habe mir immer alles genau so vorgestellt, wie es jetzt geworden ist?«

Na klasse, jetzt kommt die alte Leier. Trotzdem bin ich neugierig. Meine Mutter, die alles zu haben scheint, was man sich, wenn man die Hochglanzbroschüren der Hausfraueninindustrie ansieht, vorstellen kann, hatte also wirklich mal einen anderen Lebensplan gehabt? Fällt mir schwer zu glauben. Mütter sind ... Mütter. Und meine ist meine. Hauptberuflich. Das wollte sie immer, jedenfalls hat sie mir immer das Gefühl gegeben, dass das alles war, was sie wollte.

»Was meinst du damit?«

»Ich wollte nie Kinder. Nie! Ich wollte frei sein, ungebunden«

Ich falle ihr ins Wort: »Du wolltest mich nicht?«

»Doch! Also: nein! Nein, so meine ich das nicht – ich wollte keine Kinder. Ich wollte Karriere machen. Und jetzt muss ich feststellen, dass es die absolut richtige Entscheidung – oder sagen wir: Fügung – war, dass ich keine Karriere gemacht, sondern dich bekommen habe.«

Das waren ja in der Tat mal Neuigkeiten. Meine Mutter wollte also einst lieber Karriere machen. Was man eben so Karriere nennt, als Grundschullehrerin. Und dann kam ich, und das mit der Karriere hat sie sich dann spontan anders überlegt. Unfreiwillig, einfach, weil ich da war. Das ist so ziemlich das genaue Gegenteil dessen, was ich vom Leben erwarte, denn ich will meine Entscheidungen selbstbestimmt treffen, freiwillig und nicht unter Zwang. Ich will kein Kind, weil ich gerade schwanger bin. Ich will nicht heiraten, nur weil ich einen Mann gefunden habe. Ich will so leben, wie ich es mir immer ausgemalt habe, selbst wenn ich den leisen Zweifel, der in mir aufkeimt, mit roher Gewalt zur Seite schieben muss.

Sie wollte nicht, was sie bekam, und trotzdem ist sie glücklich. Ist das am Ende das Geheimnis?

»Man kann nicht immer wissen, was man will, und man darf sich nicht verschließen. Das ganze Leben ist ein einziger Kompromiss! Und das kann am Ende genau das sein, was dich glücklich macht. Denk mal an Frau Merkel! Die hat doch sicher auch nicht geplant, Bundeskanzlerin zu werden, als sie sich für Physik eingeschrieben hat.«

»Und wegen der Merkel soll ich jetzt heiraten oder was?«

Ja, okay, ich gebe zu: Mir gingen die Argumente aus.

»Mit dir kann man ja nicht reden«, meinte meine Mutter resigniert, dann war die Leitung frei. Zum Glück, dachte ich, Trotzkind, und knallte den Hörer auf die Station. Ich wollte eh gerade auflegen. Hinterhältige Verräter konnte ich in meinem Leben nämlich gerade gar nicht gebrauchen.

Hinter mir knarzten die Holzdielen. Ich drehte mich um. Apropos Verräter. Konrad stand im Türrahmen. Betreten sah ich zu Boden.

»Wie lange stehst du da schon?«, fragte ich sehr leise.

»Lang genug«, antwortete er und lächelte schief. »Hör mal, ich werde für ein paar Tage … verreisen.«

Ich blickte auf, direkt in sein trauriges Gesicht. »Was heißt das, verreisen? So 'ne Art verlängertes Zigaretten-holen-Gehen-und-nie-mehr-Zurückkommen?«

»Wegfahren, woanders sein, Luft holen. Nachdenken. So was in der Art.«

Nee, is klar. Niemand hat die Absicht, eine Mauer zu errichten.

Konrad nickte in Richtung der Reisetasche, die er in der Hand hielt. Ich bin ja nicht bescheuert. Ich wusste, dass die Tasche, mit der er einst bei mir einzog, genauso groß gewesen war. Aber Reisende soll man bekanntlich nicht aufhalten.

»Du ziehst aus?«, fragte ich trotzdem, und mir wackelte die Stimme ein bisschen.

Konrad sagte nichts, lächelte noch einmal schief, dann drehte er sich um und verschwand. Und hinterließ nur die Stille und Schweigen und das Gefühl, gelähmt zu sein.

Elvis has left the building

Sonntag, 2. Oktober, um 20:45 Uhr

Ich träume von meinem perfekten Filmende. Konrad und ich hatten uns schlimm gestritten. Nach den Tagen des Schweigens folgten die Tage des Donners. Das Wochenende verbrachten wir mit allem, was einem Paartherapeuten vor Glück das Wasser in die Augen treibt und den Betrag auf seinem Bankkonto mit einem satten Pling verdreifacht. Wie immer, wenn ich stritt, vergaß ich mittendrin, worum es eigentlich ging. Bei mir geht es eigentlich immer nur ums Gewinnen. Ums Rechthaben, Rechtbehalten und nach Möglichkeit dem anderen eine unheilbare soziale Störung nachweisen. Wenn ich streite, streite ich nicht, wenn ich streite, bin ich der Staatsanwalt der Moral. Meine Sätze beginnen mit »Kein normaler Mensch würde« und enden mit »und da lasse ich auch nicht mit mir reden«. Um es kurz zu machen: Streiten gehört nicht gerade zu meinen Paradedisziplinen.

In der Welt, in der ich meine zu leben, ist selbst ein globaler, vernichtender, welterschütternder Streit aber eigentlich kein Problem. Denn irgendwann, so steht es im Drehbuch, wenn alle Gemeinheiten dem anderen ins Gesicht geschrien, alle Teller zerdeppert und die ersten Umzugskisten gepackt sind und einer von beiden gerade mit einer kleinen, hastig gepackten Tasche die Treppen hinunterstürzt, folgt nicht die Katastrophe, sondern das, was Dramatiker *Lysis* nennen, das *dénouement*, die Auflösung des ursprünglichen Konflikts in watteweiches Wohlgefallen. Der Freund bleibt stehen, fasst sich an den Kopf, das Licht wird heller, die Streicher setzen ein. Er macht auf dem Treppenabsatz kehrt, stößt die Wohnungstür wieder auf, rennt mir entgegen, in meine weit geöffneten Arme, und keucht: »Ist doch alles so was von egal, solange wir zusammen sind – wir lieben uns doch!« Und dann folgt ein langer, leidenschaftlicher Filmkuss, und diesem Filmkuss folgen mehrere Stunden langer und leidenschaftlicher Versöhnungssex, und die Vögel zwitschern, und die Sonne scheint, und der Abspann erscheint, und das Publikum reibt sich müde, aber glücklich die Augen, sowie das Saallicht wieder angeht.

Klappe zu, Affe tot, Popcorn leer, alle glücklich.

Nun stehe ich hier. Konrad ist gerade aus der Wohnung gerauscht, in der Hand seine Sporttasche, ein sicheres Indiz, dass er mindestens übers Wochenende wegbleiben will. Natürlich wird er das nicht mehr wollen, wenn er beim zweiten Treppenabsatz angekommen ist, dann kommen das helle Licht, die Streicher und die Einsicht. Dann hastet er wieder die Treppen zu mir hoch, fällt mir in die Arme und schwört mir ewige Liebe. So weit der Plan.

Ich stehe neben der Wohnungstür und lausche. Jetzt kommt er bei den Briefkästen an. Gleich wird es still werden, ich werde hören, dass er innehält, sein Geistesblitz wird bis hier oben leuchten. Ich warte.

Und höre, wie die Haustür zufällt.

Ich eile ans Fenster, das zur Straße hinausgeht. Dort steht Konrads Wagen. Dass ihn die Erkenntnis noch nicht im Hausflur heimsuchte, will ich ihm mal verzeihen. Nobody's perfect, ich weiß das zufällig aus eigener Erfahrung. Ich sehe Konrad aus der Einfahrt treten, er läuft langsam auf sein Auto zu. Öffnet den Kofferraum. Packt seine Tasche hinein. Hält kurz inne. Da! Das ist er, der Moment! Jetzt aber, Herr Paulsen!

Von hier oben aus kann ich nur seinen Rücken sehen, der noch immer unbeweglich vor dem geöffneten Kofferraum steht. Na ja, bei manchen dauert's eben länger, da will ich mal nicht so sein. Ich kann sehen, wie es in seinen Gehirnwindungen rattert. Gerade denkt er an uns, an mich, fragt sich, wie bescheuert er eigentlich ist, das alles wegen eines blöden Stücks Papier, auf dem steht, dass wir zusammengehören, wegschmeißen zu wollen. Gleich wird er sich umdrehen, sich an die Stirn fassen, sein »Ich Idiot!« werde ich bis hierher hören. Ich freue mich und beobachte weiter, was unten auf der Straße passiert.

Konrad schließt den Kofferraumdeckel. Mit beiden Händen. Die Geste sieht erschreckend endgültig aus. Dann dreht er sich langsam um, sieht zu mir hoch ans Fenster. Ich bin zu starr vor Schreck, um rechtzeitig ins Innere des Zimmers zurückweichen zu können, und bleibe dementsprechend dämlich an der Scheibe stehen. Konrad hebt die Hand zum Gruß. Dann blickt er traurig auf den Boden, atmet einmal tief aus und geht zur Fahrerseite hinüber. Er steigt in den Wagen. Und fährt weg. Und ich bleibe stehen, ganze dreißig Minuten lang am Fenster, und warte, dass jemand die Saalbeleuchtung andreht.

Man muss halt nur zu leben wissen

Dienstag, 4. Oktober, um 09:15 Uhr

»Was soll das heißen – er ist weg?«

Tine hat angerufen, weil Mona von Pätrick, der es von Stefan weiß, erfahren hat, dass Konrad den Kampfplatz geräumt hat.

»Er hat seine Tasche gepackt und ist zur Tür hinaus.«

In schlimmen Momenten bin ich komischerweise nicht verzweifelt oder schlage wild um mich, sondern werde tiefenentspannt und gefühlsneutral. Konrad ist weg. Die Inflation steigt jährlich. In Indien leben Indianer. Okay.

»Und was hat er gesagt?«, fragt Tine.

»Nichts.«

»Man kann nicht nichts sagen, wenn man jemanden verlässt.«

»Doch. Genau das hat Konrad getan. Nichts. Er ist einfach so gegangen, ohne ein Wort der Erklärung.« Ich habe mir die Situation in den letzten Tagen so oft vorgestellt, dass ich meiner Version mittlerweile mehr glaube als der Wahrheit. Gott wird mir das schon vergeben, das ist schließlich sein Geschäft.

»Also, Juli, wenn das wirklich stimmt …«

»Was es tut.« Glaube ich zumindest.

»… dann ist Konrad wirklich … wirklich …« Sag's! Bitte! Unsere tägliche Gunst gib uns heute. Erlöse mich von dem Bösen. Erteile mir die Absolution. Sag mir, dass nicht ich den Karren an die Wand gefahren habe, sag mir, dass Konrad derjenige ist, der erst uns in den Dreck gefahren und mich dann im Matsch hat sitzen lassen. Sag mir, dass meine Entscheidung, erst Nein zu sagen, dann nichts zu tun, mich ihm nicht vor den Wagen zu schmeißen, ihm nicht die Fahrbahn zu blockieren, ihn nicht mit einem kleinen Zeichen meiner Zuneigung aufzuhalten, richtig war.

»… ein Riesenarschloch!«

Danke. Jetzt geht's mir besser.

»Ich fasse es nicht!«, Tine redet sich in Rage. »So was MACHT man doch einfach nicht!«

Joah, gut, das ist jetzt Auslegungssache, denke ich mir, schweige aber lieber noch ein bisschen weiter, darin habe ich Übung, darin bin ich mittlerweile richtig gut. Wenn man dem, den man liebt, einen Heiratsantrag macht, und der, den man liebt, selbigen abschmettert, kann man zwar schon mal seine Siebensachen packen und abhauen, aber diesen argumentativen Schlenker lasse ich umständehalber an dieser Stelle aus. Man muss es ja nicht komplizierter machen, als es ist.

»Das hätte ich ihm gar nicht zugetraut.« Tine hat in den letzten Minuten lustig weitergeschimpft. Ich rechne damit, dass sie sich jeden Moment in einen Rohrspatz verwandelt. »Aber sag mal …« Plötzlich wird die Tonart ruhiger, zärtlicher, fast schon – besorgt? »Wie geht's denn eigentlich dir?«

»Och.« Was soll ich sagen? Gut so weit, danke der Nachfrage? Weniger desaströs als erwartet? Schlimmer als egal, aber weniger schlimm als möglich? Ich entscheide mich fürs Unkonkrete. »Ich schlag mich so durch.«

»Und was ist der Plan?«, fragt Tine.

»Welcher Plan?«

»Na, Konrad muss dich ja irgendwie zurückerobern, oder?«

»Tine«, fange ich an, doch dann versagt mir die Sprache. Ich fühle mich, als ob ich einem neunjährigen Mädchen erklären müsste, dass Mama und Papa sich einfach nicht mehr so lieb haben wie am Anfang, aber es sich jetzt freuen dürfe, bald habe es nämlich zwei Spielzimmer und doppelt so viel Spielzeug wie vorher. Ist das nicht toll? Yeah. »Ich weiß nicht, ob es da was zum Zurückerobern gibt.«

Tine schweigt, ich fahre fort. Ich sage ihr, was ich wirklich denke. Konrad hat sich nicht umgedreht, hat unser Drama in der Katastrophe und nicht im Happy End enden lassen, und ich werde einen Teufel tun, ihn vom Gegenteil zu überzeugen. Ich bin sauer, resigniert, verletzt und wütend. Und deswegen sage ich das Unverzeihliche.

»Ich denke, Konrad und ich, wir haben einfach unterschiedliche Vorstellungen von einem gemeinsamen Leben.«

So, jetzt hab ich ihn gesagt, den Satz. Fühlt sich eklig an, trotz aller mentalen Vorbereitung, igitt, ich will mir direkt den Mund mit Seife auswaschen.

»Das ist jetzt nicht dein Ernst«, sagt Tine.

»Ähm, doch, ja, ich denke schon.«

»Sag mal …« Tine zögert, dann plötzlich rattert sie wie ein Maschinengewehr los. »Seid ihr jetzt eigentlich alle total verrückt geworden? Spinnt ihr? Ihr liebt euch doch! Was soll denn der Scheiß? Das kriegt ihr doch hin, das ist doch nichts, was man nicht besprechen könnte, das ist doch verhandelbar, Mensch, da muss man doch nur mal einen Kompromiss finden!«

Bist du wütend, zähl bis vier, hilft das nicht, dann explodier. »Kompromiss? Ihr geht mir auf den Geist mit eurem blöden Kompromiss! Wieso muss im Leben denn alles immer ein Kompromiss sein?« Alles. Immer. Keiner. Nie. (O Gott, ich klinge wie meine Mutter.) »Kann nicht einmal etwas genau so sein, wie ich es haben will? Muss ich denn immer irgendwas in Kauf nehmen oder akzeptieren? Hier geht's um mein gottverdammtes Lebensglück, heilige Scheiße!«

»Nee, Juli«, Tine schnaubt, »dein Lebensglück, das hast du sang- und klanglos ausziehen lassen, dem kannst du höchstens noch hinterhertrauern.«

»Blöde Kuh!«, rufe ich, und dann lege ich ganz schnell auf, bevor sie es tut.

Mit Kompromissen

Freitag, 7. Oktober, um 14:15 Uhr

Kompromisse. Kompromisse. Kompromisse. Wenn ich das Wort noch einmal höre, schieße ich ungespitzt durch die Decke. Ich lass mich nicht verbiegen! Und es ist ja auch überhaupt nicht so, dass ich nicht kompromissbereit wäre. Ich bin kompromissbereit, und ich betone das nur, falls das noch niemandem aufgefallen sein sollte, ich würde sogar sagen, dass ich außerordentlich kompromissbereit bin, wenn ich mal an all das denke, was ich bei meiner Bestellung gratis dazubekommen habe, obwohl ich es eigentlich gar nicht wollte!

Einen fetten Kater, zum Beispiel. Gut, ich liebe Sydney mittlerweile sehr, und am Samstag, als Konrad, der kompromisslose (!) Konrad, mit seiner lächerlichen Tasche in der Hand die Biege machte, hatte ich wirklich richtig Schiss, dass er Sydney mitnimmt. Hat er aber nicht. Hätte ich auch nicht zugelassen. So.

Oder Günther. DIE hätte ich mir wirklich nicht ausgesucht, nicht mal jetzt, wo sie so was wie *nett* ist. Oder Nadine – wer wünscht sich bitte so eine Vorgängerin? Vorgängerinnen haben hässlich zu sein, dumm und möglichst fett, im besten Fall haben sie ihren Exfreund sogar betrogen, da KANN man dann nur noch punkten. Und zwar einfach, indem man vielleicht nicht umwerfend schön, umwerfend schlau und umwerfend schlank, aber zumindest umwerfend treu ist.

Oder diese Maulwurfshügel! Wie ich die hasse! Und – bei allem nötigen Respekt Tagalog gegenüber, die hier wirklich ihr Bestes gegeben hat – selbst als sie nicht mehr da waren, haben sie mich genervt, denn ich wusste, würde Tagalog sie nicht schon im Entstehungsstadium wegräumen, würden sie heranwachsen und mich irgendwann unter sich begraben – ermordet, erschlagen, verschüttet unter Konrads stinkigen Klamotten, na schönen Dank auch.

Je mehr ich darüber nachdenke, umso glücklicher bin ich, dass Konrad endlich weg ist. Ich schlendere durch die Wohnung, ohne in auf dem Boden liegende Gabeln zu treten, ich sehe mir alle Folgen von Grey's Anatomy an und esse Eis aus der Packung, bis mir schlecht wird. Ich brauche niemanden, der mir vorschreiben will, wie ich mein Leben gestalte, Entschuldigung, aber ich habe bereits ein Leben, und zufälligerweise führe ich das sehr gerne so. Wenn Konrad mich nicht haben will, wie ich bin, und zwar ohne Ring am Finger und dickem Bauch (na ja, okay, den dicken Bauch bekam er zwar, aber wenigstens war der vom Essen und nicht vom Babykriegen) – dann ist er, und ich muss zweimal tief durchatmen, bevor ich das wirklich schreibe, nicht der Richtige.

Okay. Jetzt hab ich es geschrieben. Da steht's. Ich erwarte, dass ich jeden Moment vom Schwefelodem des Schicksals gestreift werde, das mir entgegenhustet: Jetzt hast du es gesagt, jetzt ist es wahr!

Aber nichts passiert. Kein Schicksalshauch. Kein Orkan, der mich vom Stuhl fetzt. Nicht mal ein Windhöschen. Äh – hallo? Stimmt der Satz dann überhaupt? Meine ich ihn so, wie ich ihn in die Welt hinauspuste? Kann das vielleicht mal irgendwer verifizieren? Ja? Nein?

Nichts. Stille. Wie immer.

So schön kann doch kein Mann sein

Dienstag, 11. Oktober, um 19:45 Uhr

Ich bin ein zufriedener, glücklicher Single. Ich bin ein sehr zufriedener, glücklicher Single. Ich bin ein sehr, sehr, sehr zufriedener, glücklicher Single. Und ich bin mir sicher, je öfter ich diesen Satz wiederhole, desto größer ist die Wahrscheinlichkeit, dass ich ihn irgendwann glaube.

Ich hasse mein Leben. Nach einer Woche Dauerschlafanzug kann ich mich selbst nicht mehr leiden. Meine Beine flehen mich an, sie mögen rasiert werden. Meine Haare könnte ich auch mal wieder waschen. Und überhaupt, ich lasse mich dermaßen hängen, dass selbst Sydney mitleidig von seinem Sitzkissenthron auf mich herabschaut. Obwohl ich größer bin als er, wenn ich vor dem Sofa stehe. Erbärmlich!

Eberhard, der Schnittlauch, lässt die Stängel hängen. Sein vorwurfsvolles Rumgehänge geht mir auf den Keks, deswegen stelle ich ihn nach einer Woche in die fensterlose Vorratskammer. Bist du dir wirklich sicher, ob das die richtige Entscheidung war?, scheint er mich zu fragen, als ich gerade beherzt die Tür zuschieben will. Welche Entscheidung?, frage ich zurück. Ich habe mich ja gar nicht entschieden. Das mit dem Entscheiden hat der Herr Paulsen schon ganz alleine übernommen, ich habe eigentlich gar nix gemacht.

»Das ist ja eben das Problem«, sagte mir Mona, als sie heute Morgen vorbeikam, alarmiert von den Anrufen der anderen Mädels, ich würde die Tür nicht mehr öffnen, und unter dem Türspalt hindurch würde es schon ein bisschen muffelig riechen. Ist nicht so, dass ich die Tür nicht mehr öffne, ich öffne sie halt nicht mehr für jeden. Und meine Mutter und Tine, also nee, nein danke, die können mir mal gestohlen bleiben. Ich brauche loyale Gefolgschaft, ich bin im Krieg! Keine Heuchler, die mir die Wahrheit in die Ohren flüstern.

»Das Problem ist«, seufzte Mona gestern, »dass du genau genommen gar nichts gemacht hast.«

»Woher weiß du das?«, fragte ich erschrocken und kannte die Antwort längst. Klüger wäre ohnehin gewesen, überrascht zu tun, anstatt sich so dummdreist erwischen zu lassen. Na ja, man kann halt wirklich nicht alles haben. Innerlich rüstete ich gegen den bevorstehenden Beschuss auf und ließ vorsorglich das Visier runter.

»Ich hab mit Konrad gesprochen«, erklärte Mona, und immerhin schlug sie bei diesem unglaublichen Geständnis die Lider nieder. Schäm dich! Pfui!

Vor mir lag der Fehdehandschuh. Du etwa auch, Brutus? Es durchzuckte mich wild, auch mit ihr kurzen Prozess zu machen und sie über Bord gehen zu lassen. Gleichzeitig dämmerte mir, dass es am Ende des Tages und gerade in meiner … speziellen Situation nicht schlecht wäre, wenigstens noch den einen oder anderen »Freund« nennen zu können. Selbst wenn ich recht hatte, natürlich. Selbstredend.

»Meinst du nicht, ihr solltet mal miteinander reden?«

»Mona, was gibt es da zu reden? Er will etwas, was ich ihm nicht geben kann.«

»Aber bist du dir da wirklich sicher?«, fuhr Mona gesprächsführungsbegabt fort. »Ich hab neulich was gelesen, das habe ich mir aufgeschrieben, weil ich es so gut fand.« Mona kramte in ihrer Handtasche und zog ein abgegrabbeltes Notizbuch hervor. Sie räusperte sich und verlas dann in ihrer besten Nachrichtensprecherstimme: *»Denn ändert sich das Gefühl tatsächlich, wenn man sich traut, seiner kleinen Geschichte den Beziehungswimpel zu überreichen? Ändert sich innen drin etwas? An den Gefühlen, den Erwartungen? Ich bin schwer dafür, mehr Beziehungen und weniger Geschich-*

ten einzugehen. Wenn man immer davon ausgehen muss, dass man KEINE Versprechen gegeben, KEINE Regeln ausgehandelt, KEINE Erwartungen geschürt hat, dass man bloß nicht zu viel hoffen und erst recht nicht zu viel reininterpretieren darf – wie kann man dann ÜBERHAUPT jemanden finden?«

»Klingt grundsätzlich gut. Wer hat das geschrieben?«

»Du.«

Scheiße. Ertappt.

»Dann nehme ich alles zurück und behaupte das Gegenteil.«

Mona schüttelte den Kopf. »So einfach ist das nicht. Denk doch mal darüber nach: Warum wehrst du dich so gegen all das, was dich die letzten Monate glücklich gemacht hat?«

»Mein Gott, Mona«, entfuhr es mir, »du klingst wie einer dieser Groschenromane, die man am Bahnhof kaufen kann. Für alle Fälle Melanie.«

Mona sah mich skeptisch an. »Ich weiß nicht, wie ich es dir anders sagen soll, deswegen sag ich es freiheraus. Was du machst, ist ein riesengroßer Fehler. Es noch nicht einmal zu versuchen, dich nicht wenigstens mal mit Konrad zusammenzusetzen – das ist dümmer als alles, was du bisher gemacht hast.«

Ich versuchte es mit einem Witz: »Noch dümmer, als mitten in der Nacht zwei Stunden lang im Treppenhaus auf Konrads Heimkehr zu warten?«

Mona schwieg. Oha.

»Noch dümmer, als bei Facebook rumzustalken?«

Und schwieg und schwieg. Und mir wurd's ganz schwer ums Herz.

»Okay. Sag mir ehrlich, Mona, ist es noch dümmer, als sich noch mal mit Moritz zu treffen, nur um auszuprobieren, ob da noch was ist?«

»Noch viel, viel dümmer.«

Da saß ich nun, ich armer Tor.

Wenn ich davon höre, dass bei jemandem der Groschen fällt, dass jemandem ein Licht aufgeht, es zündet, dass die Erkenntnis in ihn hineinfährt wie ein Blitz, von Gottes Hand geworfen, dann bin ich immer ganz neidisch. Bei mir gibt es kein Wow, keinen Blitz, kein Feuerwerk, kein Donnerwetter und keinen Trompetenchor. Leise zieht's durch mein Gemüt. Wenn mir klar wird, dass ich auf dem falschen Dampfer bin, dann kann ich im wahrsten Sinne des Wortes von einer Dämmerung sprechen, und zwar einer sehr, sehr langsamen. Nicht wie am Äquator. Zehn Minuten Sonnenuntergang und dann ab dafür. Wenn ich kapiere, dass ich grundsätzlich, systematisch und vollständig danebenliege, dann ist das eine Dämmerung, die sich so lange dahinzieht wie das Müde-über-den-Horizont-Schieben der Mittsommernachtssonne, und zwar am Nordpolarkreis. Da bewegt sich zwar was, aber mit bloßem Auge ist es nicht erkennbar. Da knirscht es zwar leise im Getriebe, wenn sich die alten Rädchen millimeterweise in Bewegung setzen, da fallen ein paar Körnchen Staub zu Boden, aber von Aufwirbeln kann da keine Rede sein. Wenn ich begreife, dass ich falschliege, dann fällt der Groschen nur pfennigweise, nachdem er erst in ermüdender Langsamkeit auf der Stelle kreiselte und kreiselte und rollte und rollte und sich immer wieder gemächlich um seine eigene Achse drehte. Wenn ich begreife, dass ich falschliege, dann geht nicht mit einem Mal das Licht an, sondern dann summt und brummt, dann ruckelt und zuckelt es in der Glühbirne, dann werden leichte Stromschläge durch das Drähtchen geschoben, aber entzünden kann es sich nicht. Dann dauert es, bis die Frequenz erhöht wird, bis dann langsam, ganz langsam endlich ein Stromschlag stark genug ist, um den Funken überspringen zu lassen. Wenn ich begreife, fährt in mich kein Blitz, dann rollt das Unwetter von der Ferne an, und zwar so, dass man es schon kilometerweit und Stunden vorher erahnt. Ich habe genug Zeit, um die Fensterläden zu schließen, das Boot an Land zu holen und ein paar Eimer im Haus zu verteilen, die ich brauchen werde, denn mein Dach ist schlecht gedeckt, und bei mir tropft's immer rein, wenn es regnet. Ploing. Ploing. Ploing. Wenn ein Gewitter aufzieht, fängt es immer erst mit leichtem Regen an. Ploing. Ploing. Ploing. Fallen die Tropfen durch mein Dach in die Blechschüsseln und Plastikeimer und großen Kochtöpfe aus Gusseisen, und immer, wenn ein Tropfen auf dem Boden eines Behältnisses ankommt, macht es ein Geräusch, Ping beim Plastik, Ploing beim Eisen, bis es sich langsam steigert, die Pings und Ploings schneller kommen, rhythmischer, lauter, bis sie zu einem Crescendo werden, das kein einziges Ping und Ploing mehr erkennen lässt, sondern nur noch strudelt und rauscht und auf die klapprige Hütte prasselt, die ich mein Eigen nenne.

Ploing. Ploing. Ploing.

In beinahe lakonischer Gelassenheit rollten die ersten Tropfen über meine Wange und klatschten auf die rot-weiß karierte Tischdecke.

Ist es Wahnsinn, so hat es doch Methode

Freitag, 14. Oktober, um 08:03 Uhr

Ja, ich habe erkannt, dass mein Verhalten nicht fehlerlos war. Nein, ich habe nichts dagegen unternommen. Ich kam nämlich gar nicht dazu. Die Erkenntnis, dass das, was ich gerade tue, wohl nicht der Weisheit letzter Schluss ist, um es mal freundlich zu formulieren, lähmt mich dermaßen, dass ich, außer dem dringenden Bedürfnis, meinen Kopf unentwegt an die Wand zu schlagen, gar nichts fühle.

Ich weiß nicht, was ich fühlen soll. Aber immerhin kann ich nach zwei Wochen des Trotzes, der kalten Wut und des notorischen Probleme-von-mir-Wegschiebens endlich erkennen, dass ich trotz all der Schönrederei nicht glücklicher bin, seit Konrad weg ist. Die ersten Tage waren okay. Na ja, nicht okay, aber immerhin erträglich. Ich war so sauer, so wütend auf Konrad, dass er mich so in die Ecke gedrängt hatte, dass ich gar keinen Platz mehr darin hatte, um über das nachzudenken, was ich wirklich will. Seit Dienstag, seit Mona hier war, bin ich so aufgewühlt und traurig, dass ich es im besten Fall noch schaffe, wie eine jammernde Witwe die Hände gen Himmel zu werfen und mit dem Oberkörper blödsinnig nach vorne und nach hinten zu schaukeln. Kurz: Monas Besuch hat mich in einen Autisten verwandelt. Nur dass ich statt der Streichhölzer meine Verfehlungen aufzähle, eine nach der anderen, die guten ins Töpfchen, die schlechten ins Kröpfchen.

Mein Hirn liegt im Wachkoma. Es ist, als habe jemand die Verbindung zu meinen Gedanken gekappt. Während ich die zwei Wochen davor ausschließlich damit verbracht habe nachzudenken, wütend zu sein und Konrad zu verfluchen, genau genommen also jegliche Kommunikation zu meinem Herzen wegen Überlastung eingestellt wurde, ist in meinem Kopf jetzt ein großes, dunkles Loch. Ich kann sogar ein Echo hören, wenn ich hineinrufe. Stattdessen fackelt irgendein hochentzündlicher Stoff in meiner Brust, und zwar jedes Mal, wenn ich etwas sehe, das mich an Konrad erinnert. Sydney zum Beispiel. Der dann immer fauchend und miauend das Weite sucht, weil ich mich keuchend und heulend auf die Erde werfe, wenn ich ihn sehe. Das arme Tier.

Das Einzige, was mich in den letzten Tagen zum Grübeln gebracht hat, ist meine folgenschwere Entdeckung: Der Schnittlauch blüht. Und selbst nach drei Tagen in der lichtundurchlässigen Speisekammer lässt er sich nicht davon abbringen, kleine lilafarbene Pompons in die Luft zu strecken und mir damit auf die Nerven zu gehen. Von wegen, die im Dunkeln sieht man nicht. Mein Scheißbeziehungsschnittlauch führt sich auf wie bei der Bundesgartenschau! Jeden Morgen schleiche ich zur Speisekammer und öffne mit einem leisen Knarzen die Tür, und jeden Morgen reckt sich Eberhard mir obszön bunt entgegen und wedelt anzüglich mit den lila Blüten. Schuft.

Konrad, sprach die Frau Mama, ich geh aus, und du bleibst da!

Samstag, 15. Oktober, um 11:38 Uhr

Heute Morgen klingelte es um Punkt neun Uhr an meiner Wohnungstür. Dann machte sich jemand mit Schlüssel am Schloss zu schaffen. Konrad?

Ich stand gerade im Bad und versuchte, mir mit Unmengen von klebrigem Make-up die Trauerränder unter den Augen abzudecken. Panisch grapschte ich nach meiner Haarbürste – wenn Konrad mich bei seiner glorreichen Zurückeroberung, auf die ich mit klopfendem Herzen spekulierte, so sah, würde er dem Pferd die Sporen geben und sich eiligst wieder aus dem Staub machen.

»Hello, Miss?«

Tagalog riss die Tür zum Badezimmer auf. Erstaunt, aber nicht unfreundlich lächelte sie mich an. »Dumating ako upang linisin.«

»Ach, Tagalog«, ich wischte mir enttäuscht die Hände ab und sah sie an. »Es ist Samstag. Was machst du denn hier?«

Und warum bist du nicht Konrad?

»Dito ito ay masyadong marumi! Na rin tingin ko sa likod.«

»Okay, kein Problem. Äh, wo warst du die ganze Zeit?«

Tagalog drängelte sich zu mir ins Badezimmer und schloss die Tür. Na, immer rin in die gute Stube.

Sie setzte sich auf den Badewannenrand.

»Hepe ay tinatawag na sa akin.«

»Hepe?«

Tagalog zögerte. »Boss?«

Ja. Genau. Wer ist hier der Boss? Ich bin jetzt der Boss. Weil Boss Numero uno nicht mehr da ist. Nur wie erkläre ich das meiner kleinen putzenden Taschenrakete?

»Boss«, ich schüttelte den Kopf, »is not here.«

»Hepe?«, entgegnete Tagalog.

»Nee, nix hepe. Hepe away.« Mit den Händen flatterte ich ein wenig in der Luft rum. »Der Boss ist nicht mehr da.«

Tagalog sah mich großäugig an. »Holiday?«, fragte sie.

»Ja, so in der Art.« Ich nickte. War ja gar nicht so verkehrt, Konrad hatte selbst gesagt, er wolle »verreisen«, selbst wenn mir in dem Moment schon klar gewesen war, dass er ein One-Way-Ticket zu lösen gedachte.

»Und wo warst du?« Ich tippte ihr auf die Brust.

»Holiday!«, seufzte Tagalog. »Sa Pilipinas.«

Oh. Ach so. Ich dachte, sie sei krank. Dass das ziemlich lange war, hatte ich komplett ausgeblendet. Hatte ja auch genug andere Ärgernisse in der Zwischenzeit gegeben. Dass Tagalog da in den Hintergrund trat, fand ich nicht weiter verwunderlich.

Eigentlich seltsam, denn jetzt, wo sie wieder da war, fiel mir auch auf, wie schmuddelig es in unserem – autsch! Fatal error, delete, delete: meinem, *meinem!* – Badezimmer aussah. Der Badezimmerspiegel war mit Zahnpastaflecken übersät, das Waschbecken erzitterte unter der Last der Kalkschicht, und am Toilettenrollenhalter baumelte eine leere Rolle Klopapier. Ging doch alles ein wenig schneller mit der Vereinsamung als gedacht.

Tagalog folgte meinem Blick mit hochgezogenen Augenbrauchen, dann hob sie den Zeigefinger der linken Hand und machte: »Ts-ts-ts.« Das sah ich auch so.

Mit einem Seufzer erhob sie sich vom Badewannenrand und verließ die Nasszelle. Ich blieb unbeweglich vor dem Spiegel stehen, die nassen Haare mit einem Handtuchturban auf dem Kopf verzurrt, die Augenringe blitzten mir unter der Make-up-Maske freundlich entgegen. Mann, sah ich scheiße aus.

Draußen hörte ich Tagalog rumwuseln, anscheinend zerrte sie gerade den Staubsauger hinter sich her durch die Wohnung.

Ich schlurfte ins Schlafzimmer und zog an, was sich mir in den Weg stellte. Meiner momentanen Lebenslage entsprechend aufgedonnert, zockelte ich mit hängenden Schultern in die Küche, Kaffee machen. Gerade als ich mit zittrigen Händen und leise Flüche ausstoßend versuchte, das eingetrocknete Kaffeepulver aus der Espressomaschine zu kratzen, klingelte es schon wieder an der Tür.

Diesmal aber! Konrad!

Ein Beben ging durch meinen Körper, ich rannte in den Flur und stellte mich auf die Zehenspitzen, um durch den Spion nach draußen sehen zu können. Und erstarrte.

Ja, vor der Tür wartete ein bekanntes Gesicht. Ja, ich hatte befürchtet, dass sich dieses Gesicht irgendwann hier würde blicken lassen. Ja, ich hatte gehofft, an diesem Tag verreist zu sein oder mindestens nicht mehr hier zu wohnen.

»Juli, mach die Tür auf«, rief Günther und schob ihre Nasenspitze ganz nah ans Guckloch, hinter dem ich stand und zitterte. »Ich weiß, dass du da bist.«

Weglaufen ist meiner Meinung nach sehr häufig die beste Strategie. Einfach so tun, als wüsste ich nicht, wer Günther ist, Jacke und Schuhe anziehen, die Wohnung verlassen, Günther freundlich zunicken und so tun, als wüsste ich nicht, wovon die Irre sprach. Im besten Fall ein Sondereinsatzkommando anrufen und die Leute mit den weißen Jacken beordern. Da steht 'ne Verrückte im Flur, die hört Stimmen und sagt, ich wär irgendwer anders. Und wahrscheinlich hat sie eine Bombe im Koffer.

Ich öffnete die Tür. Ich wäre nicht schnell genug gewesen beim Schuheanziehen und glaube auch nicht, dass Günther mir die Ich-habe-keine-Ahnung-wer-Sie-sind-Nummer hätte durchgehen lassen. Da stand sie also, in voller Pracht und ihrem besten Sonntagskostüm mit Hahnentrittmuster. Und hinter ihr stand Konrads Vater in seinen ausgebeulten Cordhosen und einem schlecht sitzenden karierten Jackett mit Lederflicken auf den Ellenbogen und winkte mir verlegen zu.

»Lass mich rein«, sagte Günther und schob sich, ehe ich michs versah, an mir vorbei in die Wohnung. Konrads Vater dackelte hinterher. Günther schloss die Tür hinter sich und baute sich vor mir auf. »Wir müssen reden.«

»Hallo, Juli«, sagte Herr Paulsen nett.

»Wir gehen in die Küche«, beschloss Günther und marschierte vorweg. Konrads Vater und ich trotteten wie geprügelte Hunde hinterher.

Als wir am Küchentisch Platz genommen hatten, kam Günther direkt zur Sache: »Ich werde hier nicht eher weggehen, bevor du mir erklärt hast, was eigentlich los ist.«

»Ich weiß nicht, was los ist«, flunkerte ich.

»Das sagt Konrad auch die ganze Zeit. Seit zwei Wochen liegt er bei uns auf der Couch und starrt sein Handy an.«

Wirklich? Is ja toll. Konrad starrt sein Handy an? Das würde ja dann bedeuten … dass Konrad darauf wartete, dass jemand ihn anrief! Jemand? Ich etwa?

Mein Herz flatterte einmal sehr heftig, kam aber ins Stolpern und fiel, der unsachgemäßen Nutzung wegen, der Länge nach auf die Fresse.

»Warum ruft er dann nicht an?«, flüsterte ich.

»Weil du seinen Antrag abgelehnt hast, meine Liebe.«

»Seit wann duzen wir uns eigentlich?«, fragte ich, aber Günther bemerkte die Finte und fuchtelte meinen Einwand nonchalant mit der Hand beiseite.

»Ich duze Juli schon immer«, warf Konrads Vater ein.

»Ihr könnt das doch nicht einfach so hinschmeißen, das alles!«

»Ihr?«, entfuhr es mir. Das war ja wohl die Höhe! »Ich hab doch gar nichts gemacht!«

»Ja eben!«, rief Günther und schlug erbost mit der flachen Hand auf den Tisch.

Tagalog erschien im Türspalt und funkelte Günther böse an, während sie Konrads Vater mit Missachtung strafte. »May problema, Miss?«, fragte sie in meine Richtung.

»Nein, Tagalog, alles in Ordnung«, erwiderte ich, doch Günthers Wutzug war losgefahren und ließ sich nicht mehr bremsen.

»Gar nichts ist in Ordnung! Mein Sohn sitzt seit Wochen deprimiert in meinem Haus herum und geht mir mit seinem Liebeskummer auf den Wecker! Und DU bist dafür verantwortlich!«

Bei dem »DU« (und die Großbuchstaben hatte ich eindeutig gehört) zeigte sie mit ihrem dünnen Zeigefinger auf meine Brust.

»Ich? Ich ... ich ...« Ja. Schon gut. Schnauze halten, wenn man nichts zu sagen hat.

»Ja, du! Du musst einen Schritt auf ihn zugehen. Er ist verletzt, weil er denkt, du willst ihn nicht. Also reiß dich mal ein bisschen am Riemen! Wenn dir irgendwas an meinem Sohn liegt, dann musst du ihn davon abhalten, sich von dir zu entlieben.«

Ent-lieben. Au weia. Das Wort tat weh, nicht nur beim ersten Hinhören, sondern auch beim Begreifen. Ent-lieben. Irgendwo in meinem Kopf wurde ätzende Säure verschüttet, die sich langsam über mein gebrochenes Rückgrat hinab bis in meine Eingeweide ausbreitete und dort alles zerfraß, was nach Weichteilen aussah. Ich starrte auf das verkrümelte Karomuster meiner Tischdecke.

Herr Paulsen saß da, mit eingezogenen Schultern, fast so, als würde er den Anschiss kassieren und nicht ich. Den Tonfall musste er in- und auswendig kennen.

»Leider konnte ich Konrad nicht überreden, mit mir hierherzukommen«, erklärte Günther. Ein bisschen froh war ich ja schon, denn ich hätte ungern derartig verwahrlost mit Konrad das längst überfällige Beziehungsgespräch geführt. »Und ich kann auch nicht bleiben, ich habe noch einen Frisörtermin.«

Puh. Dann war ihre Ankündigung, sie werde hier nicht eher weggehen, bevor ich mir erklärte, was eigentlich los war, also nur heiße Luft gewesen.

»Ich könnte ja bleiben.«

Günther und ich sahen gleichzeitig und einigermaßen verdattert zur anderen Tischseite. Konrads Vater sah sich gerade mit wohlwollendem Blick in meiner Küche um.

»Ich werde Juli den Kopf schon wieder geraderücken.«

»Du?«, fauchte Günther. »Was willst du …« Doch weiter kam sie nicht.

»Gudrun«, sagte Konrads Vater, und in dieses eine Wort legte er all die kümmerliche verbliebene Autorität, die Günther ihm noch gelassen hatte.

Stille.

Ich sah ein kleines Zucken, das Günthers Mundwinkel umspielte.

»Also schön. Warum nicht? Schlimmer kann es ja nicht mehr werden.« Mit diesen Worten stand sie auf und ging hinaus in den Flur.

Ich blieb fassungslos auf meinem Stuhl sitzen und glotzte ihr hinterher. Äh … hallo? Durfte ich vielleicht auch ein Wörtchen mitreden?

Konrads Vater strahlte mich an. Günther rief noch aus dem Hausflur: »Macht keine Dummheiten!«

Dann fiel die Tür ins Schloss.

Konrads Vater zog mit einem schiefen Lächeln im Gesicht, das mir, wie mir der Stich in meinem Herzen verriet, nur allzu gut bekannt vorkam, seinen verbeulten Tabakbeutel aus der Innentasche. Tagalog, die sich in eine Ecke der Küche zurückgezogen hatte, nickte er freundlich zu. Normalerweise reagiert sie auf Fremde (Postboten, Besucher, Pizzabringdienste) immer wie eine Wildkatze in Gefangenschaft, diesmal aber grinste sie leicht debil zurück. Dann trat sie an die Spüle und setzte mein Werk an der Espressomaschine fort.

Konrads Vater drehte in aller Seelenruhe zwei krumme Zigaretten. Schweigend reichte er mir eine davon, kramte aus der Hosentasche ein zerfleddertes Schächtelchen Streichhölzer und gab mir Feuer.

Wir saßen am Tisch, rauchten und schwiegen.

Es war der Beginn einer wunderbaren Freundschaft.

Ich weiß, es wird einmal ein Wunder geschehn

Samstag, 15. Oktober, um 18:05 Uhr

Offensichtlich ist das Schweigen das, was die wunderbare Freundschaft von Konrads Vater und mir auszeichnet, sowohl miteinander als auch mit anderen. Wir haben den halben Tag in der Küche verbracht, rauchend, unter den strengen Blicken von Tagalog, die durch die Wohnung wienerte, alle paar Stunden zu uns reinkam und kopfschüttelnd den Aschenbecher ausleerte. Irgendwann konnte sie sich das Trauerspiel wohl nicht mehr mit ansehen, packte ihren Reiskocher aus und stellte sich an den Herd. Wir aßen, ohne ein Wort dabei zu verlieren, nur Tagalog schimpfte in ihrer fremden, aber schön klingenden, melodischen Sprache unentwegt vor sich hin.

Am Nachmittag sahen wir fern. Tagalog blieb noch eine Weile, wohl aus Solidarität, und quetschte sich neben mich, Konrads Vater und den dicken Sydney auf die Couch. Konrads Vater hatte die Fernbedienung in der Hand und landete schon bald auf 3sat. »Casablanca«. Na vielen Dank auch!

»Kommt nicht wenigstens ›Die Brücke von Remagen‹ oder so?«, wagte ich einen leisen Vorstoß, doch Konrads Vater drückte einfach zweimal am Lautstärkeregler, und ich schwieg. Tagalog seufzte zufrieden, und ich sah Humphrey und Ingrid zu, wie sie sich unter stimmungsvoller Szenenmusik in die Arme fielen. Halb zog sie ihn, halb sank er hin, so genau wusste das am Ende keiner mehr. Sam spielte es noch einmal, und am Ende blieb beiden immer noch Paris. Alles wie gehabt.

Nur bei einem Satz, da sah mich Konrads Vater plötzlich durchdringend an. *Vielleicht nicht heute, vielleicht nicht morgen, aber bald und dann für den Rest deines Lebens.*

Er lächelte verschwörerisch.

Und in meinem Kopf brandete eine Flutwelle an Land. Wann würde ich bereuen, dass ich um Konrad nicht kämpfte? Dass ich das alles so elendig und bewegungslos über mich ergehen ließ? Eigentlich fand ich die Vorstellung von Frau Bergman ja ziemlich nervig, ihr Ausgeliefertsein störte mich genau wie die Tatsache, dass sie nicht mit dem aufregenden Rick durchbrannte und stattdessen bei ihrem langweiligen Laszlo blieb.

Und was tat ich? Ich saß mit Konrads Vater, meiner Putzfrau und dem dicken Kater auf dem Sofa, anstatt mit meinem Freund darüber zu sprechen, was man unter normalen Menschen Zukunft nannte.

Ich war entsetzt. So war ich? Ich war ein Hausmütterchen aus den Fünfzigern, nur ohne Heiratssehnsucht, dafür mit genau der gleichen demütigen Wartehaltung! Na gut, und in meiner Wohnung sah es auch anders aus. Trotzdem ärgerte ich mich. Ingrid hatte sicher einen Grund gehabt, warum sie sich für das langweilige Eheleben und gegen das aufregende Dasein als Geliebte eines marokkanischen Barbesitzers entschieden hatte. Sie hatte ein Versprechen gegeben, und das wollte sie einhalten, selbst wenn ihr Herz in Zweifeln ersoff.

Als der Film zu Ende war, tupfte sich Tagalog ein Tränchen aus dem Auge. Konrads Vater streichelte den dicken Sydney und sagte den ersten und einzigen Satz in seiner gesamten Amtszeit als Alleinunterhalter und Anstandswauwau meiner selbst: »An den wichtigsten Kreuzungen des Lebens stehen halt einfach keine Wegweiser.«

Ich schwieg. Die Geistesdämmerung, die vor ein paar Tagen mit einem zögerlichen Silberstreif am Horizont begonnen hatte, war inzwischen vor der hoch am Himmel stehenden Mittagssonne abgelöst worden. Irgendwann in der letzten Woche, zwischen Monas Besuch und dem beginnenden Babysitting von (oder durch?) Konrads Vater, hatte ich der Erkenntnis, dass ich mit Konrad zusammenbleiben wollte, nicht länger aus dem Weg gehen können. Diese Einsicht war mir aber auch auf Schritt und Tritt gefolgt, wie hätte ich sie da länger ignorieren können?

Nein, ich wollte immer noch nicht heiraten. Aber ja, ich war gewillt, von meiner ablehnenden Haltung ein paar Millimeter abzuweichen in der Hoffnung, dass Konrad das Gleiche tun würde.

Manchmal, so war mir mittlerweile klar geworden, hörte ich Konrad nicht, vergaß, was ich an ihm hatte. Eine gute Beziehung ist aber keine ständige Musik im Ohr, kein Radiosender, der vierundzwanzig Stunden am Tag die besten Hits der Achtziger, Neunziger und von heute spielt, sondern ein Summen, das mal lauter, mal leiser wird.

Wenn man sein ganzes Leben immer nur das macht, was man sich vorgestellt hat, wird man zu einem soziophoben Autisten. Bei meinen Freunden gehe ich schließlich auch immer wieder Kompromisse ein, oder finde ich es etwa toll, das Cora mir ständig absagt, weil ihr entscheidungsunwilliger Freund sich nach Tagen dann spontan doch dazu entschieden hat, mit ihr ins Kino zu gehen?

Ich wollte mit Konrad gehen. Ins Kino, in den Zoo und kitschigerweise noch viel, viel weiter. Ob ich dafür einen Ring am Finger tragen musste, wusste ich immer noch nicht. Doch ich hatte in den letzten Tagen begriffen, dass man Geschichten, die ein Happy End mit Langzeitwirkung haben sollen, nicht wie einen Sommerflirt behandeln darf. Irgendwann muss man die federleichten, weil unbedeutenden Diskussionen um die Farbe der Kaffeetasse sein lassen, irgendwann muss man sich ein gemeinsames Sofa in einer gemeinsamen Wohnung kaufen, muss das Risiko eingehen, dass das Projekt scheitert und man ganz schrecklich viel verliert. Irgendwann kommt einfach jede Beziehung an den Punkt, wo sie keine kleinen Einsätze mehr machen darf. Mit Peanuts gewinnt man kein Turnier. Manchmal muss man eben die Hosen runterlassen. Und ich hatte meine Hosen im Anschlag, die Spielchips in der Tasche, bereit, all-in zu gehen. Jedenfalls fast. Den pinkfarbenen Fünfziger-Chip wollte ich behalten, nur so, für schlechte Zeiten – keine Heirat, aber Konrad, und von dem bitte sehr, sehr viel, mit Sahne, Kirsche und Karamelltopping obendrauf.

Das ganze fragil von mir zusammengedachte Kartenhaus

ruhte natürlich auf der Annahme, dass Konrad auch noch wollte. Das musste ich herausfinden, und zwar bevor mein Spielpartner die Sonnenbrille runterklappte und den Pokertisch verließ. Nur wie sollte ich das anstellen? Ich hatte es in den letzten zwei Wochen ja nicht einmal geschafft, ihm eine nichtssagende, eine trotzige, eine traurige oder eine wutentbrannte SMS zu schreiben. Selbst damals, als ich ihm hatte sagen wollen, dass ich ihn liebe, da hatte ich eine geschlagene Woche damit verbracht, über das Wie nachzudenken, anstatt das Was in die Tat umzusetzen.

Mir musste etwas einfallen. Und zwar schnell. Heut mach ich mir kein Abendbrot, heut mach ich mir Gedanken.

Feste Feiern

Sonntag, 16. Oktober, um 16:41 Uhr

Gestern am frühen Abend klingelt das Telefon. Konrads Vater und ich sitzen gerade auf der Couch und sehen eine Dokumentation über Albatrosse. Ich bin in meiner Überlegung, wie ich Konrad zurück auf die richtige Spur und in mein Leben bringen will, noch keinen Schritt weitergekommen. Vielleicht, und wahrscheinlich wahrscheinlich, habe ich aber auch nur Angst, dass er schon den Sonderzug nach Pankow genommen und mich wirklich verlassen hat.

»Hi, ich bin's«, flötet mir Mona entgegen, »ich wollte nur fragen, ob du daran denkst, die Bowle mitzubringen.«

Mona. Bowle. Irgendwo in meinem Hirn klingelt es leise. Aber wirklich sehr leise.

»Bowle?«, frage ich, den Umständen entsprechend leicht verunsichert.

»Mann!«, flucht Mona. »Ich hab gewusst, dass du es vergisst!«

»Was vergisst?«

»Die Verlobungsfeier.«

»Welche Verlobungsfeier?«

»Na, meine!«

Scheiße. Das habe ich ja komplett verdrängt.

Wie eine Furie hechte ich vom Sofa und renne in den Flur, wo die Einladung auf der Anrichte liegt. Ja, da steht's. So ein Mist. Und da ist auch der Zettel, den man auszufüllen hatte, auf dem steht, was man mitbringen will.

»Habe ich wirklich gesagt, ich bringe Bowle mit?«, frage ich. Man kann's ja mal versuchen.

»Ja! Also, nein, Konrad hat das vorgeschlagen.«

Konrad. Mein Herz. Mein Herz! Au weh.

»Ja, aber Konrad ist nicht da, und deshalb …«

Weiter komme ich nicht, weil Mona mich unterbricht. »… machst du die Bowle, richtig. Also los, runter vom Sofa, in einer Stunde geht's los!«

Ich sehe an mir hinab. O nein! Ich habe schon wieder den Schlafanzug an.

»Reicht nicht auch 'ne Flasche Sekt?«

»JULI!« Ein Wort, ein Anschiss.

»Okay, okay. Ich komme. Aber …« Mein Blick fällt auf Konrads Vater. Den kann ich ja nicht einfach hier sitzen lassen? »Kann ich eine Begleitung mitbringen?«

Schweigen am Ende der Leitung.

»Na, das ging ja schnell«, sagt Mona kühl, dann legt sie auf.

Ich knalle das Telefon auf die Anrichte und jogge ins Wohnzimmer. »Herr Paulsen, wir müssen uns beeilen«, sage ich. »Ich bin heute Abend auf einer Verlobungsfeier eingeladen, und Sie sind meine Begleitung.«

Er sieht mich mit hochgezogenen Augenbrauen an. »Ich?«,

krächzt er, dann sieht er an seinem nicht eben faltenfreien Hemd hinab. Auf dem Revers klebt ein gut sichtbares bisschen von Tagalogs leckerem Mittagessen. Kriegen wir hin!

»Damenwahl!«, entscheide ich und laufe ins Schlafzimmer, wo ich aus der Dreckwäsche ein zwar zerknittertes, aber immerhin sauberes Hemd von Konrad fische, das er bei seinem glorreichen Auszug aus Ägypten wohl übersehen hat. Dann flitze ich zurück ins Wohnzimmer und scheuche Konrads Vater vom Sofa.

»Und Bowle müssen wir auch noch machen – haben Sie eine Ahnung, wie das geht?«, frage ich.

In Herr Paulsens Augen blitzt etwas auf. Er nickt.

»Gut, dann gehe ich jetzt schnell duschen.« Das »schnell« streiche ich in Gedanken – bis ich mich wieder einigermaßen ansehnlich zurechtgezimmert habe, kann es dauern. »Würde es Sie stören, schnell zum Supermarkt zu flitzen und die Zutaten einzukaufen?«

Herr Paulsen schüttelt den Kopf und wackelt davon. Von wegen flitzen. Ich mache den Rasenden Roland und gönne mir mal wieder ein Schönheitsprogramm im Schnelldurchlauf.

Als ich einigermaßen zurechtgezimmert das Bad verlasse und auf die Suche nach etwas einigermaßen Tragbarem ins Schlafzimmer spurte, kommt mir Herr Paulsen breit grinsend mit einem Becher in der Hand entgegen. Er hält mir den Becher hin. In ihm schwimmt eine gräuliche, zähflüssige Soße.

»Und was ist das?«, frage ich.

»Bowle!«, sagt Herr Paulsen stolz.

»Was für eine Bowle soll das sein?«

»Schlammbowle!«, sagt Herr Paulsen noch stolzer.

Gott, steh mir bei!

Ich sehe auf die Uhr. Keine Zeit für Plan B! Ich bedanke mich artig bei Herrn Paulsen und schiebe ihn ins Badezimmer. »Hemd anziehen, Haare kämmen. In drei Minuten geht's los!«

Herr Paulsen tut, wie ihm geheißen, ich schicke ein Stoßgebet gen Himmel und bedanke mich ganz heimlich bei Günther für das jahrelange Herumkommandieren ihres Ehemanns. Das läuft ja wie am Schnürchen! Dann rase ich ins Schlafzimmer, auf der Suche nach irgendeinem netten Fummel, der passt und gut aussieht.

Nach wenigen Minuten beschließe ich, dass die Vorgabe »sieht gut aus« nach vierzehn Tagen regungslosem Auf-der-Couch-vor-sich-hin-Gammeln-und-Kohlenhydrate-in-sich-Reinschaufeln eindeutig zu hoch gegriffen ist. Es muss nur noch passen, mehr will ich nicht vom Leben.

In der hintersten Ecke des Kleiderschrankes finde ich ein schwarzes Wickelkleid. Wickeln ist gut. Was gewickelt ist, hat keinen Reißverschluss, den man nicht zukriegt.

Eine halbe Stunde später machen Herr Paulsen und ich uns auf den Weg. Wir müssen ein irres Bild abgeben, denn er trägt seine ausgebeulten Cordhosen, sein kariertes Jackett und ein hellblaues Hemd von Konrad, das ihm mindestens zwei Nummern zu groß ist. Und die Schlammbowle. Natürlich hat Konrads Vater in meiner Küche keinen richtigen Bowlekessel gefunden (ich hab ja auch keinen) und sich stattdessen mit der Salatschüssel beholfen. Wir sitzen also in der Straßenbahn und fahren zu Monas Wohnung, in der die Verlobungsfeier stattfinden soll. Wir sind jetzt schon zu spät, und weil Herr Paulsen zu Fuß nicht gerade der Schnellste ist, werden wir für die fünf Minuten von der Haltestelle zur Wohnung bestimmt auch länger brauchen. Ach je.

Pätrick mit ä öffnet Herrn Paulsen und mir die Tür. Er sieht genauso ostdeutsch aus, wie ich ihn in Erinnerung hatte.

»Hi, Juli, schön, dass du kommen konntest.« Sein Blick fällt auf die Salatschüssel mit der grauen Matsche. »Ich werd verrückt, ist das etwa Schlammbowle?«

»Ist es«, sage ich und nehme erfreut zur Kenntnis, dass Herr

Paulsen zwei Zentimeter zu wachsen scheint. »Und das ist übrigens meine Begleitung für heute Abend«, sage ich und schiebe Herrn Paulsen in die Wohnung hinein. »Das ist der Herr Paulsen.«

»Ach, das ist ja lustig«, sagt Pätrick, der die Salatschüssel entgegennimmt und Konrads Vater die Hand schüttelt. »Sie sind aber nicht zufällig der Mann von der Frau Paulsen?«

»Welche Frau Paulsen?«

»Na, die dort drüben!« Pätrick mit ä zeigt auf das Wohnzimmer, das sich bereits gut gefüllt hat. Auf dem Sofa sehe ich Tine und Cora mit ihren männlichen Wurmfortsätzen, Cora und Mario winken mir zu, während Tine mir die kalte Schulter zeigt. Als Stefan das sieht, scheint ihm einzufallen, auf welcher Seite er steht, denn seine Hand, gerade zum Gruß erhoben, verschwindet unverrichteter Dinge in seiner Hosentasche. Ich sehe ein paar andere Freunde von Mona, und noch ein paar Leute, die irgendwie auch ein bisschen ostdeutsch aussehen, die schreibe ich Pätrick mit ä zu. Am reichlich ausgestatteten Büfett verteilt gerade eine ältere Frau mit schicker Föhnwelle und im Hahnentrittkostüm kleine, kohlrabenschwarze Kugeln auf einer Silberplatte. Sie sieht auf, an mir vorbei und ihren Mann an.

»Bertholt!«, ruft sie und kommt mit langen Schritten auf uns zu. »Wie siehst du denn aus?« Mit eindeutigem Missfallen im Blick nimmt sie ihren Mann unter die Lupe. »Hast du dich selber angezogen? Juli, haben Sie meinen Mann angezogen?«

Wir sind also wieder beim Sie. Na ja.

»Ja«, gebe ich zu. »Sein Hemd war bekleckert.«

»Also nein, Bertholt, so kannst du nicht rumlaufen.« Mit einer Hand streicht sie ihm über das wirr in die Luft stehende, dünne Haupthaar. Ich erinnere gerne daran, nicht jeder von uns hatte heute Morgen noch einen Friseurtermin! Gleich wird sie ein Taschentuch aus der Tasche ziehen, reinspucken und Herrn Paulsen den verräterischen Schlammbowlerand in den Mundwinkeln wegrubbeln. Eklig, und trotzdem rührt mich, wie Konrads Mutter sich so um ihren Bertholt sorgt.

Und in dem Moment dämmert es mir. Diesmal geht es ganz schnell, kein tagelanges Drehen am Dimmer, kein leises Tröpfeln, sondern – *ZACK!* – geht das Licht an.

»Was tun Sie hier?«, fahre ich Frau Paulsen an.

»Was soll ich hier schon tun«, gibt sie zurück, »ich begleite meinen Sohn, weil Sie ja offensichtlich immer noch nichts begriffen haben.«

Jetzt begreife ich. Und zwar noch schneller, als mir lieb ist. Das ist ein ganz, ganz perfides Vorgehen! Das ist doch alles so geplant! Hat sich die ganze Welt gegen mich verschworen? Mona, wo ist Mona, die blöde Kuh? Wie kann sie mich nur so ins kalte Wasser werfen? Ich bin noch nicht bereit für den Showdown, ich habe noch keinen Plan, ich weiß nichts, außer dass ich das, was ich bislang gewollt habe, nun doch nicht mehr will, und das kommt mir als große Rückrufaktion doch ein bisschen mager vor. Ich will weg hier. Ganz weit, ganz schnell. Wenn Konrad hier ist, dann bin ich verloren! Ich trage ein beknacktes Wickelkleid aus den Neunzigern, mein Gesicht hat sich immer noch nicht von der exklusiven Ernährung von Süßigkeiten erholt, und zu allem Überfluss habe ich noch nicht einmal eine Wassermelone auf dem Arm! Wie soll ich denn da den Tanzlehrer um den Finger wickeln?

Jemand tippt mir auf die Schulter.

Ich muss mich nicht umdrehen, um zu wissen, wer da steht.

»Hallo«, sage ich leise.

»Hallo«, sagt Konrad zu meinem Rücken.

»Ich hab nicht gewusst, dass du kommst«, huste ich.

»Ich hab gewusst, dass du kommst, aber ich dachte, es wäre klüger, wenn du nicht wüsstest, dass ich komme.«

Kurz bin ich versucht, mich umzudrehen. Dann aber denke ich an all das, was ich Konrad angetan habe, und lasse es bleiben.

»Du wärst doch garantiert zu Hause geblieben.«

Stimmt. Garantiert. Und auch jetzt gerade kann ich dem dringenden Impuls, meine dicken Beine in die Hand zu nehmen und wegzulaufen, nur schwer widerstehen.

»Und was machen wir jetzt?«, frage ich.

»Keine Ahnung«, sagt Konrad. »Lass uns einfach noch ein bisschen so stehen bleiben.«

Ein schöner Rücken kann ja auch entzücken. Ich spüre, dass Konrad näher kommt. Er lehnt sich leicht an mich, in meinem Nacken spüre ich seinen Atem, und sein Bauch (eindeutig flacher als noch vor zwei Wochen) schmiegt sich vorsichtig an meinen Rücken. Die perfekte S-Kurve.

»Ich hab dich vermisst«, flüstere ich, bevor ich darüber nachdenken kann, ob das gut ist.

»Das ist schön«, sagt Konrad, und da weiß ich, dass es gut ist. »Und ich weiß auch, warum du nicht angerufen hast.«

»Da weißt du mehr als ich«, sage ich und muss lächeln.

»Du bist du. Und daran kannst du nichts ändern.«

Und ich hab dich bei jedem Wort ein bisschen lieber.

»Es tut mir leid, wenn ich dich so überfahren habe«, meint Konrad und rückt noch ein Stückchen auf.

»Mir tut es leid, dass ich Nein gesagt habe«, flüstere ich.

Konrad seufzt. »Kein Problem. Ist okay, ehrlich.«

»Ist es?«

Langsam wird mir die Rückennummer doch zu doof. Ich überlege gerade, ob ich mich nun doch endlich umdrehen soll, da schlingt Konrad seine Arme um mich. »Ja, ist es. Ich muss dich nicht heiraten, um zu wissen, dass du mit mir zusammen sein willst.«

»Oh.« Zum Glück hatte ich keinen tollen Plan, an dessen

Ende ich Konrad vielleicht sogar das Jawort angeboten hätte! Das wäre ja schön peinlich geworden!

»Und deswegen möchte ich dich fragen, ob du Lust hättest, mich nicht zu heiraten, aber trotzdem den ganzen Quatsch mit einer größeren Wohnung, einer gemeinsamen Hausratsversicherung und irgendwann vielleicht mal einem Rudel ungezogener Kinder zu machen.«

Ich bin gerührt. Ehrlich wahr, in meinem Inneren blubbert und zischelt und brodelt es, denn Konrad, mein Konrad, schlägt mir genau das vor, was ich mir wünsche. Kein Brimborium. Nur das pure, echte Leben.

»Ja, das kann ich mir vorstellen.«

»Schön.« Dann, nach einem Zögern: »Schade trotzdem um das schöne Geld.«

»Welches Geld?« Meint er die Aussteuer?

»Ich habe, bevor ich dir den Antrag gemacht habe, ausgerechnet, wie viel wir sparen würden, wenn wir verheiratet wären.«

»Wie romantisch!«

»Na ja, du bist ja auch kein Mädchen für Romantik.«

Nein, das bin ich nicht, da hat er recht. Mir ist ein Candle-Light-Döner lieber als ein Candle-Light-Dinner. Aber nicht nur unromantisch bin ich, ich bin auch neugierig. »Wie viel wär's denn?«

»Fünftausend Euro.«

Jetzt dreh ich mich doch um. »FÜNFTAUSEND EURO?!«, rufe ich laut, und aus dem Augenwinkel sehe ich, dass sich aus der Partygesellschaft der eine oder andere Kopf nach oben reckt.

Dann sehe ich Konrad. Scheiße, dem tut Liebeskummer gut! Viel besser als mir.

»Mann, siehst du gut aus!«, sage ich.

»Nicht besser als du«, erwidert Konrad, und ich finde zwar,

dass er ein Schleimer und offensichtlich auch ein Lügner ist, lasse ihm das aber ausnahmsweise durchgehen.

»Fünftausend Euro? Im Jahr?« Das ist ein Viertel von meinem regulären Einkommen – die letzten ertraglosen Wochen mal rausgerechnet. »Also … das hättest du gerne mal früher sagen können!«

»Hättest du dann etwa Ja gesagt?« Konrad ist ein bisschen entgeistert.

»Nein. Also, ja. Vielleicht. Es soll ja Leute geben, die heiraten aus schlechteren Gründen.« Mein Blick fällt auf Mona, die ihren nicht mehr ganz so flachen Bauch stolz nach vorne streckt. Na ja, jedem Tierchen sein Pläsierchen.

»Stimmt. Und wenn man weiß, dass man sowieso zusammenbleiben will …«

»Sowieso«, sage ich.

»Also hätte ein formloser Antrag mit dem voraussichtlichen Nettoeinkommen deine Reaktion, sagen wir, positiv beeinflussen können?« Konrad grinst.

»Ich weiß nicht …« Ich sollte jetzt besser sagen, dass ich nicht käuflich bin. »Für fünftausend Euro müsste ich ja eigentlich nicht mehr arbeiten gehen. Ich könnte mich quasi von dir bezahlen lassen. Dafür, dass wir verheiratet sind, meine ich.«

Konrad lacht. Endlich, sein Lachen, Gott, was hat mir das gefehlt.

»Ich würde sagen, wir vertagen diese Diskussion«, schlägt Konrad vor.

Ich nicke.

»Wieso hattest du es überhaupt plötzlich so eilig? Mit dem Heiraten, meine ich?«

Konrad zögert. »Das wird dir jetzt vielleicht nicht gefallen, aber das hat was mit Nadine zu tun. Die hat mir immer vorgeworfen, ich sei zu zögerlich.«

Nadine. Das alte Schrapnell. Hat sie es am Ende doch fast

geschafft, meine Beziehung zu torpedieren. Wenn auch anders als beabsichtigt.

»Und dann wurde mir klar, dass du ja zum Glück nicht Nadine bist. Du hättest mich ja gerne etwas zögerlicher.«

»Na ja«, sage ich und senke den Kopf, »außer vielleicht jetzt.«

Und endlich – endlich! – beugt Konrad sich vor und gibt mir einen vorsichtigen Kuss auf die Wange.

»Du riechst nach Schlammbowle«, flüstert er und greift nach meiner Hand.

Und dann bringt mich Konrad nach Hause.

Epilog

Es tutet.

»Hallo, kleines Rumpelradieschen!«, flötet Konrad, als er abnimmt.

»Spar dir dein Rumpelradieschen«, gifte ich zurück. Konrad hat vor Wochen endlich einen Kosenamen für mich gefunden. Toll. »Gerade kam eine Spedition vorbei und hat ein sauhässliches Sofa in unsere Wohnung gestellt.«

»Cool – hätte nicht gedacht, dass das so schnell geht.«

Ich bin entsetzt. »Was soll das heißen? Wusstest du davon?«

Konrad gluckst. »Natürlich, ich hab es bestellt.«

»Was? Wieso? Und überhaupt! Ohne mich zu fragen?«

Mein Freund wiegelt ab. »Ach komm, Juli, wir hatten doch vereinbart: ein altes Teil, ein neues Teil.«

»Ja, aber, aber …« Wer wird denn gleich in die Luft gehen? »Doch nicht SO ein Teil!«

»Wieso denn nicht? Im Möbelhaus fandest du es doch noch okay.«

Da schweigt des Sängers Höflichkeit. »Aber das habe ich doch nur gesagt, damit ich die alte Anrichte vom Flohmarkt kaufen darf!«

Jetzt lacht Konrad. »Das ist jetzt aber dein Problem. Außerdem: Die alte Anrichte ist genau genommen keine alte Anrichte, sondern ein wurmlöchriger, verrotteter Kasten, von dem die Farbe abblättert.«

»Das ist Patina«, ereifere ich mich.

»Wie auch immer. Deal ist Deal. Du kriegst die unermesslich hässliche Anrichte, ich ein neues Teil.«

»Aber«, ich bin verzweifelt, »bei ›neuem Teil‹ dachte ich eher an so was wie … na ja, eine Zitronenpresse oder so.«

Konrad biegt sich vor Lachen. »Juli, mein Herz, was du dachtest, ist mal echt nicht mein Problem!«

»Pah! Dass du für das hässliche Ding so viel Geld ausgegeben hast!«

»Dass WIR für dieses hässliche Ding so viel Geld ausgegeben haben, meinst du wohl.«

»Wir?« Ich atme einmal kurz durch, dann werde ich sehr leise. »Was hast du getan?«

»Die Steuerrückzahlung, Hasenzähnchen!«

Ich höre ihn lachen. Lege auf. Angefressen.

Ich sehe hinüber zu der alten Anrichte, die in unserer neuen Küche steht. Von wegen wurmlöchrig! Sie ist wunderschön! Gut, das Glas der Schranktüren muss dringend erneuert werden, die Scharniere quietschen bestialisch, und die Lackierung in Ocker finde selbst ich fragwürdig – aber ich sehe etwas in ihr, etwas Kostbares, Erhaltenswertes!

Beleidigt schlappe ich zurück ins Wohnzimmer und lasse mich neben Sydney auf das neue Sofa fallen.

Scheiße. Es ist bequem.

Das sage ich Konrad aber besser nicht.